战地归来

梁玉珍 著

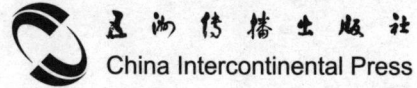

五洲传播出版社
China Intercontinental Press

图书在版编目（ＣＩＰ）数据

战地归来 / 梁玉珍著. -- 北京：五洲传播出版社, 2018.6

ISBN 978-7-5085-3943-0

Ⅰ.①战… Ⅱ.①梁… Ⅲ.①回忆录－中国－当代Ⅳ.①I251

中国版本图书馆CIP数据核字(2018)第140296号

战地归来

著　　者：梁玉珍

出 版 人：荆孝敏

策划编辑：高　磊

责任编辑：黄金敏

装帧设计：丰饶视觉

出版发行：五洲传播出版社

地　　址：北京市海淀区北三环中路31号生产力大楼B座6层

邮　　编：100088

发行电话：010-82005927，010-82007837

网　　址：http://www.cicc.org.cn，http://www.thatsbooks.com

印　　刷：中煤（北京）印务有限公司

开　　本：710×1000　1/16

印　　张：25.5

字　　数：245千字

版　　次：2018年7月第1版第1次印刷

书　　号：ISBN 978-7-5085-3943-0

定　　价：46.00元

序：在战火中呼唤和平

中国驻沙特、驻埃及前大使　中国中东问题特使　吴思科

　　梁玉珍的回忆录《战场归来》成书，嘱我为序，得以先睹为快。读完书稿，心情久久难以平静，有一种既畅快又很沉重的感觉。畅快的是仿佛又回到风云变幻的中东，眼前浮现出一位手握话筒、身穿防弹衣在战火纷飞的战场上奔波的女性新闻记者形象。她看上去是那么娇弱，但面对战火，面对巨大的风险，她总是那么从容，用她的勇敢和智慧，以及女性特有的细致，为观众提供了大量丰富多彩的战地报道，还有那里发生的重大事件和社会万象，让人们更多地了解中东和更宽阔的世界，也让被采访者通过她更真切地了解中国，了解中国人的情怀，拉近了中国与中东、中国与世界的距离。让人心情沉重的是，从书中又看到她时常超负荷地拼命工作，曾多次因身体透支在工作一线倒下，刚一恢复又奔赴前线，最后还是在奔赴巴勒斯坦和以色列武装冲突前线途中遭遇意想不到的横祸，又从"鬼门关"里坚强地挣扎回来……读到这些让人唏嘘心痛，感觉这本书是用激情和热血浇铸而成的。

　　中央电视台于1999年9月在开罗建立记者站，梁玉珍出任站长、首席记者，到2008年12月28日奔赴战场的途中不幸发生车祸受重伤，近十个年头。在那段时间里我作为驻沙特和埃及大使，与央视中东站的工作有不少交集，留下印象最深的就是看到梁玉珍不停地奔忙。央视开罗站的设立是开创性的工作，负责中东和非洲新闻报道，首批两名记者需要打基础，边建站边采访报道，一切从头开始，她和合作伙伴不辱使命，以开创性的工作打开了局面。"有我在现场，就有CCTV在现场，这是我作为一名央视记者义不容辞的责任"，这是梁玉珍坚定的信念，她真真切切地实践了这一信念。

　　中东以其地处亚非欧三大洲集合部的独特的地理位置，以及石油等丰富的自然资源禀赋，历来是大国较量的重要舞台，加之民族与宗教的多样复杂，各种矛盾交织，该地区是当今世界最不安宁的地方，战乱不断，各类冲突频生，突发事件多，重大新闻、热点新闻层出不穷，一直是全世界关注的焦点。在这里从事新闻工作，可以说是可遇不可求的机遇，但挑战和风险也是明摆着的。"战争让女人走开"，很多人都对这句名言很熟悉，但梁玉珍却逆向前行，以她坚强的意志、超常的韧性和耐力、超强的心理承受能力，打破了这个定见，把战火和乱局当作号令，树立了一个"铿锵玫瑰"的形象，也被新闻同行们视为榜样。她为了履行使命总是把个人安危置之度外，乃至在走进战场和高危地区之前几度签署"生死状"。"如果你没法阻止战争，那你就把战争的真相告诉世界。"她坚守这一信念，每次在战区采访，都犹如在生死线上搏击。从巴勒斯坦和以色列之间的多次冲突，到伊拉克战争和黎巴嫩与以色列的军事冲突，再到土耳其大地震，哪里有危险哪里就有她的身影。她把自己作为一名战士，新闻就是号令，现场就是战场，见证事实，还原真相。做起事来雷厉风行，干脆利索；遇事有办法，应变能力强，这是梁玉珍给熟悉她的人很深的印象。作为女性，梁玉珍又以一种比男性更细腻的方式，关注战争给人类带来的灾难和心理影响。为此她奔走于战争中伊拉克人、巴勒斯坦人、黎巴嫩人的逃亡之路、边境难民营以及各种突发事件现场，采访这些国家的普通民众，从不同的侧面和角度，真实、客观、生动、详实地报道他们的境遇，让世界听到他们的心声。她在做出大量视频报道的同时，还要写一些评论性文章，尽量让观众不仅知其然，还知其所以然。2001 年她制作的《盘点中东》这个专题在全国好新闻评选中获得中国好新闻一等奖。梁玉珍的敬业精神也感动了外国同行，如土耳其电视台就曾把梁玉珍的工作情况拍摄下来，在当地 9 个频道的黄金新闻时段滚动播出，为中国新闻工作者赢得了荣誉。她在埃及和阿拉伯世界的知名度更高，"埃咪娜"的名字很响亮。她还以开放的心态不时与其他中国媒体一道举办活动，赢得众多粉丝的赞誉。

在我的记忆中，令人对梁玉珍刮目相看的远不止是她的勇敢和干练，更有她独特的敏感性以及优良的职业素质，或者是人们所说的有"新闻眼"。有两件事给我记忆最深刻。我在 2003 年 9 月从沙特转赴埃及任职不久，适逢二战结束前夕召开的开罗会议 60 周年庆典。当时台湾的陈水扁等"台独"分子正与境外一些反华势力相勾结，丧心病狂地进行分裂祖国的活动。而《开罗宣言》是第一份明确台湾是中国领土不可分割一部分的权威国际文献，纪念《开罗宣言》发表 60 周年，让世人更多地了解宣言，无疑对揭露台独分子的本质很有意义。当时梁玉珍就提议并与使馆新闻处共同策划，在当年开罗会议的举办地——金字塔脚下的米纳豪斯酒店举办纪念会，邀请埃及政界和新闻界的朋友以及在埃及的华侨华人参加。我作为大使做主旨发言，中外人士也纷纷发言讲述《开罗宣言》的意义，发出反对台独的共同声音。央视等国内媒体和埃及当地媒体都进行了报道，产生了良好效果。另一件事是 2006 年纪念中国与埃及建交 50 周年活动。中埃建交开启新中国与阿拉伯和非洲国家建立外交关系的新纪元，这是在新中国外交中有里程碑意义的重大事件。作为纪念和庆贺活动的一部分，央视与埃及艺术界联袂在开罗金字塔狮身人面像前举办了一场"手拉手"大型文艺活动，中埃双方的多位著名艺术家参加演出，正在埃及访问的国务院总理温家宝和埃及总理纳吉夫出席开幕式并观看演出，可谓盛况空前，影响巨大。梁玉珍作为央视在开罗的代表，从这场活动开始策划到演出的整个过程，都冲在最前面，安排接待国内的人员，在中埃双方间进行协调，任务十分繁杂，她以"老开罗"的优势发挥着独特作用，受到各方赞许。

　　2008 年 12 月 28 日，那是个不堪回首的日子。梁玉珍在刚刚完成一次我国家领导人重要访问的报道后转赴巴勒斯坦和以色列冲突前线，途中发生严重车祸，让她在战火第一线冲锋的步伐不得不就此止步。认识和关注她的报道的人们在得知这一消息后都极为痛心，甚至为她揪心，而她以自己的坚忍在与死神的搏斗中又创造了生命的奇迹，令多少人感到欣慰。在她回到北京接受治疗时，我和家人一起到医院去看望她，她在遭遇创伤后显现出的那种乐观和从容，让我沉重的心情一下放松了很多，我想这也是她得以较好康复的重要因素。在她离开医院到昌平区爱地颐养中心之后，我们再次去看望她，看到她把生活的小环境布置得非常温馨，她还坐着轮椅陪我们去观赏小菜园和周边的果树。她热爱生活，不断表达对所有关心和帮助过她的人的感恩之情。给人的印象是，这时的她心境静如一汪清泉，对人生对幸福也都有了更深的感悟。

　　不过当她坐到键盘前记录《战场归来》的文字时，我想她会心潮澎湃，仿佛又回到了中东，回到了战火纷飞的现场，把战争的残酷和民众生灵涂炭的场景再现读者的眼前，是在用心呼唤和平，呼唤珍惜生命，企盼动乱不已的中东能够早日安宁，同时也是希冀引发人们进行更深层的反思：站在历史新的十字路口，未来人们应该为自己选择什么样的路？这本书是作者用心血写成的文字，值得花时间好好阅读。

吴思科
2018 年孟春

目 录

序：在战火中呼唤和平 ……………………………… 1

见证黎巴嫩南部解放 ……………………………… 7

进入加沙，感觉加沙 ……………………………… 19

东方大厦楼前遭骑警驱赶 ………………………… 27

开罗奇怪的雨，我脸上的雨和泪 ………………… 31

阿拉法特弟弟谈杰宁大屠杀 ……………………… 42

希望仍旧在，和平终会实现 ……………………… 47

阿拉法特印象 ……………………………………… 52

巴以地区局势再度恶化 …………………………… 67

美伊战况报道 ……………………………………… 80

重兵围困拉马拉 …………………………………… 134

中东不死鸟陨落·····························148

现场见证单边行动计划实施 ·················186

话说以色列安检和"生死状"··················219

黎以战地日记·······························225

她从战火中走来·····························337

折戟沉沙，归来已是暮途 ···················344

后记：有爱就会有希望·····················399

见证黎巴嫩南部解放

时间的脚步稳稳当当地踏入 2018 年,这是我战地归来的第十个年头,中东依旧,巴以地区依旧,祸乱交兴,风云变幻,一年又一年,人们期盼和平的愿望不知何时才能实现。

1999 年 9 月,央视在开罗建立记者站,建制两人,业务范围包括西亚和整个非洲,重点关注中东、尤其是巴以地区。我出任站长、首席记者,第一任搭档刘茁野,第二任搭档李仲扬,第三任搭档是杨春和陆晔。

众所周知,中东是当今世界最不安宁的地方,战乱不断,灾祸频生,突发事件多,重大新闻、热点新闻层出不穷,多年以来,这里一直是全世界关注的焦点。我们五人在这里经历了很多难以忘怀的大事。

首次被子弹追着跑是在黎巴嫩南部,首次见证活生生的人在眼前被枪弹击中伤亡是在巴勒斯坦加沙地带。我的回忆从黎巴嫩南部解放讲起。

2000 年 5 月 24 日,以色列结束了自 1978 年以来对黎巴嫩南部长达 22 年的占领,开始从黎巴嫩南部撤军,一周后撤军完毕。占领期间,以色列方面死亡 1580 人,致伤 6485 人。以色列以"清剿"巴勒斯坦反对以色列武装为名,分别于 1978 年、1982 年两度出兵入侵黎巴嫩,并占领了黎巴嫩南部大片领土。1985 年,以色列以维护其北方领土安全为由,在黎巴嫩南部建立了 850 平方公里的"安全区",派驻 1500 名以色列国防士兵,并扶植了一支大约 3000 人的南黎巴嫩军。

南黎巴嫩军以及家属共有 6000 人左右,撤军后,这些人在以色列避难,黎巴嫩要求国际社会协助引渡南黎军司令拉赫德回国受审,1999 年黎军事法庭曾以"叛国通敌"罪缺席判处其死刑,同时被判决死刑的还有其他十几名南黎巴嫩军高级将领。

撤军后,黎巴嫩南部地区获得解放,记者和居民都可以自由出入,我和刘苗野在那里做了为期一周的深度采访，见证了黎巴嫩南部解放后的变化。

黎巴嫩共和国位于亚洲西南部，地中海东部沿岸。东部和北部与叙利亚接壤，南部与以色列、巴勒斯坦为邻，全国人口只有330多万，境外人口1500万，是全世界唯一境外人口超过境内人口的国家。

历史上黎巴嫩曾经受埃及、亚述、巴比伦、波斯、罗马、奥斯曼帝国等统治，1920年起由法国委任统治，1943年11月22日独立成为共和国。黎巴嫩在1975年爆发了一场持续近15年的内战，严重破坏了经济发展。他的主要经济来源是银行业和旅游业，过去经济十分发达，是东西方文化的交汇点，曾经有"东方小巴黎"之称。在旅游业最发达时，到黎巴嫩的游客曾高达四五百万，但在2000年却只有四五十万了。

南部战争的结束，无疑是旅游业重新繁荣最重要的一个条件，也是经济发展的重要前提。当地人非常期待"东方小巴黎"能够再现辉煌。

我到达当天，首先感受了一下贝鲁特。黎巴嫩属于地中海气候，六

在黎以边境报道以色列撤军后的黎巴嫩南部局势

月初的贝鲁特并不炎热，市中心繁华地带，主街道上一股股车流速度很快，像风一样忽地一下刮过去，车辆种类高低档都有，其中有我喜欢的宝马、悍马和路虎。步行街两旁，商铺林立，各色货品琳琅满目，令我没想到的是这里有几家法国品牌的时装店，更想不到的是进出商业街的那么多女孩子在穿着上如此时髦、大胆开放，短裤、吊带背心、露脐装比比皆是。知道黎巴嫩在阿拉伯国家中比较开放，女孩子穿衣打扮没那么多约束，但没想到会开放到这种程度。

晚上到海边去吹风，远远看到一片灯火辉煌，行到近处，发现这里是开放的公众海滩，不少人在海里游泳戏水，沙滩上乘凉闲聊的人更多一些，其间还有卖饮料、零食、烤玉米的流动小货车，说笑声、打闹声此起彼伏，一派祥和气象。

从表面上看，黎巴嫩首都没有任何以色列撤军后的痕迹和影响，那么南部会是怎样一种情景呢？

黎巴嫩南部见闻

以色列从黎巴嫩南部撤军以后，黎以边境局势是否能够平安无事，引起众多的关注。次日一早，我们租车前往黎以边境，出租司机兼任向导，首先带我们来到一个名为凯浮尔·凯莱的小镇，在这里走访了几户人家，其中一位居民告诉我说："几天以前，我们这里还被以色列军人占领着，现在没有了军人的武力威胁，我们的生活安定多了。"我看得出，居民的情绪都比较平静，脸上洋溢着喜色。

出了小镇一路前行，战争的痕迹依然随处可见，地上有残留的弹片和子弹壳，山坡上有防御工事，路边有以色列军队的炮台，虽然已经被炸毁，火炮也已经被转移，但仍旧留有残存的痕迹。

在一处被铁丝网围住的地区，关闭的铁网大门上，有一把生锈的铁锁，门把手上挂着一块牌子，上面写着"小心地雷"。这块牌子提醒人们，这里仍然是十分危险的地区，不要靠近。刘苗野在这个地方拍了几个镜头，就赶紧躲开了。

继续往南行驶，两边的空地上出现更多被炸毁的坦克、火炮和各种车辆，处处可见的层层密布的铁丝网还没有来得及拆除。但是，毕竟战火的硝烟已经散去，紧张的气氛已经大大缓解，往日的军事禁区成了人们的参观景点。

所到之处，几乎每一个地方，都有许多黎巴嫩百姓，他们大多都是以家庭形式，携妻带子前来参观游览，或者探亲访友，毕竟这里是他们的土地，这里有他们被封锁了22年而无法相互来往的亲友。

距离公路稍远的地方，一眼望去，看到一片片成熟的麦田正等待收割，一阵小风吹过，麦浪滚滚，闪耀着斑驳的金光，更远处的山坡上，几只牛羊正在悠闲地吃草，山脚下有一片不算茂密的小树林，树阴下有一些人正在野餐，老人孩子热热闹闹，看起来就像一幅美丽的田园诗画，我心里感叹着"没有战争的日子真好"。

来到另一处边界线上，看到以黎边界被两道铁丝网隔开，两道铁网中间有一条通道，通道里一辆以色列装甲车正在巡逻，有几个士兵从不远的地方，跟黎巴嫩这边的人群隔网相望，铁丝网边上，一簇一簇的鲜花在明媚的阳光下竞相盛开，悄然述说着人们对和平的向往。

第二天，我们参观了曾经关押抵抗战士和老百姓的海亚姆监狱，撤军以来，这里每天都有成千上万的人来参观游览。

地雷隐患仍旧威胁着人类

占领期间，以色列在黎巴嫩南部共埋有13万颗地雷，平均每平方公里160多颗，分布在军事设施周围、公路两旁和城镇边缘地带以及山脚下水塘边。那些年因触雷被炸死的有800多人，受伤者上千人之多，他们多数是当地牧羊人。

我在地雷区边缘做了一个出镜词，用在专题节目中，讲述地雷对人类的危害。就在我们采访的那几天中，不小心触雷伤亡的事件时有发生，几天之内，死伤人数大约有120人。在做这个节目时，我也是提心吊胆，唯恐一不小心触到地雷，但是要想节目做得好，就一定得注重现场感，距离越近对观众的视觉冲击力才越强。

以色列从黎巴嫩南部撤军以后，黎巴嫩政府开始着手制定南部的重建计划，然而战争时期遗留的大批地雷成为重建工作的巨大隐患，是今后面临的一个严重问题。

在黎巴嫩南部地雷区报道地雷对人类的危害

　　据有关方面统计，这些年被挖出来的地雷有 3 万颗，但还有 10 万多颗，仍旧时刻威胁着人类的生命安全。

　　夏日的黎巴嫩南部山区，绿草如茵，山花烂漫，公路旁五颜六色的山花在微风的吹拂下，轻摇慢舞，婀娜多姿，淡淡的清香沁人心脾。然而遗憾的是没有人敢随意走下公路，采摘一束野花在手上，甚至不能靠近一步，细细地观赏，因为人们知道，在这鲜花下面，正暗藏着杀机，密布的地雷随时都可以吞噬无辜人的生命。

　　用英语、阿拉伯语和希伯来语标明"地雷"两字的小牌子随处可见，掩映在鲜花丛中，显得十分不协调。

　　关于地雷问题，我们专访了黎巴嫩新闻部长，他在接受采访时说："众所周知，以色列在我们南部大范围地布置了大量的地雷，甚至有些地雷布置在非军事区，但是这些地雷的确切位置没有人知道。我们将采取有效措施，尽力保证公民安全，我们也希望联合国重视这件事，尽快扫除地雷隐患，让我们能够进行战后重建。"

　　地雷问题已经引起了当地政府和国际社会的广泛关注，黎巴嫩政府在已知的雷区都尽可能地张贴警告标志，并采取隔离措施。联合国也派了扫雷小组进驻雷区做扫雷工作。6 月底，联合国维和部队的 1000 名增援部队人员抵达，其中大批来自乌克兰的军人以前是从事扫雷工作的专家。据估计，全部清除黎巴嫩南部的地雷，需要大约 40 年的时间。虽然过于漫长，但是黎巴嫩人民终于还是看到了和平，看到了他们的下一代不被地雷伤害的希望。

南黎维和部队

对联合国维和部队我们也做了些了解，这支部队是根据联合国安理会 425 号决议于 1978 年进入黎巴嫩的，其任务是监督以色列撤军和维护该地区的安全，最多时候 7000 人左右，1982 年时 4500 人，2000 年 5 月 4513 人。待到确认撤军完成后，第一阶段将达 5600 人，最终达到 7935 人。

维和部队的使命是维护和平与安全。黎巴嫩政府肯定维和部队的作用，但是强调人数和职能等问题必须征得黎巴嫩同意。维和部队的正确称呼是"联合国驻黎巴嫩南部临时部队"，由意大利、法国、波兰、爱尔兰等 9 个国家的人组成。维和部队政治发言人是铁木尔·艾克森尔。

这里顺便提一下，2006 年 3 月，中国维和部队工兵营进入黎巴嫩南部，4 月 9 日，与乌克兰维和部队举行了交接仪式，驻守在南部的哈尼亚地区。这是中国第一支赴中东执行联合国维和任务的部队，承担着执行联合国驻黎巴嫩维和临时部队司令部赋予的在任务区排雷，以及修建和维护道路、建筑物、停机坪等任务，同时担负对黎巴嫩南部地区的人道主义救助任务。这支部队进入黎巴嫩不足 3 个月就经历了一场战火考验，他们冒着危险，帮助当地护路修路，填埋弹坑，从被炸毁的建筑物中搜救被埋压人员，当地人非常感激和拥戴他们。这些我将在后面的章节"黎以战地日记"中详细描述。

怀抱橄榄枝隔网相望

几天以来，我和刘苗野在崎岖小路上、在地雷区、在山上山下到处奔波走访，脚上磨起了大水泡，出了一身又一身臭汗，身上的衣服干了湿，湿了又干。有一次，我正在边界线上采访一位当地居民，感觉有人拽了一下我的衣角，回头一看，身后不到1米远的拦网上，挂着一个硬纸牌，上面写着"小心地雷"，之前没有看到，一看真是吓了一大跳，顿时又出了一身冷汗，实在太危险了，在这个地区行走，真是一点都不能大意。

撤军之后，生活在黎巴嫩的巴勒斯坦难民，一批又一批蜂拥来到南部，可以从边界线上隔着层层拦网和在以色列境内的家人隔网相望，这些难民更加思念家乡，期望有朝一日重返家园。

巴勒斯坦难民何时能够重返家园，建立自己的巴勒斯坦国，也再次成为国际社会关注的焦点。

自从22年前，南黎巴嫩被占领后，在黎巴嫩的巴勒斯坦难民就再也没有机会和仍就留在巴勒斯坦被占领土的亲人见上一面。如今解放了，人们的喜悦心情溢于言表，连日来，人们源源不断地从各地赶往边界，急迫地打探亲人的消息，期盼与被网界相隔在那边的亲人见面。

在黎以边界，有两道厚厚的铁丝网，铁网之间是一条通道，以色列的坦克不停地在通道上往返巡逻，坦克上架着机枪、戴着头盔的机枪手两眼警惕地扫视着铁网外两边的人群，唯恐发生什么意外。

以色列那边的铁丝网后，很多巴勒斯坦人站在土坡上向这边的人喊话，南黎这边的铁网前，拥挤着大批巴勒斯坦人，他们不怕扎手，也顾不上疼痛，紧紧地抓住铁网，争相和铁网那边的亲人对话。

山坡上，仍旧有源源不断的人流向铁网处涌来，无论男女老少，每个人的怀里都抱着大把象征和平的绿油油的橄榄枝，被隔断22年的巴勒斯坦人，就这样隔网相望，大声喊话，泪眼汪汪地互祝平安，看着这种场景，我心里有些酸楚。

在铁丝网的那一边，有位病人坐在轮椅上，他的名字叫优素福，身边围着他的家人。这边几个中年人争先恐后对我说："我和我的兄弟姐妹，还有我们的孩子都来了，那边是我的叔叔和他的子孙，还有其他家人，几十年了，这是我们第一次相见。叔叔生着病，不能离得那么远跟我们喊话，他是被特许坐到网前面和我们说话，我真想拥抱我的叔叔，什么时候才能通过这道网呢？我们盼望和平，盼望国家独立，盼望早日回到自己的家园。"

夕阳西下，天色很快暗下来，暮色笼罩中，山坡、树影、人群渐渐地有些模糊，被一网相隔在两侧的亲友仍旧依依恋恋，难舍难分，一再挥手相约，明天再见。他们期待着和平，期待着更加美好的明天。

被子弹追着跑

连续几天，我们几乎走遍了黎巴嫩南部每一处地方，包括仍旧被以色列留守军人控制的 3 处有争议的村庄。在其中一个地点，我们遭遇了一次枪击事件，被子弹追着跑。

这个地点周围用铁丝网围绕着，里面不远的地方有一个防御工事。我眼神不好，从远处看不清具体什么情况。

刘茁野打开摄像机，把镜头推上来，我俩从镜头里非常清楚地看到，有 2 名以色列士兵头上戴着伪装帽，从肩膀上看出身上穿的也是伪装服，他们趴在高高垒起的麻袋后面，每人手里握着一挺机关枪，双眼紧盯着对面的人群。我看 2 名军人长相非常精神、帅气，不知道当他们向人群开枪时会是一种什么心态呢？

看着那两挺机枪，我心里感到不安，有谁愿意在枪口的威胁下工作呢？这有很大的危险性，必须要多加小心。正这样想着，就看到人群里乱哄哄的，一群年轻人情绪激动起来，嘴里高声呼喊"这里是我们的国土，以色列滚出去。"有人向铁丝网里面扔石头，还有人一边喊叫，一边冲撞铁丝网，试图打开缺口冲进去，这些人里有老人、青壮年，也有孩子。

看到这里，我感觉要出事，赶紧对刘茁野说："不好了，恐怕要出事儿，你拍几个镜头赶紧撤。"

刘茁野说："没关系，我先拍几个镜头。"

我说："抓紧吧，不用太多。"

正在拍着，这时场面更加混乱，激烈的枪声突然间响起，听到枪声的刹那间，抬头一看，对面的以军士兵正在向人群用机枪扫射，而我和刘茁野的位置正处于扫射范围之内，我大喊一声"茁野快跑！"他蹭地一下子，撒丫子就跑。

被子弹追着，现场所有人都在玩命狂奔，一群人都跑得气喘吁吁，

黎巴嫩南部现场，采访后就这样整理素材，撰写稿件，引得当地孩子好奇围观

孩子们吓得大哭大叫，现场一片恐怖、混乱。

　　跑到一棵大树后面，我两腿一软就坐在了地上，心跳剧烈加速，砰砰地好像要从嘴里跳出来，我靠着树干大口地喘气，过了好一阵儿才慢慢平缓下来。刘茁野扛着那么大的摄像机，跑得比我还快，到底是年轻小伙子，体力就是好。

　　工作状态下，我们使命在心，责任在肩，总想着把镜头画面拍得更多、更好、更丰满，把采访做得更到位、更全面，即使多么艰难困苦，即使面临枪弹，也能无惧无畏。但事后还是一阵后怕，子弹可是不长眼的，没有谁能让子弹慢慢地飞一会儿，真要是被追上了，后果不堪设想。

走访巴勒斯坦难民营

　　结束对黎巴嫩南部的专访，我们来到首都贝鲁特。贝鲁特位于黎巴嫩海岸线中部突出的海岬上，面向地中海，背靠黎巴嫩山脉，是地中海东岸最大的港口城市，以其独特建筑风格与气候环境并美而闻名于世，人口 180 万，民族成分以当地阿拉伯人为主，少数民族有亚美尼亚人、巴勒斯坦和叙利亚的阿拉伯人。贝鲁特居民 1/3 为逊尼派穆斯林，其他还有亚美尼亚正教、东正教、天主教、什叶派穆斯林等。

贝鲁特是一座文化古城，不但以温和的气候、秀丽的景色、别致的建筑，而且以许多著名的历史古迹吸引着各国的游客。市内保存有罗马时期（约公元 1 世纪前后）的城墙、庙宇、水池的遗址和奥斯曼帝国时期（1516 年，贝鲁特落入奥斯曼帝国统治）的清真寺。贝鲁特以东 80 多公里处的巴勒贝克，是腓尼基时代建立的古城，有著名的希腊和罗马时代的遗迹，其中最引人注目的是巴勒贝克神庙，是世界上著名的名胜古迹之一。虽然经过内战的创伤，贝鲁特仍然是黎巴嫩的文化中心。

在贝鲁特我们走访了"玛利亚斯"巴勒斯坦难民营。

从 1948 年阿以冲突爆发后，400 多万巴勒斯坦人失去了自己的家园，他们生活在约旦河西岸、加沙地带、约旦、黎巴嫩、叙利亚等地的难民营中。国际社会给予了他们大力的救助，但尽管如此，绝大多数难民的生活是十分艰难的，早日重返家园始终是他们最大的心愿。

走进难民营，尽管心里有所准备，还是被第一眼所看到的景象而震惊。在倒塌的楼房废墟里，残存的一部分建筑竟然会有人居住，出租司机介绍说，这里是 1982 年黎以战争中被炸毁的，很多年没有人清理，成为穷人的栖身场所。摇摇欲坠的楼房、遍地的垃圾使我感受到难民生活的艰难。街巷中、墙壁上随处可见的巴勒斯坦国旗，更让我体验到他们对重返家园的祈盼。

黎巴嫩大约有巴勒斯坦难民 40 多万，占黎巴嫩全国总人口的八分之一，大多集中在黎巴嫩南部众多的难民营里。贝鲁特有 3 个难民营，约 17 万人左右。他们都有自己的武装，也有重武器。他们在黎巴嫩持私人护照，自由出入，有生活学习工作等权利，但是没有提名权和选举权。有的黎巴嫩人视他们为"定时炸弹"。

"玛利亚斯"难民营，位于黎巴嫩市中心，有难民 3 万多人，有些人在这里生活了 50 年，也有些人是从 1967 年战争后来到这里的。

我采访了难民营负责人——法塔赫组织成员塞义德，他告诉我们，难民的状况非常不好，就业机会不多，很少人有固定收入，难民营卫生条件很差，疾病蔓延，难民靠打零工或在附近农场干活赚取微薄的收入，十分艰难地维持生活，稍好一些的有自己的小摊位，经营简单的食品蔬菜和生活日用品。也有的人靠国际组织的救援和国外亲属的帮助度日。

难民营没有自来水，每天要等小商贩的马车来这里卖水，停电更是家常便饭。赛义德说，难民们都盼望着早日建国，50年了，他们始终都没有找到家的感觉，他们几乎失去了继续等待下去的耐心。他还介绍说，难民营里仅有的一所学校和一所诊所，都是靠联合国难民署援助建立的，看起来十分简陋，免费向难民提供服务。由于没有钱，这里的孩子大多数只上完小学就没有继续读书的机会了，他们的前途在哪儿，没有人知道，他们自己也不清楚。

对于老人来说，生活状况更为凄惨，在一间特别窄小的住房里，我采访了一位63岁的妇女，名叫罕蒂亚，从外观上看她显得非常苍老，比实际年龄大很多。她孤零零地只身一人，靠每月8000黎巴嫩镑的救助金生活。之前我在贝鲁特街头推车叫卖的小摊上买过烤玉米，每只烤玉米的价格是1500黎镑，也就是说，老人1个月的救助金只够买到5个烤玉米。

老人的2个儿子都在1982年的战争中失踪，一直下落不明，丈夫也早已去世。老人身患重病，又因摔伤导致残疾，更使她的生活雪上加霜。

罕蒂亚老人告诉我们："我50多年没有回家了，我想回到我的老家去，希望我的晚年生活能够安定下来，希望永远都没有战争。"

赛义德继续介绍说，有很多情况比你们看到的还要凄惨，这里严重缺水、缺电，晚上到处漆黑一片，人们每天期盼着，艰难地熬过一天又一天。如果你问这里的人，无论老人、妇女还是刚刚学会说话的幼儿，他们都会用同一句话告诉你："我们怀念祖国，我们希望早日返回自己的家园。"

黎巴嫩政府对这些难民如何安排？他们今后的出路在哪？就此问题我们采访了黎巴嫩新闻部长安瓦尔勒·海利利先生。他说："黎巴嫩政府对巴勒斯坦难民十分同情，他们在黎巴嫩生活，除了没有选举权、不能参与政治事务权以外，拥有所有的生活、工作、经营、学习等权利。黎巴嫩政府不参与难民营的管理，他们有自己的组织，也有国际组织和红十字会的援助。希望以色列撤军以后所有遗留问题都能尽快解决，希望中东和平早日实现，当然更希望巴勒斯坦难民早日回到自己的家园。"

在难民营里，都有巴勒斯坦人自己的武装力量，他们会接受军事训练。由此，他们也会被视为不安定因素，但巴勒斯坦人表示，一定要保留自己的武装，他们随时愿意为建立自己独立的国家而献身。

海利利部长说，巴勒斯坦人都有自己的武装，他们有很多武器，也有重武器，他们的主要目的是保护自己，反抗侵略。如果一旦有不安定因素影响的话，我们黎巴嫩军队的力量和安全力量足以对付。海利利认为，这不是黎巴嫩一国的事情，在很多其他国家也是一样。

离开难民营时已近傍晚，一队身着迷彩服、戴着头罩的武装人员迎面走来，看得出这是难民营里的巴勒斯坦武装力量。望着他们很快消失的身影，望着夜色中越来越黑暗朦胧的难民营区，我的心情也变得沉重起来。

进入加沙，感觉加沙

中东和平进程和巴以地区局势是我在任期间重点关注的话题，离开这么多年，巴以双方的争端依然层出不穷，这个地区的局势依旧动荡不安，和平的曙光何时才能照耀这片土地，依然是我不能释怀的话题。

时光回到 2000 年 12 月 13 号，那是我第一次进入加沙地带，踏上巴勒斯坦被占领土，从那以后，巴以地区重大事件层出不穷，不是双方发生激烈冲突，就是单方面袭击，或者是突然发生爆炸事件，每次我都能快速赶到现场，把第一手消息报道给观众，视频对观众的冲击力很强。多少次出入巴以地区已经记不清了，但首次进入加沙的感觉仍记忆犹新。

2000 年 9 月 28 日，以色列右翼利库德集团领导人沙龙强行登上耶路撒冷伊斯兰圣地阿克萨清真寺，引发了新一轮巴以流血冲突，至 12 月中旬，巴以之间的流血和对抗已经持续了 2 个半月，有 300 多人在冲突中丧生，上万人受伤，其中很多是 18 岁以下的巴勒斯坦青少年。

这次冲突引起世界各国关注。我们站对这次冲突做了大量报道。但是报道内容大多局限于国际社会进行的穿梭外交斡旋，或者是有关国家首脑之间的会见和会谈。要想报道更深层内容，则必须要亲临现场，正好当天又发生一次恐怖袭击事件，为此，我和刘苗野立即行动，从埃及的北西奈拉法口岸出境进入加沙地带。

拉法原为巴勒斯坦西部边境市镇，属于加沙地带的一部分。靠近地中海，位于沙漠之中，后来划归埃及，这个地区也是最大的巴勒斯坦难民营所在地。

拉法口岸非常简陋，过往的人却特别多，看起来乱哄哄的。埃及方面出境手续办理比较简单，不到十分钟就办妥了。

出来之后，我们通过几层铁丝栏网，穿过了埃以两方之间的小段空地，然后按照规定乘坐以色列方面的大巴车，行驶几十米后，便到达了以方的入境关口。

大巴车在以方关口足足停留了半个多小时，没有任何人理睬，车上的人禁止下来活动。大巴车司机告诉我说，这是以色列惯常的做法，大家必须耐心等待，有时会等上好几个小时才让通过。也有的时候，等待几个小时过去了，仍然会被拒绝入境，所有人只好打道回府。

这样说来，我们的运气还算不错，足足等了 2 小时之后，大巴车终于开进了以色列控制区，不过这才是我们行程中的第一关。第二关我想会更难一些，因为我和刘苗野的签证在头一天刚到期限，这次过来，就是想闯一闯试试，如果能过去的话，就说明以色列方面在有些事情上是可以通融的，以后要是再遇到紧急情况，来不及申请签证的话，可以照此办理，即使过不去也没关系，至少对这个口岸也能有所了解。

刘苗野的英语水平非常好，跟以色列人打交道主要靠他出面，通过他的努力争取，又过了 1 小时，我们终于拿到了临时签证，进入加沙。

加沙地带呈矩形，南北长约 40 公里，东西宽 6—8 公里，位于巴勒斯坦和埃及之间，靠近埃及边境和地中海，通过沙丘带上的一个豁口与海岸相通。面积约为 365 平方公里，居民超过 220 万人，主要是巴勒斯坦人和其他阿拉伯人，是世界上人口密度最高的地区之一。

加沙属于干旱地区，三分之一的土地是沙丘，水源比较贫乏，农业靠井水灌溉，主要种植柑橘。除农业外，在加沙地区还有一些陶器、食品和纺织工业。加沙地带，每天有上万巴勒斯坦人进入以色列境内上班。这些人主要从事建筑、搬运等重体力劳动。

从开罗动身前，我就跟新华社驻加沙首席记者马晓霖取得联系，希望他能给予一些帮助。刚一进入关口，就看到他已在那边等候，此前尚未见过面，但我知道那一定是他。这位在巴以冲突中作了大量报道的年轻记者，虽然我们是第一次见面，但他的热情豪爽，给我留下良好印象，很快我们便熟悉起来，在随后这段有限的时间里，他给了我们很大帮助，在短短时间内，我们便建立起相互间的友谊和信任。

马晓霖开着吉普车，车头前右侧挂着国旗，前车盖上涂有大大的英文字母"T.V CHINA"，汽车行驶在关口通往加沙的 4 号公路上，马

在加沙帐篷区采访

晓霖一边开车，一边指着窗外向我们介绍，那一片片碎砖乱瓦，原来是巴勒斯坦人的住房，不久前刚刚被以色列的坦克和推土机推倒。那一个个光秃秃的粗大树根，是以色列以安全防卫为借口砍倒上千棵茂盛大树而留下的。

这时，天空飘着零星细雨，天渐渐地黑了，朦胧中又见到零零散散破旧的帐篷在车窗外闪过，有妇女和儿童在帐篷周围走动。马晓霖介绍说，这些人原来并不是难民，由于他们的住房在1个月前刚被以色列士兵摧毁，他们就变得无家可归了，现在也只能过着不是难民的难民生活。

接近加沙时，马晓霖指着一堆瓦砾说，那就是几天前，年仅12岁的巴勒斯坦儿童杜拉遭到以色列士兵枪击而亡的地方，这里的一片住房和墙壁也被推倒了。

天空阴沉沉的，越来越黑，一路行程，一路观看，我的心情也越来越沉重。

从拉法到加沙距离40公里，4号公路贯穿南北，平时只需半个小时便可到达，但由于此前这一地区的一名以色列女教师被炸伤，因此，以色列在每一个通往犹太人定居点的路段设了关卡，每一个关卡都有坦克和装甲车把守，坦克炮口和装甲车上的机枪枪口，阴森森地直对着过往车辆和行人，使人感到危险就在身边，生命毫无保障。

尽管马晓霖的车身喷有醒目的英文"T.V CHINA"字样，而且车头前还挂着中国国旗，以此证明我们是中国人，但是仍旧得从其他路段迂回绕行。进入加沙时，天已经完全黑了，街上的行人寥寥无几。

在马晓霖家，我做了一顿很简单的晚饭，匆匆吃过之后，马晓霖抓紧时间带我们出去看看，感觉一下加沙的夜。在经常爆发冲突的主要地点和几个关键路口，有背着枪的巴勒斯坦武装人员要我们停车接受检查，有些路段禁止通行。马晓霖说，当天伯利兹等几个地点又有几起小冲突发生，4名巴勒斯坦人在冲突中被打死，所以此时盘查比日常严格。

加沙的夜被阴云笼罩，街道本来就没有多少灯光，这时更显得漆黑冷清，刚刚9点钟，大街小巷便见不到一个人影。突然间，远处雷声滚滚，闪电交加，我们急忙驱车回返，还没等回到住处，一阵急雨倾盆而下。不到10点钟，地上满是积水。又断电了，加沙的夜更加黑暗。马晓霖说，因为巴以双方的冲突，还有其他原因，停电是家常便饭。

站在窗前，看着夜雨中的朦胧建筑，我一下子想到，刚才在路上看到的那些简易帐篷和那些妇女儿童，他们该怎样熬过这凄风苦雨中的寒夜。

次日上午，马晓霖带我们去一家音像公司租摄像机，那时，我们在开罗订购的所有采录设备都还没有到位，每次出现场都是在当地租用。音像公司的人建议我们租防弹衣，以备不时之需，但他们只剩下一套了，那就租一套吧，也许会用得上。带着临时雇佣的当地记者阿里，我们出发到加沙南部汉尤尼斯的格拉拉村采访。

因为停电而不方便案头工作的马晓霖，感觉会有事情发生，也随同我们一起去采访现场。随行中，阿里不时地用手机和他的同事保持密切联系，随时交换信息和最新动态。

在格拉拉村，我们就"新世纪里巴勒斯坦人民的愿望"为题材采访了当地村民。之后看到旁边有一只废弃的油桶，上面有一根长长的木杆子，几个巴勒斯坦人正在往上面升国旗。刘苗野上前打开摄像机，准备拍几个镜头。

就在这时，没想到巴勒斯坦人一句话不说，冲着刘苗野脚边直接开枪扫射，不用说我们是吓了一大跳。我赶紧上前询问："怎么了这是，为什么开枪？"

一个小伙子竟然笑着说："没什么，开个玩笑。"

刘苗野气得用汉语说了句："你大爷的。"

我说："拿开枪当玩笑吗？我对巴勒斯坦人本来是挺同情的，但你们这样做我非常气愤，马上道歉。"

在回程路上，我让刘苗野穿上了防弹衣，接下来还不定会遇到什么事，摄影记者一般是冲在前面，防患于未然吧。

进入加沙市了，马晓霖说："等会儿干完活请你们吃海鲜，加沙的海鲜还是不错的。"

结果这顿海鲜没吃上，又来了新情况。马晓霖接到线人电话告诉他，附近一条街上，正在发生枪击事件。马晓霖立即一脚油门踩下去，朝着事发地点飞速行驶。刘苗野也立刻兴奋起来，打开摄像机，做好拍摄准备。车刚停下，他就跳下来，健步如飞冲到前面，把镜头对准了以色列枪弹下的死伤者。他一边跑，还一边说："梁姐，前面危险，你没穿防弹衣，就在后面呆着，我去拍几个镜头就回来。"

听到这话，我心里非常感动，这小伙子够哥们儿，平时觉得他没我胆子大，但关键时刻方显英雄本色。美籍战地记者罗伯特·卡帕曾经说过一句著名的话"如果你拍得不够好，那是因为你靠得不够近"。只

加沙枪击事件后我在这个位置做了出镜报道

有靠近目标，才能把真相更清晰地展现出来，这是必然。但是在枪弹面前，距离越近，危险性越大，记者不仅需要高水平技术，还需具有高度责任感和胆量。

枪声停息，伤员被迅速抬到路边一辆救护车上，我看到伤员的裤腿已经被鲜血浸透，看起来伤势很严重。刘苗野继续跟拍几个镜头之后，我在旁边做了一个出镜词，真实客观地报道了现场目击过程。

在这次事件中，一位名叫哈尼·艾布·夏克尔的巴勒斯坦青年被打死，另外三人受重伤，当时他们正开着一辆红色民用车经过这个路段，关卡上的以色列士兵突然向他们开枪射击。事后巴勒斯坦方面说，他们四人都是巴勒斯坦平民百姓，但是以色列方面则说，据他们得到的情报认为，这几个人都是巴勒斯坦极端分子。

曾经有人问过我一个问题"为什么巴以也好、黎巴嫩也好，你讲的几次事件中，救护车总会出现得那么及时？"这里我简单介绍一下：在中东这些经常爆发冲突，或者经常发生爆炸事件的国家和地区，红新月会从常年的救援工作中，已经历练得非常有经验。无论哪里有重大活动，红新月会都会有救护车提前停在那里，随时做好应急准备；在一些事件多发的敏感地带，他们会有流动救护车进行密集巡视，一旦有事情发生，他们会立即到位，在第一时间实施救援。

午饭过后，加沙街上的人明显多了起来，几个孩子在街边的墙上张贴死难者画像，有人说要为之前遇害的死难者举行葬礼。在几条街道路口，我都看到了以色列军方设置的关卡，每个关卡对面不远，是巴勒斯坦人用沙袋建筑的街垒，双方人员虎视眈眈地对峙着。

在一处街垒后面，我看到几名巴勒斯坦少年，每人手里握着几块石头或砖块跟对面的以色列坦克机枪遥遥相对。这些孩子眼里燃烧着仇恨的火焰，他们面对我争相述说以色列军人对他们实施的种种暴行。

难以化解的历史恩怨，加上近期以来爆发的流血冲突，在新一代幼小儿童的心里埋下了仇恨的种子。望着这些没有安全感、没有安定生活的孩子，我无言以对。

以前我不理解巴勒斯坦孩子为什么会向以色列军人扔石头，我曾经认为这是很不理智的行为，你扔去一块石头，对人家没有任何伤害，换来一阵机枪扫射，你这边就会有人员伤亡，这样做值得吗？当我在现场目击了枪击事件后，当我走过他们被毁的家园后，我理解了这些孩子的做法。

他们生活在这样一个冲突不断的动乱地区，每当亲眼看到一次自己的亲人、自己的父辈兄长、自己的同学朋友被枪杀，就会在心里增长一分仇恨，日积月累，难以平复。但他们手里没有先进的武器，没有国际上强大的武力支持，他们手里只有一块石头可以投出去，用以发泄心中的仇恨和怒火。

天色已晚，又一阵急雨突然降落下来，天空又拉上了黑色幕布。我们告别马晓霖，通过埃雷兹检查站前往耶路撒冷。在加沙的一昼夜，就这样在危险、恐怖、黑暗、多雨中过去。我在心里默默地祈祷，但愿巴以之间的流血冲突只是黎明前的黑暗，但愿巴勒斯坦人在新世纪里能够早日拥有自己的家园，但愿巴以人民早日得到真正的和平和希望。

埃雷兹检查站是连接以色列境内和加沙地带的唯一通道，位于加沙地带北部，检查站的巴以两边关卡相聚只有100多米，但是以色列方面不允许步行通过，百十米的路段必须乘坐他们指定的车辆，而且费用昂贵。

出了检查站，感觉四周空旷，没几个人影，拖着行李走到公路边，看不到公交车，也看不到有明显标志的出租车，往返的车辆都在急速行驶，没有任何一辆停下来。

人生地不熟，两眼一抹黑，没有别的办法，只能是截车了，我和刘苗野一直伸着手，向过来的车辆示意停车，管他什么公车也好，私车也好，只要能搭乘就行。

等了好半天，没有任何车辆停下来，我有些焦急，正在一筹莫展时，只见一辆车突然减速慢行，向我们缓缓靠过来，停下一看，车窗里是几个东方人面孔，一位先生拉开车门，开口问道："是中国人吗？"

我一听，顿时心里热乎乎的，赶紧回答："你好，我们是央视记者，刚从检查站出来，要去耶路撒冷，找不到出租车。"

这位先生听了说："在这儿你等不到出租车，我们是中国驻巴勒斯坦办事处的，送你们去车站吧。"我没有记住他们的名字，但寒风中的一缕温暖却一直流淌在心里。

时过境迁，当我俯案在电脑上敲打着键盘时，脑海里仍旧晃动着那些被采访的巴勒斯坦男女老少的身影；眼前出现的依然是街垒后那些未成年儿童充满仇恨的面孔；耳边回响着他们企盼和平、期盼早日建立独立家园的呼声。对于巴以人民来说，和平是一种非常现实的需要，是巴以双方民众发自内心的渴望，但是和平是否能够实现，什么时候才能实现，很难有人对此做出保证。

东方大厦楼前遭骑警驱赶

意大利比萨饼快餐店几乎开到了全世界，驻外十年中，无论到业务辖区的哪个国家出任务，我的主要饮食基本上就是快餐，首选就是比萨店，要么就是肯德基麦当劳，热乎乎的比萨饼铺着一层厚厚的芝士，蘸着番茄酱，百吃不厌。可我从未想到过，有些人会在享受着美味比萨饼时，命丧黄泉。

那是在 2001 年 8 月 9 日下午 2 点左右，耶路撒冷市中心，一家名为"斯巴罗"的比萨饼快餐店，正值营业高峰，突然间发生一起自杀式恶性爆炸事件，导致 19 人死亡，近百人受伤。伊斯兰圣战组织杰哈德和伊斯兰抵抗运动哈马斯都声称对此事负责。那期间刘苩野正在国内休假，而我正在距开罗 80 公里以外的地方采访。

得知消息，我判断这件事情可不小，接下来巴以双方很可能会有更大动作，有必要赶赴现场做追踪报道。想到此，我立刻驱车返回开罗，做好一切必要的准备，迅速从开罗出发。考虑到北西奈拉法关口有可能会关闭，如果从那里出境的话把握不大，从南西奈塔巴出境路途远很多，但一般不会有问题，埃拉特关口很少关闭，选择这条路相对保险。

晚上 10 点多，到了南西奈的边境小城塔巴。从塔巴出境非常顺利，停留不足半小时，但从那里入关到以色列境内埃拉特，安检等待耗费了相当长时间，踏上埃拉特土地已是子夜时分。

入关之后，寻找出租车很不容易，黑暗中只看到三辆车停在那里，我上前挨个问了三位司机，他们都不愿意在夜间跑长途，只是想找那些到埃拉特度假村的乘客。有谁像我这样，大半夜的穿越内格夫沙漠呢？如果找个饭店住下来，等到天亮再出发的话，又得耽误大半天时间，做新闻就是要争分夺秒，雷厉风行、连续作战才是我的风格，所以我一定要找到愿意跟我赶夜路的司机，送我去耶路撒冷。

　　三个人中有两个年轻力壮，另一位年纪稍微大些，看着人也憨厚。大半夜的去闯荒无人烟的大沙漠，年轻小伙子还是算了吧。我年近50，没钱又没色，不怕打劫，但是能避开的，还是避开为好。我选择年纪大些的这位继续争取，这种情况下别无他法，只能加价，在美元的诱惑下，他终于同意我上车出发，一路疾驰，清晨5点左右到了耶路撒冷。

　　我联系了新华社驻耶路撒冷记者钟翠花，一起来到市中心一条比较繁华的街上，找到被炸毁的斯巴罗比萨店。在现场我看到这家餐馆已经关闭，被炸坏的地方已经用木板封闭起来。木板墙边放了很多单朵的鲜花，另外也有一些花束和花圈，花圈上悬挂着挽联，地上摆放着很多点燃的和没有点燃的蜡烛。附近有几位身上背着长枪的警察和背着枪的犹太定居者在来回巡视，整个气氛看上去仍旧有些紧张。

　　有几个犹太人手里捧着小型本经书，嘴里不停地念着，向遇难者颂经祈祷，我上前询问，他们中有的是死者亲属、朋友，有的与死者素不相识。旁边有两个年轻人是现场目击者，我和几位西方记者都围过来，听他讲述当时的惊魂一幕。

　　目击者描述说，这次爆炸事件惨不忍睹，其中有一家人八个孩子当中被炸死了三个，炸伤两个，另外三个孩子当时不在现场，所以幸免于难。孩子们的外婆说，我们是纳粹大屠杀的幸存者，没想到今天还是逃不脱死亡的灾难。

　　离开这个现场，根据经验判断，有些敏感地区一定会出事，我和钟翠花一起去了耶路撒冷老城，当天阿克萨清真寺一带比较平静。但是，果然不出所料，位于东耶路撒冷的东方大厦成为了对爆炸事件的报复行动所在地，以色列方面立刻关闭并占领了这所象征性的巴勒斯坦办事处。

　　在这里我看到，为防止阿拉伯人的反抗行动，以色列调动了大批的军车、士兵、防暴警察和骑警在这里防守，有几辆救护车和一些救护人员已经到位，随时准备应对突发事件，群众被阻拦在街道两旁百米以外的地方。现场还有一些来自美国的保护巴勒斯坦人组织成员。几十名各国记者也云集在此。为安全起见，记者们有的戴着头盔，有的穿着防弹衣。

　　东方大厦门前一片狼藉，地上乱七八糟地散布着桌椅、纸张、文具、电脑等办公用品，以色列军人在大厦门口出出进进，继续从楼里往外扔东西，巴勒斯坦政府工作人员都站在路边看着，没有人敢出来阻止，我认出阿拉伯联盟新闻发言人阿什拉维就在这些人当中。

阿什拉维来到被占领的东方大厦楼外，是向以色列军方示威。我立刻打开摄像机和钟翠花一起上前采访，阿什拉维对着我的镜头，实际上是在对现场的所有人说："以色列强行占领巴勒斯坦办事机构，并摘掉巴勒斯坦旗帜，换上了以色列的旗帜，这是一种公然的侵犯和挑衅行为，是巴勒斯坦人民绝不能接受和容忍的。"她谴责以色列的这种强行占领，会导致巴以局势的恶化和升级，会毁坏和平谈判的机会。她特别强调"以色列必须尽快从这里撤出，把东方大厦归还给巴勒斯坦。"她说"只要以色列不从这里撤出，我们就继续努力，继续呼吁，继续抗议。"

这次示威活动持续了几个小时，以色列士兵和警察与示威者发生几次冲突，有一名持枪的犹太定居者在混乱中向人群发了一枚催泪弹，一个以色列士兵因此而受伤。紧接着，现场突然出现更大骚乱，一群以色列士兵粗暴地把阿什拉维和她身边的巴勒斯坦人推到街道对面的墙边，不允许他们所有人接近东方大厦巴勒斯坦办事处。以色列武装骑警也冲过来驱赶人群，把阿什拉维撞倒在人行道上。

我正在关注这个情况时，冷不防几名骑警突然向记者群冲过来，挥舞着警棍驱赶在场记者。记者群里有几位是我在这一地区出现场时常见面的，即使说不出名字，但都是熟面孔，有当地记者，有卡塔尔半岛台记者，还有几位西方记者，他们有的在拍照，有的在做现场采访，大家都被眼前的冲击吓到了，赶紧四下逃散。

一位体形较胖的法国女记者穿着防弹衣，带着头盔，全身防护，行动较慢，险些被骑警撞倒，她大声尖叫起来，我正看向她时，一匹驮着骑警的高头大马向我冲了过来，钟翠花一边大喊"梁姐，小心"，一边赶过来，一把拉住我转身就跑，还好，小钟比我年轻很多，有她拉着，我们躲过了警棍和马蹄的袭击。

在巴以地区采访，亲历冲突现场，被迫在枪炮口下通过，或者遭遇冲撞是经常有的事情，危险无处不在。为了我们的人身安全，央视领导给我们配备了防弹衣和头盔，很大程度上增强了安全系数。但有时为了工作方便，减轻负担或者嫌麻烦，我就不穿了，也有时因为事发突然来不及穿。这次在东方大厦采访，因为是和钟翠花在一起，她没有任何防护设备，我不能只顾自己有的穿，而忽略她的感受，所以这次我没有全副武装。

以色列强行占领巴勒斯坦办事处的目的是想通过此事向阿拉法特施加压力，迫使他加强对内部的管理，制止恐怖事件的发生。但是，巴以之间的这种冤冤相报，只能导致局势的进一步恶化，对恢复和平谈判不会有任何的益处。

耶路撒冷大街上车辆和行人不多，为安全起见，人们减少了到公共场所的机会，本该购买的东西也都推迟时日再买。由于天气很热，加上几小时的所见所闻，我心情很沉重，好像整个城市也很沉重，感觉不到欢乐和活力。回到住所时，我还在想着，不定什么时候，哪里又会再次传出爆炸声。

开罗奇怪的雨，
我脸上的雨和泪

多年前有一次回国休假，一位好多年没见面的小学同窗打电话跟我说："经常在电视新闻里看到你，我怎么也想不到，你居然在中东做记者。"

那次休假期间，我在铁路医院做了个乳腺增生切除小手术，这种手术对于体质好的人来说，可以在门诊解决，不需要住院，但我的体质实在太弱，在术后一下子休克了，住院半个月才恢复。给我做手术的连医生说："就你这体质，真看不出来你能在中东当记者。"

其实早在驻站初期，在驻外媒体界、外交界也有人议论过"看起来挺柔弱的，她能干什么呀？"

的确，表面上看起来，我有柔弱的一面，不像是能干的人，但实际上我是真能干。毫不夸张地说，我非常自信，有强大的内心，有超常的韧性和耐力，还有超强的心理承受能力，能够坦然面对多种困境、多种艰难险阻，勇于承担所面对的一切。做起事来雷厉风行，干脆利索，很少拖泥带水。应变能力也很强，无论遇到多难的事情，都能很快找出办法，迅速解决难题。有些在他人眼里根本无法完成的事，在我手里也总能搞定。

这几年，多少次面对重大新闻和突发性事件，我都沉着应对，也许是环境和事件激发出我更多的潜能，很好地展示并发挥了我的能力，所以做出一些视觉独特的节目。

从 15 岁起走上社会，几十年在社会实践中摸爬滚打，自认为经历的比较多，阅历也很丰富，只要善于总结，经历就是经验，能难倒我的事情并不多。但是，2001 年 12 月到巴以地区采访那次，还真让我着实为难，以至于急得掉下眼泪。

被难为得掉眼泪，是我一生中很少有的事，我忘不掉开罗那个奇怪的雨天，忘不掉我脸上的雨水和眼泪。

开罗极少下雨，但那天不但下了雨，而且下得很大，更奇怪的是一轮明晃晃的太阳照常挂在原有的位置上，天上没有一片乌云。当车子被堵得死死的寸步难移时，我为失去宝贵的时间无法赶路而心急如焚。为了稳住心神，让自己静下来，万般无奈之下我抬头看着窗外做深呼吸，忽然间发现，天空是明朗的湛蓝色，几朵雪白耀眼的云彩形状各异，在空中慢慢漂移，绽放出美丽的姿彩，朗朗晴天却哗哗地下着大雨，这种奇异现象我还是第一次看到。

正常情况下，我非常喜欢雨天，喜欢不穿雨衣，也不用任何雨具，只身冲向雨中。在国内时，我曾经在大雨倾盆时骑车在路上过瘾，浑身被浇得像落汤鸡一样，也有多少次在小雨中独自漫步，任细雨轻轻地打在身上脸上，十分惬意。但是，自从到了开罗之后，就很少看到下雨，更没有见过如此大雨。这次我无心赏雨，只想着尽快赶路，因为前面的路还很长，而且十分艰险。因为中国驻以色列大使馆已经帮我约定了对以色列总统卡察夫的专访，我必须在明天约定时间内赶到耶路撒冷。

2001 年 12 月，巴勒斯坦民族权力机构主席阿拉法特被以色列军方围困在约旦河西岸城市拉马拉，我想就中东和平话题做一个年终专题节目，这就需要对巴以双方最高领导人以及双方普通老百姓做多方面的采访。为了节约时间尽快成行，事先我分别给中国驻以色列大使馆和中国驻巴勒斯坦办事处发函请求帮助，等了些天之后，驻巴勒斯坦办事处方面联络没有进展，驻以色列大使馆官员通知我说，已经帮我联络好了对以色列总统卡察夫的采访。

当我在开罗得到卡察夫同意接受专访的通知时非常突然，时间已经很紧迫了。从当天中午 12 点得到通知算起，到第二天上午 8 点准时到达耶路撒冷与大使馆官员约定地点时，期间只有 20 个小时。从埃及到以色列不是说走就能走的，何况当天还预定了国际卫星传送线路，刘苗野已经出发去开罗电视台传送节目。另外，出国采访还有许多事需要准备，带着采访设备出关还必须去新闻中心交换文件，可时间只有短短的 20 个小时，我该怎么办？

每当遇到紧急事情时，一般情况下我都能镇静处理，仓促中很快理出头绪，找到最佳方法解决问题，可这次的确是太难了。因为要采访的是国家总统，绝对不能迟到，更不能失约，巴以是我们长期关注的重点地区，只要有一次失误，那就会对以后开展工作造成不利影响。而且这次大使馆给予了很大帮助，如果不能按时到达，给使馆留下的印象也会大打折扣，以后如果再有事情需要帮忙的话，就不好再开口了。所以无论多么困难，我都必须按时到达指定地点，完成这次采访，事不宜迟，必须立即行动。

我心里想着"每临大事有静气"，闭上眼睛静默了两分钟，让自己的心态稳定，思想集中，头脑冷静，然后拿出一张白纸，列出所有必须要办的事情，按照轻重程度排定先后顺序，接下来一件一件，有条不紊地去做，这是我每当遇到大事时的习惯做法。

首先我向以色列航空公司以及埃及的几个旅行社咨询，订购加急机票，但得到确切的信息是，当天没有飞往特拉维夫的航班，因此我们只能选择由陆路进入以色列。决定之后，我马上打手机电话向刘苗野详细通告了事情的来龙去脉，让他在节目传送完毕后，立即返回站里做出发前的准备，争取在最快时间内出发，接着我又告诉刘苗野的爱人夏丹，让她赶快为刘苗野准备行装，我们马上要出发奔以色列执行采访任务。

夏丹是刘苗野的好内助，也是记者站里的好后勤，身为编外，却默默支持站里工作，毫无怨言。她早已习惯了我们这种突如其来的紧急出动，紧跟着就忙开了。

稍微喘口气后，我按惯例向中国驻埃及使馆主管参赞打招呼，告知我们的去向。然后跟埃及新闻中心联络，让他们做好准备，我们很快过去办理设备出关手续。紧接着，我又分别与中国驻以色列大使馆和驻巴勒斯坦办事处联络，向他们通告行动计划，并约定了次日清晨的见面时间和地点。

一通紧张的电话联络完毕，不知不觉中1个钟点悄然而过，放下电话时，都快1点半了，我的身上、手上满是汗水，上衣都已经湿透。这时刘苗野刚好传送完毕急忙赶了回来，简单沟通一下情况后，我们一起准备好电脑、摄像机、话筒、电池、充电器等设备，打印出几种需要携带的文件，接着又仔细检查好车辆状况，这才稍微松了口气，车辆检查是每次出长途之前必须要认真做好的事。

　　主要事情做完后，该准备行装了，由于经常外出，而且多数情况下是突然决定的外出，次数多了就积累出一定的经验，所以这件事倒不用花费太多时间。平时我常备了一只行李箱，里面备份了出差时常用的衣物、牙具、洁具等个人用品，还放了一些文具纸张、电池、手电、电源线以及不同种类的电源插头插座等用品，由于跑的国家多，而各国使用的电路又不同，所以必须准备足够的各种各样的电源插头与插座，以备不时之需。

　　去巴以动乱地区，还不能忘了带上防弹头盔和防弹衣。在此前几次到那里采访时，我们曾经遇到过十分危险的场面，因此台里为我们配备了这些安全防护设备。

　　所有的准备工作就绪，最后再检查一遍资金、护照、记者证等最重要的东西就可以出发了，签证还在有效期内，这是很幸运的事。为了工作方便，我和刘苗野都持有两本护照，一本是专门用来去以色列的，另外一本用于去以色列之外其他各国。巴以是中东热点新闻地区，也是我关注的重点，因此需要经常出入这个地区。但是，阿拉伯人都痛恨以色列，因此也反感所有到过以色列的人，如果我的护照上有了到过以色列的记录，那么除了埃及、约旦之外，其他所有阿拉伯国家都会拒绝给我进入该国的签证，可整个中东乃至全非洲各国都在我的业务工作范围之内，所以我必须有一本单独用于以色列的护照。

　　有了护照还远远不够，如果手里没有做好的签证，无论有多么重大的事情发生，都无法及时赶到现场。巴以地区的冲突往往是突发性的，能事先预知预测的事情极少，怎样才能保证每次都能在事情刚一发生时就及时赶到现场呢？我们所采取的办法是提前申请签证，也就是说每一次从那里完成任务回来后，立即申请新的签证，为下一次的行动提前做好准备，以色列使馆一般只给我们三个月的有效期，而我们也基本上没有让有效期作废过，有时在不到一个月内就往返两次。多次实践证明，提前申请到签证，是一个相当有效的做法。

　　下午2点整，给车加满油后，我和刘苗野心急火燎地出发了，午饭也来不及吃，得先到新闻中心办理设备出关的换文手续。从驻地到新闻中心路程十公里左右，平时只要道路通畅的话，20来分钟也就到了，可是这一天，也许老天爷是算准了成心要考验我的能力和耐力，处处给我出难题。按照原计划，我们预计在夜里 2 点左右到达耶路撒冷，入住饭店后可以挤出 4 小时时间来休息，但是由于种种不可预知的难题，我们险些不能按时到达指定地点。

一出门就发现，天竟然下雨了，开始的时候并不大，淅淅沥沥的小雨就像北京的春雨，湿润着干旱的土地，空气也显得清新一些，对于常年没有雨水的开罗，下点儿雨也真不容易，应该说是好事，可没想到这雨却越下越大，有一阵子简直就是暴雨倾盆，我在开罗还从来没有见过这样的大雨，很快地面上、尤其是低洼地方就聚集了大量积水，这里根本就没有下水设施，积水无法排放出去，车辆死死地堵在一起无法通行，这种堵车的阵势也是以前没有见到过的，交通彻底陷于瘫痪状态。

起初，还有人下车帮助交警疏通车辆，也有些人焦躁地使劲儿按喇叭，没什么急事的人则悠闲地靠着椅背听音乐，可是时间一长，谁都没有耐心了，后来几乎所有的人都在不停地按喇叭，满大街一片焦躁混乱。

其实谁都知道这样做无济于事，只不过是发泄一下心中的焦虑，这时我觉得自己犹如一头笼中困兽，恨不能立刻插上翅膀飞过去，可事实上却万般无奈，纵然有多大的本事也无法施展，只能跟着前面的车辆，一寸一寸地往前挪动，十公里的路，整整行进了 3 个半小时才到达新闻中心。

傍晚 5 点半，当我箭步如飞地通过了大门口安检，三步并做两步地跨上二楼，推开新闻中心大门时，一下子又傻眼了，工作人员已经下班，这里只有一个留守的值班员。值班员手里没有公章，也没有权利给我签字盖章，我的事必须要有中心主任亲自办才行。值班员说："主任等了很久，不见你们过来，之前他跟新闻部长有约，只好先去见部长了。"

对于主任来说，见部长当然更重要，什么时候回来无法料定，他留话让耐心等待，我无话可说，就是再有本事，也不能把他从部长那里抓回来，除了耐心等着，没有其他办法。

可这时我的耐心已经到了极限，心里有一股火在腾腾地燃烧，随时都有可能爆发。我在窗前焦急地来回踱步，不时地看看腕上的手表，窗外的雨仍旧在下，点点雨滴敲打着窗户，也敲打着我的心，很沉重，时间一秒钟、一秒钟在流逝，天渐渐地黑下来，这时候我深切体验到了什么叫心急如焚，什么叫度日如年，也深切体验到了时间流逝带给我心理上的恐惧和压力。

　　终于，听到一阵上楼的脚步声，我知道一定是主任阿迪亚回来了，他快速走过来，伸手接过我的文件，一边冲向里面自己的办公室，取出公章，签字盖章，一边抱歉地说："对不起，埃咪娜，我和部长在一起，你知道，这种情况下我实在无法离开。"

　　就在他签字盖章时，我很想发泄一下自己的不满，也想按照常规礼貌地说声"谢谢"，但实际上却一句话都说不出来，眼泪早已在眼眶里打转，我抬起头看着天花板，拼命地忍着。

　　接过签好的文件，我边跑边哽咽着说了声"谢谢"飞快地冲了出去。一出门，我的眼泪再也忍不住了，哗哗地往下流，任凭雨水打在身上脸上，跟眼泪混合在一起，流过脸颊，流过嘴角，流进嘴里，苦苦的，涩涩的，心里的滋味更苦更涩。都说驻外记者的经历酸甜苦辣五味俱全，实际却是苦辣远远多于酸甜。

　　上车之后，我看了一下手表，8点30分，刘茁野看我一脸的雨水和眼泪，什么话都没说，一踩油门，车子猛然向黑暗中冲去，前面还有更长更危险的路在等着我们。

　　雨一直下，路上的车辆减少一些，但仍旧行进缓慢，十点来钟才出城区。一出城，车辆更少了，我们加快速度直奔西奈。穿过苏伊士运河地下隧道，进入西奈之后，离塔巴还有几百公里路程。这时天越来越黑了，车辆也越来越少。通往塔巴的路，茫茫沙漠，漆黑一片，急转弯很多，每次在这条路上夜行，都充满了危险，必须高度集中精力，一旦出事，救援都很困难。

　　午饭、晚饭都没有时间吃，行车途中，吃了一块临出门时从冰箱里搜罗的剩饼，到达塔巴关口，已经是凌晨2点。

　　塔巴坐落于亚喀巴湾北部，与沙特阿拉伯隔海相望，属于南西奈省，是埃及和以色列最繁忙的边境通道，同时也是埃及最北部一个阳光充沛的新兴旅游度假胜地。这里天然质朴的海滩和美丽的珊瑚礁吸引着全世界的游客。这里也是一座备受欢迎的潜水城市，每个来到此地潜水的游客都会纵身一跃，潜入深深的海底，细细欣赏五彩斑斓的海底世界。

　　多少次通过塔巴前往以色列，但从未有机会观光游览。

　　先把车存放好，接着出塔巴海关，进入以色列口岸，又花费一个多小时宝贵时间。虽然剩下的时间不多了，但总算进入到以色列境内，距离目标任务越来越近。算算还能在预定时间内赶到，心里总算稍微踏实一些。

　　没承想在埃拉特再次遇到难题。由于当时巴以局势十分紧张，出租车少得可怜，而且所有出租司机都不愿意承担风险，到耶路撒冷那样的危险地区，我们一再保证他们不会有危险，而且再三提高价码，才有人勉强答应冒险前往。

　　继续星夜兼程，奔往耶路撒冷，不知上天是有意为难，考验我的耐力，还是大自然真的就那么巧，开罗下雨，以色列也在下雨，无法加速行驶，好在路上车辆不多，路况也比埃及境内好多了，天也渐渐地亮了。

　　历尽艰难险阻，早上 8 点，终于准时到达了会合地点，中国驻以色列大使馆一等秘书卢坤已经等在那里，我急忙下车打招呼："卢秘你好！"然后长话短说，"遇到一些难题耽误了时间，我们才刚到达这里，根本没时间找住处安顿，行李还都在车上。"

　　看到我们一路风尘，狼狈成这样，卢坤也不知说什么才好，赶紧帮着把所有东西从出租车上搬下来，放到他的车里，开车直接奔向以色列总统府。

在耶路撒冷专访以色列总统卡察夫

　　在雨中，在路上，整整 18 个小时，心情紧张，身心疲惫。劳累、困倦、饥饿交织在一起，狼狈不堪，早已没了形象。前往总统府的路上，我在车里更换了一件采访政要时穿的西装外衣，下身还是出门时穿的牛仔裤，脚上是一双沾满泥水的运动鞋。用半瓶矿泉水简单地洗了把脸，掏出包里的小梳子理顺了头发，就这样，带着一路风尘，一身疲惫，走进总统府大楼。

　　接受安检耗费一些时间，安检完毕，没有片刻停留，采访时间已经到了，马上就要进入总统办公室。在这关键时刻，我的肠胃病突然犯了，由于长时间没有吃东西，腹内空空，肠胃和腰部剧烈疼痛，冷汗一滴滴地往下掉。这时候没有任何其他办法，我只能强忍疼痛，一脸苍白、两腿发软地走进卡察夫总统的办公室。

　　从头一天早上算起，我已经 26 小时没有睡眠，也没有吃东西。但是，当我面对卡察夫时，便立刻打起精神，进入状态，坚持完成了对卡察夫的专访，我的英语水平太烂，有大使馆一等秘书卢坤在一旁做翻译，专访对话非常顺利。

　　从开罗出发前，我已通过传真件在 CNN 驻耶路撒冷工作室预约了

在巴勒斯坦城市拉马拉专访巴解民族权力机构主席阿拉法特

卫星传送线路和时段，采访结束后，立刻赶过去给后方编导传送采访素材。停车场跟传送点有一段距离，我一看手表，时间有些紧迫，下车后赶紧跑步前进。

卢坤一看我跑，他也在后面跟着跑，还边跑边说："还是你们年轻好啊，我都追不上了。"

我回头笑笑回答："卢秘，我比你大好几岁呢！"

传送完毕后，总算能坐下来吃顿饭了，卢坤特别感叹着说："平时只看到你们特别风光的一面，真没想到你们的工作这么复杂，这么辛苦受累，真是挺佩服的。"

当天午饭后，我和刘茁野又马不停蹄地通过了以色列设在格兰迪亚的检查站，赶到西岸城市拉马拉，在没有事先约定的情况下，追着阿拉法特的政治顾问艾布·拉迪奈，软磨硬泡了几个小时，到了晚上，终于得到允许，对被围困中的阿拉法特成功地做了专访。

为了丰富节目内容，在巴以地区期间，我们还分别采访了巴勒斯坦和以色列两户普通市民，在好心的巴勒斯坦出租司机家里吃了一顿丰盛的晚餐。

在巴勒斯坦城市拉马拉巴勒斯坦人家里采访后合影

在耶路撒冷犹太人家里采访后合影

在我的采访生涯中，这次采访不但对两位领导人卡察夫和阿拉法特印象深刻，完成采访本身的过程更让我难忘。如果把这次的经历说成是奇迹，也许并不夸张。在短短四天时间里，我和刘苗野冒着开罗罕见的大雨，两天两夜开车往返2千多公里，行驶在被称为"死亡之路"的茫茫大沙漠上，奔波在埃及的开罗、塔巴和巴以地区的埃拉特、耶路撒冷和拉马拉之间。另外两天的时间里，我们完成了对巴以双方两位国家首脑以及双方两个家庭的专题采访。

两天在路上，两天做出四个专访，真是卓有成效，之后我们跟后期编导合作，共同制作了专题节目《盘点中东》。

2001年，是世界风云变幻、战乱不断的一年，央视的年终世界报道，新闻大盘点收视率非常高，《盘点中东》这个专题在全国好新闻评选中获一等奖。

这里节录几个节目片段。主持人解说："2001年的中东是在不断升级的暴力煎熬中过来的，和平距离这个世界上最需要和平的地方似乎越来越远，宣称要将安全还给以色列人的沙龙政府，用铁血政策打碎了巴勒斯坦人很快建国的梦想，为了巴勒斯坦人的解放事业竭尽毕生精力的阿拉法特，依然不得不在严峻的形势中上下求索。"

　　"在本月上旬，沙龙政府公开将矛头指向阿拉法特，宣布巴勒斯坦民族权力机构为支持恐怖主义实体，并且多次袭击了阿拉法特的官邸。本台驻开罗记者在巴以冲突再次激化的时候，驱车行驶了 2 千多公里的沙漠路，前往耶路撒冷和约旦河西岸城市拉马拉，对以色列总统卡察夫和巴勒斯坦民族权力机构主席阿拉法特进行了专访。"

　　"梁玉珍成功地对卡察夫和阿拉法特进行了专题访问，双方对中东局势的态度和依据也十分清楚地展示在观众面前，接着她又分别采访以色列和巴勒斯坦部分家庭，真实地报道了他们对战争的态度和体验。这一专题片以中国人客观的视角看中东，得到了世界中东问题专家的高度评价。"

阿拉法特弟弟谈
杰宁大屠杀

巴勒斯坦杰宁难民营大屠杀发生在 2002 年。3 月 29 日，以色列国防军发动"防卫墙军事行动"，对杰宁镇和难民营展开攻击，直至 4 月中旬，他们宣布该地为封闭的军事区，不准任何人出入，并实行 24 小时宵禁，切断了难民营的供水、供电和日常生活所需，将枪口瞄准手无寸铁的妇女、老人和儿童。那次事件造成 52 名巴勒斯坦人死亡，上千人受伤，许多民用建筑被摧毁，450 多户人口无家可归，财产损失大约有 2700 万美元。

杰宁难民营共有 13000 多名难民，其中 67% 以上是妇女、儿童和老人。"防卫墙军事行动"是杰宁难民营的一场浩劫。

为此，巴勒斯坦方面呼吁国际社会负起责任，以色列方面却拒不承认在杰宁的所作所为，联合国派出的调查组受到以色列的种种刁难，此事成为国际社会关注的焦点。

事件发生后，有关各界对于伤亡人数存在不同的说法，巴勒斯坦方面指责以军在这次行动中至少杀死 500 多名巴勒斯坦人。联合国调查报告称有上千人死亡，这份报告遭到英国和美国少数媒体质疑。以色列外长、和平人士佩雷斯形容这次行动为骇人听闻的杰宁大屠杀。

联合国派出的现场观察员描述说："这地方到处都是死尸，到处都是被以色列推土机推倒的房屋，这里就是一个人间地狱。"事后，美国助理国务卿伯恩斯来到现场，他站在废墟上说："我们在这里看到的是一场可怕的人间惨剧，以军对难民营的进攻使数以千计的巴勒斯坦人遭受了一场灾难。"

事件当时，以色列军方禁止所有媒体和救援者进入现场，封锁了通往巴勒斯坦控制区的通道。事件过后，国际媒体依然关注这一地区局势，我站记者刘茁野前往现场做追踪报道。我在开罗一次新闻发布会上，采访了巴勒斯坦民族权力机构主席阿拉法特的弟弟，他详细介绍了杰宁大屠杀真相。

阿拉法特的弟弟名叫法塔黑·阿拉法特，那天他出席埃及外国记者协会组织的新闻发布会。他在会上呼吁国际社会对以色列政府进一步施加压力，迫使以色列遵守《日内瓦公约》。他还呼吁联合国调查组尽快对"杰宁屠杀事件"展开调查，向危难中的巴勒斯坦人民伸出援助之手。

新闻发布会上，记者还问到阿拉法特当时的状况，法塔黑说："阿拉法特精神状态非常好，尽管他在十分艰难困苦的条件下工作，但完全像往常一样，从不出任何差错，他仍旧在行使着巴勒斯坦人民赋予他的领导权力。"法塔黑说自己有三个月没有见到阿拉法特了，他认为阿拉法特目前处境异常危险，影响了他的饮食、健康、安全等状况，十分令人担忧。

新闻发布会之后，法塔黑接受了我的专访，详细介绍了杰宁难民营状况。他说："以色列在杰宁难民营大肆屠杀巴勒斯坦人的事实是掩盖不住的，这次他们在杰宁杀害了500多名巴勒斯坦人，摧毁了大批的住

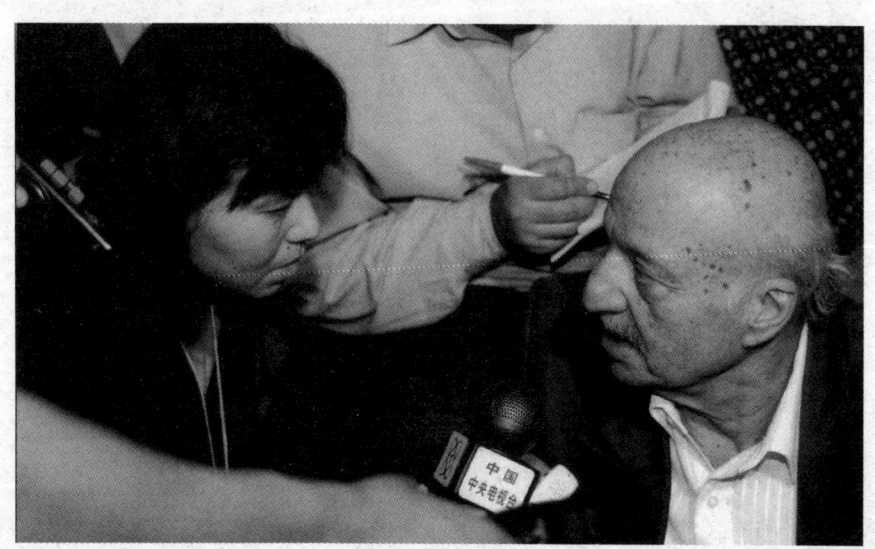

阿拉法特弟弟介绍杰宁大屠杀真相

房和建筑，致使几千人无家可归，露宿街头。"他还非常愤怒地说："红新月会成立150多年以来，其人道主义精神在世界范围内受到广泛的尊重。但是，以色列却禁止巴勒斯坦红新月会救助伤员，并且给前往救援的国际人道主义组织设置种种障碍。以色列士兵甚至向红新月会派出的救护车开枪射击。在这次大规模军事行动中，已经有150多人在医院里和在救护车里被打死打伤，其中包括5名巴勒斯坦红新月会的紧急救助人员。"

阿拉法特的弟弟法塔黑·阿拉法特是巴勒斯坦红新月会主席，也是巴勒斯坦高层领导成员之一。他的相貌酷似阿拉法特，所不同的是他不穿军装，也没有像阿拉法特习惯的那样，头上戴着黑白格子的大头巾。

3月29日，以色列向巴勒斯坦西岸城市发动大规模进攻那天，法塔黑·阿拉法特正在贝鲁特参加阿盟首脑会议，因此，他没有被以色列的军事行动所伤及，而且成了为数极少的能够从外界与被围困在拉马拉的阿拉法特保持联络的巴勒斯坦官员之一。

但是，他与约旦河西岸拉马拉总统官邸的联络十分困难，因为此后好长时间内，所有的电话线路都没有恢复，只能靠手机通话保持联络，而且手机通话的信号非常微弱，经常中断或不能接通。

那次新闻发布会之前几天，阿拉伯联盟召开了紧急外长会议，就如何缓解日益恶化的巴以局势磋商对策。

以色列对巴勒斯坦的武装进攻进行了十多天，仍旧看不出有缓解的迹象，巴勒斯坦的局势更加令人担忧，为此阿拉伯联盟外长举行了一整天的紧急会议，讨论对策。会议做出了一系列的决议，但人们最关心的是这些决议到底能不能够得到有效的执行。

会议决议的主要内容是：坚决支持阿拉法特，并称他是为了恢复巴勒斯坦人民合法权利进行不懈斗争的勇士。支持巴勒斯坦人民为反抗以色列的占领和镇压所进行的英勇斗争。决议强调，反抗占领是巴勒斯坦人民的合法权利，不能把为争取民族权利而进行的正义斗争与恐怖主义混为一谈。

决议要求以色列响应阿拉伯首脑会议提出的阿拉伯和平建议，遵守联合国有关决议和"以和平换土地"的原则，结束对巴勒斯坦的军事侵略，同意按照联合国安理会的有关决议建立独立的巴勒斯坦国，并拥有自己的主权，要求以色列停止扩建犹太人定居点，解除对巴勒斯坦的封锁，撤出巴勒斯坦的领土。决议还要求阿拉伯国家落实贝鲁特会议决议，尽快向巴勒斯坦提供资金和物质援助。决议最后呼吁向巴勒斯坦派驻维持和平部队，保护巴勒斯坦人民的生命安全。

关于巴以地区局势，那次会议之前，无论是联合国会议，还是阿盟首脑会议或阿盟外长会议，都做出过很多决议，但是这些决议一直只停留在口头上，没有得到有效执行。特别是那次在贝鲁特召开的阿盟首脑会议，会议决议刚刚公布，以色列就向巴勒斯坦发动了武装进攻。由此而见，如何能让所做出的决议产生实际效应，才应该是关键的问题。

那次阿盟外长紧急会议又做出了十一条决议，但是这些决议有没有用，就连阿盟秘书长穆萨自己也没有把握。他在会后举行的新闻发布会上公布了这些决议之后说，我们希望美国国务卿鲍威尔这次中东之行能够有所作为，推动这些决议的执行，但是如果他不执行，我们还会再做出另外的决议。

巴勒斯坦国际合作部部长沙阿斯在那次会议的开幕式上，首先向与会者介绍了以色列当天对杰宁难民营的疯狂大屠杀。他说，以色列出动了直升战斗机、坦克、推土机对付手无寸铁的巴勒斯坦平民，当天就有35人死亡，数百人受伤，很多平民的住房被摧毁，而且以色列不允许救护车运送伤员。

沙阿斯在会上发出紧急呼吁，要求派国际部队到巴勒斯坦保护正在遭受灾难的巴勒斯坦平民，要求向巴勒斯坦提供紧急人道主义援助。另外，沙阿斯还呼吁阿拉伯国家领导，抵制与美国国务卿鲍威尔会晤。因为美国国务卿鲍威尔的这次中东之行计划中没有安排与阿拉法特的会晤。

沙阿斯说，阿拉法特是巴勒斯坦人民的合法代表，鲍威尔不与阿拉法特会晤是对阿拉法特的轻视。他呼吁国际社会向巴勒斯坦民族权力机构和阿拉法特提供全面的支持。阿盟秘书长穆萨也表示说，鲍威尔如果不与阿拉法特会晤，他的中东之行将会以失败而告终。

在会后接受记者采访时沙阿斯说，不久之前与阿拉法特通了电话，阿拉法特首先对阿盟外长召开紧急会议，并做出决议要求以色列立即停止对巴勒斯坦的侵略表示感谢，他希望这次会议有一个切实的立场。阿拉法特强调，当前杰宁和纳布卢斯的状况非常危险。他说，纳布卢斯旧城已经完全被以军的轰炸所摧毁，众多平民百姓的生命受到严重威胁。阿拉法特同时还说，我们的人民仍旧在坚持反抗，我们一定会反抗到底，决不屈服。

以色列入侵巴勒斯坦杰宁镇以来，阿拉伯国家的反抗情绪日渐高涨，利比亚、苏丹、黎巴嫩、也门等国都爆发了大规模示威游行。连日来，埃及的大学、文艺、文化等各界人士也举行了声势浩大的示威活动，抗议以色列对巴勒斯坦人民的侵略暴行。

就在阿盟外长紧急会议召开的同时，很多群众聚集在阿盟总部外面举行示威游行，他们强烈呼吁参加会议的外长们，采取切实有效的措施，立即制止以色列的侵略行径。

埃及的艺术家们还在阿盟总部的围墙外悬挂了很多讽刺美国和以色列的漫画。常驻阿盟的阿拉伯国家记者也打出了要求阿盟采取坚决立场和有效实际行动的标语。所有这些都反应出人们迫切希望国际社会能够采取鲜明的立场，拿出切实可行的有实际效应的办法，尽快结束这场给巴勒斯坦人民带来无穷灾难的血腥屠杀。

希望仍旧在，和平终会实现

中东和平问题是国际各媒体关注的焦点，也是我驻外期间格外关注的话题。继 2002 年 4 月份发生的"杰宁大屠杀"事件后，巴以双方的敌对情绪日益加大，仇恨越积越深，双方的信任越来越少，在这样的情势下，实现中东和平到底还有没有希望？

带着这个问题，我约见了巴勒斯坦民族权力机构主席阿拉法特的弟弟法塔黑·阿拉法特。这是在此前新闻发布会的采访之后又一次约见，这篇文章里主要都是他的讲述，从这里可以对巴勒斯坦人的生存状况窥见一斑。

杰宁大屠杀后专访巴勒斯坦红新月会主席法塔黑·阿拉法特，图为采访后合影

法塔黑·阿拉法特是巴勒斯坦红新月会荣誉会长，也是巴勒斯坦高层领导成员之一，那年 69 岁。他 1967 年参加巴勒斯坦革命，1968 年当选为阿拉伯联盟红新月会副会长，1973 年当选为巴勒斯坦红新月会会长，2000 年改为巴勒斯坦红新月会的荣誉会长。

那天，他介绍了巴勒斯坦当时的困难状况，呼吁国际社会对以色列的侵略行径进行干预。他说："局势在恶化，以色列对巴勒斯坦人民的敌对在继续，但是希望仍旧存在，和平终会实现。"

借此机会，我对巴勒斯坦红新月会情况有了些了解。法塔黑介绍说："巴勒斯坦革命初期，1968 年，我们建立了红新月会和法塔赫运动，红新月会那时为法塔赫运动做医疗救护服务。我们以巴勒斯坦人民的名义，向红新月会提供了所有的诊所、医院。从那时起，我们在所有的革命中，在所有的地方，为巴勒斯坦革命一起工作。我们建立了 73 所医院，其中有一部分在巴勒斯坦，有 300 间诊所，还有很多群众性的残疾人社会服务中心，专门为残疾人和社会服务，为失业家庭服务。"

以色列入侵杰宁以来，巴勒斯坦的人道主义状况陷入危机。法塔黑描述说："哪种人道主义状况？巴勒斯坦没有人道主义状况。我想说的是以色列扼杀了人类的人道主义，扼杀了人类的生活，所有的巴勒斯坦人都生活在一所大监狱里，不能自由活动，被限制在一定的范围，很小的范围内，500 米或 1000 米左右的范围。这是一所大监狱，有几百座碉堡，每一个村庄，每一个城镇，每一块地方，都是一所监狱。如果你想去看病的话，你必须要申请，要等待，要得到允许，在检查口等一整天，然后才能让你通过。"

"另外，以色列还掐断我们的水源、电源，禁止援助物资进入，甚至做了很大的努力，援助物资已经运到了，在进入巴勒斯坦之后，以色列还禁止从一个地方运到另外一个地方。比如把药品从仓库运到医院，以色列也会出来禁止、刁难。这就是巴勒斯坦现在的人道主义生存状况。"

关于巴勒斯坦红新月会当前的工作现状，法塔黑·阿拉法特介绍说，巴勒斯坦红新月会和巴勒斯坦人民一起参与所有的革命。阿克萨起义开始，一个巴勒斯坦儿童穆罕默德·图尔被以色列士兵开枪打死在加沙——之前，穆罕默德·图尔受伤了，他的父亲带他到红新月会急救，但是却被以色列打死在急救站附近。从那时起，巴勒斯坦就成了以色列的屠宰场。以色列士兵每人都有一只望远镜，这边看看，那边看看，如果他们感到有威胁，他们就开枪，他们想杀人就杀人。红新月会经常有人来急救，从那天起，上千次急救遭到打击。以色列还开枪打击国际红十字会的车辆。有150名红新月会的人被杀、被关押、被迫流亡。90年代，红新月会会长本人也被关进监狱。他们还封锁医院，切断电源，禁止在医院的墓地埋葬尸体，他们还放警犬进入医院，随意查找他们想要找的人。这就是巴勒斯坦可怕的现状。

杰宁大屠杀开始的时候，我们每天与国际红十字会一同要求前往接运解救伤员，但是都遭到了拒绝。当时国际红十字会和我们在一起工作。拒绝国际红十字会的急救，是150年来的首次，是历史上的第一次。政府行为禁止红十字会急救车辆进入进行急救，这是违背国际协定的。这样做扼杀了人心里的希望。

我们是文明的人类，在这样棘手的政治战争中，按照我们的文明，如果我受伤了，我的希望是得到急救，如果这时禁止国际红十字会行动，不尊重红十字会的标志，就意味着杀掉了所有心里的希望。因此，这个问题不仅仅是巴勒斯坦人的问题，或者是阿拉伯人的问题，而且是全人类、是全世界所有人的问题。是全世界每一个人的责任。中国、美国、欧洲、亚洲和非洲，都有责任制止这种惨状。任何一个国家，都应该尊重国际红十字会和红新月会的标志。

当我问到以色列的军事打击和局势恶化之后，是否对实现中东和平仍旧抱有希望和信心，法塔黑·阿拉法特充满信心地说："局势在恶化，以色列的行动仍旧在继续，对巴勒斯坦人民的侵略仍旧在继续，巴勒斯坦这样就像数千个大监狱的状况也仍旧在继续，用飞机、大炮、坦克炸毁我们许多人的家园。但是，世界上没有战争、只有和平的希望仍旧存在。我们坚信，面对这种罪行世界不会沉默，国际社会一定会进行干预，和平终究会实现。"

法塔黑·阿拉法特还告诉我说，由于个人身体状况需要治疗，他没有去杰宁现场。但是经常派红新月会成员过去，现在有世界很多国家的红十字会代表团在那里，有美国的、欧洲的、加拿大的，正在那里研究到底发生了什么。到底杰宁、纳布陆斯、拉法都变成了什么样？巴勒斯坦儿童情况都变成了什么样？他们的健康医疗状况怎样？巴勒斯坦的儿童们怎样生活？妇女怎样生活？这些我们红新月会都要关注、研究，全世界所有的国际朋友也要关注、研究。

关于杰宁的真实情况到底怎样，法塔黑·阿拉法特说，在前十天，以色列禁止国际红十字会的车辆进入，这是最初的屠杀。当时那里所有的人躲在建筑物里进行抵抗，以色列用飞机和坦克摧毁了这些建筑物，1800人失踪了，我们不知道他们到底去了哪里？是仍旧在被炸毁的废墟下面，还是被炸死了都不知道。这是一场以色列军队实行的人类大屠杀，谁欠的债应该由谁来偿还，他们应该得到裁决。不仅仅自杀性袭击者是恐怖分子，对杰宁进行大屠杀的人也是恐怖分子。

我提了这样一个问题："为了实现和平，巴以双方有没有可能做出让步？"法塔黑·阿拉法特回答："在48年以前，我们巴勒斯坦人民在巴勒斯坦生活。国际环境变化，出现了以色列，承认了以色列，我们巴勒斯坦人民接受了6月4日这个期限，在20%的巴勒斯坦土地上，建立我们的巴勒斯坦国，这就是我们的让步，我们提供了78%的巴勒斯坦土地，这是我们最后的让步，因为我们接受了我们损失的土地，建立巴勒斯坦国，让两个国家和平生活。如果以色列不接受这样的让步，也不做所有的事情，就没有和平，也没有协议。"

关于国际斡旋，法塔黑·阿拉法特强调："我不说是斡旋，我说这是责任，是国际责任。那时有全世界的支持，1948年安理会做了关于建立两个国家的决议，以色列国和巴勒斯坦国。但是，巴勒斯坦国在哪儿？这不是斡旋的事，全世界，包括中国、美国、欧洲国家、阿拉伯国家都应该向以色列施加压力。在1948年，我们已经给了他们机会，建立了他们的国家。现在也应该给巴勒斯坦人民机会，建立自己的巴勒斯坦国，让巴勒斯坦人民过和平的生活。在这里我想提醒一下，现在我们巴勒斯坦是世界上唯一的一个殖民地国家，而以色列是唯一的一个殖民主义国家。"

对次年年初即将举行的巴勒斯坦大选，法塔黑·阿拉法特认为：大选对全世界来说都是一件很正常的事情，任何时间都可以举行大选，任何国家都会进行大选或改选，这是自然存在的事情，并不是根据任何要求，不是以色列、也不是美国的要求，而是人民正常进行的选举。

有一种提法，把耶路撒冷作为巴以两个国家的首都，法塔黑·阿拉法特说：我们一致认为，那里有和平，那里也有巴勒斯坦国，虽然存在许多难题，但总会有一定的形式。比如耶路撒冷，东耶路撒冷是我们的首都，应该让全世界都知道这样一种形式，同意这样一种形式。我肯定全世界对这个问题都会达成一致。

结束采访时，我对法塔黑·阿拉法特接受采访表示非常感谢。并祝巴勒斯坦人民早日实现和平，早日建立自己的巴勒斯坦国。

法塔黑·阿拉法特高兴地说："我想借此机会表达我们对伟大的中国人民的感谢。中国支持我们的革命，从我参加革命 50 年来，中国一直支持我们的革命事业。50 年代，阿拉法特第一次访华就感到了中国人民的伟大。我个人也很荣幸地多次到中国访问。借此机会，我再次对伟大的中国人民，对伟大的中国政府表示，我们期待着中国在实现世界的公正与和平中会更强大有力。"

阿拉法特印象

　　驻站中东期间，我首次报道的重大突发性事件是土耳其迪兹杰地区的大地震，然后是发生在巴林首都麦纳麦的海湾空难。天灾毕竟是偶然发生的事件，而中东地区的战事发展、人民生活现状则一直是全球媒体关注的焦点，也是我重点关注的焦点，每当这个地区有重大事件发生，我都会在第一时间赶到现场。

　　2001年底至2002年10月，巴以地区局势持续动荡恶化，就此问题，一年之内，我连续对以色列总统卡察夫和巴勒斯坦民族权力机构主席阿拉法特做了三次高端专访。为此，本台《焦点访谈》栏目跟我做了一次连线访谈，主持人鲁健在节目中说："梁玉珍深知自己的使命，每当遇到大的事件，她首先从采访平民开始，大量的来自街头和难民营的消息，令中国电视台的节目别具一格，特有的人情视角的报道，让大家对这位女记者刮目相看。打开局面后，梁玉珍马上瞄准中东地区的高端人物，中国背景和语言优势，使她很快成为卡察夫和阿拉法特最信赖和愿意接受采访的记者。"

　　中东是一个20世纪才出现的政治地理概念，由于具有重要的战略地理位置，拥有丰富的石油资源和独特的历史、宗教和文化，所以在当代国际体系中，中东是一个占有非常重要地位的地区。正是因为不同寻常的地位，所以多年以来，美、苏、英、法等大国都想争夺这里的地盘，扩大自己的势力范围。

　　阿拉伯国家也揣有各自的野心，口头上强调阿拉伯国家的团结一致，实际上各打自家的小算盘，都想得到更多的利益。内外因素相加，使得这里战祸连绵，冲突不断，各种突发性事件也层出不穷，整个地区局势动荡不安。中东问题由此引起了全世界的关注，也成了新闻媒体关注的焦点，巴以问题是焦点中的焦点。

中东问题由来已久，自从 2000 年 9 月底爆发新一轮巴以冲突之后，双方的流血冲突不断发生，地区局势更加动荡不安，那里的安全与稳定也更加令人担忧。这个期间，我多次冒着危险、甚至可以说生命危险到巴以地区采访。无论是对巴以高层领导、还是对双方平民百姓的采访，每一次都给我留下深刻印象。特别是对巴勒斯坦民族权力机构主席阿拉法特做的两次专访，更令我难以忘怀。

他像自家慈祥的老人

做专访之前，我在埃及首都开罗，以及亚历山大、沙姆沙伊赫等一些大型会议场合，或者双边多边首脑会谈期间，已经多次见过阿拉法特，跟他握过手，进行过简短交谈，也在新闻发布会上提出过问题，但这些只留下表面印象。后来的两次专访则印象非常深刻。

第一次走进阿拉法特办公室，面对面地与他交谈，是在 2001 年 12 月，那次是在完成对以色列总统卡察夫专访之后，我和刘苗野在没有事先约定的情况下，前往位于约旦河西岸的巴勒斯坦城市拉马拉，巴解民族权力机构主席阿拉法特就驻扎在那里。我准备靠自己的能力打通关节，对阿拉法特做一个专访。

在那之前，我曾经给中国驻巴勒斯坦办事处发过求助函，请官方出面帮我预约，但是没有成功。关于巴以问题的报道，我很注意平衡性，保持客观立场，不偏重其中一方，既然做了以色列总统卡察夫的专访，巴勒斯坦方面的高端访问也一定要有。为此，我和刘苗野一整天没时间找地方就餐，就蹲在阿拉法特官邸大门口，吃了点大饼和腌橄榄充饥。

官邸大门旁边，警卫部队住房的围墙在头一天刚被以色列空袭炸毁，院墙外堆积着一大片被炸毁的废墟和残破车辆。院墙外 50 米左右，一辆以色列坦克炮口直对着阿拉法特官邸大楼，对官邸实施武力威胁。我站在废墟旁边做了一个现场出镜词，介绍当时的官邸现状，那辆坦克马上调转炮口直对着我。

就在这样十分危险的环境下，我和刘苗野坚持不懈地努力，一次次敲开官邸院子大门，跟阿拉法特的政治顾问拉迪纳反复沟通，请他把我

2001年12月拉马拉总统官邸外一片废墟，以色列坦克炮口直对着阿拉法特官邸，在我做出镜词时立刻向我调转炮口

的观点和要求转述给阿拉法特，我是铁了心地一定要把这个专访拿下。还好，我俩忍饥挨饿、辛苦努力了十几个小时没有白费，最终阿拉法特给了我专访机会。

那是阿拉法特被困在拉马拉最初的日子，以色列声言不允许阿拉法特离开官邸一步。那天我一走进他办公室，就看到他正在伏案工作，一身的装扮是人们早已熟悉的草绿色军装，头上戴着黑白格子的头巾。看到我们进来，他立刻放下手里的文件，微笑着起身快步走过来。

他热情地伸出手，跟我紧紧相握，另一只手亲切地拍着我的肩膀，我感觉他的手有些柔软，但却温暖有力；他的个子不高，双目炯炯有神，面相和蔼可亲，说话时嘴唇不停地颤抖着。初次与这样一位传奇式人物近距离接触，我心里出奇地平静，感觉没什么可紧张的，就像进了自己家门，看望自家的老人一样。

打过招呼之后，趁我们选择机位、调整音量做准备工作的空档，阿拉法特回到办公桌前，继续他的工作，不停地批阅文件、接电话、跟前来汇报工作的官员交谈。我从侧面仔细观察，只见他敏捷干练中透露出亲善与随和，一举一动中却看不出高官与部下之间的距离和威严。正是这种亲和力，很快缩短了一位国家首脑与一位普通记者之间的距离，使我本来就不紧张的情绪更加放松。

趁着刘茁野正在调试摄像机、采访还没开始时，我放眼打量一下这个办公室，这里比我想象的简单窄小，室内的办公家具不多，也不奢华。一张很大但很普通的木质办公桌上，堆满了文具纸张和众多的文件。一摞书籍文件旁边，放着一只玻璃杯，里面有少许喝剩下的茶水，仔细一看，这哪里是杯子，明显是一只装过其他东西的包装瓶，我心里非常感叹，如若不是亲眼看到的话，有谁会相信这位名动全世界的风云人物，就用这样的包装瓶来喝水。再往旁边看去，办公桌右侧横放的小桌上，摆着一部台式电脑和传真机，算得上是现代化办公用品，左侧靠墙角位置摆放着一排陈旧的文件柜。

阿拉法特座椅后侧立着一面巴勒斯坦国旗。背面墙上一幅耶路撒冷清真寺油画挂在醒目的位置。

阿拉法特继续埋头于繁忙的公务之中，好像顾不上接受采访，这样，我也有机会继续打量他的办公室。在办公桌的对面是拼凑起来的长方形会议桌，桌子周围是几把简陋的木椅，没有桌布，没有坐垫，没有水杯，更没有我在其他国家会议桌上常见的可乐、果汁等饮料，环视角角落落，甚至连一瓶矿泉水都没有发现。整个房间里的简陋程度，还不如我在开罗的办公室。这就是阿拉法特日理万机的地方。

正式采访前，阿拉法特的政治顾问奈比尔·艾布·拉迪纳对我强调，他们给我的时间只有十分钟，而且只能提出一到两个问题。

采访当中，拉迪纳不时地看看手表，并打了几次手势，提醒我"时间到了"，但我和阿拉法特仍然沉浸在交谈之中，没有停下来的意思。后来拉迪纳有些着急，就小声在我背后提醒："埃咪娜，时间到了，该结束了。"

虽然知道阿拉法特的时间很宝贵，不忍心打扰他太多，但是能够获得这次机会实在难得，而且他也谈兴正浓，没有停下来的意思，我何不借此机会多谈一会儿呢。我一边继续提问，一边不着痕迹地把另一只手伸向背后冲拉迪纳摇一摇，让他不要出声打扰我们。

采访进行得十分顺利，除了阿拉伯国家记者以外，能够熟练使用

2001 年首次专访阿拉法特

阿拉伯语采访的外国记者并不多，交谈中阿拉法特知道我曾经在阿拉伯国家留学、并做过外交官，而且已在中东地区工作很长时间，他的兴致非常高，尤其是当我告诉他，我从上大学时就开始关注阿拉法特和巴勒斯坦人民的正义斗争时，我明显地感觉到他很兴奋，这就给我的采访奠定了顺利的基础，消除了我事前的担心。因为当时他处于困境之中，拒绝了很多记者的采访要求，即使是接受采访，也是匆匆忙忙的几分钟结束。就在我的专访前不久，一位 CNN 记者不知什么话题惹怒了阿拉法特，没说几句话就被驱赶出来。但阿拉法特却给了我较长时间，而且整个交谈过程非常融洽。

采访结束后，我看了一下手表，这次采访总共进行了 35 分钟，我提出的六个主要问题，都得到了满意的解答。

结束采访时，我也不能免俗地提出跟阿拉法特合影留念，在中东这些年，我有过很多与中外领导人合影的机会，但这些机会都被我自行忽略了，可是与阿拉法特合影却是我多年以来的心愿。

单独合影之后，我已经开始收拾纸笔话筒准备离开，阿拉法特又主动把我拉到身边，跟我和刘苗野一起再次合影，他用双手亲热地把我俩揽在身边，分手时，还与我们长时间握手拥抱，那情景更让我感觉到就像探望了自家的老人后要告别离开一样。

2001 年 12 月专访后两位记者跟阿拉法特合影留念

　　我的这次专访很成功，很幸运，但也遭到政治顾问奈比尔并无恶意的白眼。送我出来时，他半开玩笑地说："埃咪娜，你所有的目的都达到了，你是真厉害。"

　　自此以后，我给奈比尔·艾布·拉迪纳留下了深刻印象，我们也奠定了信任和友谊的基础。此后再次到拉马拉提出对阿拉法特进行专访时，又是在没有事先约定的情况下，但我又一次成功了。这里面有我的不懈努力，也有奈比尔的功劳。

他是无畏的战士

　　那是在时隔 9 个月之后，在巴勒斯坦起义两周年之际，我又一次来到拉马拉，对阿拉法特做了第二次专访。那时，他仍旧被封锁在拉马拉总统官邸，没有人身自由和安全的保障，他的处境比上次更加艰难。但 70 多岁的老人仍然有着良好的记忆和清晰的思路，他能够记得我对他做过专访，能够熟练地介绍当前的地区局势，能够详细地述说巴勒斯坦目前的状况，尤其当他报出一连串数字说明问题时，我感到非常惊讶和钦佩，他的记忆力实在是太好了。

拉马拉是巴勒斯坦中部城市，坐落在耶路撒冷以北 20 公里处的山区，这是一座很美丽的小城，周围山多水源充足，夏季气候凉爽宜人，是约旦河西岸著名的避暑胜地，素有"巴勒斯坦新娘"之称。（关于"拉马拉"这个地名，一位新华社朋友告诉我，"拉马拉"这个地名最初就是新华社确定的，之前在有关巴以地区的报道中，中国媒体记者也都使用这个地名。在我驻外后期几年里，不知从哪天开始，新华社又把这个地名改为"拉姆安拉"。我猜测这也许是他们按照字母的正规发音来更改，但巴勒斯坦地区所有当地人的实际发音都是"拉马拉"而不是"拉姆安拉"。我早已习惯了使用"拉马拉"三个字，而且从百度上查询，这两个地名称呼是可以通用的，所以我的文章里仍旧使用"拉马拉"。）

拉马拉是由拉马拉和比拉两座城市组成，城区人口大约有 9 万，管辖地区共有 96 个乡镇和一个难民营，总人口有 23 万人。这里盛产橄榄、无花果和葡萄。阿拉法特的官邸、巴勒斯坦民族权力机构的行政管理中心、自治政府的分支机构、巴勒斯坦立法机构总部、官方电台、电视台等重要部门都设在拉马拉。如果不是饱受战火的创伤，这里真该是另一番迷人的景象。

阿拉法特为巴勒斯坦的民族事业奋斗一生，年过 70 已是风烛残年，却仍旧为他的人民而日夜操劳。我面对着这样一位老人，他处在这样更加艰难的、非常人想象的困境之中，以色列的坦克炮口日日夜夜地瞄着他的身影，警卫人员的驻地已经被完全炸毁，所有的工作人员都集中在唯一一座还没有被完全炸毁的办公楼里，楼门口堆满了防御用的沙袋和汽油桶，他的人身安全没有保障，他的生活、工作条件异常艰苦，他的健康状况使人担忧。但是，他却没有松懈自己的斗志，他愤怒地谴责以色列的侵略暴行，他满怀希望地期盼中东和平进程能够继续进行，他热切希望得到更多的支持与帮助，他坚持巴以之间的任何谈判必须在以色列先撤军的前提下进行，他置个人安危于不顾，他念念不忘在有生之年给他的人民建立一个美好的家园。在我眼里，他既是一位慈祥的老人，更是一位英勇无畏的战士。

第一次来到阿拉法特的官邸时，大门外几十米远的地方，以色列的坦克大炮直对着他的办公大楼，大门旁的警卫住房在一天前遭到以色列炮火的轰击，不远处的公路上，堆放着大块的石头、铁丝网等障碍物，切断了交通，市区的街道上，被炸毁房屋的残墙断壁比比皆是。当我们摄像机的镜头对准以色列的坦克时，原来直冲阿拉法特官邸的炮口立即掉转方向对准了我们，尽管有所思想准备，也知道他们不敢随意地向记者发难，但仍旧被掉转过来的炮口着实吓了一跳。想想阿拉法特每天都在这只炮口的武力威胁下生活、工作，那需要何等的气魄与胆识。

　　再次来到这里，当出租车穿过一片废墟，在几辆被炸得破烂不堪的汽车旁停下时，以至于下了车我还没有反应过来，这是到了什么地方。仔细辨别后才看出来，这出租车是直接开到了阿拉法特官邸以前的第二道大门。环视周围，原来的院墙、大门、以及其他建筑早已不知去向，满眼除了废墟还是废墟。在一片废墟的一角，一面又脏又旧的巴勒斯坦国旗，在凄风中微微抖动。我默默地注视这面旗帜，感受到一种悲壮和不屈的精神，心情有些沉重。

2002 年 9 月在拉马拉总统官邸外被炸毁的车辆和废墟处留影

　　沉思中有两名警卫人员抬着一筐已经不新鲜的土豆与我擦身而过，进入官邸，我心想"这就是他们现在赖以生存的食品吗？"

　　通过比以往少了两道门的安检，穿过防御工事，走过狭窄的楼梯，我被带到一间只有6平米左右的小房间，并被告知在这里做专访。四周打量一下，几件极其简陋的摆设尽收眼底，紧挨着门口放着一张普通的木桌，两把椅子，墙上挂着一幅耶路撒冷圣殿山油画，一只陈旧的立柜靠在门对面的墙角，柜子顶上堆放着枕头和毛毯，窗台上有一台小电扇，还有一只蒙着灰尘的电灯泡，这就是房间里的全部家当。

　　当我刚刚做好准备，还没来得及整理一下衣服和散乱的头发时，阿拉法特就像个普通人一样，自己推开房门走了进来，身边没有其他人跟随，仍旧是那身半新半旧的军装，头上戴着人们熟悉的黑白格子头巾，仍旧是和蔼的笑容，仍旧是慈祥和蔼的目光，只是目光中似乎又多了几分刚毅与不屈。

　　我们像老朋友一样寒暄、握手、拥抱。落座之后，阿拉法特从衣兜里掏出几张纸巾擤鼻涕，他鼻头通红，鼻音有些不通，看样子像是感冒了。此时看着他，我又有了看自家老人时那种感觉。

　　采访当中，我问到目前的生活状况，阿拉法特指着柜子顶上的毛毯

2002年9月在一个非常窄小简陋的办公室专访阿拉法特

说："这就是我们的生活，我们就用这样的毛毯，睡在地上。"一边说话，他还一边给刘苗野打手势，示意他可以拍摄。

这次采访，阿拉法特同样跟我聊了半个多小时，结束后我们又一次拥抱合影，我又一次专访成功。所不同的是阿拉法特没有了原来的办公室，没有了电脑、电话、传真机，没有了他堆积如山的文件，因为所有的东西都被以色列士兵掠走了。

在此之前，几次到巴以地区采访时，我曾亲眼见到过以色列士兵开枪杀人，拍摄到血肉模糊的尸体，见到过以色列骑警用警棍驱赶人群，几乎每次来这里，都能见到以色列的坦克、推土机在破坏公路，我还亲眼看到以色列军人，从巴勒斯坦政府官员的办公地点把文件和办公用品像垃圾一样地扔出来。

我很想知道一些处于非常时期和非常环境中的阿拉法特在工作之余的生活情况，所以在这次采访中，我几次有意识地将话题往这个方向引导。但是，阿拉法特总是绕回到他想说的话题，我理解他是非常想通过我的专访，把更多的巴勒斯坦现状公之于众。关于个人生活方面的细节，他总是说："我没有其他生活，我只有工作、工作，为我的人民、我的国家，我的生活就是工作。"

2002年9月采访阿拉法特后合影

采访结束时，阿拉法特再三要我转达对中国人民的问候和感激之情，并满怀深情郑重地一连说了三次："谢谢！谢谢！谢谢！"

望着他离去的背影，我不知他前面的路还有多长。想起有一次在耶路撒冷采访时，一位以色列画家跟我说过："耶路撒冷是个奇迹般的城市，其实我们和巴勒斯坦人可以在这片神奇的土地上和平共处，共同生活，我们希望奇迹能够在这里降生。"

这个世界上到底有没有奇迹，没有人知道，但此时此刻，我却深深地期盼奇迹的到来，期盼巴以和平早日实现。

阿拉法特专访实录

北京时间 2002 年 9 月 4 日清晨，在拉马拉实行宵禁的情况下，我们在拉马拉阿拉法特被部分炸毁的官邸内，对阿拉法特做了半个多小时的专访。以下是采访同期声。

梁玉珍：阿拉法特总统阁下，您好！很荣幸您接受我的第二次专访，我非常高兴。

梁玉珍：8 月 18 日，巴以双方签署了以色列军队从加沙和伯利恒等部分巴勒斯坦控制区撤军的协议，但是在此之后，特别是最近几天以来，以色列军队又屠杀了 10 多名巴勒斯坦无辜平民，现在巴控区的局势怎样？

阿拉法特：首先，很遗憾与以色列国防部长和一些高级将领达成的这个协议，我们是遵守的，以色列并没有执行，他们根本就没有真正的撤军，更有甚者，他们把加沙分割成 5 个部分，改变了地区的状况，继续在那里轰炸和军事升级，扫荡农田，禁止渔民在海上捕鱼。此外，在很多地方继续对巴勒斯坦实行炮击和破坏，我们的防卫机构完全被毁灭了。

按照规定，应该从伯利恒开始撤军，但是以色列军队仍旧包围着整个城市，仅仅是从市区里面撤了出来，按规定应该从所有的省全面撤出。同样，从希伯伦也是这样撤军的，然后是其他仍旧被占领的城市，我们所有的城市。特别是最近三天以来，仅仅三天而已，我们又有 28 人牺牲，120 多人受伤，这其中有三分之一是儿童。因此，我很遗憾，公布之后他们根本就没有从加沙和其他地方撤军。一些以色列政治官员的发言人说，国防部长是不承担责任的。

梁玉珍：也就是说局势仍旧很严峻。

阿拉法特：是的，非常严峻。就此问题，我们已经向联合国秘书长安南、向安理会递交了正式照会。同时，明天将在开罗召开阿拉伯联盟外长会议。在此之前，在南非召开了地球会议，友好的南非人民的立场非常好，这个大型国际会议上做出的决议也非常好。此外，已经开完的巴黎四方会议，欧洲、俄罗斯、美国、联合国四方会议也很好。

梁玉珍：您对欧盟外长最近提出的和平新建议如何评价？

阿拉法特：那并不是一个新的建议。只能说是对美国原来的建议做了部分更改，四方委员会16日将在美国纽约召开一个会议，将研究欧洲外长已经通过的这个建议，试图出台一个统一的方案。毫无疑问，我们热切希望，在我们经历这样一个非常艰难的时期，热切希望于我们的朋友，特别是中国的领导和人民，支持巴勒斯坦人民，我不会忘记中国的这种友谊，这是非常非常长久的友谊。

梁玉珍：众所周知，中国人民是站在巴勒斯坦人民一边的。

阿拉法特：在毛泽东时期，毛泽东是世界的领袖。

梁玉珍：从那时到现在，我们中国一直支持你们。

阿拉法特：我们的人民是不会忘记的，不仅仅是我们的人民，整个阿拉伯人民也不会忘记。

梁玉珍：我们将一如既往地支持你们的正义事业，直到建立你们独立的巴勒斯坦国。

阿拉法特：这给了我们力量和信心。我们经历了很艰难的阶段，特别是我们遭受了巨大的损失，伤亡人数超过68000人，其中大约30%是残疾人，大约30%是未满18岁的儿童，有的只有10岁、3岁，或者是12岁、15岁。

除此之外，全面摧毁了我们的住宅，破坏了我们的土地和树木，特别是橄榄树，巴勒斯坦出产的橄榄是世界上最好的橄榄，那是我们的经济命脉，是上百万家庭赖以生存的经济支柱，但是很遗憾，都被以色列军队破坏了。

梁玉珍：这导致了严重的经济衰退。

阿拉法特：不仅仅是这样，你知道现在，24个月，扣押我们的钱财，我们自己的税收款。比如当你送出一些东西，通过他们那里，他们就拿税收，他们做出决定拿这个税收的3%，然后就企图变成了97%。最近鉴于美国和欧洲施加的压力，他们给了我们这些钱财的一部分，一个月给了1400万美元，另一个月给了1500万美元，也就是2900万美元。

你知道他们扣押了我们多少钱吗？他们扣押了我们18亿到19亿美元，就这样，他们就不想给了。因此，我们面临很多困难，如果不是我们朋友们的援助，我们怎么办？我们得到了中国、日本、欧洲、不结盟、阿拉伯国家、俄罗斯，有的甚至是拉丁美洲发展中和组织的援助。但是以色列企图向议会施加压力，禁止将这些援助物资通过一些渠道运给我们。

梁玉珍：巴勒斯坦起义两周年之际，您认为有很大收获吗？

阿拉法特：这是毫无疑问的。我们很坚强，巴勒斯坦人民很坚强。尽管对我们实行封锁、战争升级，使我们物质损失、人员损失严重，甚至我们不能往有的地方运送药品，运送伤员，救护车也无法行动，也不能给部分地区运送食品，我们的工人，90%的工人没有工作。因此，我们在每个领域都面临着严重的困难。但是，我们巴勒斯坦人民仍然坚强不屈，坚持自己的权利和正义事业。我们是这个世界上现在唯一的一个仍旧被占领的民族。但是，我们的儿童，我们的花朵，他们将会在耶路撒冷的城墙上、在宣礼塔和教堂上空、在我们的首都高高地升起巴勒斯坦的旗帜。这就是我们的收获。

梁玉珍：你们将会取得胜利。

梁玉珍：当阁下被封锁的时候，至今没有离开过拉马拉，您想到过要出去吗？

阿拉法特：我都不知道如何离开这里，我被围困在这里。

梁玉珍：将近一年以来，您就没有走出过拉马拉吗？

阿拉法特：不，我出去过一次。那次是约旦弟兄提供的飞机，我去了伯利恒、杰宁和纳布卢斯。杰宁你知道，我不叫做杰宁，而叫做杰宁格勒，就像斯大林格勒一样。同时还有老城，历史上的老城——纳布卢斯，被摧毁的几千年的老城。同样的，伯利恒，那里有伊斯兰教和基督教的圣地，圣诞教堂。

梁玉珍：内政部长叶海亚昨天呼吁巴勒斯坦人民放弃暴力，采取政治斗争的方式建国，这是巴勒斯坦政府新的立场吗？

阿拉法特：不，这只是他一方面的牺牲，在昨天的内阁会议上，部分的同事都反对这个提法。

梁玉珍：这是否意味着部分部长同意，部分部长不同意？

阿拉法特：不是的。你知道我们是民主的。尽管他已经公布了这一说法，但是内阁仍旧可以拒绝。

梁玉珍：阁下承诺的机构改革进行如何？有收获吗？

阿拉法特：是的，我们宣布决定了一个百天计划，在我的同事巴勒斯坦文化和新闻部长亚塞尔的领导下，他是执委会主席，由他主管这个问题，另外还有一些部长和专家。我们在司法权、民主权方面已经开始了很好的改革。

另外，我们很自豪，尽管这种毁坏、封锁、战争在升级，我们有很多学生受伤、牺牲，但是，我们的学校仍旧开始上课。今年我们有 102 万学生进入到中小学和高中，另外还有三分之一的人民在校外学习。

以色列还封锁我们其他安全设施和设备，摧毁了我们所有的安全机构，民间的、政府的、安全部门的，全被摧毁了，我们的部队面临困境。我们的汽车被炸毁，我们的电脑，他们进来时全都拿走了，然后就烧毁了。还有广播电视传送，也完全被毁坏了。尽管这样，对所有这一切，我们都尽全力维修。尽管十分困难，但是，我们在继续，我们的教育、医疗、司法、新闻、经济等设施和设备，我们都继续执行维修计划。

梁玉珍：很久以来，美国政府经常干涉巴勒斯坦事务，布什又试图阻止您参加大选，这会对您参加大选有影响吗？

阿拉法特：我们决定、也公布了明年一月举行议会和总统选举，我们希望结束这种封锁，直到以色列根据乔治－特尼特建议和在沙姆沙伊赫达成的米切尔报告——从我们的领土上撤军，克林顿、安南、欧盟代表索拉纳、约旦国王阿卜杜拉、埃及总统穆巴拉克、巴勒斯坦和以色列的代表团都出席了沙姆沙伊赫会议。

梁玉珍：自从 9 个月以前，我们上次采访之后再来，我发现这里的大门、院墙、楼房很多都被炸毁了，在这样的环境中，您是怎样生活和工作呢？

阿拉法特：我的办公室都被炸了，这不是第一次了，就像你知道的一样，在巴格达、贝鲁特、在的黎波里，我都被围困。长期以来，从1897年犹太人在瑞士的巴尔塞召开第一次大会，到贝尔福宣言，我们的人民就这样生活。

梁玉珍：您如何看待布什政府威胁要打伊拉克问题？

阿拉法特：毫无疑问，我们希望以谅解的方式，而不要以战争的方式解决这个问题。这个地区再也经受不起动乱，阿拉伯地区、中东地区经受不起这样的战争，直到现在全世界都没有同意美国发动战争。中国不同意，日本不同意，欧洲、俄罗斯不同意，非洲、加拿大不同意，部分美国官员也不同意，认为理解比战争要好。

梁玉珍：世界上大多数国家都不会同意。

阿拉法特：是的，多数国家都不会同意。

梁玉珍：除了政治问题以外，如蒙同意，是否能请您谈谈您的个人生活，比如饮食、睡眠、休息、锻炼，以及对以前的回忆？

阿拉法特：你自己看一看吧，看看我这里，这儿，还有那儿，我们就在地上睡觉，这就是我的生活。

梁玉珍：生活的确很艰苦。当您被围困时，中国人民很担心您的安危，您自己就不为自己担心吗？

阿拉法特：我担心的是我的人民，我的人民在艰难的环境中生活，这是比我更重要的。因此，我要求国际社会，我在全世界的朋友行动起来，给我们派遣国际观察员和国际部队，在埃及的西奈有国际部队，南黎巴嫩有、戈兰高地有、叙利亚有，我们要求这里、在我们和以色列之间也有国际部队，至少要有国际观察员，以保证我们的安全和权利。

梁玉珍：非常感谢您接受我们的采访。

阿拉法特：请向亲爱的中国领导、友好的中国人民转达我内心深处的感谢，我以巴勒斯坦人民的名义，感谢中国在历史上和现在对我们的人民、我们的事业、在所有的方面的立场和支持。

谢谢！谢谢！谢谢！

巴以地区局势再度恶化

　　2002 年，是中东地区动荡不安的一年，比之前一年，巴以双方冲突继续加剧，地区局势再度严重恶化。我在这一年去了多少次巴以地区，已经记不清了，只记得几乎每次重大事件发生时，我都会快速出击抵达现场。站里事情较多时，我和刘苗野会分头执行不同任务，所以在巴以地区的采访有一部分是我独自完成的，另一部分是我和刘苗野共同完成的。在那个动乱地区，我们都经历过一些险情。

　　记者的身影无处不在，新闻就是号令，现场就是战场，见证事实，还原真相，我就是战士。这一年，现场出镜的次数最多，每次做出大量新闻报道的同时，我还写了一些评论性文章，以下撷取部分章节，从中可以对当时严峻的巴以局势窥见一斑。

通过以色列设置的格兰迪亚检查站前往约旦河西岸城市拉马拉

中国劳工在耶路撒冷意外身亡

2002年，在以色列打工的中国劳工也遭遇过意外。在一次耶路撒冷爆炸事件中有两名中国劳工遇难，另外两名劳工受重伤，处于昏迷状态。其中一位失去了左臂和左腿，另外一位失去了左臂。中国驻以色列大使到医院看望了两位伤员。此事成为国人关注的焦点。

当时中国公民在以色列总数大约23000人，其中3000人左右为外交官员、新闻工作者、中资机构代表、留学生以及其他公派人员，另外有劳工大约20000人。这些劳工大多数为建筑工人，其中来自福建省的最多，有8000人左右，分布在以色列从南到北各个城市。

中国劳工在以色列的工作生活情况总体上说很正常，虽然也有一些诸如劳工权益的维护、一般性事故的处理等问题需要关注，但是基本上没有重大事故发生，本次事件纯属意外，很难避免。

自从2002年3月29日以来，巴以冲突又一次加剧，中国驻特拉维夫大使馆通过网络向所有在以色列的中国公民，包括港、澳、台同胞发出安全公告，要求大家减少外出活动，尽量避免到闹市地区等人员密集的地方，要随时注意自身安全。但是，日常生活和工作中总要正常出行或购物，意外事故是防不胜防。

实现和平需要相互妥协

多少年来，中东地区的和平与安定一直是人们关注的焦点，从五次中东战争到目前的巴以流血冲突，给巴以两国的经济带来严重损失，给双方的人民带来深重的灾难，也给周边国家的经济和安全造成严重的危害。尤其是近期以色列对巴勒斯坦的军事打击，不仅给巴勒斯坦人民造成令人难以想象的伤害，也让以色列人民感到了严重的生存危机。

巴以问题如何才能很好地解决，巴以双方人民何时才能过上和平安定的生活，中东和平何时才能真正实现，不仅需要国际方面的努力，也需要巴以两国之间的宽容和谅解。实现和平需要相互间的妥协。

对巴勒斯坦的支持不能仅限于民众的愤怒。

巴勒斯坦国家合作部部长沙阿斯对阿拉伯国家支持巴勒斯坦事业的

力度不够表示不满。他在接受约旦《今日阿拉伯》报社的一名记者采访时说，现在是民众的愤怒情绪高于官方的实际行动，老百姓的示威游行、义务捐款、献血活动热情很高，而国家性的行动却很少。沙阿斯说，对巴勒斯坦的支持，仅限于街上的愤怒是不够的，这阻止不了以色列对巴控城市的侵略。沙阿斯甚至疑问，难道阿拉伯国家在等着我们巴勒斯坦人全部死亡吗？由此也可以看出，巴勒斯坦认为，阿拉伯国家由于自身利益的存在，在对待如何解决巴以冲突问题上，所做的努力不够。

几周以来，阿拉伯各国根据各自的能力，纷纷采取措施，对巴勒斯坦进行政治和物质的紧急援助。对于目前的严重局势，埃及总统穆巴拉克非常关注，经常与各国首脑举行会谈，并与沙特、摩洛哥、突尼斯、约旦、叙利亚等阿拉伯国家领导人保持热线联络，磋商缓解危机的对策，交换看法，协调阿拉伯国家的立场。

最大的实际行动应该说是埃及中断了所有飞往以色列的定期航班，伊拉克停止原油出口 30 天。近日，在埃及总统夫人苏珊·穆巴拉克的领导下，埃及红新月会还与国际红十字会合作，在埃以边境城市拉法建立了紧急医疗中心，向从巴勒斯坦过来的难民提供医疗救援，同时还提供食品、面粉、毛毯等生活用品。

其他阿拉伯国家也对巴勒斯坦伸出了援助之手，采取了不同的援助方式。伊拉克、沙特、约旦、阿曼、也门等许多国家都向巴勒斯坦提供了资金和物质援助。阿拉伯各国民众更是掀起了反以反美浪潮，利比亚领导人卡扎菲和群众一起上街示威游行，表示他对巴勒斯坦坚定的支持。摩洛哥、埃及等一些国家的民众还发动了大规模的捐款和献血活动。

2001 年以来，埃及的民众开始抵制美以货物，美国和以色列人在埃及开的超市和快餐店曾经被爆怒的年轻人袭击，最近美国的麦当劳由于受到埃及人的抵制也不得不更名换姓。

对于遭受深重灾难的巴勒斯坦来说，以上种种还远远不够，巴勒斯坦目前的状况超出了人们的想象，视察过杰宁难民营的有关人士透露，那里的惨状令人震惊，比地震造成的毁坏还要严重，现在有大约 4000 人没有栖身之所。丹麦红十字会秘书长布里森说，他甚至不相信那些灾难是由人类之手造成的。他指责以色列破坏日内瓦协议，在几周的时间里不允许运送紧急救援物资，不允许救护车运送伤员，也不允许掩埋死者的尸体。巴勒斯坦的确需要更大更实际的援助。

谁是真正的恐怖主义分子

几天以来，以色列一方面开始从约旦河西岸巴勒斯坦自治区部分城镇撤军，一方面重新部署兵力，继续围困这些城镇，同时还继续进攻其他巴控城市，22 日伯利恒圣诞教堂仍旧发生激烈交战，其他城市也仍旧有巴勒斯坦人被抓被杀。以色列高级官员说，他们还在考虑对阿拉法特的官邸采取突然袭击，抓捕他们认定的恐怖分子。

巴勒斯坦新闻部长亚赛尔、国际合作部长沙阿斯、约旦河西岸安全部队司令拉朱布等高级官员都认为以色列的撤军是对国际舆论的欺骗，他们并没有真正的撤军。亚赛尔指出，以色列的坦克、推土机、装甲车仍旧在巴控区的城市、农村、学校、教堂、清真寺等地继续进攻，继续摧毁房屋以及其他建筑，军队也仍旧在巴控区实施安全控制政策。拉朱布说，以色列对巴勒斯坦滥用武力会得到相反的效果。巴勒斯坦人肯定会对以色列的屠杀行为做出回应，以牙还牙。他还说，我们这里所看到的国家恐怖主义行为必然会带来更多的流血事件。

以色列对巴勒斯坦实施的血腥军事侵略，给巴勒斯坦造成了灭顶之灾。联合国粮农组织的官员对巴勒斯坦的基础设施所遭到的破坏深感忧虑，他们看到被严重毁坏的公路、学校、住房和电话线路。了解到巴勒斯坦发展经济的努力已经失去了基础，使原本就很困难的经济状况雪上加霜，处于崩溃的边缘。目前极度贫困和严重的食品危机正危及着巴勒斯坦的几百万民众，饥饿和营养不良已达到令人不安的程度，贫困线以下的人口达 50%，失业率达 30%，巴勒斯坦难民目前已达 390 万人。

面对以色列给巴勒斯坦人民所造成的严重灾难，巴勒斯坦民族权力机构主席阿拉法特和其他高级官员质问，到底谁是恐怖主义分子？当地舆论和民众普遍认为，以色列总理沙龙才是真正的恐怖主义分子。埃及有些青年呼吁国际社会把沙龙作为战犯进行审判。

国际斡旋的力度有待加强

巴以冲突再次升级以来，尤其是以色列对巴勒斯坦进行大规模血腥侵略以来，联合国安理会、阿盟首脑会议、外长会议等都做出了很多有关决议，但是所有的决议都没有得到有效的执行。外交斡旋和国际努力也从未间断，但实际的作用却微乎其微。

最近几天，以色列在舆论上多次宣布从巴勒斯坦自治区撤军，但是实际上却继续在那些城镇重新部署兵力，并继续屠杀那里的平民。联合国的这些决议对解决巴以冲突到底有没有作用？如何加强国际斡旋的力度使之发挥有效作用？已经引起人们的众多疑问和深切关注。阿拉伯国家和当地舆论普遍认为国际斡旋的力度有待加强。

对于美国国务卿鲍威尔的中东斡旋，阿拉伯国家好像有先见之明，在此之前就判断他必败无疑，不会有任何结果，因为阿拉伯国家都知道美国的政策是偏袒以色列的，普遍对美国持不信任态度。鲍威尔的实际行动也证明了阿拉伯国家的判断。鲍威尔的失败早在阿拉伯国家的意料之中，当然也引起了阿拉伯国家的强烈不满。埃及总统穆巴拉克为此取消了原定与鲍威尔的会见。巴勒斯坦高级谈判代表埃雷卡特和其他高级官员认为，鲍威尔的斡旋不仅没能使巴以局势得到缓解，反而使局势更进一步恶化。

鲍威尔首先没有对以色列施加压力，没有促成以色列从巴控区撤军，巴以之间也没有达成任何停火协议。美国总统布什还多次对以色列的侵略行径表示理解，实际上是对以色列的宽容。与此相反，鲍威尔却对巴勒斯坦民族权力机构主席阿拉法特施加压力，阿拉伯人的愤怒可想而知。

之后，美国中东特使特尼特又来到中东进行新一轮外交斡旋。但是，他的到来能否就巴以停火达成协议，并为实现地区安全做出努力，人们仍旧存在疑虑。

石油不能作为武器来使用

对于使用石油武器，阿拉伯国家也存在不同意见。伊朗、伊拉克两国提出使用石油武器对付以色列的疯狂侵略。4月8日，伊拉克总统萨达姆宣布中断石油输出30天。当地时间4月22日晚上，萨达姆又发表电视讲话，再次呼吁使用石油武器，他呼吁阿拉伯产油国将石油产量削减一半，同时对美国和以色列实行原油禁运，以抗议以色列对巴勒斯坦的入侵。

但这种做法除了引起世界石油恐慌、油价上涨以外，没有对以色列产生压力，也没有得到其它任何一个阿拉伯产油国的支持。

科威特新闻大臣兼石油大臣法赫德说，科威特支持包括美国在内的国际努力，但是不会把石油作为解决问题的武器。他说，科威特向美国的石油出口很微弱，不足以影响美国政策。沙特外交大臣费萨尔也不赞成把石油作为解决阿以争端的武器。他说，石油不是坦克，也不是大炮，不能作为武器来使用。海湾合作委员会秘书长阿提亚认为，面对以色列，阿拉伯国家的选择是有限的。他说，使用石油武器对于国际市场来说时机不成熟，对于阿拉伯各国自己的经济也不利，而且欧佩克国家对此也有所控制。他说，事情不像30年以前，那时阿拉伯和欧佩克国家控制70%的世界石油市场，而现在则不同。阿提亚还认为，阿拉伯国家也不能采取军事行动来回击以色列的挑衅和侵略，因为众所周知，双方的武装力量不平衡。阿提亚说，对巴勒斯坦的支持唯一的办法是政治和物质的支持。他说，目前摆在阿拉伯人面前的最重要的选择是和平，这是阿拉伯和平倡议的核心所在，也是阿拉伯国家的战略选择。

和平谈判才是唯一的出路

巴以冲突由来已久，自从以色列占领了巴勒斯坦人的家园，巴勒斯坦人就到处流浪，在其他阿拉伯国家过着颠沛流离的难民生活。返回自己的家园，建立自己独立自主的国家是他们梦寐以求的终生愿望。

力量的薄弱、经济的衰败使巴勒斯坦人无法与有美国支持的强大的以色列抗衡，只能采取力所能及的斗争方式反抗以色列的侵略，为争取自己的权利而进行不懈的努力。因此，具有自我牺牲精神的自杀性爆炸被认为是英雄的壮举。但是，这样的壮举不但没能产生任何有益的效果，反而每每遭到以色列更疯狂的报复，造成自身更大的损失和牺牲。

自从去年巴以冲突加剧，尤其是今年自 3 月 29 日，以色列对巴勒斯坦自制地区进行大规模血腥屠杀以来，双方的对立情绪日益尖锐，仇恨的种子在双方人民的心里越种越深，相互间的报复行动形成了恶性循环，越发不可收拾。

据有关数字统计，目前有 80% 的巴勒斯坦人支持自杀性爆炸行动，阿拉伯国家也有很多人认为这是一种英雄行为。在以色列，过去有不少人反对沙龙的强硬政策，但是近期发生的几起自杀性爆炸事件伤及无辜平民，使以色列平民感到生存危机，感到生命没有安全保障，这就促使他们转而支持沙龙对巴勒斯坦的军事打击行动。

几十年来，一方要收复失去的家园，一方要保住已经得到的地盘，谁都不想妥协。但是，摆在面前的实际问题是无论是谁都应该给对方以生存的权力，不能把对方灭掉。巴以之间的冲突到底如何缓解，至今没有更好的办法。冲突和仇恨的加剧也会使解决问题的难度比以前更大。

鲍威尔毫无收获地空手离开了中东，阿拉法特仍旧被封锁在拉马拉的官邸没有自由和人身安全的保障。以色列的行动不但没有收敛，反而更加气焰嚣张，在阿拉法特的官邸周围建立了隔离区，切断了所有通向阿拉法特官邸的公路，他们挖地道、设置水泥路障、架设铁丝网，禁止进入拉马拉阿拉法特总统官邸。巴勒斯坦官员已经向兄弟国家发出紧急照会寻求支持与援助。

阿拉法特已是年过七旬的老人，即使不处于目前这种状况，他的健康状况也会使人担忧，尤其在这种非常人想象的困境之中，更引起人们的担心和焦虑。但阿拉法特没有松懈自己的斗志，他仍坚持巴以之间的任何谈判必须在以色列先撤军的前提下进行。

埃及总统穆巴拉克一直在为拯救中东和平做出不懈的努力。他希望在采取任何步骤之前必须进行细致的研究。他说，《奥斯陆协议》允许巴勒斯坦在自己的土地上建立自己的领导和政权。他强调和平是唯一的出路，暴力只能导致和平的失败，增加仇恨，加深暴力，使问题更加棘手。

阿拉伯联盟秘书长穆萨对目前中东局势表示非常担心。他说，在目前状况下不可能实现中东地区全面公正的和平。他指出，以色列在杰宁难民营屠杀上千巴勒斯坦人民，杰宁的局势非常严峻，非常令人担心。他说，和平的道路仍旧存在，但是他同时也警告说，反抗的道路也同样存在，就像这些天所发生的一样。穆萨认为联合国的作用非常重要，但是希望联合国的作用不要以一方来反对另外的一方，而应该公平对待巴以双方。

　　和平是众望所归，但是实现和平需要做出努力和一定的牺牲。国际方面的努力和外交斡旋必不可少，阿拉伯国家的团结一致十分重要。但是，关键的还在于巴以双方自己的努力。如若巴以双方仍旧不肯做出部分让步，不肯相互妥协，和平的希望仍旧很小。中国有句老话说，进一步两败俱伤，退一步海阔天空。如若巴以双方在一些问题上都能做出一定的让步和妥协，双方的人民则有希望早日过上安定的生活。希望巴以双方能够早日回到谈判桌前，只有和平谈判才是实现中东和平的唯一出路。

仇恨加深，信任减退，前景谁能预料

　　虽然以色列军队撤出了阿拉法特的官邸，解除了对阿拉法特长达一个多月的软监禁，使他获得了可以在约旦河西岸和加沙地带的巴控区活动的自由。但是，长期以来，巴以之间连续不断的恶性冲突，已经使

在耶路撒冷老城留影，背景是金顶清真寺和哭墙

两国人民受到了严重的伤害，双方的对立情绪更加高涨。尤其是本次冲突的加剧，使双方的仇恨加深，信任减退，即使阿拉法特重新获得了自由，中东和平是否就此有了转机？其前景又有谁能够预料？

巴以争端症结所在

巴以争端最突出的症结是耶路撒冷地位问题。众所周知，耶路撒冷是犹太教、基督教和伊斯兰教三大宗教的圣地。阿拉伯人认为，巴勒斯坦是整个阿拉伯世界不可分割的一个组成部分，耶路撒冷不仅是巴勒斯坦、而且是阿拉伯国家乃至整个伊斯兰世界的圣地。以色列人认为，犹太人是最早在那里建立国家的民族，他们的大卫国王在耶路撒冷正式建都，并选锡安山为都城，在山上建筑宫殿和神庙，所罗门继承王位后，又在山上修建了一座富丽堂皇的圣殿，使这里最早成为犹太教的圣地。历次谈判中，巴以双方各不相让，都想把耶路撒冷作为自己的圣地。

犹太人1947年建立了自己的国家以色列，而巴勒斯坦人至今也未能实现自己的建国梦。联合国的分治决议使犹太人得以建国的同时，引起了巴勒斯坦和阿拉伯国家的强烈反对，当时大马士革、耶路撒冷等城市爆发了示威游行和暴力活动。正在埃及首都开罗举行阿盟会议的七国总理和外长发表声明，认为分治决议违背了公理和正义原则，表示阿拉伯国家决心为反对这个分裂巴勒斯坦的决议而战。

以色列宣布建国的第二天，阿拉伯国家发动了第一次中东战争。这次战争以以色列的胜利而告终，以色列所控制的土地比原来联合国分治决议规定的14200平方公里多出了6000多平方公里，占整个巴勒斯坦面积的80%，巴勒斯坦其余的地区被埃及和约旦占领，联合国分治决议中规定的巴勒斯坦阿拉伯国却没有建立起来。近百万巴勒斯坦人逃离了以色列占领区，沦为难民，流落阿拉伯各国。自此埋下了巴以仇恨的种子，也加大了阿拉伯国家与以色列的矛盾。在以后的几次中东战争中，以色列又侵占了大片的阿拉伯土地，致使阿以冲突日益尖锐激化。

巴以暴力冲突对经济的影响

两年以前，以色列总理沙龙强行登上圣殿山，引发了巴勒斯坦武装起义，两年以来，持续不断的暴力冲突使巴以双方的经济陷入困境，老百姓的生活也非常困难，日益恶化的经济状况能不能使巴以双方的政府采取一种新的政策，以和平的方式解决问题呢？就此，我们采访了巴以双方的高级官员，让我们来听听他们是这样说的。

首先我们采访了以色列财政部总司长马拉尼，向他提出了以下四个问题：1. 以色列下一年度财政预算据说是以色列有史以来最大的一次削减预算方案，为什么会削减预算？与经济衰退有多大关系？2. 以色列经济去年出现负增长，与武装冲突的关系有多大？以军如果撤出巴控区下一步将会有什么做法？经济因素对和平进程的影响有多大？3. 如果冲突继续，以色列经济还能支撑多久？4. 您认为以色列老百姓现在的生活现状怎样？如果冲突继续，他们会有什么样的反应？以上问题总司长马拉尼都做了客观的回答。

接着我们又到巴控区采访了巴勒斯坦民族权力机构主席阿拉法特的政治顾问奈毕勒·艾布·拉迪纳，向他提出了六个问题：首先请他谈谈巴勒斯坦目前的局势。拉迪纳说，以色列继续对我们实行封锁，继续敌对行动，导致了局势更加动荡不安，更加令人担心。我们已经要求国际社会采取慎重的立场，对待以色列这个挑衅的政府，为实现这个地区真正的和平而努力，我们还呼吁国际社会保护和平进程。

就8月18日与以色列达成撤军协议之后，巴以局势是否有些好转？拉迪纳说，实际上没有任何改变，他们仍旧阻止给巴勒斯坦人民的援助进入，以色列政府仍旧对巴勒斯坦人民采取敌对行动。

当问到如果以色列军队从巴控区撤军，巴勒斯坦政府是否有能力控制局面时，拉迪纳说，如果他们撤军，我们的军队能够尽快地改变局势。但是最主要的是以色列应立即从巴勒斯坦撤军，恢复我们的政权、恢复我们的安全机构，重新建设被以色列军队炸毁的家园。

接下来我提问经济的衰退是否会影响政府控制局面的能力？巴勒斯坦政府目前拯救经济的政策是什么？拉迪纳回答，实际上我们的经济状况十分困难，十分严重，我们将要求国际组织、阿拉伯委员会、四方委员会等干涉以色列的行径，迫使他们归还扣押我们的钱财。并呼吁国际社会尽快向巴勒斯坦人民提供帮助，以便早日结束这种悲惨的局面。

关于经济状况的恶化，人民生活水平的下降，是否导致政府采取新的政策，做出部分让步这个问题，拉迪纳表明，巴勒斯坦的立场是明确的，以色列军队应该撤到 1967 年划定的边界，我们建立巴勒斯坦国，否则这里就没有和平安全与稳定。

最后我问如果局势仍旧很严重，是否会有更多的巴勒斯坦人采取自杀性爆炸的方式？拉迪纳强调说，实际上我们巴勒斯坦人做的是反抗侵略的斗争，我们保卫自己的权利，保卫自己的领土，保卫自己的圣地。以色列应该知道，巴勒斯坦人民不会投降，不会后退，不会接受任何以色列的指令。以色列应立即从巴勒斯坦控制区撤军，让巴勒斯坦人民得到自由与稳定。

除官方以外，我们还采访了拉马拉市民、工程博士、大学老师穆罕默德·欧麦尔。谈起起义前的生活状况如何？欧麦尔说，起义前的日子比现在好过很多，那时的经济局势也比现在好。最近的局势怎样？现在无论是政府部门、经商还是其他，都没有什么收入。问到经济状况恶化，你们如何生活工作？他回答说，这个问题你应该去问沙龙。我们整个巴勒斯坦人民就像在一个大监狱里，到处都是他们设置的障碍和禁区，我们不能随意行走，对我们就像对待动物一样。沙龙根本就不懂什么是人权。

2002 年巴以重大事件摘录

以下是 2002 年前三个月的重大事件摘录，由此可以看出本年度巴以双方冲突的脉络。

1 月 9 日，2 名哈马斯武装成员袭击以军哨所，造成 6 名以军官兵伤亡，次日凌晨，以军摧毁了加沙南部拉法难民营中的 37 座巴勒斯坦民宅。

1 月 14 日，法塔赫武装组织 1 名领导人遭炸弹袭击身亡。

2 月 20 日，以色列军队首次袭击巴勒斯坦民族权力机构主席阿拉法特在加沙的总统府，21 日又动用坦克和装甲车首次入侵加沙城打击巴方要害目标，并炸毁市中心电视台。

2月22日，以军占领纳布卢斯市，打死包括哈马斯地区领导人在内的5名巴勒斯坦人。哈马斯随即宣布对以色列发动全线袭击。

2月27日，以军进攻约旦河西岸巴拉塔难民营和杰宁难民营，打死40多名巴勒斯坦人，300多人受伤。交火中，以军2名士兵死亡，5人受伤。

3月4日，以军进攻西岸城市杰宁附近的难民营，造成巴勒斯坦多人伤亡。当天，以军还轰炸了阿拉法特在拉马拉的总统府。

3月8日，以色列全面扩大在加沙和约旦河西岸的军事行动，造成40名巴勒斯坦人丧生。这一天成为自2000年9月巴以冲突升级以来最血腥的一天，被阿拉伯国家称为"黑色星期五"。

3月10日，以色列从海上和空中对阿拉法特在加沙的总统府发动大规模袭击，炸毁了总统府全部建筑。

3月11日，以色列宣布，自去年12月以来，一直被软禁在约旦河西岸城市拉马拉的阿拉法特可以自由决定是否离开拉马拉。以色列称，巴勒斯坦按照以方要求逮捕了所有6名杀害以色列旅游部长泽维的嫌疑犯。

3月14日，美国中东问题特使津尼抵达以色列，开始第三轮斡旋，以促成巴以双方实行停火谈判。

3月18日，在美国特使津尼调解下，巴以高级安全官员在耶路撒冷举行会谈，商讨停火和以军撤出巴控区事宜。

3月20日，以色列北部城镇乌姆费赫姆附近发生一起公共汽车爆炸事件，造成包括4名以军士兵在内的7人死亡，另外有35人受伤。

3月27日，第14次阿盟首脑会议在贝鲁特召开。阿拉法特因为以色列的阻挠未能与会。当晚，一名巴勒斯坦青年在以色列海滨城市内坦尼亚一家饭店内制造自杀性爆炸事件，将正在庆祝"逾越节"的20名以色列平民炸伤。

3月28日，阿拉伯国家首脑会议通过"阿拉伯和平倡议"，首次以一个整体提出与以色列媾和。

3月29日，以色列士兵包围了阿拉法特在拉马拉的官邸，巴以双方展开了激烈枪战。阿拉法特距离枪战地点只有几米远。自2000年9月巴以冲突恶化以来，这是首次以色列军队距离阿拉法特这么近距离交战。

3月29日下午，一名巴勒斯坦女子在耶路撒冷市东南郊区的一个市场内引爆了藏在身上的炸弹，有2人丧生，19人受伤。事后不久，巴勒斯坦武装组织法塔赫的分支"阿克萨烈士旅"声称对此事负责。

3月30日下午，占领拉马拉的以色列军队开始在拉马拉部分地区大肆搜捕，至少逮捕了200名巴勒斯坦人。

3月30日晚上，以色列海滨城市特拉维夫发生一起自杀性爆炸事件，造成30多人受伤，其中5人伤势严重。

3月31日下午，以色列北部城市海法一家名叫"玛莎"的餐馆发生爆炸事件，造成14人死亡，30人受伤，巴勒斯坦伊斯兰抵抗运动哈马斯宣称对此事件负责。

此事发生后，不到两小时，下午4点左右，位于约旦河西岸南部的伯利恒地区，又发生一起自杀性爆炸事件，肇事者当场死亡，另有4人受伤。

美伊战况报道

时光似水，岁月如梭，转眼间很多年过去了。穿越时光隧道，回到2003年3月20日，那是人们不会忘记的日子，美英联军向伊拉克开战了，接下来的战火中，遭殃的是无辜百姓，那些残酷血腥的场景至今历历在目。

无论什么时候回想起来，战争给伊拉克以及周边国家和人民造成的创伤，总是在脑海里挥之不去，而我自己在这场报道中也遭遇连带伤害，过后很久没有完全恢复。

伊战期间，我奉命在约旦报道战况，当时的社会秩序非常混乱，恐怖活动时有发生，但我们不顾危险，每天都在高度紧张状态中，不停地奔走于各个新闻发布会现场、奔走于伊拉克人的逃亡之路、边境难民营、以及各种突发事件现场，采访了很多当地政府要员、采访了伊拉克、巴勒斯坦、约旦等阿拉伯国家的普通民众，从一个侧面和角度，真实、客观、生动、详实地报道了战争给人类带来的灾难和影响，报道了阿拉伯各国政府和人民对这场战争的态度。

当时，每天都忙于为央视好几个频道提供节目，没有时间留给自己抒发感受，多年过去之后退休了，终于有了充分的时间，在此穿越时光，还原经历过的场景，讲述战争的危害。"如果你没法阻止战争，那你就把战争的真相告诉世界"，这是战地记者永远的格言。我在现场，CCTV在现场，见证这个地区的动乱史，见证美伊战争。

摇动我的橄榄枝呼唤和平

我喜欢橄榄树，也喜欢吃橄榄，巴勒斯坦加沙地带和约旦河西岸城市拉马拉、埃及以及周边的阿拉伯国家都种有许多橄榄树，在东耶路撒冷，我曾看到过一棵生长了 300 年的橄榄树。最好吃的橄榄，产于巴勒斯坦的加沙、拉马拉等地，那是首次对巴勒斯坦民族权力机构主席阿拉法特做专访时，阿拉法特亲口告诉我的。他说，他每天的主要食物就是大饼、土豆、胡姆斯酱和腌橄榄。他还说，他们赖以生存的橄榄树有很多都被以色列军方摧毁了。

经过比较，我感觉拉马拉腌制的咸橄榄的确好吃，与在埃及、约旦、黎巴嫩等其他国家尝过的味道的确有所不同，每次到拉马拉采访，我的早餐里必有一小碟子腌橄榄，吃的次数多了，自然也能品出其独特味道。印象最深的是，有一次吃完最后一个橄榄，仍旧把橄榄核留在嘴里反复品味着，结果一不小心，把补过的一颗牙齿硌坏了。

记得在耶路撒冷采访时，我曾在老城区买过一件带有以色列大卫星标志的 T 恤衫，那上面印着一只和平鸽，鸽子的嘴里衔着一条嫩绿的橄榄枝，这是和平的象征。虽然以色列跟阿拉伯是敌对的，但以色列人民也是非常热爱和平的，他们维护的是自己的生存权利。

可这件衣服我却只能在家里穿，从不敢穿出去招摇。有一次在家里被我的房东看到了，她好心地告诉我说："埃咪娜，你怎么能买这样的衣服呢？在家里穿一下就算了，千万不要穿出去，不要让别人看到，你知道阿拉伯人非常痛恨以色列，如果被人看到了，他们就会认为你是站在以色列人一边的，会不问青红皂白地围攻你。"

房东的话其实一点儿也不夸张，我了解巴以双方的敌对情绪和立场，也知道自己该怎么做。去过几次巴以地区后，埃及新闻中心主任就曾经半开玩笑地问过我："埃咪娜，你到底是站在谁的一边啊，为什么去了那么多次以色列？"

埃及的情报部门很厉害，秘密警察到处都是，外国记者的行踪都逃不出他们的眼睛。新闻中心主任和我的关系还算不错，否则的话他们可能早就对我不客气了。不过我在这方面一直把握得很好，凡是对巴以冲突的报道，我都会采取公正立场，详实客观、实事求是地报道所发生的事情，用词绝不偏激，也不会特意偏向某一方。

长期出入于敌对双方国家，我的态度和立场相当重要，稍不留意就会出事，因此，我在工作生活的每一个细节上都得谨慎从事。比如每当人们问起我对中东和平的立场时，无论是巴勒斯坦人、以色列人，还是其他阿拉伯人，我都会回答说，我站在和平的立场上，支持和平行动。我这样的立场和回答他们双方都很满意。

这些年，我经常出入于巴以地区，亲眼看到那里的人们是怎样生活的，我同情巴勒斯坦人，因为他们的家园被以色列霸占了，很多的人无家可归。我也同情以色列人，因为他们自古以来就流散在世界各地，遭到过几次大屠杀，尽管犹太复国主义回归期间，霸占了巴勒斯坦土地，但是他们的生活并不安宁，每天都生活在焦虑和恐惧之中，没有安全感。

长期以来，中东一直是个动乱地区，因为没有和平，人们才更期待和平。在中东工作多年，看够了这里的动乱，我也和当地的人一样热切地期待着和平，但中东和平进程却进一步退两步，步步艰难。

我希望这个世界能够产生一个奇迹，让战争走开，让恐怖和暴力走开。可谁料想，巴以争端还远远没有解决，伊拉克战争却又打响了。

这次报道，央视本部调动本台驻埃及和布鲁塞尔2个记者站的4名记者以及央视总部派出的一个5人摄制组，共9人作为战地记者，从不同的方位和角度报道这场战争。布鲁塞尔站记者顾玉龙和王韵权在土耳其，水均益5人小组战前在巴格达，我和刘茁野在约旦，9人当中，我是唯一的女性，而且年过半百。从2月16日，我和刘茁野便奉命到达了约旦首都安曼，在那里关注事态发展，报道战前局势。

战幕拉开之后，我们一直坚守岗位2个多月，对美伊战况做了全方位报道。当时我已有4年驻外经历，曾经参与过很多地区重大性、突发性事件报道。但作为一名女性记者，如此接近战争，在我的职业生涯中是第一次，这是一个既残酷又难得的机会。

我一直不希望这场战争发生，但是作为一名电视记者，一旦战争打响，我就必须如实地记录所看到的事情，把事实及时告诉观众。然而作为芸芸众生中的一名中年妇女，我却只希望自己的手里有一把橄榄枝，让我做一名和平使者，摇动我的橄榄枝，呼唤和平。

战前的最后晚餐

到达安曼当天，正好中国驻约旦大使馆有一个宴会，陈永龙大使热情邀请我和刘苗野出席，那是我跟陈大使第一次见面，在之后的伊战期间，还有几年后的黎以交战期间，陈大使对我有过几次很大的帮助，这些非常时期特殊情况下的帮助，我感激至深，其真诚、善良之心也可见一斑。

开战前一天，中国驻伊拉克大使张维秋带领全体在伊拉克境内的中国人，包括水均益5人摄制组，从巴格达撤出到安曼，一大批在约旦的中国记者，事先等候在中国大使馆，这时候我认识了中国记者安立、闾丘露薇等人。张维秋大使刚下车就接受了我的采访，当时他脸上还有一道划伤。

那天下午，陈永龙大使召集所有中国记者开会，公布一项铁的纪律："一旦开战，你们记者中任何人都不许进入伊拉克，这种时候一定记着安全第一。"

会后，闾丘露薇悄悄问我："梁大姐，你准备进去吗？"

"当然想了。"我说，"但是特别遗憾，我没有海事卫星电话，也没

2003年3月美伊战前，央视7名记者跟北方办事处陈建生等人餐后合影留念

有电脑传输设备，进去之后没办法跟总部联系，也发不了节目，我真是特别不甘心。"

顿了一下，我跟闾丘露薇说："小水很有可能会去。他手里攥着四部海事卫星电话，有钱有设备，联络报道都没问题。"

第二天，闾丘露薇跟水均益他们几人果然一同去了巴格达，我非常佩服他们的勇敢，但更多的是为他们担心。

开战前的最后一顿晚餐，我们央视7位记者是在北方公司驻约旦办事处吃的，北方公司负责人陈建生说："明天就要开战了，给你们壮行，好好吃一顿，到时候就看你们的报道了，以后的日子里你们可能会经常吃不上饭。"这话还真让他给说着了，开战后，我们的全部精力几乎都放在工作上，吃饭休息成了可望而不可及的奢侈，经常是饥一顿饱一顿的胡乱对付。

北方公司办事处厨师小尹做饭手艺不错，饭菜主要是四川口味，极其好吃，在安曼有口皆碑。几天前，从中国驻伊拉克大使馆撤出的几名外交官也慕名前来就餐。餐桌上摆满了色香味形俱佳的饭菜，有在阿拉伯国家难得一见的回锅肉，还有阿拉伯人不爱吃的麻婆豆腐，那可都是驻外中国人眼里的上好菜。同行们一看有那么多好吃的，个个两眼放绿光，双手齐上，恨不得一下子都塞进嘴里。

军事部大校冀惠彦亲自下厨，又炒了个醋溜土豆丝捧场，他的刀工相当不错，口味也够好。从巴格达撤离前，小水、大校他们5人已经在那里坚守了1个月，报道伊拉克战前局势，他们在那里时，基本上吃不到美味中餐，一盘土豆丝是大校做梦都想赶紧吃到嘴里的菜。

水均益是个公众人物，饭桌上时不时地侃侃而谈，同时也没忘了对每一道菜轮番袭击，大校和杨晓勇的眼睛紧盯着餐桌上的美味佳肴，一边不停地蠕动着嘴巴狼吞虎咽，一边时不时地插上几句话，陶冶跟康锐先是埋头苦干，很快两碗饭就下肚了，然后才有了说话的底气，刘茁野平时的话并不多，这时也积极参与讨论。不用说，话题的焦点就是"这一仗到底是打还是不打"。

战前的紧张气氛没有人能够改变，神仙也无力扭转乾坤，美国铁了心要打伊拉克，任谁能够阻止？联合国决议对美国来说有用吗？到底打还是不打其实根本没有悬念。我没有兴趣参与推论，也没有心情吃饭，神思恍惚不定，默默地听着大家的议论，很少插话。谁都知道大战即将来临，还用得着再争论吗？但是从心底里，我不想让战争发生。我想用我的意念、我的虔诚、我的祈祷，甚至我幻想自己应该有一种神力，来制造一个奇迹，制止战争发生。

我轻声对小水说："我个人愿望今夜不要打起来。"

他问："梁大姐，这是你的分析吗？你的根据是什么？以你在中东这么多年的看法，你觉得这一仗到底打不打？"

我说："没有根据，我改变不了美国的想法，只是个人的美好愿望而已，最好是不打。"但我内心里非常清楚，这个愿望是无法实现的，现在这个世界上没还有改变美国的奇迹发生。

饭后离开北方办事处时，天色已晚，四周黑漆漆的没有多少光亮，一阵冷风吹过，天空飘起细雨，身上穿的衣服比较单薄，也没有伞来遮雨，感觉很冷，心里更是冷冷的，非常压抑。

开战了，我却没有职业兴奋感

作为一名记者，从职业角度来说，都希望世界上有重大事件发生，越大越有干头，越大越兴奋，越有激情，很多出名的记者，不都是借助于重大事件报道才一跃成名的吗？所以有人会说，干记者的就是"惟恐天下不乱"。

我是一名记者，我也希望自己在新闻报道上有突出的业绩，战争，的确也是造就人物的机会。但是，如果能够由我来选择，或者由我来控制的话，我宁可不要机会，也不要这危害人类的战争。

从2月16日奉命到达约旦之后，我们就开始了既紧张又繁忙的工作，搜集信息、观察局势、四处奔波，忙得不亦乐乎，做了很多开战前的相关报道。此外，各国记者们经常三一群俩一伙地聚在一起，争论、分析、推测，到底打还是不打，时间一长把人都搞得不耐烦了。甚至有人说，要打就赶紧打，干脆点儿，不打就算了。

真正到了开战前一天，人都已经熬得够劲了，几位同住一所饭店的年轻人几乎熬不住了，临睡前，国际台记者洪林他们跟我说："大姐你盯着啊，一有动静赶紧叫我们。"

他们都去睡了，我一人继续熬着，责任使然，无论多累我也得坚持下去，不能误了报道时机，谁让我年岁大呢，平时他们都大姐、大姐地叫着，我这大姐可不能白当。

实际上我也很累，也想好好睡一觉，但这关键时刻能掉链子吗？我已经承诺了几个年轻人"由我来盯着吧，一旦真的打起来了，我会叫醒你们。"所以，多累多困我也不能睡。原来也想过启用饭店里的叫醒服务，每小时叫醒一次，到了差不多的时候再起来盯着。可阿拉伯人办事保险系数不大，有谁会放心呢？还得靠自己想办法解决才最放心。

当时我很担心自己一不小心睡着了，就把手机的铃声开到最大音量，而且让它每半小时闹响一次，电视机的音量也开得比较大，这样即使我打瞌睡了，闹铃一响就会惊醒，如此就不会错过时机了。

战争不可能以我的意志为转移，3月20日凌晨4点多，终于还是开战了，美英联军向巴格达发起了首轮空袭，紧张的战况报道随之拉开序幕。我心里沉甸甸的，根本就没有什么职业兴奋感。我内心里不要战争，但我的职业和使命让我必须承担责任，做好报道，让世人了解战况真相。"如果你没法阻止战争，那你就把真相告诉世界"，这是战地记者永远要铭记的格言。

整夜未眠发出央视首条

约旦是紧邻伊拉克的国家，像一份三明治被夹在巴以和伊拉克两大中东热点地区，在伊拉克与土耳其边境和伊拉克与科威特等国边境关闭情况下，约旦是伊拉克通向外界的唯一出路，而且这个国家对记者格外开恩，阿拉伯各国的签证都非常难申请，像伊拉克、利比亚、科威特、沙特等不少国家都必须反签，只有约旦对记者可以在到达机场时给予落地签证，而且入关快捷方便。

除了签证方便之外，记者们还都认为，约伊边境不仅出入方便，而且是出新闻的地方。因此早在开战之前，各国记者便看好这一地区。事实证明，在这里的确比在科威特和卡塔尔报道的消息更多一些。

开战前几周，已有400多名记者云集在安曼，我和刘茁野是2月16日到达的，当时几家大饭店里已经聚集有很多著名媒体，比如CNN、

BBC、NHK 等等。NHK 到达最早，他们的一名记者对我说："我们从2002 年 10 月份就到了，一直在这里候着。"大批记者出现是开战前几天，特别是最后一天，一下子几家大饭店里几乎看不到记者以外的人了，有从各国赶来的，也有从巴格达撤退出来的。开战之后，云集在约旦的记者高达 1800 人之多，中国各路记者大约有 40 多人。不用说，首先展开的是一场媒体大战。

20 日凌晨，当战区警报拉响之后，战幕即刻拉开。几乎是同一时间"战争已经打响"这个消息随即从各个媒体发出，各个媒体就都有了自己的第一。新华社是一名当地记者贾迈勒发出了他们的首条消息。阿拉伯国家是卡塔尔半岛台首发。央视的首条是我同一时刻发出的。

后半夜是人感觉最疲乏，最容易放松警惕的时候，当然也是最容易发起突然攻击的时机。那一晚，我整夜未眠，用冷水洗了几次脸，让自己保持清醒。当时的气氛十分紧张，我能感觉到自己心跳的力度和速度，甚至连呼吸都很急促。我担心紧急情况下，大家都在拨打电话而线路不通，所以在两部手机上都拨好了与台里联络的几个不同号码，一手握着一个手机，大拇指点住 OK，随时准备着一有情况就赶紧拨打，只要对方不占线就能快速接通。

紧急情况下，时间是最宝贵的，能抢一秒是一秒钟，这时候最怕的就是对方电话占线，拨不过去。

战前几分钟是最紧张的时刻，提前一刻钟，我用两部手机交替着一直拨打台里一、四频道直播线电话，但一直打不进去，如果被动等他们把电话打过来，那就很容易错过抢发头条时间，那时候我十分无助，急得焦头烂额不知该怎么办。过了几分钟后，当我正要再次拨打电话时，一个后方记者的电话，恰巧打了进来，我顿时就兴奋了，这下我不用为电话拨不出去而发愁了。

那是个女孩儿，声音听起来很年轻，说是一频道直播线的值班编辑，要了解最新消息，她叫我梁老师。所以，我过后判断她是一位很年轻的编导。其实当时她肯定说出了自己的名字，只是我正处于高度紧张状态，根本就没有注意罢了，因此也就没有记住她的名字。

那个电话打过来是巧合，也是我的幸运，不然的话我抢发不了头条。那天的前半夜，我一直支撑着没休息，到后半夜时有点儿撑不住了，头晕脑胀，可当时不知为什么，我的直觉感到行动就要开始了。记者的直觉不是一般灵敏，而是非常敏锐，往往也非常准确，这一点我有过很多次证实。

电话接通，我的心总算踏实下来，赶紧告诉她："好不容易接通了，你千万别挂电话，要一直保持通畅，有可能几分钟内开打，别耽误了播报首条。"

我们一边沟通情况，一边做着分析判断，果然也就过了三五分钟，正在高度紧张时，尖锐的警报声刺耳响起，战幕拉开，第一次爆炸声响起的同时，我的一句话同时送了出去："美国对伊拉克战争开始了。"与此同时，我也听到了演播室里主持人的同声播报。

跟名利相比同事的安全更重要

开战当天，抢发了首条之外，我没有报道更多的消息，因为有一个更重要的任务，就是到机场取回防弹衣。

出于对我们几个战地记者的安全考虑，台里为我们每人上了 500 万元人民币的人身保险，还为我们配置了防弹衣、防毒面具和防化服，开战前一天，这些物品才到达约旦机场，考虑到开战之后如果需要进入伊拉克，这些东西则必不可少，因此在开战当天，我必须把这些重要物品取出来，否则的话会耽误大家使用。

可当时战争刚刚开始，国内一、四频道都在进行现场直播，正是大量报道消息的黄金时刻，观众的收视率直线上升，现场记者的知名度也会随之高度提升，这时候要是去机场取东西，就会失去宝贵的时机，可如果不去取的话，一旦需要就会取之不及。到底取还是不取？为此，我心里真的是非常矛盾。但最终，我还是决定先取东西要紧，因为跟名利和出镜率相比，几位同事的人身安全更重要，个人受点损失不算什么，只要把这些防护设备取来发到他们手里，用不上没有关系，可以防患于未然，但如若需要的时候而他们手里没有，倘或因此而出事，那我心里永远都不会原谅自己。

头条我已经抢先发了，接下来就让小水他们先做几条，大家都是同事，谁做都一样，只要不漏掉消息就行。这些年在台里，我为他人做嫁衣、做垫脚石的事已经不少，也不在乎多做这一次。

机场距离市区很远，办理取货手续十分复杂烦琐，取这些东西花费了好长时间，取回来后迅速把防毒面具等物品按照型号大小分发到每个人手里，这样心里踏实了许多，一旦发生情况，大家也好有个防备。当时感到很贴心很温暖的是在寄来的物品中还有满满一纸箱一次性内裤，我想这该不会是台长的意思吧？肯定是哪位熟悉的后期编导心思细腻想到的，这个东西真是太需要了。

在货场等待的时候心里一直惦记着战况，急得坐立不安，但是人家办理取货手续按部就班，我就是急死也没用，只好耐心再耐心。当时台领导并不知道这些内情，第一天报道战况，除了我抢发的首条之外，记者站播发的消息并不多，明显少于水均益那个报道组。对此，驻外记者管理办刘铁岭非常不满，他打电话给我明确提出："立即让水均益小组转到科威特，你们两批人必须分开，不要都集中在约旦扎堆报道。"

当时我心里有万般委屈说不出口，既给他人做了嫁衣，又要挨批评，央视的天理何在？公平何在？随后想到在这特殊时期，要以大局为重，我只好强忍万分委屈的情绪，简要地汇报了当时的情况。之后，就让小水他们赶紧离开去了科威特。在随后的报道中，立刻突显了记者站小部队作战优势，我们不停地穿梭在约旦首都安曼、约伊边境及难民营、以及各个突发事件现场，做了大量视觉独特的报道。

从 19 日早上起床，到 20 日凌晨开战，直至第二天的一系列报道，连续四十几个小时，我没有一分钟睡眠。接下来的那些天，每天的睡眠也不足三小时。白天出去采访，有时跑边境，一个往返就是七八百公里，回来后还要马上编辑节目、撰写稿件。每天晚上，央视一频道 9 点 45 分至 10 点 10 分，给我们开直播窗口，在这个时间段里，随时跟我们对接，我和刘苗野交替出镜，直播最新战况。

每天夜里，还要做第一、第二和第四频道的直播节目，此外还有很多电话连线，有时一整夜里几乎每小时都得接听电话。天天忙得不亦乐乎，焦头烂额，身体过度劳顿困乏，几乎没有休息时间，但是却精力十足。

很多认识我的人都说我是唯美主义者，这话有褒也有贬。其实，我只想把能做的事都做好。无论是在台里工作，还是驻外几年，我都认为自己是一名好记者，所以既然战争已经不可避免地打响了，无论我愿意还是不愿意，都必须好好报道所发生的事情，让我的报道见证和记录历史的真相，把我所看到的事实告诉观众。

但凡有点时间静下来，我心里就在想，战争应该是久远以前的事，在当今人们越来越注重人权，注重生存权利，注重社会的进步与发展时，在科技发展神速的现代社会，竟然不能避免战争，这难道不是人类的悲哀吗？

这一战能打多久，我和水均益看法不同

这一战能打多久，还是在开战前夜的饭桌上，我们就谈到过这个话题，我和水均益的看法有所不同。那晚酒足饭饱之后别人都离开了，有的去下棋，有的看电视，有的去地下室打乒乓球。水均益的饭还没吃完，慢悠悠地，边吃边思考着什么，心思早已不在饭桌上。北方公司的会计小李谈兴正浓，而水均益也没想马上离开，他俩有一搭没一搭地聊着。

我仍旧默默地坐着，似听非听。水均益问我："梁大姐，以你在中东多年的观察，和你对阿拉伯人的了解，你认为这一战能够打多久？"

我说："尽管国际制裁十几年，但伊拉克仍旧有一定的实力，跟美国的实力和先进武器比不了，但也不会几天就被拿下，也许能抵挡一阵子。"

水均益却说："伊拉克人民长期受高压政策管制，人们敢怒不敢言，其实早就想有所改变，一旦打起来，很快就会缴械投降，也许三五天就能搞定。"

我淡淡地笑笑，接着说："不至于吧，即使没有先进武器和装备，双方的武力悬殊过大，的确扛不了多久，但我仍旧相信，他们会抵抗。高压管制是他们的内部问题，但美国打过来是外来侵略，他们有一种民族精神，还有宗教精神，坚持个十天半月不成问题，怎么着也不可能三五天搞定，那也太神速了。"

水均益笑了笑，对我的观点不置可否。

我没有专业学习过国际政治，也没有专门研究过中东问题，但是我

在中东留学、做外交官、做驻外记者，加起来已将近十年。尤其是做驻外记者这几年，职业需要使我有更多的观察和思考，有更多的调查和分析。以我对阿拉伯人的了解，尽管他们有时好战，有时好斗，而且内部很不团结，但是他们的宗教性很强，民族性很强，当遇到外来侵略时，他们有一种民族精神在支持，因此肯定会抵抗。

事实证明，我的分析预测是对的。4月9日，伊拉克人在坚持了21天之后，巴格达才被拿下，虽然这比我心里的期望早了很多，但比小水预计的"三五天"还是多了不少。不过我理解，他说的"三五天"也并非是实际上的三五天，而是指时间较短的意思。

事实已经证明，开战以来，伊拉克人民的确进行了维护主权独立、维护民族尊严的英勇抵抗，并没有像有的人们想象的那样很快放下武器缴械投降。在巨大的武力悬殊下，用鸡蛋去碰石头，显然不可能碰得过，战败是必然的。

实际上不仅是境内的伊拉克人进行了抵抗，居住在约旦的8000多名伊拉克人也义无返顾地通过约伊边境返回巴格达，参加了抵抗美英联军的战斗。反观美英联军的进展，却远不如他们预期的顺利，这一点是人们所没有预料到的。

战争开始之后，人们大多关注难民潮的出现，想当然认为，会有大批难民出现在约伊边境地区，并没有想到会有那么多伊拉克人会返回国内参战，也没有想到伊拉克本地人，会坚守在巴格达不去逃亡。伊拉克人民以自己的民族精神，使国际社会和众多媒体原来的判断黯然失色，对此，我们做了几个独家报道，之后各国媒体也注意到这一点。

国际社会曾经预计，开战之后很快会出现难民潮，而且大批难民会通过约伊边境进入约旦境内，因此很担心约旦这样一个小国，能否担负起安置难民的重任。而实际上则恰恰相反，边境地区的难民营里，不仅没有一个真正伊拉克本土难民，反而出现大批伊拉克人回乡参战、保家卫国的热潮，这正是在危难时刻一种民族精神的体现。

战争与人道主义救援齐头并进

战争与难民总是相关联的，一般情况下，开战之后，很快就会出现难民潮,这次美伊战争还没打响时,就已经有人开始关注难民问题了,有人预计会有大批难民出现。开战后,我多次前往约伊边境地区,在那里观察边境情况,走访距伊拉克边境只有60公里的两所难民营。在那儿看到的难民虽然不多,但感觉到战争与人道主义救援正在齐头并进。

战地报道即繁忙又紧张,白天忙于采访消息,出席新闻发布会,跟踪事态发展,约定卫星线路传送节目,晚上定点跟一套节目对接,做时空连线,夜里会连续几次给一、四频道做电话报道,有时二频道也会要节目,每天超负荷运转,只有两三个小时的睡眠。在身心极度劳累的情况下,还要跑将近800公里长途,往返于安曼和约伊边境。抵达边境后顾不上休息,即刻深入现场采访。这些对于我一个年已半百的人来说实属不易。

约旦的沙漠路跟埃及的沙漠路一样凹凸不平,质量欠佳,当地人也把这条路称为死亡之路。作为战场邻国,这条路肩负着接运伤员、难民、相关工作人员、运输有关物资等重要任务。一天晚上,国际台记者洪林给我提供了一条非常有价值的信息,估计能采到独家新闻,我当即决定去难民营看看,次日一早,洪林还有南方报社的洪滨跟我和刘苗野一起,踏上通往边境的死亡之路。

那天给我们开车的司机是一位巴勒斯坦人,名叫艾布·伊斯莱姆,他年纪不大却很有经验,汽车开得既快又稳。但一路上他却很少说话。一肚子的心事都表现在脸上,一问才知道,原来他一家老小兄弟姐妹十几个人都在约旦生活,唯独老父亲一人在巴格达做商品批发生意,虽然赚了不少钱,可是战争一开始就与家人断了联系,小伙子十分担心老父亲的安危,因此经常开车往边界跑,挣钱的同时也想多探听到有关巴格达方面的消息。

租车的主要是各国媒体记者,几天下来,小伙子对记者工作有了些了解,时间观念比一般阿拉伯人强很多。后来,我把这小伙子发展成了提供消息的线人,只要发现什么消息或动向,他都会及时打电话向我通报,并且在最快的时间内赶到我所在的地方,然后带我去现场,不仅为我拓展了消息来源,还为我节省了不少时间。

那天行驶在路上,总有一种奇怪的感觉,起先没有觉出来是什么,后来车速太快,才恍然明白是道路太空旷、太安静了,几乎没有什么车

通过检查站前往约伊边境

辆，一马平川当然好加速了。这条路已经跑过不止一次，几年前到伊拉克采访时就已经跑过两次，开战前又跑过几回。过去这是一条很热闹的公路，每天都有很多大型车辆，从伊拉克往约旦运输石油，前些时候，路上还有很多的运油车辆来来往往，这次却见了鬼，除了几辆标有 TV 字样的车子以外，只有为数不多的货车通过。

早在开战前，约旦政府就对边境实行了军事管制，一路上层层设卡，严格盘查过往人员，如有疑点则难以通过。开战之后，边境管理更加严格。记者们首先要到新闻中心申请许可，即使有了许可证，仍旧要经过一路盘查，待确认没有任何疑点或异常才能放行通过。

一路上，我们总共经过 6 道有军人持枪把守的关卡，每个关卡检验都十分仔细严谨，快到边境时，军方又给我们更换了另外一种许可证，有了这个证件才可以进入边境地区。在通过每一道关卡时，我都很想和持枪的军人照张像留做纪念，但每次都遭到拒绝，只好让同行的报社记者洪滨偷拍了一张侧身照，效果还算不错。

约旦边境一共设有 2 个难民营，都建在离边境大约 60 公里的沙漠里。2 个难民营相距不到 2 公里，一个由约旦哈西姆慈善会负责搭建，供伊拉克难民居住；另外一个营区的工作由国际红十字会和红新月会负责，供第三国侨民居住。2 个难民营面积大约有 30 多万平方米，总共搭建 3000 多顶帐篷，可以居住 2.5 万—3 万人。

在此之前，我已经就难民营的筹建工作做过几次采访，知道难民营的建设情况，不过前几次来的时候，这里还只堆放着零散的材料，而没有一顶搭建好的帐篷，只是根据图纸看到了总体的规模。这次却看到了一排排已搭好的帐篷，整齐地排列在天高地远的沙漠之中，虽然整齐，但却显得孤独、肃穆、冷清。

在 2 个难民营区，我看到许多国际红十字会和红新月会志愿者正在紧张工作，有当地人，也有外国人。他们继续搭建和加固帐篷，因为沙漠里会有沙暴天气，所以，他们必须用较大的石头压住帐篷的边角。

帐篷外面坐着几个非洲黑人，我问其中一位："请问你是哪国人？"他说："我们几个都是持有伊拉克身份的非洲人。"

掀开帐篷一角，我看到里面有床垫，还有其他生活用品，有个黑人躺在那里，看见我时一脸的默然，没有表情，也没有任何反应。另外一

在约伊边境难民营采访台湾慈济会会长

座帐篷外面，有几个孩子在玩耍，毕竟是孩子，无论发生什么事情，依然玩得很开心，但愿他们真的不知道目前所发生的事，没有看到血腥的场面，这样就不会给他们幼小的心灵留下过多的阴影。

在难民营我认识了台湾慈济会约旦分会会长陈秋华先生，以及另外几名台湾慈济会会员。早些年我对台湾慈济会有所了解，看到过他们的杂志和宣传资料，只是没有过人员接触，更没想到会在这里见到他们。在国外工作时间很长的人，在异国他乡见到祖国同胞时，心里总会暖暖的，自然而然的生出一些亲近感。

陈会长看上去是一位慈善祥和的人，他向我介绍了约旦慈济分会的情况。6 年前台湾慈济会在约旦建立了分会，目前有 38 位会员，其中 18 位约旦人、13 位台湾人、另外还有几名英国人。虽然人数不多，但是做了很多的慈善。这次因为爆发了美伊战争，慈济会的创始人静言大法师捐助了 10 万美金，另外还有 2 个 13 米长的集装箱货柜，已经从台湾运出，里面有 15000 条毛毯，还有罐头、大米、面粉、豆类等救援物资和食品。约旦分会还购买了 50 吨食物，以及很多药品，提供给住在这里的难民。

陈会长对我说，无论到哪里，只要有人需要，我们就会去帮助、去救助、去关怀他们。我们要让所有的人都有一颗平常心，让所有的人都平安，这是我们的慈善精神。

令人啼笑皆非的同声传译

伊战报道期间，曾发生一件同声传译被扰事件，现在想起来仍然令我啼笑皆非，耿耿于怀。那件事发生在开战不久，萨达姆发表电视讲话的那天上午。此前，我已经连续忙活了一昼夜，24 小时没有睡觉，脑子里一团浆糊，早已经麻木了，双脚发软，眼冒金星，肚子也唱起了空城计，刚到餐厅准备吃早饭，突然国际组潘林华一个电话打过来，急匆匆地跟我说："萨达姆马上要做电视讲话了，台里准备开窗口直播这个讲话，赵台长要求你以电话报道方式做现场同声传译。"

我一听就蒙了，同声传译本应是后方演播室的事，他们提前就该找好人员，准备好耳机、纸笔、还有隔音室。而我这里乱哄哄的，既没有同声传译的环境，也没有相关设备，让我拿什么来做同声传译。潘林华解释说："到时候直播线会打通你的手机，你就一边看当地的电视直播，一边用手机把他的讲话传译过来，后方会把你的传译声音直接播出去。"

听了这话，我顿时欲哭无泪。竟然要以这样的方式做同声传译，同时还要向全国观众直播，有谁见过这样的同声传译？央视这是要发疯的节奏吗？真敢开先河啊。

且不说其他条件都不具备，仅就手机能否保持通畅就值得怀疑。我坚持说这种方式根本就不可行，但潘林华只管转达台长指示，不负责跟我探讨此事的可行性，事实上也没有时间去探讨，老萨的讲话马上就要开始了。

战时报道惟命是从，没有回旋余地。结束通话，抬手看一眼手表，距离萨达姆讲话开始仅剩 5 分钟了，我只好撂下餐盘，仍旧饿着肚子，以百米冲刺的速度，跑步上楼返回房间，脚跟还没站稳，气也没喘均匀呢，时间就已经到了。

电视上萨达姆开始讲话，我的手机刚好与直播线接通，耳机里传来主持人清晰的播报声，全国直播已经开始。

这时我的状态是两部手机同时跟后方直播线接通，一部手机放在左耳边，我得用一只左耳听着后方的播出状况，并随时准备跟后方编导沟通情况，另一只耳朵听着萨达姆讲话，同时还得把他的讲话内容用汉语对着手机说出来。

这种状况下，手机紧贴着耳朵，国内的声音自然偏高，掩盖了电视机里萨达姆的讲话声，这样一心多用，叫我如何做到正确的同声传译？还好阿拉伯人讲话一开始都是繁琐的问候语，不用听也知道，我调整了一下呼吸，镇定下来，开始传译问候语。

谁知一句话才刚说完，意外突然而至。一阵急切的敲门声过后，一位餐厅服务生推门闯进来，手里拿着一份账单，咿哩哇啦地连比划带说，硬要让我在账单上签字，一下子打断了我的视线和思路。

此时此刻，我不能分神，也不能说任何题外话，可又急得没办法，只能一边传译，一边冲着服务生又是摇头又是眨眼，同时抬脚指向门口，示意他赶紧出去。可他哪里搞得懂我正在干什么，怎么也闹不明白我为什么死活都不理他。这人也够迟钝的，继续赖着不走，还一个劲地在我身边说话。

面对这种状况，我被扰乱得实在无法继续下去，一不小心就用阿拉伯语说了句："你赶紧出去，我有非常重要的工作，正在直播呢。"本来只是想把他赶紧轰走，没成想这段话竟然直播出去了。全国那几亿电视观众都听到了这段阿拉伯语，当然了，绝大多数人并不知道我说的是什么，可是那些阿拉伯语界的人能够听懂啊。

潘林华马上用另一部手机冲我使劲大喊："梁玉珍，你要知道现在是在直播呢，别乱说话。"我知道这次是我错了，但我无可奈何，也无能为力，真是欲哭无泪。

这么大规模一场报道，央视那么多精英，全都在大后方，就连水均益他们那个五人组，也早在开战几天后回国，新闻一线只有我和刘苗野两个人，经常是夜以继日连轴转，没有人替换，没有人增援。有谁知道我的难处？有谁能看到我这样狼狈不堪的传译现场？

事情到这里并不算完，那个服务生走后，房间里终于静下来，我却又傻眼了，老萨的讲话还在继续，但屏幕上没有滚动字幕。原来想着一边看字幕，一边做传译不会有什么问题，哪知道想法落空，根本就连一个字幕都没有，那我靠什么来传译？像刚开始时一样，电话听筒里播出线传来的是本台主持人的播报，声音很大，我得把听筒紧紧地贴在耳朵上，才能听到播音员的声音，但他的声音震动着我的耳膜，严重影响我听老萨讲话，仅靠另外一只耳朵来听，显然不行。两耳各听各的，语句支离破碎，而且相互干扰，更何况阿拉伯语有大量的倒装句，如果听完一个完整的句子，然后再传译的话，就根本听不到下一句说的是什么。

这边老萨在激情讲演，那边全国观众在看现场直播，而我却连一个完整的句子都无法听清，只好断断续续地传译，这场同声传译只能以失败而告终。

讲演完毕，很快网络上有了老萨讲话文稿，我以最快速度一气呵成，把老萨讲话翻译出来，及时做了后续报道，算是对直播失败做了补救。但这次事件，从业务角度讲，这是我职业生涯中非常悲催的一次事件，在我心里留下挥之不去的阴影。

事过之后，我了解到当时本台第四频道也在做现场直播，而他们事先做了充分准备，具有良好的同声传译条件，还聘请了经验丰富的专家做现场同声传译。知道这一情况，我心里的伤痛更是无以复加，心里的万般委屈和压抑无处发泄，我这是流血流汗又流泪啊，真想找块豆腐把自己撞死算了。

　　说到这里顺便提一下，近年来，央视驻外分台和记者站发展迅猛，几乎已经遍布全球，记者阵容也越来越强大，有了更加规范的管理，前方记者跟后方各个频道、各个栏目的衔接沟通也更趋于合理化。而当年却连个像样的管理部门都没有，不过是只有两三个人的科级办公室，尤其在重大事件报道期间，发挥不了较大作用，特别是在节目协调上非常混乱，没有统一计划，统一安排。这就造成了后方栏目的编辑记者谁想要节目，谁就给前方记者打电话的现象，央视频道多，栏目多，大家争相伸手，各不相让，因此多个栏目撞车的事时有发生，而前方记者明显因人力匮乏而应接不暇，只能把自己忙得焦头烂额，累得比工地上的民工还惨。驻外期间，我曾经有过一天之内接听上百个电话、报道 16 条节目的记录。这种现象就是我说的"狼多肉少"。好在这种局面在央视成立驻外记者管理处，并加强了对驻外记者各方面的管理后有了许多改善。

约旦外交大臣没想到我用阿语提问

　　做驻外记者多年，在中东地区走南闯北，参加的新闻发布会无数，我发现无论是在哪个国家，无论什么样的大小场合，都很少有中国记者站起来提问，更鲜有人用阿拉伯语提问。相比之下，我算是比较活跃的，但经常会因人单力薄而抢不到话筒。记得有一次在埃及总统穆巴拉克举行的新闻发布会上，CNN 好几位记者霸占着会场一左一右两只话筒，我站起来使劲举手也没用，在身材高大的西方记者跟阿拉伯记者群里，我的身材根本不起眼，新闻官往往看不到我。那次是穆巴拉克发现了这一现象，当场指责 CNN 记者不能仗势欺人，让他们给其他记者空出一只话筒。

　　伊战期间，约旦新闻部每天都有新闻发布会，一般是由新闻官主持，遇有重大事件时，约旦外交大臣会出席。3 月 26 日凌晨，外交大臣马阿谢尔在首都安曼的洲际饭店举行一次新闻发布会，他在会上回答了记者提出的约伊边境局势、驱逐伊拉克外交官等有关问题，并再次重申了约旦政府在解决伊拉克危机问题上的鲜明立场。

马阿谢尔说，我们的国王阿卜杜拉二世、我们的政府和人民，都为目前兄弟的伊拉克人民所遭受的战争灾难感到痛心。我们一直在努力，通过国际社会寻求解救伊拉克危机的办法。为尽快制止战争，阿卜杜拉国王与埃及、巴林、沙特等兄弟的阿拉伯国家首脑进行了一系列的联络。阿卜杜拉国王在与这些首脑通电话时警告说，残酷的战争将给无辜的伊拉克人民带来巨大的人道主义灾难。他明确表示，为使人道主义救援进入伊拉克，约旦完全敞开大门。阿卜杜拉国王还强调，约旦将继续与阿拉伯国家和其他国家以及国际组织积极磋商，使国际救援物资和药品更方便地进入伊拉克。

这次新闻发布会之前，有几天约旦地区局势有些紧张，有传言说，约旦边境部署有大批美国军队，引起诸多记者怀疑。在马阿谢尔讲话后，几位西方记者提问比较尖锐，外交大臣回答提问的语气非常严厉，会场气氛剑拔弩张。

就在这时，工作人员将无线话筒递到了我手上，我站起来首先自报家门："我是 CCTV 常驻中东首席记者埃咪娜梁。"然后提问："约旦国王在拯救伊拉克危机方面与阿拉伯国家首脑进行了很多次磋商。为尽快制止这场战争，约旦国王下一步将要采取的具体措施是什么？"

马阿谢尔回答："我们将尽我们所有的能力，继续与阿拉伯国家和国际社会共同探讨制止战争的办法。"

我又问到了驱逐伊拉克外交官事件，马阿谢尔说："约旦政府已经注意到伊拉克方面有这样一个声明，但是，约旦不想卷入到纷争中去，那些外交官的确从事了与他们身份不符的活动。约旦已经同意伊拉克派另外三名外交官到约旦从事正常的外交工作。"他说，"这纯粹是约旦政府自己的决定，与任何第三国没有关系。"

接下来我问："约旦边境局势以及通过边境进出约旦是否正常？"马阿谢尔说："约旦与伊拉克的陆路边境一直开放而没有关闭，人员车辆都正常通行。"

然后我又问了人们所关心的进出边境人员的数字，马阿谢尔说："从3月16日至今，共有4330名伊拉克人、921名约旦人和279名阿拉伯及其他国家的人通过边境进入伊拉克。有 4829 名约旦人、2259 名约旦学生以及 3747 名阿拉伯和其他国家人员，由伊拉克西部边境进入约旦。"

　　我的几个提问一下子使会场气氛轻松许多。不是说我的问题有多好，而是外交大臣的语气比较之前有很大改变。原本他是很严肃地回答上一个提问，在我自报家门时，却忽然冲我点点头，微笑着说："噢，中国记者，埃咪娜。"提问后又说："我没想到你会用阿拉伯语提问，也没想到你的阿拉伯语说得这么好。"现场很多人都跟着一起笑了。

　　外交大臣的赞扬，招来各路记者对我围观，使他们对我发生兴趣，散会后，一些懂点阿拉伯语的西方记者围着我七嘴八舌问这问那，还有人对我进行采访。后来中国驻约旦大使馆外交官谷棣跟我说："梁大姐，你行啊，连约旦外交大臣都赞扬你阿语说的好，那场新闻发布会是全国直播的，我们都看了，约旦人也都看了，这下子你在约旦的知名度更高了。"

　　外国记者大多使用英语，会讲阿拉伯语的人并不多，尤其是西方记者，在重大场合用阿拉伯语提问的更是凤毛麟角。我参加过很多大型报道活动，比如海湾航空公司发生的空难、就巴以问题召开的多边首脑会、这次的美伊战争，我都喜欢提问题。这样做不仅仅是业务需要，也因为我想让世界上其他国家知名媒体记者都看到，央视记者比他们更强。

现场目击遇难大学生的葬礼

　　3 月 27 日是多日以来约旦少有的好天气。雨停了，云走了，雾散了，风沙过后的天空清新明朗，蓝天白云绿草，构成一幅很美的图画。阳光撒在身上，暖融融的，赶走了多日积蓄的寒气。如果没有战争，正该是踏青郊游的大好时光。然而这该死的战争，不仅糟蹋了美好春光，也糟蹋了同样美好的心情。我和刘苗野从约旦首都安曼一路北行，前往北方伊尔比德省郊区，不是去踏青，而是去参加葬礼，一位 21 岁年轻人的葬礼。在葬礼现场，我目睹了战争给死者亲友带来的灾难，他们的心被撕碎了。

　　美国对伊拉克战争开始后不久，已经有 5 名约旦人在由伊拉克返回约旦的路上，遭遇美英联军的轰炸而遇难。首先是一位名叫巴扎的青年，大约 30 岁左右，是安曼一家小客运公司的老板兼司机。以前，他经常在安曼通往巴格达的路上跑长途，战争开始还不到 24 小时，他就遭遇轰炸，被倒塌的建筑掩埋而遇难。当时他正由巴格达驾驶汽车驶往约伊边境，在距巴格达 260 公里处的拉特巴市，巴扎停下车来到电话局打电话，美军的导弹落在电话大楼附近，大楼被炸塌了，巴扎被埋在倒塌的废墟里无法获救。

此后第二天，又有 4 名约旦大学生遇难。他们都是约旦北方伊尔比德省人，生前在伊拉克莫苏尔大学读书，其中 3 名是地理学院大三学生，另外 1 人是护理学院大二学生。战争开始之后，学校因战乱而停课，几名学生结伴租车返回家乡，他们想取道莫苏尔到叙利亚，从叙利亚入境到约旦的伊尔比德，在由莫苏尔前往叙利亚的边境路上，美英联军的导弹炸翻了他们乘坐的出租车，4 名风华正茂的同乡同学，同时魂断异乡，再也无法见到家乡亲人。他们的尸体几天后才运回到约旦，家乡的亲人为他们举行隆重葬礼。

从首都安曼到伊尔比德，路程 110 公里，道路平坦，车辆不多。一路上看到大片绿色农田，还有很多优质的橄榄树。开车的司机还是伊斯莱姆，经过几天的合作这位巴勒斯坦人已经熟悉了我们工作的性质和方式，能够为我们提供一些帮助。他告诉我说，这里的橄榄树和巴勒斯坦的是一个品种，是世界上最好的橄榄树。他还说，伊尔比德的农业比较发达，有水有树有农田，给约旦这样的沙漠小国增色不少，因此约旦人给他起了个很好的别称"北方新娘"。这天，"北方新娘"没有展示出她的娇媚，却让我看到了她伤心欲绝的容颜。

遇难学生艾哈迈德·嘎里布的家住在伊尔比德市郊哈瓦尔镇。当我赶到这里时，他的棺木已经从医院运到了镇上的清真寺，几百名亲朋好友都赶来，父老乡亲们正在清真寺里为他做祷告。门外挤满了当地居民和从首都赶来的记者。

当我在清真寺外等候时，稍微有了片刻的空闲，忽然就很想家，想我年迈的老父亲和留守在家的儿子，我已经好多天都没有跟他们通电话了。平时我就很少给家人打电话，一忙起来更是顾不上了。但实际上，鲜少打电话还有另一个原因是我心里害怕通话，害怕听到家人为担心我而落泪哽咽的声调，害怕加重儿子对我的担心，也怕老父亲伤神伤心，但我知道他们一直在牵挂着我。此时我把电话打到老爸家里，他一听是我的声音，一下子就哭了，我心里也堵得慌，非常难受，心一酸，掉下几滴眼泪，声音也有些哽咽，可我使劲忍着，不告诉他现场的危险程度。还没等我说几句呢，当地人就抬着棺木从清真寺里出来了，我赶紧挂断电话，又忙着去采访，这次又没顾上跟儿子通话。

人们抬着艾哈迈德的棺木，上面覆盖着一面崭新的约旦国旗，那是因为他被称为烈士，有资格覆盖国旗。在约旦、巴勒斯坦、伊拉克这些阿拉伯国家，人们都把死于敌方武力之下的人称为烈士，无论他们年纪有多大，无论是年迈老人，还是很小的婴幼儿，都被称为烈士。

上千名哈瓦尔镇的男性公民举行了抬棺游行。抬棺的是艾哈迈德的叔伯兄弟们和生前好友，棺木周围聚集着上了年纪的长辈，人们簇拥着艾哈迈德的棺木，步行几公里，由清真寺走向他的家族墓地。扶棺走在最前面的是他悲痛欲绝的老父亲，白发人送黑发人的场面，谁看了都会痛心不已。老人在行进中几次摔倒，几次被身边的人扶起。他不能相信、也无法接受这个事实，那正值青春年少、聪明懂事的爱子，就这样永远地离他而去。看着这一幕，我心里一直沉甸甸的，为了不影响采访情绪，我极力让自己镇静。

行进中人们挥动双手，不停地高呼反战口号，群情激奋、声威震撼，苍天也为之动容，我当即做了现场报道。之后，跟随送葬队伍一起向墓地走去。一路上，感受着群体的力量，感受着他们的民族精神，感受着一位老人、还有他的众多亲友面对战争的无奈。老人的心碎了，亲朋好友的心碎了，我的心也在颤动，为这不该发生的战争，为这不该离去的孩子，也为这心碎的老人和民众。

返回首都安曼的路上，我又注意到路边的农田和橄榄树。嫩绿的橄榄枝在微风中摇曳。谁都知道，橄榄枝是和平的象征。几年前，黎巴嫩南部解放时我在那里采访，那是黎巴嫩、叙利亚、巴勒斯坦和以色列交界的地方，那时大批巴勒斯坦难民，人人怀抱着橄榄枝，在边界地区的土坡上，与一网之隔的亲人相聚。而此前那里被以色列军方控制，他们根本无法看到那边的亲人。虽然撤军了，仍旧是一道铁网，把家人亲友隔断在两个国家，相距十几米，人们晃动着橄榄枝，深情地呼唤着对方的名字，直到天黑了，才恋恋不舍地分手，分手之后还频频回过头来，泪眼相望。

最好的橄榄树长在中东，最绿的橄榄枝握在人们的手里，可中东和平却不知要到什么时候才能实现。

我熟悉的半岛记者塔利克在巴格达遇难

这次美伊战争中，共有19名记者遇难，其中13名是在敌对行动中遇难，另外6名是因车祸和疾病而亡，属于战争连带伤亡，据说这是近年来历次战争中遇难记者人数最多的一战。4月8日，位于巴格达的卡塔尔半岛台记者站、阿布扎比台记者站和巴勒斯坦饭店都遭到美军轰炸，有5名记者伤亡，其中1名是半岛台记者塔利克·阿尤布，他是4月4日从约伊边境进入巴格达的，在此之前，他一直在约旦边境地区的鲁瓦西德小镇报道有关消息，进入巴格达仅仅4天就遇难了，那时他正在记者站楼顶准备做现场报道。

塔利克祖籍巴勒斯坦，出生于科威特，1991年海湾战争后，随家人到约旦谋生，遇难时35岁。此前他曾在约旦时报做记者，后来受聘于约旦电视台和半岛台，在中东地区重大事件新闻现场，他都比较活跃。在中东地区，我也算是活跃人物，知名度较高，彼此间比较熟悉。

一下子这么多记者遇难，尤其还有熟悉的人，我心里很难过，更觉得憋闷和压抑。我特别痛恨战争、也诅咒这场战争，但我还必须不断地穿梭于那些残酷的、惨不忍睹的现场。半岛台在中东地区记者中有不少都是我朋友，几年来，我们经常在一些危险地区共同采访，比如巴以冲突的动乱地区、黎巴嫩南部的地雷区、约伊边境难民营等地，由于环境特殊，危险性很大，记者们经常会互相帮助，互相关照，可以说曾经患难与共。在本次伊拉克战争报道中，无论是在首都，还是在边境，我们和半岛台记者都经常在一起。

塔利克遇难前几天，在约伊边境难民营采访时，我俩还相互问候。离开前他说："埃咪娜，明天我就要进巴格达了，你们不去吗？"

我很想跟他一起去，但终因没有配置相关设备，即使深入战地一线，也无法进行报道而放弃。仅仅4天之后，他却永远地离开了，离开了他所热爱的事业，离开了自己的亲人，离开了熟悉的朋友。那天分别时，他站在帐篷区路边，回身向我挥手告别的身影，总在我眼前晃动。

我对卡塔尔半岛台的了解，主要是到中东工作之后，我经常出入阿拉伯各国采访，认识了一些半岛台朋友。他们都很能干，业务上也相当有经验，有不少人过去曾经在 BBC 工作。半岛台驻外记者基本上都不是由本部派出的，他们一般从当地选择，比如驻埃及记者和驻约旦记者，都是从当地电视台最好的记者中挑选，月薪很高。几年前，半岛台台长穆罕默德曾经通过"开罗之声"台长高哈尔邀请我加盟，待遇相当优厚，但被我婉言拒绝了。

半岛台是阿拉伯世界收视率最高的频道，总部设在卡塔尔，台长是卡塔尔皇族成员，名叫穆罕默德·阿里。自从建台以来，半岛台在阿拉伯世界深得人心，有着很好的声誉，拥有 3500 万观众。他们的报道特点是：真实、客观、大胆、可信，尤其是对阿富汗战争和 9.11 事件的报道，半岛台有很多独家消息，一下子在世界范围提高了自己的声望。在此之后，像 CNN、BBC 这样的大台也经常转发他们的节目，他们不仅在阿拉伯世界，甚至在全球电视媒体中都赢得了广泛的声誉，对伊拉克战争的报道也相当快捷精彩。

由于敢说真话，半岛台得罪过一些国家的首脑，因此也经常遭到一些国家的指责，甚至有些国家不允许他们传送消息。比如，1999 年他们直播 1 名伊拉克观众打来的电话，侮辱科威特的高官埃米尔，科威特因此曾禁止半岛台从科威特发出报道。类似的事件在约旦、巴林、沙特等国家也有发生。半岛台的大胆作为，使某些官方感到害怕，因此想封杀半岛台，据说他们得到的官方申诉就有 200 多起。

对这次报道伊战，半岛台投入了精锐力量，当时有 20 多名记者在巴格达前线做战地报道。这些人大多都参加过阿富汗战争报道，他们的报道无论从数量、速度还是真实性方面都超过了 CNN，可以说走在了CNN 的前头。阿拉伯世界称半岛台为"阿拉伯的 CNN"。

关于阿布扎比台我了解的不多。这个台隶属于阿联酋新闻集团，集团总裁是阿联酋总统的小儿子阿卜杜拉，当年 29 岁，他也是阿联酋文化新闻部部长。

阿布扎比台是一个综合性电视台，力量和实力各个方面都不能和半岛台相比，但是对伊拉克战争报道，阿布扎比投入了相当数量的人力和设备。总部成立了战争报道委员会，有130多人参加这项工作，有40名战地记者在巴格达报道战况。据说，他们的记者在战前都做了专门的战争采访训练，而且配备了世界一流的最先进的采访和传送设备。

痛失爱子，古稀老人痛不欲生

塔利克·阿尤布在美国对巴格达的轰炸中遇难了，他是第一位在伊拉克战争中牺牲的阿拉伯记者。自从进入巴格达，仅仅4天多时间，这位生龙活虎般的著名记者就离开了热爱他的亲人，离开了他酷爱的工作，离开了人间。几乎所有熟悉他的人都无法相信这个事实。

很快我抽出时间去他家探望并采访，塔利克家门口搭起了两个灵棚，供男女宾客和亲朋好友前来吊唁，中午时分，我到灵棚吊唁，这里已经聚集了很多他的家族亲人、生前同事好友以及左邻右舍。灵棚的外

半岛台牺牲记者塔利克的父母

面挂着一个木牌，上面用阿拉伯文写着"烈士塔利克喜丧"。

这么年轻却飞来横祸，人都死了，留下二老双亲和娇妻幼女，喜从何来？我感到非常奇怪，上前询问一位年轻人，他告诉我说："我们穆斯林习惯把为英雄举办的丧事称为喜丧，一来因为他是英雄，亲朋好友应为他感到荣耀，二来因为他是好人，他将永远活在人们的心里，而且他已经进入了天堂，应该为他高兴。"

进入房间客厅，找到塔利克父母，看到两位老人家双眼红肿，目光呆滞，神情已被丧子之痛压倒，这时我心里感到非常压抑。父亲颤抖着身子跟我说："我们的儿子是为报道这场战争牺牲的，他做了自己应该做的事，我们为他感到光荣，感到骄傲。但是，我们诅咒这场战争，我们控诉美国发动这场战争，控诉美国军队对无辜记者的伤害，是战争带走了我们这么优秀的儿子。"母亲低着头坐在一旁，默不做声。

塔利克父亲纳伊姆66岁，个子不高，瘦小的双肩承担不起这巨大的打击，虽然已经没有了眼泪，但我从他脸上和眼睛里，读出了一位父亲所能承受的所有悲伤。母亲法特梅也已年过60，儿子的死，给了她致

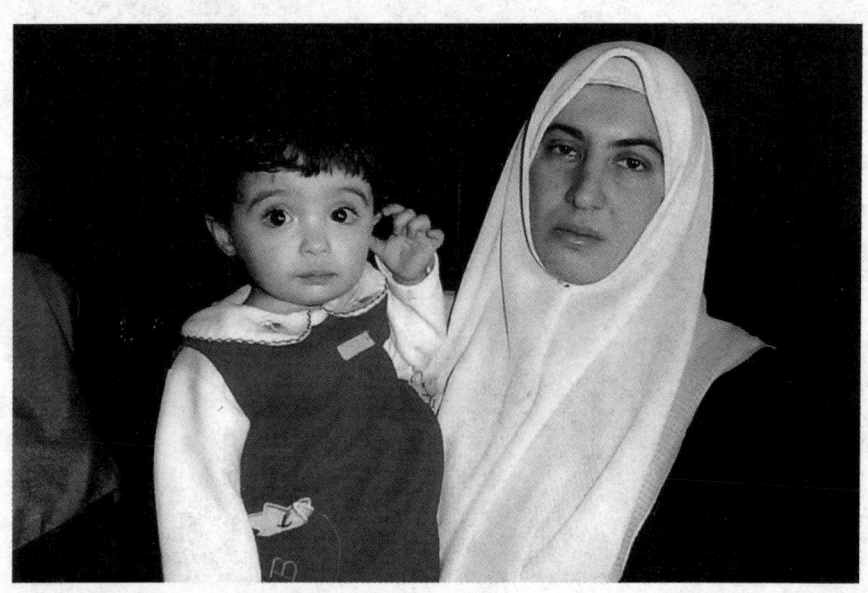

半岛台牺牲记者塔利克的妻子迪迈和女儿

命打击，使她痛不欲生，但她还得坚强地活下去，因为她已经有了可爱的小孙女，为了这可怜的孩子，她说，她必须坚强。

塔利克年轻的妻子迪迈，抱着女儿来到客厅，迪迈的双眼又红又肿，眼睛里依然含着泪水，结婚才3年，小夫妻非常恩爱，生活甜蜜，膝下有了可爱的女儿法特梅。迪迈告诉我："几天前，他说要去巴格达，我再三叮嘱他多加小心，这才几天呀？"她哽咽着继续说，"那天，塔利克抱着我们才刚1岁3个月的小女儿依依不舍，谁承想这一走竟成了永别。"迪迈回忆说，"塔利克不仅学业好，兴趣广泛，而且很善良懂事，非常孝敬父母，也很爱我和女儿，邻里关系也非常好。"

迪迈哭得说不下去，我也不忍心再问什么，只能说几句苍白的话："保重身体，节哀顺变。"

小女儿不明白家里发生了什么事，本该无忧无虑的孩子只因看到大人们都泪眼婆娑，也就没有了往日的活泼欢乐，乖乖地依偎在妈妈怀里，不哭也不闹。

前来参加葬礼的亲友也纷纷向我介绍："塔利克从小勤奋好学，不但读书很用功，而且博览群书，无论地理、历史、政治、经济、文学他都感兴趣，因此他先后在科威特、印度、英国的高等院校学习，得到文学和经济两个硕士学位和一个新闻学士学位。"

那些天，一直在一起合作的约旦国家电视台记者撒米尔跟我已经很熟悉，他也是塔利克的好朋友，塔利克葬礼当晚，萨米尔长时间坐在我房间里不肯走，一直和我谈论这位受人尊敬的烈士。塔利克是1998年到卡塔尔半岛电视台工作的，在此之前，他曾经在《约旦时报》、《约旦意见报》、约旦电视台、黎巴嫩电视台、阿拉伯ANN消息网，以及英国、美国的通讯社等多家媒体做记者、编辑等工作，在阿拉伯记者中较有名望，被认为是优秀记者。由于他业务精湛，工作的部门多，工作也很努力，所以他的朋友很多，人际关系也很好，受到周围人的高度赞赏，大家都喜欢和他打交道。

塔利克的遇难在约旦以及阿拉伯国家引起了巨大反响。约旦记者协会以及在当地采访的外国记者当天就举行了示威游行，示威者高举着一幅幅烈士生前画像，表达对烈士的怀念，同时强烈谴责美国军队对记者的伤害，要求调查事实真相，并要求美国对这件事负全部责任。

塔利克牺牲后安曼举行抗议活动

示威者表示，即使有人牺牲，也封杀不了我们的嘴，我们不会沉默，将继续报道战争真相。约旦记者协会还要求驱逐美国、英国和以色列驻约旦大使。

约旦新闻部、约旦最高新闻委员会、约旦外国记者俱乐部、巴勒斯坦文化新闻部、巴勒斯坦记者协会以及埃及、黎巴嫩等其他阿拉伯国家的文化新闻部长都立刻发表了声明，严厉谴责美国伤害记者的行径，强烈谴责美国违反了《日内瓦公约》关于保护非战斗人员安全的条款，要求确保在巴格达采访的所有记者的人身安全和采访自由。

为国参战的少年，你可安好

按照常规思路和以往经验，战争一旦打响，人们首先关注的就是难民问题。这次伊拉克战争也是一样，开战后不久，有关人士就预计会有难民潮出现，而且会通过伊约边境逃往约旦难民营。台领导指示我们要特别关注难民问题，后期编导们几乎每天都打好几次电话询问有关情况。

但实际上，战争开始后，不但没有大批难民出现，反而有8000多名在约旦谋生的伊拉克人争相返回巴格达，参加抵抗美英联军的战斗。他们当中有50多岁的中老年人，也有十几岁尚未成年的孩子，在约旦边境小镇鲁瓦西德，我看到几位准备回国参战的伊拉克人，15岁的少年阿拔斯就是其中一员，在边界分手时，我曾与他合影留念，但我不知道他进入巴格达后将怎样参加抵抗、是否遇到危险、战后是否安在。他那瘦小的身影，至今仍旧时常在我眼前晃动。

伊拉克人回国参战这一现象是我和刘苗野最先发现的，并报道了独家新闻。开战不久，关于难民问题在报道上一度有些混乱，CNN以及其他媒体当时都纷纷报道说，有几万名伊拉克难民出现在约伊边境的中间地带，并且遇到困难，无法进入约旦难民营，更无法得到妥善安置。有的说有几万难民，也有的说十几万难民。起初根据外电报道，我也做过相应的电话连线，但随后我发现，他们的报道与电视画面不相吻合，便即刻采取措施，深入现场了解实情。

几年前我进入伊拉克采访时，也是走的那条沙漠死亡之路，也是通过那段中间地带，前往巴格达，因此对那里的情况比较熟悉。而西方媒体的电视画面中，在那个地段并没有出现难民的身影，只有几名记者出现在空旷的边关地带，因此我对他们的消息产生了严重怀疑。为了确定消息的可靠性和真实性，我再次走访了约旦边境难民营。在现场我发现不但没有大批伊拉克难民出现，反而有很多在约旦谋生的伊拉克人，通过约伊边境前往巴格达参战。

见到阿拔斯是在边境小镇鲁瓦西德一家餐馆门口，那家餐馆因为战争生意红火，那个小镇也因为战争而有了名气。只有1万人口的鲁瓦西德小镇，位于距约旦首都安曼280公里处的公路边，距离难民营大约20公里左右，从难民营继续往东60公里，就是约旦和伊拉克边境。人们常说的千里死亡线，实际上是指从巴格达到约旦首都安曼的总长度，从巴格达到约旦边境的实际距离大约600多公里。鲁瓦西德是一个边陲重镇，是往返约旦和伊拉克的必经之路。

早在战争开始之前，就有很多人猜中了小镇将要担负的重任，记者们纷纷前往小镇实地观察考证，并做着各种准备。开战之后，每天来往于小镇的记者不下几百人，有的干脆住到了小镇上。公路上来往的车辆大多标有 TV 字样，餐馆里就餐的，大多也是携带各种采访器材设备的各路记者。小镇上只有一家比较像样的饭店，而且早就被约旦政府临时设置的管理中心和新闻中心占据着，记者们只能租用民房住宿。

战争给伊拉克人民带来了灾难，却给约旦边陲小镇人带来了兴旺和财富，原来月租 100 元美金的房价，开战后立刻提升到 1000 元美金。小镇的人们很聪明，没几天就明白了记者的需求，同时也把准了记者们的死脉，都知道做记者的在这种时候会很大方，只要能比别人更早地抢到新闻、当然最好是独家新闻，他们在雇人、租车、租房子等方面会不惜血本地花钱，因此小镇人抓住这个机会大赚了一笔。

不过，小镇的人们也很善良，在帮助建立难民营和安置救援物资时，他们都自觉自愿地帮忙，不计任何报酬，在边境地区遭受大沙暴袭击时，小镇上很多人主动到难民营帮助抢救和加固被狂风刮走、刮翻的帐篷。

在约旦边境小镇鲁瓦希德，身边两位是从约旦回国参战的伊拉克人，左边的少年是阿拔斯

阿拔斯和他的同伴乘坐的是辆吉普车，车身标有 TV 两个字母，从他们的装束和举止上，我看出他们并不是记者，因此上前搭话，这才知道他们都是正在前往巴格达参战的伊拉克人。从他们嘴里我了解到，已经有好几千名伊拉克人自发地返回祖国参战。

返回安曼后，根据他们提供的线索，我和刘苗野找到市中心东方旅行社，看到那里果然有很多回国参战的伊拉克人，采访后，我们做了新闻特写《汽笛声声，为你壮行》。

这个报道扭转了难民潮不实的报道局面，引领了新的话题高峰。紧接着，新华社、CNN 等国内外媒体，也跟踪到我们的采访点，纷纷做了相关报道。

当时那些伊拉克人根据自己的财力或乘旅游公司的大巴、或几个人合租 7 人座的吉普车，也有部分有钱人包租性能较好的轿车奔赴巴格达。无论哪一种车，为了安全起见都是几辆同行，为的是路途上相互有个照应，而且他们都会在车身上贴有醒目的 TV 两个英文字母，为的是增加一份安全保障。但实际上，这 TV 两个字母不过是一种心理安慰，根本起不到任何保护作用。

阿拔斯之所以要义无返顾地回国参战，一是为了祖国，二是为了自己的亲人。几年前父亲带他到约旦谋生，在约旦的收入和生活比在遭受国际制裁的伊拉克要宽松许多。父亲能精心地做生意，把较多的收入寄回巴格达，给自己仍旧留在那里的妻子和孩子，阿拔斯也能安心在安曼上学读书。不料想战争却打破了他们的平静生活。阿拔斯自己还是个孩子，可他牵挂着自己的母亲和兄弟姐妹，执意要回去保护他们，保卫祖国。他说："虽然我还小，可我是个男子汉，我一定要回去抵抗美国的侵略。"当时我找不出适当的话来安慰他，只能默默地祝他一路平安，至今我仍旧牵挂着他的安危，并常常翻看那些很有纪念意义的照片。

反战游行中遭遇踩踏

回忆伊拉克战争报道，我有遗憾、有感慨、有牵挂，同时也有值得庆幸的事。那场战争中有十几位记者在巴格达遇难，其中有我认识的人，而我却很幸运，即使遭遇严重踩踏，却能幸运逃生。那是在一次阿

周五穆斯林做完礼拜涌上街头举行大规模反战游行，我在这次游行中遭遇严重踩踏

曼当地群众举行反战游行中，警民发生冲突，现场一度失控，以致发生了严重的踩踏事件，我在事件中不幸被踩踏致伤，但危机时刻被几位好心人奋力施救，才与死亡擦身而过。在中东地区采访时遇到生命危险，对我来说不止一次，但那次相当严重。

记得是开战后的一个星期五，大概是 3 月 28 日，约旦的反战示威游行一浪高过一浪。那天，我刚刚在安曼闹市区东方旅行社采访完伊拉克人踊跃回国参战的情况，人们在做完星期五聚礼之后，紧接着纷纷涌向街头，举行声势浩大的反战游行。现场人群拥挤，不好拍摄，刘苗野赶紧爬上房顶，抢占制高点，去拍摄更好更全面的图像；我立即跟后方编导联系，准备先做一个现场电话连线。突然间，人群中出现骚乱，防暴警察与游行群众发生冲突，警察一手拿着盾牌防身，另一手挥舞着警棍驱赶人群，场面顿时乱作一团。

在场的几名中国记者都被冲散了，冷不防我被奔跑的人群撞倒，紧接着无数人的双脚猛然从我身上踩踏而过。和我同时倒下的还有其他几人，身边有的人自己挣扎着爬了起来，也有人被别人拉起来。我已年过半百，且体弱多病，加上那些天超强度工作，体力早已严重透支，自己实在没有能力从众多青壮年人的脚下挣扎出来。

这时旁边伸出一只大手极力想拉住我，我也伸出手来使劲够，但就是够不着，那只手被随后拥过来的人流冲开。我又继续努力几次，眼看着再次有人伸过手来，差不多已经够到我了，但由于人群奔跑过于猛烈，没等我抬起身来就再次被人踩倒。倒在地上无疑成了别人的"绊脚石"，紧接着又有一拨慌乱中奔跑的人群压倒在我身上，我知道那些示威游行者绝大多数都是年轻力壮的小伙子，他们的重量和双脚的力度不是我能承受得起的。

那时我心里非常恐慌，特别悲哀地想"就这样被他们踩死了吗，我不甘心啊。"再后来，那些压在身上的人逐渐被拉起来，而我已经浑身疼痛，手脚软弱无力，根本无法支撑起身体。但我不死心，求生的欲望总能激发出一些能力，我再一次挣扎着伸出手去，极力想抓住身边的人，想借助他人的力量爬起来，可反复了多次都没有成功。

那时我已完全没有力气挣扎，我不甘心就这样被人踩踏而死，心里特别悲凉无助，非常渴望获救。无奈之下只能把头埋在胸前，用双手紧紧地抱着头，护住脸面，就好像婴儿在母腹里的姿势一样，卷曲着身子躺在地上，再后来我就什么都不知道了。

我感知不到自己昏迷和被解救的全过程，但我知道当时的形象一定是狼狈不堪。当我完全清醒过来时，发现自己正躺在医院的急救床上，面上带着吸氧罩，浑身上下湿漉漉的，衣服已经破损，贴在身上很不舒服。四周打量一下，看到原来在身上背着的双肩包、采访用的话筒、台标都在旁边放着，但都损坏了。安立、洪斌、刘苗野几个人都围在身边，看我醒过来特别高兴，刘苗野说："梁姐你总算醒了！"

几个人七嘴八舌地描述，说是几位当地人齐心合力把我从众人脚下拖拽出来，并把我抬到路边一家店铺门口。为了让我清醒过来，那些救援我的阿拉伯人往我身上、脸上泼了不少冷水，看我一直没有清醒的迹象，就把我送进医院急救。

对我施救的那些人有当地约旦人、巴勒斯坦人，还有中国记者。《国际先驱导报》记者安立事后告诉我，当时他也在现场，冲突发生后，他也跟着跑起来，后来发现有个人被抬到路边放在地上，就赶紧追了过去，本想抓个现场消息，当他正准备拍照时发现，这人上衣前胸佩带着中国国旗图样的徽章，就此判断是个中国记者，再仔细一看，才认出是开战之前在大使馆开会时见过面的央视记者梁大姐。

这时他放弃了拍照，和一位名叫穆罕默德的巴勒斯坦人打出租车把我送到医院进行抢救。

意识完全恢复后，我特意打电话感谢那位巴勒斯坦人，他和他的夫人一再说"安拉保佑，祝你安好！祝你尽快康复！"

安立虽然为了送我就医放弃拍摄，但据他说，当时有几家西方记者对现场做了拍摄和现场报道。

在医院抢救时，我被诊断为：休克、轻度脑震荡、上呼吸道少量出血、肢体多处擦伤有瘀血。回住处后，我看到自己浑身上下布满了青紫色的淤伤和红肿，肢体疼得无法自由活动，头部也剧烈疼痛，一点儿都不能移动，哪怕翻个身、喝口水或者咳嗽一声，都会震动头部，引起更剧烈的痛楚。被那么多身强力壮的年轻人踩踏，竟然能够逃生，果真是我命大，还是上天的护佑说不清楚，尽管身上的伤痛还得承受，但能够死里逃生心情还是愉悦的。

之后很多天里，我胸部一直隐隐作痛，咳嗽时痰中带有血沫。5月份，阿尔及利亚发生大地震，我前去采访时碰到2位中国医疗队医生，诉说了这些症状，医生判断说，有可能是内伤造成的少量渗血，你得多加保养，好好休息。

可在当时我哪有时间休息？一个接一个的动态事件，一个又一个事件现场，一次接一次的随团报道，让我不停地在一些国家飞来飞去，忙得不亦乐乎，致使这个症状过后好长时间里时隐时现，没有完全消失。

在当时情况下，我也根本考虑不到自己该如何继续治疗和休息，只想着没有人在现场做报道不行。受伤当天夜里和清晨，我晕晕乎乎地还坚持给一频道和四频道做了2个电话连线。然后仅仅休息了2天，又开始做现场出镜了。我觉得这是一种使命感在支撑着我的精神，支配着我的行动。

中国驻约旦大使陈永龙得知这一情况后，特意到我住处来探视，并介绍一位中国按摩师为我免费治疗。那位姓李的按摩师后来成了我的好朋友，还为我提供过一些新闻线索。

那年在约旦参与报道战况的中国记者大约有40多人，很担心家里人和儿子看到我受伤的消息会增加对我的担心和牵挂，因此，我和刘茁野商量决定，对此事低调处理，自己不做报道不声张，也不希望在场的其他中国媒体发布消息，以免引起国内亲人及电视观众对所有中国记者的担心，造成不必要的恐慌。所以，我只让刘茁野打电话向罗明台长轻描淡写做了汇报。因此，其他台领导和后期编导们并不知内情，只有罗明台长打来电话表示了关切和慰问。

遭遇踩踏受伤之后，尽管我小心翼翼地封锁消息，但最终儿子杨烨还是知道了。

伊战期间，央视直播的收视率直线上升，我的老父亲、兄弟姐妹和儿子等所有的亲人，每天都提心吊胆地守在电视机前，观看电视新闻，不仅仅是关注战况，更关注着我的安危。那些天里，央视几套节目里每天都反复出现我的报道，有时是电话连线，有时是现场出镜，每天晚上，还有一次时空直播，我和刘茁野交替出镜。只要看到我在镜头中出现，家里人就会安心。每当我到边境或外地采访，在路上需要很长时间，当天没办法做出镜报道，他们就十分不安，担心我会出事。踩踏事件受伤后，我确实有几天没有做出镜报道，儿子和家里人一下子更担心了。

那天，儿子打过电话来问："妈妈，你这几天好吗？"

我说："没事，我挺好的。"

但他听出我声音不对头，显得非常虚弱，就特别不放心，再三地追问我什么状况，但我坚持着没有告诉他真相。通话之后，儿子仍旧不放心，跑到驻外记者管理办找刘铁岭打听情况，问不出个所以然，又跑去罗明台长办公室，直接追问："我妈她到底怎么了，好几天没有在电视上看到她了，这不正常，她肯定是出事了。"

我受伤的事情根本没有告诉记者管理办同事，他们并不了解实情。儿子去过之后，他们才给我打来电话，一是提醒我注意安全，二是让我给儿子常打电话报告平安。

战地报道责任很重，当时每天都忙得团团转，根本无暇顾及给家人打电话，有时候想起来了，可因时差关系又错过了，所以那些天里很少主动与儿子联络。我心里很清楚，在当时那种情况下，应该经常与家人保持联络，减少他们的牵挂和担心，我也知道其他媒体记者每天都跟家里通话，向家人报平安，可我当时的确是无暇顾及这些。

没有做出镜报道的那几天，儿子只要在电视画面上看不到我，都会打电话来追问："妈妈你到底怎么啦？"我担心他会看到外国电视台对我的报道，也怕他看到《深圳商报》那篇文章，会加重对我的担心，所以当他再次来电话时，我就简单地跟他说了一些。

母子连心，这样的儿子让我很牵挂，他着急，我心里更不好受，不愿意让他为我操心，为我担惊受怕。

来自国内的问候很重要

毕竟是处于非常时期，非常环境之中，在那些艰苦劳累而又紧张危险的日子里，来自国内的问候对我们来说很重要，从中可以感受到国家和领导对我们的重视和关爱。中国几家媒体在现场的所有记者对来自本单位领导的电话、邮件、慰问信尤为重视，哪怕是只言片语也都非常激动。记者们也会对此做交流和比较，看得出哪家媒体对自己的记者更关注。

央视台级领导的慰问电虽然不多，仅只一份，但后期编导在每次联络节目的同时，都会关切地嘱咐我们要保重身体、注意安全，也经常转达中心领导和台领导的关怀问候，每次听到这样的话语，心里都觉得很温暖。

那是伊战开始一段时间后，台长赵化勇给我们9名战地记者发来了《致伊拉克战事前方报道组慰问电》，代表中央电视台分党组、全台职工向我们表示诚挚的问候，也向我们以及家人表示感谢。慰问电高度评价我们的工作说，自2月以来，在一个半月时间里，你们冒着生命危险，坚守在战争前沿，为全台各档栏目提供了大量珍贵的、精彩而生动的报道。特别是3月20日以来，及时传递战争前线消息，极大地丰富了我台直播报道内容，提高了报道的层次和水准。中央电视台对伊拉克战事的报道引起了国内外强烈震动，受到广泛关注和极高赞誉。中国记者的身影再次出现在国际重大突发事件的现场，在激烈的国际传媒竞争中展示了中国的声音，有力地配合了我国政府的外交工作。

赵台长的慰问电里还说，中央领导同志和全国观众、全台职工时刻关注着你们，牵挂着你们的安危。望你们加强与当地使领馆的联系，在确保安全的前提下，继续做好战地报道工作。全台同志将与你们一起并肩战斗。

这些话在当时的确就是一股力量，对我们既是安慰又是鼓舞，是强大的后盾和依托，激励着我们挺过最危险、最艰苦的时刻，坚持到圆满完成任务。

战火中诞生的女婴——茵缇撒尔

伊战报道期间，我关注的另外一个重点是妇女、儿童以及难民生存状况。3 月 27 日，在此起彼伏的爆炸声中，在战火纷飞的巴格达，一位索马里的女婴诞生了，她的命运立刻牵动了很多人的心，也深深牵动着我的心。4 月 3 日，我来到位于约伊边境难民营，看望了这位战火中诞生的小难民。

头天晚上，我得到消息说，有这样一位不幸的母亲，在巴格达的猛烈的战火中生下了自己的孩子，为了使孩子远离战火，她又甘愿冒着危险长途跋涉 600 多公里，从巴格达来到约旦境内。我为母亲保护孩子的本能所感动，也为孩子的安危而担心，因此，特意买了一些婴儿所需要的物品，有衣服、奶粉和纸尿裤，从约旦首都安曼，赶到位于约伊边境难民营，看望她们母女。

难民营建在距约旦边陲小镇鲁瓦西德不远的一片沙漠中，离约伊边境线只有 60 公里，当时难民营里共有 64 个孩子，其中最小的婴儿就是刚刚出生 8 天的茵缇撒尔。通过层层关卡严格盘查之后，我们被允许进入难民营。但是在难民营工作的红新月会志愿者却拒绝我们采访，他们说这是为了孩子的健康和安全，孩子的母亲也拒绝接受任何记者采访。

早在出发之前，我已估计到会碰钉子，假如是我的话，也不愿意曝光自己的孩子。不过我事先有了准备，带去的婴儿奶粉、纸尿裤等用品，一方面的确是为了给孩子使用，但另一方面，也是为了把这些东西

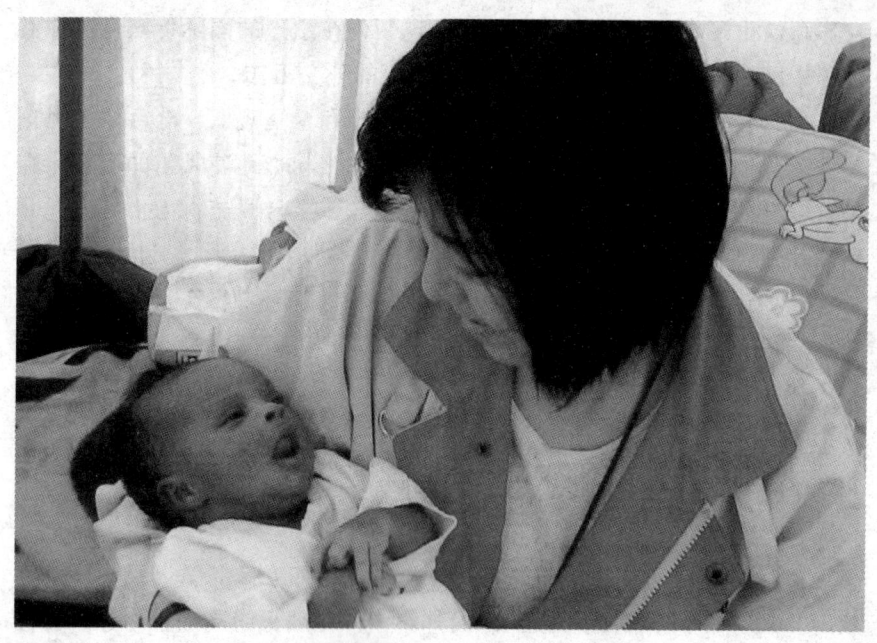

我抱着在巴格达战火中诞生的女婴

当作能与婴儿见面的敲门砖。

　　我诚恳地请工作人员转告婴儿母亲，我是一名电视记者，但我不仅仅是为了得到新闻而来，如果不同意的话，我可以不拍摄任何镜头，但我只想看一看这位经过战火洗礼的孩子，带给她一点微薄的礼物和我的祝福。

　　经过再三恳求，那位工作人员看出我的善良和诚意，另外也是出于对中国的好感，最终还是说服孩子母亲接受专访。但她坚持拒绝摄像机拍摄，我只好尊重她的意见。这位母亲在切实感觉到我对她和婴儿的关切后，允许我抱着婴儿拍了几张合影照。采访之后，刘苗野在帐篷外面拍摄一些补充画面，我们完成了专访《战火中诞生的婴儿》。

　　到达难民营时，正是当地时间下午2点多钟，虽然才是4月上旬，热带沙漠气候已露出狰狞面容，开始向人们示威。户外，烈日高照，气温高热，一丝风都没有。婴儿居住的帐篷里，热气扑面而来，温度高达40度以上，由于空气不流通，显得更加闷热难耐。

我四处打量了一下，这个帐篷并不大，里面塞满了床垫、毛毯、衣服以及其他生活用品，显得十分拥挤。小女婴安静地躺在母亲怀里，不哭不闹，看起来十分瘦弱娇小。母亲向我讲述了她在巴格达医院生产和一路逃离的经过。

女婴的父母都是索马里人，父亲名叫阿卜杜·阿卜杜拉，这年 40 岁了，早在 20 年前，为了寻找更好的生活出路他就到了巴格达，在那里经营一家石油公司，收入还算不错。母亲名叫玛利亚，这年 27 岁，是 4 年前才到巴格达的。

夫妇俩身边已经有了一个 2 岁半的儿子迈哈穆德，一家三口在巴格达生活比较安定。自从有了第二次身孕后，夫妇俩欣喜若狂，希望再有个女儿就更心满意足了。但是，战争却将这一切都打乱了。

自从开战后，美英联军连续不断的轰炸使巴格达笼罩在浓烟烈火之中，快要临产的玛利亚陷入了惊恐不安，早在战争开始之前，她就犹豫着是否要离开巴格达，但是惟恐孩子会生在路上而打消了这个念头，无奈之下只好听从命运的安排。母腹中的婴儿不会知道这个世界上发生了什么，硬是在战火中如期降生了。好在玛利亚在临产前战战兢兢地赶到了一所较好的医院，生产时医院大楼没有遭到轰炸。

父母给命大的女儿起了个名字叫"茵缇撒尔"。茵缇撒尔在阿拉伯语中的意思是胜利，父母之所以给她起了这样一个名字有两层意思，一是他们希望伊拉克人民能够在这场战争中取得胜利，二是认为，在战火中顺利生下女儿本身就是一个胜利，希望她今后能躲开战争伤害，健康成长。

茵缇撒尔的体重只有 3 斤多，望着瘦小的婴儿阿卜杜拉夫妇愁眉不展，战乱中如何能给孩子一个安定的生活？想逃离巴格达，害怕路途遥远不安全，不出逃的话，又怕孩子在战火中遭受意外，犹豫再三后，最终还是决定走为上策。

阿卜杜拉放心不下好不容易经营多年的石油生意，只好由玛利亚独自带着儿子和小女婴踏上充满危险的逃亡路。

由于美英联军的猛烈轰炸，由巴格达通往约旦边境的一些路段被炸毁，道路凹凸不平，一路颠簸。玛利亚紧紧抱着出生才几天的婴儿，心惊胆战地穿越了漫漫死亡路，一路上受尽坎坷惊吓，最终安全到达了约旦境内的难民营。

到达难民营之后，玛利亚与仍旧留在巴格达的丈夫彻底失去联系。早在几天前伊战初始，约旦与巴格达之间的电话联络就中断了。玛利亚牵挂着战乱中的丈夫，阿卜杜拉当然也同样牵挂着逃往异乡的妻子儿女，但他们却没有任何办法取得联系。

在难民营里，红新月会的志愿者虽然在生活和医疗方面给了玛利亚母女尽量好的照顾。但是一个出生才几天的弱小女婴，如何能适应难民营这样的居住条件？又如何适应白天酷热、夜晚寒冷、变化多端的沙漠气候？小茵缇撒尔今后的命运让人牵肠挂肚。

战争与儿童——不该相提并论的话题

战争与儿童，原本是和平时期不该相提并论的话题，但是战争来了，使多少儿童遭受恐吓，遭受磨难和伤害，又有多少人家破人亡，流离失所。因此，这成了新闻记者以及相关人员不得不谈的话题。

4月18日，我和驻法国记者站的李宾、驻澳大利亚记者站的李楠，与本台记者李庆庆，共同录制了一个双视窗节目《战争与儿童》，分别

从伊拉克逃亡到约伊难民营的儿童

向观众介绍了对这场战争持不同立场的国家，如何向本国儿童解释战争，我做了如下介绍。

多年以来，因为巴以问题和阿以问题的存在，阿拉伯国家对美国一直持反对立场。这次战争，绝大多数阿拉伯国家旗帜鲜明地站在伊拉克一边，反对美国发动战争。说起如何对孩子们解释这场战争，家长和学校与政府的立场是相同的，几乎没有不同的说法。不过，同样是阿拉伯国家，在教育孩子如何理解这场战争，如何承受战争方面，各国却有不同做法，比如埃及、约旦和巴勒斯坦就各有各的特点。

在埃及，家长和学校的做法基本上是一致的，他们主张让孩子知道真相，比如有的家长在参加反战游行时，会带着五六岁或十来岁的孩子一起去，看电视时，也让孩子一起看，对于那些恐怖血腥的画面，家长并不遮掩。他们主张让孩子看到真相，了解战争带来的灾难和影响。

有的家长还会带着孩子到红新月会或伊拉克大使馆去捐款，培养孩子要有爱心和同情心。学校里也组织一些活动，比如给孩子们做一些纸旗和纸帽，上面写着"要和平不要战争"等标语，带着孩子到公共场所去，每个孩子手里都拿着一面小旗，头上戴着小纸帽，这也算是一种反战宣传。

此外，我还注意到一点，就是埃及不少家长和学校都借此机会对孩子进行爱国主义教育，告诉孩子们，国家要强大才不会被侵略，当国家有难的时候，你们要奋起抗争。我认识一个女孩儿名叫迈哈，她才9岁，正上小学三年级，她父亲萨拉就鼓励她说："如果埃及也面临战争的话，你不能害怕，要勇敢地去面对。"

相比之下，约旦采取的方式比较温和，也可以说是淡化处理。无论在学校还是在家里，约旦人不主张让孩子对这场战争知道的更多，因为他们还小，没有必要让他们担惊受怕，也没必要让他们承担痛苦和伤害。而且很多事情也许对孩子无法解释明白，所以还是顺其自然的好。如果孩子们问起来的话，家长或老师都会给他们耐心地解释，但一般不主动和孩子讨论这个话题。稍微大些的孩子，他们会有自己的思想和看法，也会有些行动上的表现。

有一个已经加入了约旦籍的中国华侨孩子，名叫苏里昂，在约旦十二年制学校上十年级，他跟我说："老师在课上没有讲过战争的事，

采访华人少年苏里昂

学校也不举行讲座或讨论，但是学校有很多阿拉伯孩子，还有少数外国学生，大家都是反对战争的，经常聚在一起谈论这场战争，有时也找老师提问题，但老师从不主动与学生谈起这个话题。"

巴勒斯坦人的做法则不同，约旦人口也就470多万，其中有一半是巴勒斯坦人，他们在这个问题上，就像对巴以问题一样，带着很深的仇恨，他们认为，美国对伊拉克的战争就是对整个阿拉伯的战争，孩子们不但应该知道战争的起因，更应该了解战争的残酷，只有这样才能知道该如何面对战争。

巴勒斯坦人一般在孩子很小的时候，就教育他们分清谁是敌人，谁是朋友，让孩子明白，长大了要复仇，要夺回失去的家园。我在约旦认识一位巴勒斯坦出租司机，他的儿子才刚3岁，但每天看新闻时，他都让儿子和他坐在一起，边看边给他讲解。他认为，这个世界本身就充满了危险，应该让孩子知道什么是危险，什么是恐怖，从小就应该让孩子具有面对恐怖的勇气，这样才能培养和磨练他们的意志，使他成为一个勇敢的人。

在约旦，我深入到几个巴勒斯坦家庭，孩子们对这场战争都有一些了解，而且都没有表现出恐惧的心理反应。有个6岁男孩儿穆罕默德说："我不喜欢美国，也不喜欢以色列，因为他们杀害别人，他们是邪恶的。"

12岁的艾哈迈德说，他知道美国打击伊拉克是因为伊拉克有石油，美国没有很多石油，美国是为了要得到石油。

有个10岁左右的女孩儿，名叫塞勒塞比尔，看起来很娇弱，她能用熟练的阿拉伯语普通话清楚地表达出自己的想法："美国想从伊拉克拿到石油，掠夺他们的财富和文明，分裂伊拉克。伊拉克想保卫他们的领土，美国对他们进行了强大的打击，他们杀害儿童，还炸毁他们的住房，儿童们都很饥饿，他们也需要水，但是没有。打击伊拉克的战争对手非常强大，我不知道该怎么办。"

战争使孩子们受到不应有的伤害，战争也使幼小的孩子早熟。看着一个个天真烂漫却满腹心事的孩子，我感到与那些在和平环境中倍受呵护的孩子相比，那些就像是温室里柔嫩的花朵，而他们则是野外带刺的玫瑰。

战争带给妇女儿童的伤害

时至2003年5月1日，我已经从约伊边境返回开罗几天了，央视《半边天》栏目编导请我做一个访谈节目，谈谈战争对妇女儿童的伤害，这又是一个沉重的话题。其实直到现在，事件已过去很多年，我仍旧不能忘记，战争给妇女和儿童带来的巨大伤害，那些痛苦、悲愤、激怒以及无奈的、形形色色的面孔仍旧在我眼前晃动。

只要有战争，受到伤害的就不仅仅是女性。无论男女老少都会受到伤害。当然对女性的伤害会更多，她们所承受的也就更多。因为上战场的绝大多数都是男性，他们是女性的丈夫或孩子等亲人，他们因战而受伤或死亡，对女性来说都会是巨大的痛苦和悲伤。

美伊战争中有很多妇女失去了自己的亲人和家园。不用说巴格达了，仅仅在约旦，就有7人遇难，其中2人是司机，4人是大学生，另外1人是记者，他们的母亲妻子和孩子因而失去了自己的世界。4名大学生和那名记者的葬礼我都到现场做了报道，大学生都只有20来岁，

伊战期间每晚在安曼这个位置开视频窗口报道当天战况

当时看到那么多的白发人在送黑发人入土，那种悲情的场面催人泪下。

在报道学生葬礼那天，我很想家，就给父亲打了一个电话，告诉他我很安全，那是我到达约旦后给父亲打的第一个电话，平时我惦记着年迈的父亲，但是却不愿意常常给他打电话，就是怕他掉眼泪。通话当时，我老爸哭了，那年他已经70多岁，在国内每天看新闻，关注伊拉克局势，也担心着我的安危。我打这个电话，就是要告诉他我很安全，但是他仍旧很担心。那么，那些失去孩子的父母们又该是一种什么样的心情，就可想而知了。

大家都知道，埃及的阿拉曼是第二次世界大战非洲主战场之一，我去过几次那里的英、美、澳大利亚、希腊、印度等国阵亡将士陵园，有一位母亲在他儿子的墓碑上刻写了这样一句话，这句话有不少人都知道，这句话是这样说的："对于全世界来说，他只是一名普通的士兵，但是对于我来说，他是整个的世界。"我认为这位母亲的话很有代表性，也是精辟的总结，从这句话就可以看出，儿子在战场上阵亡了，做母亲的就犹如失去了整个世界。

握紧手中的橄榄枝

作为一名职业记者，能够参与报道重大战事，是我的荣幸。毕竟央视参与战争报道的前方记者只有 9 人，而我又是其中唯一的女性，为此我感到骄傲。但是作为女性本身，报道战争并亲历一些非常的残酷和恐怖，的确又让我很难过，心情也一直很沉重，即使是经常抢到独家新闻，也没有以往报道其他事件时那种职业性的兴奋感。

严格地说，我并没有深入到一线主战场，只是在伊拉克周边、主要是在约旦各地和约旦与伊拉克边境地带做报道。那些天里，每天从电视镜头上看着那些阿拉伯国家的记者冒着生命危险坚守在最前线，其中有几位是我比较熟悉的朋友，我非常羡慕、也非常佩服他们，我很想立刻冲进巴格达，跟他们在一起。但是由于条件限制，我只能像笼子里的困兽一样，空有一身正气和激情却无法施展，只能眼看着干着急。

当时，我手里没有配备能够与外界联络的海事卫星电话，也没有足够的资金保障，即使是到了主战场，也无法与外界联络，无法及时把消息播发出去，因此我失去了更精彩的报道机会，至今仍怀有遗憾。

采访伊拉克人阿里

战争的残酷性和危害性人们大多都是从各个媒体的报道中清楚地看到的，而我在中东这几年，却亲眼目睹、亲身经历了太多的暴力场面，感觉到太多的仇恨。除了这次伊拉克战争之外，我在巴以地区报道过很多巴以之间的暴力冲突。游行、扔石头、枪击事件、自杀性爆炸、流血、死人、葬礼，这些事情我都经历过无数次。

经历过这些危险与动乱之后，我更体验到和平与安定的重要，觉得能生活在一个安稳的环境里真是一种莫大的幸福。我在给国内亲人、同事及朋友的问候和祝福中，每次都会说一句"祝你平安！"，这句话看起来普通平淡，但生活在和平环境中的人是否会和我一样，对平安两字有着深切体会？

我希望自己手里的话筒就是一把象征和平的橄榄枝，我会握紧手中的橄榄枝，以我的真诚和微薄能力为世界、为中东、为向往和平的世人呼吁和平。

后记

对于这场伊拉克战争的报道，央视获得国家级集体一等奖，得到观众高度评价。此后，我从网络上看到很多评价。

下面是网络节选片段。

"在这场新闻大战中，中央电视台国际频道先声夺人。10 点 41 分 40 秒（当地时间 04 点 40 分），播出战争爆发的消息，在全球华语媒体中抢得头筹。最先发回美伊开战消息的中央电视台记者就是 CCTV 驻埃及记者站首席记者梁玉珍。"

"CCTV 驻埃及记者梁玉珍，以自己丰富的实践经验，对别国媒体所发布信息有意识地加以鉴别，而不是简单转发别人的报道，也就是说媒体必须有自己的立场和观点、发出自己的声音，同时就 CCTV 这种国家所有的媒体来讲，作为党和政府的喉舌，它必须体现中国共产党和中国政府对这次战争的态度立场及观点等，这是 CCTV 树立客观、真实的形象并成为有国际影响的世界级媒体所必须满足的要求。

对一些重大问题在第一时间进行独家报道，或者至少有独特的视角，是被公认的传媒成功之道。央视伊战报道当然算不上独家报道，但却有着独特的中国视角。"

"采访伊拉克战争的中国战地记者中，大陆、香港和台湾共 40 名左右，大陆与港台各占一半。在这批战地记者中，出现了几名引人注目的女战地记者，她们是：中央电视台驻埃及记者站首席记者梁玉珍、新华社中东总分社副总编辑 50 岁的张兰华，以及凤凰卫视年轻的女记者兵团——沈玫绮、隗静、闾丘露薇。但正是这些看似柔弱的女记者却承担起战地报道的艰巨任务。同样表现出色的还有上个世纪就以战地报道著称的张翠容等。

这些女记者无一例外带着本色的女性特质和一个战地记者的综合素质进入战争，并将两者自然地糅合在一起，表现出一种与男性不同的关照战争和人类的方式，争得了一向被男性独占的话语权。战地报道中的女性优势论也随之而起。

人们常说新世纪中国战地女记者的英勇表现令人刮目相看，但今日的她们令人刮目相看的已远不是'英勇'二字可以囊括。从以上记者的身上可以看到女记者回归自我的自然状态、优良的职业素质、强烈的事业心、独特的敏感性以及超乎想象的生命承受力。更重要的是，这些战地女记者们的不俗表现不再只是一种自我实现和满足，而是深入了人心。

特别是，注意到媒体的报告，在风云多变的中东，一些女性，如中央电视台驻埃及记者站首席记者梁玉珍，新华社中东总分社副总编辑张兰华，中国国际广播电台驻耶路撒冷记者刘素云，凤凰卫视年轻的女记者团沈玫绮、隗静、闾丘露薇，仍然活跃在海湾地区，引人注目。"

"在昨天的帖子《向伊拉克人民致敬》中，我说：'昨晚，一名身在约旦又很勇敢的中央台女记者梁玉珍（我记住了这个名字，比较起来，那些类似第二现场都不敢或者不愿前往，靠躲在伊拉克周边国家绝对安全范围内，向国内贩卖乱糟糟'新闻'的男性中国新闻人应该感到羞耻！）……'"

"原来，就在半岛电视台第一时间播出战争画面的时候，彻夜未眠、精通阿语的中央电视台记者梁玉珍大姐打来了电话，将正沉沉入睡的我及时叫醒。此时，战争爆发刚刚 5 分钟！稍后，我还收到了就在距离不远处的国际广播电台记者洪琳、牛道斌的提醒电话！

我非常感谢我们的驻外记者，他们冒着危险到战区采访，跨越时空，为我们送来最新的消息。像水均益、陶冶和梁玉珍等记者，当我从屏幕上看到他们时，我想到了他们的父母和孩子——也许在含着眼泪看电视。我更看到了记者们的职业外装的里面——是那颗想家的心。在我眼里，他们就是英雄。"

从网络上，我还看到很多之前我做过的时空连线，下面是本台一个电视节目节选，当时是我跟张泉灵做的视频链接。

男声画外音：伊拉克战争已进行了12天，世界每个角落的人们都可以直视战争的各个场面，飞驰的导弹、盘旋的飞机、行进的坦克，甚至可以同步看到战争双方的直接交火。如此真实而残酷的场面，都展现在人们的眼前。对于这场战争，世界各大媒体都派出了自己的精干记者。为了追求新闻的时效，各种先进设备投入其中；为了追求新闻的真实，已有4名记者献身，多名记者失踪。据了解，目前数千名各国记者云集伊拉克及周边，中国各媒体也派出了50名左右的记者，他们随时在为我们发回最新的战争消息。

梁玉珍，中央电视台常驻埃及记者。2月16日，伊拉克战争即将爆发之际，梁玉珍和她的同事刘苗野从埃及飞赴约旦首都安曼。北京时间2月20日上午，美国向伊拉克突然发动空袭之后，精通阿拉伯语的梁玉珍，及时发回了战争爆发的电话报道。

梁玉珍：现在约旦正是半夜，我们都在收看电视，刚刚看到半岛台播出字幕说已经开战了。

男声画外音：伊拉克战争爆发后，梁玉珍在约伊边界发回了一系列的战事报道。

梁玉珍：各位观众，这里是约旦首都安曼。自从美国对伊拉克的战争打响之后，约旦各界紧急行动起来。我现在所在的位置，距离约旦和伊拉克的边境只有60公里。这一片难民营就是约旦慈善机构建立的第一号难民营……

男声画外音：作为一名有4年经历的驻外记者，梁玉珍曾参与过很多重大的国际新闻的报道。但作为一名女性记者，如此贴近战争，在她的职业生涯中还是第一次。

主持人张泉灵：在这次对伊拉克战争的特别报道中，有一位驻在约旦的女记者也给我们留下了深刻的印象。好，我们接下来就来连线正在约旦的中央台记者梁玉珍。

我们知道你懂阿拉伯语，这是否为你在当地采访提供了一些方便的条件？

梁玉珍：战争开始之后，各国媒体都在大量报道第一线的消息。而第一线的消息我想台里会很多，所以我当时觉得应该侧重约旦这边。另外一点，在这么大的事件当中，你不能总是跟着别人的消息跑，我的优势就是挖掘其他的东西，所以我就很关注其他方面。

比如说约旦的 4 名学生在美国的轰炸中遇难这件事。当时的情况是这样的，当地的媒体都报道了这条消息，不过都报得比较晚。在我们报道消息之前，电视台只是飞出了字幕。他们的消息是这样说的：从摩苏尔开往叙利亚的一辆车，在美国的轰炸中被炸翻。当地的消息对这件事也有报道，但报道的不是很清楚。我通过线人了解到这种情况。因为我的这两个线人有朋友在北方省伊尔比得，伊尔比得这个北方省在摩苏尔上学的学生很多。我在约旦除线人以外，还认识几个伊拉克人。我抓住他们，就是为了要得到第一手材料，最真实的材料。像约旦学生这件事，我就是这样得到的。我判断约旦给我提供的消息是准确的，然后我就开始打探学生的尸体什么时候运回来，葬礼什么时候举行。当我知道这一切之后，我立刻决定一定要提前赶到这个地方，去采访这件事情。

主持人张泉灵：我想可能这次在战地的记者，还要面临这样一种特殊的情况，不但搜集消息非常困难，而且他们还面临一个问题，就是假消息满天飞。你在战区怎么来区别哪些消息是真的，哪些是假的？

梁玉珍：比如说伊拉克难民潮的问题。战争开始不久就有人发出了这样的消息，说已经有大批伊拉克难民从伊拉克通往伊拉克和约旦的边境，一开始就有四五千人，后来又说有上万人。也有消息说这些人中已经有少量的过来，大部分人还在伊拉克和约旦之间的中间地带。看了这些消息之后，我产生了一些疑问。因为，第一点，当地消息虽然报道了这个内容，但是从画面上没有什么反映，只是在边境有几个镜头，有几个记者在那，并没有大批的难民。如果有 1 万多难民过来的话，为什么画面没有呢？另外一点，就是我走过约旦到巴格达的这条路，通过边境。这个中间地带除了这条路是什么都没有的，没有建筑，没有喝水的地方。比如说你想喝水、吃饭、上厕所，这都是不可能的。大批难民如果涌在这个中间地带的话，他们什么都解决不了。他们不可能白天、黑夜的都坐在那里，所以我觉得这是一个疑问。这个时候我决定要亲自到那里去看一看。到那里一看，的确不出我所料，这条消息是假的。正好特别巧，我忽然间发现又有一个熟人，这个人是约旦红新月会的会长，所以他给了我一个当天非常准确的数字，就是说一共过来的多少人、都是几个国家的个人，但是伊拉克难民的确没有，所以我很快就又把这条消息发出去的。

主持人：我曾经看过一份统计报告，他们说记者是世界上十大危险行业之一。我不知道这个统计是否准确。但是据我的了解，我有很多同行他们从当记者的第一天开始就梦想着要成为一名战地记者。而且我也相信，当战争真的爆发了，他们一定会毫不犹豫地冲上去，因为那是一种本能。

解说：中东是当今世界最不安宁的地区，这里战乱不断，突发事件众多。

2003年3月20号，北京时间10点35分，伊拉克战争爆发。与此同时另一场全世界媒体的新闻大战也拉开了帷幕。在这场新闻大战中，中央电视台国际频道先声夺人。10点41分40秒播出战争爆发的消息，在全球华语媒体中抢得头筹。最先发回美伊开战消息的中央电视台记者就是CCTV驻埃及记者站首席记者梁玉珍。

深圳记者洪宾讲述梁玉珍安曼意外

一名中国记者安立发现，这不是央视记者梁大姐吗？

仅仅半个小时前我们还在一起采访安曼群众游行、示威，互相转告一定要注意安全；没想到半个小时后再打她的电话，接话的人就换了一人，而且她也躺到医院了！中央电视台的梁玉珍在采访游行、示威活动中受伤——昏迷住院了！

当地时间3月28日中午2时30分，当记者一路打听找到地处安曼老城区、距离安曼最热闹的哈希米广场很近的"意大利医院"时，看上去仍然很焦急的中央电视台记者刘苗野，还在为已经苏醒过来的他的工作搭档——梁玉珍大姐感到十分担心，并抱怨自己在游行中没有照顾好她。

梁玉珍、刘苗野可能是我们这批驻扎约旦的 20 多人的"中国记者团队"中，人们最熟悉的两位同行了。就在 27 日，记者还与他（她）们在采访约旦死难学生葬礼的 100 多公里外的小镇上碰到过。28 日上午 12 时许，记者在出发到游行地点前，还特意打了个电话给会讲阿拉伯语的梁大姐，并从她口中知道：游行马上就开始了！想不到半个多小时后，当记者再拨梁大姐的电话时，就没有人接了！

到了市中心的哈希米广场，找不到游行队伍了，再拨打梁大姐的电话，有人接，却是另一个中国记者安立，说梁大姐在游行中遭人多次撞倒、踩踏，现在正在医院呢！

梁大姐今年已经 50 岁了。20 多年前刚刚有卫星节目，她就在中央电视台的海外节目中心工作，多年来主要负责外事新闻报道。由于精通阿拉伯语，从 1999 年，梁大姐就受台里派遣，与刘苗野一起到埃及筹备、建设埃及记者站。梁玉珍任驻外记者 3 年多来，对埃及主流社会、周边国家发生的重大新闻如土耳其地震、巴林空难等做了及时详细的报道，对中东和平进程、特别是巴以地区局势做了大量有深度的报道，多次冒着生命危险出入巴以地区，并两次对阿拉法特做了成功专访。梁玉珍也是中央电视台此次派往海湾地区报道美伊局势的惟一一位女记者。国内观众看到的大量关于中东国家的新闻，都是两人一起采发的。

"好多个人从我身上踏过去。"记者赶到医院看到梁大姐时，她刚刚从急诊室推出来，鼻子上正插着输氧管吸氧气。记者看到，梁大姐的浑身沾满灰尘，脸色十分苍白。

医生在为她写的检查报告上面的结论大体是：头部等处受到撞击，昏迷，受了严重惊吓，需要休息等等。

当着这么多熟人，说话很费力的梁大姐说，想起当时的场景，她依然有些心有余悸。

梁玉珍、刘苗野和国际台的洪琳 3 人，当天是一起到哈希米清真寺采访群众游行的。直到中午 12 时许，寺庙附近的一切看来并没有什么太多异常。在安曼，由于半数市民都是巴勒斯坦人，很多人痛恨美国对伊发动战争，所以这段时间来的反战游行很多，而梁玉珍、刘苗野两人因为常在中东驻站，对这样的采访已是驾轻就熟。

游行开始后不久，参与的人越来越多。当游行队伍走上附近的街头时，早已高度戒备的大批警察可能由于担心不好维持秩序，就拿着盾牌，挥舞着警棍对人群进行驱赶，后来还施放了催泪弹。现场秩序一片混乱，在推搡中，3人就各自走散了。

刘苗野扛着重重的摄像机奔向一处较高的"有利位置"，去抢拍最佳画面。梁大姐则是冲到人群前面进行提问、采访。可就在这时，人群突然骚动起来——不知道为什么，大批人群突然像人墙一样往梁玉珍这边涌了过来，并一下把猝不及防的她给撞倒了，一起倒下的还有好几个当地人。

梁大姐回忆说，刚倒下后，还有个人马上把她拽起来，可是人实在太多太挤了，她随后又被挤倒了，紧接着就感觉到有多人从她的身体上踏过去。本能地，她只能抱紧自己的头部，渐渐地什么都不知道了。再往后，在她恢复了一点知觉的时候，发现有几个人正在往她身上泼凉水呢，还有人在拍打她的脸——他们是怕她醒不过来啊！28日下午，在梁玉珍的要求下，医生同意出院，但要求她随时和医生保持联系。当地警察随后进行了调查。一位警官对此事深表歉意。

舆论界高度评价

对于本次美伊战争报道，舆论界对央视总体报道给予了高度评价，下面援引网络上本台记者侯明古一篇文章的有关内容：美伊大战在即，央视未雨绸缪、积极应对，2003年2月5日即向伊拉克派遣了水均益、冀惠彦、康锐、陶冶、杨小勇组成的5人报道组，并在战前及时将驻比利时布鲁塞尔记者站的顾玉龙和王韵权派往土耳其；将埃及记者站的梁玉珍和刘苗野派往约旦，使央视在伊拉克和周边国家共分布了9名报道人员。这9名同志肩负重托，不辱使命，不负众望，以智慧和胆识，精诚合作，采编制作了大量来自战争前线和相关国家的珍贵、翔实、鲜活、精彩、生动的第一手新闻消息和背景报道，不仅使广大中国观众及时充分地了解了美伊关系发展的动态，从更多的角度倾听了伊拉克人民反对战争、渴望和平的声音，满足了中国观众逐步开放的国际化视野；而且中国记者的身影再次出现在了国际重大突发事件的现场，在激烈的国际传媒竞争中展示了中国的声音，有力地配合了我国政府的外交工作。除了在直播节目中及时进行现场报道，还采制了大量新闻节目，例如《焦点访谈》《东方时空——直通巴格达》《东方时空——世界》等专题节目，成为中国观众了解伊拉克局势的权威渠道，极大地丰富了报道内容，提高了报道的层次和水准。

重兵围困拉马拉

　　"如果你没法阻止战争，那你就把战争的真相告诉世界。"这是战地记者永远的格言，也是我的格言。2003 年，注定是中东不平静的一年，上半年美国攻打伊拉克，给当地以及周边国家带来巨大灾难。下半年里，以色列重兵围困巴勒斯坦城市拉马拉，坦克装甲车开进阿拉法特官邸。我也紧跟着战略转移到拉马拉。

　　拉马拉是巴勒斯坦中部城镇，阿拉伯语意为"真主安拉之山"，坐落在耶路撒冷以北 16 公里山区的最高处，海拔 860 米，比耶路撒冷高出 60 米。面积 16.3 平方千米，人口 1.3 万，其中约一半是基督教徒。1967 年第三次中东战争后被以色列占领，归以色列所辖西岸地区。1994 年被设为巴勒斯坦民族权力机构所在地，是巴民族权力机构在约旦河西岸的行政管理中心，市内设有阿拉法特官邸、自治政府分支机构、巴勒斯坦委员会总部、官方电视台和电台等重要部门。一些国家派驻巴民族权力机构的办事处也设在这里。

　　拉马拉周围多山，泉源充足，夏季凉爽怡人，是约旦河西岸著名的避暑胜地，素有"巴勒斯坦新娘"之称。

　　拉马拉是巴勒斯坦的经济、文化和商业中心，拉马拉的工业主要有造纸、制药、啤酒、食品、饮料生产和巧克力加工。农业以果树种植为主，盛产橄榄、无花果和葡萄。巴以是中东常年战乱地区，驻外十年期间，几乎每一次重大事件发生，我都及时出现在事发现场，危险经常伴随左右，几乎每一次到那里采访，都犹如在生死线上搏击。2003 年 9 月，巴以地区局势严重恶化，在以色列的重兵包围之下，我又一次孤身奋战在拉马拉，把当地发生的事实真相告诉观众。

　　事情从 2000 年 9 月说起，自从以色列利库德集团领导人沙龙强行登上耶路撒冷老城圣殿山，引发了巴以大规模流血冲突后，以色列在不断加紧对巴勒斯坦自治区实施大规模军事打击的同时，也把攻击的矛头直接指向阿拉法特。

2001年12月3日，以色列军队入侵了巴勒斯坦城市拉马拉，炸毁了阿拉法特警卫部队住所，并将阿拉法特围困在官邸中。那次是我和刘茁野一起出现场，一天下午在阿拉法特官邸外拍摄出镜导语时，受到一次惊吓。以色列军队的坦克与我们相距不到一百米，原本是正对着阿拉法特官邸内的办公大楼，当刘茁野刚固定好摄像机位，准备拍摄时，以军坦克上的炮口立刻掉转方向，直对着我俩所处的位置，我俩顿感自身安危受到严重威胁。

同年圣诞节前，12月22日，以色列内阁做出决定，禁止阿拉法特离开拉马拉前往伯利恒参加圣诞节庆祝活动。此后，阿拉法特一直被困在拉马拉官邸，失去了行动自由。

2002年3月底，由于以色列境内发生自杀式爆炸事件，政府随即宣布将阿拉法特视为"敌人"。此后，以色列以打击"恐怖主义"为由，多次围困阿拉法特官邸，并采取了断水、断电及摧毁官邸内建筑物等极端手段，向阿拉法特施加压力。同年6月，美国总统布什表示"巴勒斯坦必须更换领导层"，这使阿拉法特的处境更为艰难。尽管有关各方为实施中东和平"路线图"计划做出了一定努力，但巴以冲突的激烈程度并没有减缓，事态继续恶化。

2003年初，巴勒斯坦民族权力机构在美国的压力下，完成了自治政府的改革，设立总理职位。随后，巴以双方实现了自2000年流血冲突爆发以来的首次总理会谈。但随着巴以冲突加剧，以色列再次把责任归咎于阿拉法特，宣布他是"中东和平的障碍"。

事情发展到2003年9月，巴以双方以暴易暴越演越烈，打击力度随之升级。9月6日，哈马斯创始人和精神领袖亚辛在加沙城内的一栋建筑内召开会议，以色列得到消息后，立即派战机向这栋建筑物发射了数枚导弹，袭击中有15人受伤，亚辛受了轻伤。9月9日，哈马斯采取报复行动，在特拉维夫一个军事基地附近和耶路撒冷一家咖啡店接连制造自杀性爆炸事件，导致15人死亡，数十人受伤。这些事件震动了整个以色列，正在印度访问的沙龙感到大为震惊，提前结束访问回国，立

这就是各国记者在拉马拉总统官邸的工作现场

刻采取打击报复行动。

9 月 10 日上午，以色列空军出动 F-16 战斗机，向哈马斯最具有实权的领导人之一扎哈尔的住所投掷一枚 500 公斤的重磅炸弹，扎哈尔的儿子和助手被当场炸死，扎哈尔和另外 15 人受伤，建筑被完全摧毁。

第二天，拉马拉周边村庄进驻大批以色列部队，位于阿拉法特官邸对面大约 70 米远的巴勒斯坦文化部大楼，被以色列特种部队控制，楼顶上晃动着特种部队军人的身影，他们监视着总统官邸的一切动静，以色列的 F-16 战斗机一整天都在官邸上空盘旋。

几天内，世界各国媒体已经有大批记者来到现场，最初面对空袭、轰炸和头顶上随时威胁着自身安全的战斗机，记者们都有些紧张慌乱，但随后忙碌起来，进入忘我的工作状态，就忘掉了危险和恐惧，全部注意力都放在了对事态的关注上。

这次事件中，我 2 天内报道了《扎哈尔在以色列轰炸中受伤》、《以军进入拉马拉附近村庄》、《巴以局势再度恶化》、《以色列士兵占领并控制了巴勒斯坦文化部》等 7 条消息。

当时局势非常紧张，事态随时会有变化，所有记者都聚集在阿拉法

跟拉马丹工作室合作，身边是摄影师阿迪尔和他的助手

特官邸大院，白天晚上都不肯离开，唯恐漏掉什么消息。其他媒体无一例外都是团队作战，无论吃饭、休息、工作都能轮替、相互照应。而我又是一个人，孤零零地独自承担一切，个人吃喝拉撒睡一切事情都是勉强对付，全部精力都投入到工作中。

在形势危急、孤立无援的情况下，我考虑到一个人的能力和精力毕竟有限，即使再忙再辛苦也无法顾及全面。因此，我去找巴勒斯坦拉马丹音像工作室，跟他们协商一起合作，资源共享。具体做法是给我提供一个临时性工作室，当我需要的时候，可以在那里撰稿、发稿、编辑节目，而我会充分发挥自己的运筹帷幄能力，调动他们的 4 个摄制组，合理分工，相互配合，全方位出击重点现场，保证不会漏掉任何重要消息，我会雇佣 1 名摄像跟我一起行动，我也可以保证，每次向央视总部传送节目，都会通过他们租用国际卫星线路，这种做法对双方都很有利。

拉马丹工作室同意我的建议，合作即刻开始，直到完成整个事件报道，双方都很满意。

4 个摄制组，基本上是每组 2 到 3 人，跟随我的摄像是位年轻小伙子，名叫阿迪尔，另外还有1名协调员是当地姑娘马伊萨。

当天晚上，我们把一套设备架在阿拉法特官邸对面的楼顶上，我和摄像阿迪尔还有他的小助手，一起关注着官邸的一切动静。那天一整夜，我们3个人都没有回去休息，实在困得熬不住了，就躺在垫子上轮流休息一会儿，三脚架旁边不知是谁放了一张破旧的床垫，脏兮兮的。夜间寒冷，一阵小风吹过，冻得发抖，根本睡不着，只好起来聊天驱赶睡意。从周围一些建筑楼顶上，传来细微的说话声，我知道那里也有其他媒体记者坚守在现场。

其余3个摄制组凌晨一起出动：1个组负责在市中心主要场所观察民众事态和反应；另1组在市周围地带巡视，注意以色列军方动态；还有1个组就在官邸大院里面，随时关注官方信息。那些天里，我们每个人都使用2部手机，随时保持密切联络，无论哪个组有情况，我都能及时到位，做现场出镜报道。

局势最危急那天是9月11日，沙龙主持召开了安全内阁特别会议，做出原则上驱逐阿拉法特的决定。致使巴勒斯坦局势突然再度紧张起来，整个拉马拉笼罩在一片战前的浓厚气氛中。会后，沙龙办公室发表

以色列宣布驱逐阿拉法特当晚，巴勒斯坦举行抗议活动

公告称，阿拉法特已成为和平进程的绊脚石，以色列将搬除这一障碍。公告还说，以色列不会接受任何形式的停火，沙龙已命令以色列国防军对巴勒斯坦激进组织采取"毫不留情的、不间断和坚决的打击"，动用一切必要手段消灭这些组织及其骨干分子，直到巴方采取令以色列满意的行动为止。

以色列安全内阁会议决定授权沙龙，无需召开内阁新的会议，他有权独自决定是否采取驱逐阿拉法特的行动。就在以色列安全内阁会议召开的当天，以军占领了阿拉法特在约旦河西岸城市拉马拉官邸附近的建筑，并等待下一步行动命令。

11日当晚9点左右，拉马拉市中心出现一辆宣传车，车上的高音喇叭反复播放沙龙驱逐阿拉法特的决定。拉马拉顿时人心惶惶，场面陷于一片慌乱之中。接到现场摄制组电话，我让阿迪尔继续在楼顶盯着官邸动静，只身一人赶去市中心。

我在市中心广场和周围几条街道巡视一遍，看到市民们惊慌失措，有人喊叫，有人奔跑，有人手里拿着很多东西，就像在逃命，大街上人流和无数车辆拥堵在一起，车辆无法挪动，司机们焦躁地长时间鸣笛，我感受到现场气氛更加混乱紧张。穿过街道，跟着向前奔跑的一群人，我又一次来到市中心广场。

很快，广场上聚集了数千民众，人们高举着标语牌和阿拉法特画像，举行大规模抗议示威游行，标语牌上写着"亚西尔·阿拉法特，巴勒斯坦之父，为了你，我们愿付出鲜血和生命！"人们手挽着手，一边行进，一边高呼口号。我在现场做了报道之后，又赶紧返回到官邸。继而，游行民众也转向阿拉法特官邸进发。

回到总统官邸大院，这里同样陷入一片混乱，巴勒斯坦政府官员和官邸警卫部队也高度紧张，迅速做出防卫部署。

官邸院墙边有一片新近搭建的帐篷，一批西方"人体盾牌"在那里静坐示威，声言誓死保卫阿拉法特。更多的巴勒斯坦民众从四面八方赶来，很快将阿拉法特官邸内外挤得水泄不通。晚些时候，阿拉法特出现在三楼窗口，向民众挥手示意。并向民众发表演说，表明自己的态度。他说："巴勒斯坦是我的祖国，以色列人可以杀我，但我绝不能被他们赶出这片土地。"他还说："为了祖国巴勒斯坦，我们愿付出鲜血和生命！"

　　那天晚上，直到次日清晨，我和阿迪尔几人一直坚守在现场，以色列的武装直升机和无人侦察机一直在官邸上空飞来飞去，所有人都感到了巨大的威胁。

　　这个事件中，我连续播发了 6 条消息，当天晚上还连续做了几场直播，其中有《拉马拉爆发大规模示威游行》、《阿拉法特说我决不离开拉马拉》、《以军在拉马拉的动向》、《拉马拉现状》、《阿拉伯国家的反应》和《拉马拉当天局势和阿拉法特状况》，这些节目在央视第一、四、十三等频道滚动播出，创收视率新高。当晚，中国驻埃及大使馆新闻处主任陈宏兵通过 MSN 向我表示慰问，他和我对话时说："你的报道使我看到了 CCTV 大腕记者的风范和能力，现场感很强，真实可信，有深度，有力度，有独家消息，绝对胜于 CNN 的记者，我们为 CCTV 有你这样的记者感到骄傲和自豪。"说心里话，我相信自己的能力，也为自己感到自豪。

　　9 月 11 日那天，正好是中国的中秋节，在完成一次卫星素材传送返回的路上，我抬头望着天上，很大的一轮明月，忽然就很想家，那是我连续在中东度过的第 5 个中秋节，当国内的亲人都在欢度佳节的时候，我在现场却是大兵压境，明月照危城，而我又是孤军作战，身边一个黄

在这种环境下，这个位置，我做了创央视国际新闻时长超过 2 分半钟的记录

皮肤的中国同胞都没有，心里有些酸楚。但战乱期间没有时间想家，也没有时间流泪，每天都要连续不断地做报道，连给孩子打个电话的事都疏忽了。

在那些天里，新华社驻耶路撒冷记者每天也都到现场采访，拍摄图片，但是他们会在当天晚上返回驻地。11号那天，摄影记者高学余返回前还热情邀请我说："小梁，今天晚上到我们站聚餐吧，大家一起过中秋节。"

我说："谢谢高大哥！我非常想和你们一起过节。但是我不能离开，因为我的报道得用镜头说话，所以必须在现场，这么大的事件中，随时会有变数，不能没有央视这一方大台的声音。"

高大哥非常理解我的难处，他们几个都回去过节了，那个晚上，被以色列重兵包围中的拉马拉，只有我一个中国人。

之后几天，危机持续不解，以色列无人侦察机和 F-16 战斗机每天在阿拉法特官邸上空飞行，特种部队的坦克、装甲车几次开进拉马拉，贴近官邸一带近距离威胁，记者们对此已经习惯，不再恐惧惊慌，也不用抬头观看，只听声音就能分辨出头顶上飞的是侦察机还是战斗机。

巴勒斯坦民众继续集会游行，"人体盾牌"每天静坐示威，都表示用生命支持阿拉法特，与巴勒斯坦共存亡。我在现场录制的《巴勒斯坦青年表示用生命保卫阿拉法特》，长达两分半钟，在新闻联播播出，打破了国际新闻自开播以来的时长纪录。

11月16号，美国在安理会否决了一项由苏丹等国提出的保卫阿拉法特安全的提案。这一否决引起巴勒斯坦人的愤怒，举行了声势浩大的示威游行。巴勒斯坦官方呼吁联合国提供维和部队保护阿拉法特。当天清晨，以色列特种部队军车和坦克再次开进拉马拉，在官邸附近一条街上，有几名巴勒斯坦人受伤。

当天傍晚，又一辆坦克开到阿拉法特官邸大门口，我正低头记录现场素材，冷不防这辆坦克擦身而过，险些把我撞倒在地，幸亏阿迪尔在身旁，一把拉住我退到路边的土丘上。上了土丘，我两眼发花，双腿发软，也不管干净不干净，一屁股坐下来大口喘气，一方面的确是受了惊吓，另一方面是忙活一整天了，没怎么吃东西，早已饿得前胸贴后背。稍微休息一会儿，我跟阿迪尔说："我去吃点东西，你先在这盯着，有

总统官邸外卖面包圈的流动车

事赶紧叫我。"

"好，你快去吧。"阿迪尔说。

官邸院墙拐角处有一片空地，停着一辆卖咖啡红茶的流动车，旁边还有一位老人卖大饼和面包圈，一杯咖啡，一杯红茶，一张大饼，又对付了一顿饭。

这两天我又做了《特种部队黎明时刻再次开进拉马拉》、《拉马拉目前局势动态》、《拉马拉综合消息》等6条报道。

9月17日，更多的巴勒斯坦民众从周边地区赶来，总统官邸已经人满为患，这天下午，阿拉法特两次出现在三楼窗口，与支持者会面。晚上10点左右，他在几名卫士的簇拥下，走出办公大楼，站在用沙袋堆积的防御工事门口向人群挥手致意。院子里的人都蜂拥而上，挣着跟他说话、握手，现场所有人都被挤得东倒西歪。我当时就站在楼口台阶上，顺势被挤到了阿拉法特身边，护卫队长认出是我，点了下头，没有阻拦。

我左手抓着身边一名警卫的胳膊，右手伸到阿拉法特面前说："阿拉法特总统阁下，埃咪娜又来了，你还好吗？"

阿拉法特侧过头，看着我微笑着回答："埃咪娜，你好！"因为之前见过很多面，阿拉法特对我印象很好。

这种时刻阿拉法特危机四伏，不能长时间暴露在室外，因此，我不忍心提出专访，打过招呼之后就拿出录音笔站在一边，听他向民众发表讲演。阿拉法特表示说，一旦以色列军人强行闯入官邸，他将用机关枪进行自卫，将战斗到底，并死在巴勒斯坦土地上。他表示，宁愿成为烈士也不能被俘，他绝不会忍受被俘的耻辱，更不能被驱逐出巴勒斯坦土地。

当天就美国否决安理会提议，我对巴勒斯坦一位官员做了专访，报道了《阿拉法特以及巴勒斯坦官方和民众对美国否决安理会提议的反应》等6条消息，晚间还就此问题做了时空直播。

巴勒斯坦激进组织尽管与巴民族权力机构存在分歧，但这些组织的领导人也再三表示，一旦以色列对阿拉法特下手，他们将展开猛烈报复。

巴勒斯坦人民把阿拉法特视为巴勒斯坦事业的象征，拉马拉官邸的保卫人员也严阵以待，每时每刻都保持高度警惕。那天，一名总统卫队军人跟我说："我们誓死保卫阿拉法特，每人都写好了遗书，随时准备为他献身。"听了这话，我心里有些沉重，也有些悲壮，为他们，也是为自己。其实每次出发到战乱地区前，我也会写好遗书留存在电脑里，因为在如此危险的地区和环境中，我不知道自己能不能活着回来。

18日，以色列部队再次从空中和地面威胁拉马拉，引起民众更大恐慌。有更多的西方"人体盾牌"和当地青年"人体盾牌"赶到阿拉法特官邸，表示要誓死保卫阿拉法特。许多国际和平人士纷纷发表讲话，严厉谴责以色列关于驱逐阿拉法特的决定。当天下午，我对巴勒斯坦官员做了演播室专访。

晚上做完一档卫星素材传送后，感到身体非常难受，特别想好好吃顿饭，给身体补充一下能量。阿迪尔带我去了市中心一家中餐馆，拿起菜单一看，上面竟然是用中阿两种文字写的菜谱，我点了米饭、春卷和酸辣汤。真想不到这样的地方也会有中餐馆，而且酸辣汤是地道的河南味。因为我对有些食物过敏，尤其是醋和辣椒，只要吃上一点立刻就会咳嗽、起痰，严重时还会哮喘，所以日常饮食中都会避开这些东西，但是这天我特别想暖暖身子，发点汗出来，就点了这份酸辣汤。虽然喝了之后不停地咳嗽，但身上毕竟是暖和多了。

餐后我跟服务生说："能不能把你老板叫来聊几句？"

他说："没问题，我们老板好客，他会出来跟你聊。"

一边喝茶，一边等着，原以为是个中国人，结果出来一看，却是当地的阿拉伯人，他过来热情地跟我握手，然后问："有什么需要帮助吗？"

我说："没什么事，只是好奇，你是这里的老板吗？"

他说："我是老板。"

"那你的厨师是中国人吗？"我问。

他回答说："饭菜是我做的，没有中国厨师。"

这就奇怪了，我继续问："你跟谁学的做中餐啊？"

"跟我师父学的。"他说，"我师父是中国人，原来在这里开中餐馆，我给他打杂，也跟着学做中餐，后来师傅看这里不安全走了，我就接着经营餐馆。"

"噢，原来是这样。"我说，"你的中餐手艺不错啊。"

他听了特别高兴地说："喜欢你就常来。"然而，在拉马拉动荡不安的20多天里，我只来过这一次，其他每天基本上都是以阿拉伯大饼、蔬菜沙拉和胡姆斯酱充饥，饮食极其简单。

19日，应阿拉伯国家集团和不结盟运动的要求，第58届联合国大会举行紧急特别会议，以压倒性多数通过了一项由苏丹等20个国家联合提出的决议案，要求以色列不要驱逐巴勒斯坦民族权力机构主席阿拉法特，并停止对他的安全进行任何威胁。共有152个国家的代表参加了这次紧急特别会议，决议得到了包括中国在内的133个国家的支持，加拿大等15个国家在投票中弃权，美国、以色列等4国反对。

然而就在联合国通过关于阿拉法特安全决议案的当天，以色列坦克和装甲车又一次开进阿拉法特官邸，当天晚上，还抓捕了20多名巴勒斯坦武装人员。第二天，以军炸毁了紧靠官邸的巴勒斯坦安全部队建筑。

在局势紧张、环境恶劣的条件下，我连续十多天夜以继日超负荷运转，身体过度疲劳，饮食上饥一顿饱一顿毫无规律，更谈不上营养搭

从他这儿可以买到现煮的咖啡和红茶

配，再加上几次在楼顶风餐露宿对付着过夜，身体受风寒侵袭，这天半夜里一下子病倒了，浑身酸痛，头昏脑胀，嗓子疼得喝口水都难以下咽，摇晃着爬起来照着镜子一看，咽喉处一大片黄色脓斑，已经严重溃疡，早上让服务生请来医生出诊，测了体温，发高烧达 39 度 8。医生说："你必须停下来，好好休息几天，否则会加重病情。"

我感觉自己的确是撑不住了，就给阿迪尔打个电话，告诉他我生病躺倒起不来了，让他们密切关注局势发展，如果有大的动态变化，一定要赶快通知我。

吃了些药我就昏沉沉地睡了，连续 3 天，时睡时醒，很少吃东西，实在饿了就让服务生送些吃的，也就是大饼和沙拉，几天后，病情稍有好转，我又开始工作，拉马丹工作室协调员马伊萨看到我一脸憔悴的样子说："埃咪娜你应该继续休息，等身体完全恢复了再来工作。"

我说："已经耽误几天没发消息了，我过来看看，能做多少做多少，不会勉强。"那天下午，马伊萨在办公室小厨房，给我做了一锅很有营养的蔬菜汤，我喝了胃里舒服一些，心里也暖烘烘的。傍晚，一位叙利

就在这样的条件下撰稿并做电话连线

亚摄影师休假回来，带了一些夏巴农场的苹果，他说："埃咪娜，你知不知道夏巴农场的苹果很甜？"

"不知道。"我说。

随手拿起一个吃起来，果然很脆很甜。这是我在拉马拉20多天里吃到的唯一一个水果，天天忙得几乎是24小时连轴转，饭都顾不上吃，哪还有时间去买水果。

那几天以色列军方继续在阿拉法特官邸实施军事行动，切断了阿拉法特官邸的水电以及电话通讯设施。有人说以军还在阿拉法特官邸各处埋设了炸药，阿拉法特再次发表声明，重申绝不向以色列屈服。他表示要顽强顶住以色列的军事封锁，发誓要建立一个以耶路撒冷为首都的巴勒斯坦国。他说："我们会保卫这块领土，保卫我们的难民营、村庄和城市。这段历史不仅仅是巴勒斯坦的，也是阿拉伯国家以及所有热爱自由的人们的。我们将在巴勒斯坦首都耶路撒冷一道祈祷。"

当天我做了一档较长的记者观察《阿拉法特：慈祥的老人，坚强的战士》，讲述了阿拉法特在困境中的生活和工作状态。此后几天，阿拉法特一直陷于以色列武力威胁之中，每天在报道动态消息之外，我又做了一档记者观察《阿拉法特：巴勒斯坦人爱戴的领袖》。

此后，这次事件已接近尾声，我因有其他任务，需要赶回开罗，临走之前到拉马丹工作室结账，跟这些患难与共的同行伙伴们告别。马伊萨恋恋不舍地说："埃咪娜，我们都舍不得你走，以后常来。"

阿迪尔说："下次再来，咱们还一起合作。"

负责人哈伊塞姆说："埃咪娜，结账完了稍等一下，我们大老板想跟你见个面。"

"OK"，我一边回答，心里一边想，"老板找我会有什么事呢？"

哈伊塞姆把我带到老板办公室，一眼看去，老板是个精明强干的人。他站起身微笑着跟我握手问好。落座后他开门见山地说："这些天，埃咪娜的名字总是在我耳边提起，他们都跟我说埃咪娜如何如何，这就引起我的好奇，埃咪娜到底是个什么样的人？让我的部下这么佩服，这么夸赞。"

我笑笑说："我没什么大不了，不过是个热爱本职工作的记者而已，尽自己的心全力做事。"

老板说："这正是我们大家所欣赏的，从这些天的合作中，我觉得你堪称 TV 界精英，也是我们的榜样。"

"老板过誉了，多谢多谢！"我不好意思地回答。

"有兴趣加盟我的工作室吗？兼职也行。"老板发出邀请。

"原来是这个目的啊。"我心里想着，嘴上婉言拒绝说，"多谢老板美意，如果可以的话，我很愿意加盟你们，但是非常遗憾，我们央视有铁腕纪律，不可以在境外兼职。"

带着一身疲惫，包了一辆出租车离开拉马拉，道路遭到严重破坏，一路颠簸，一路灰尘蒙面，渐行渐远。拉马拉，阿拉法特、还有那些巴勒斯坦人，仍旧处于以色列的武力威胁之下，不知何时才能解困。

中东不死鸟陨落

他走了，永远地走了，带着他一生的追求，带着他的未竟事业，带着他未实现的巴勒斯坦建国梦。2004 年 11 月 11 日，亚西尔·阿拉法特——中东不死鸟不幸陨落。次日下午，阿拉法特遗体在约旦河西岸巴勒斯坦城市拉马拉总统官邸下葬，一代英灵魂归故里。从阿拉法特病危到逝世前后，两周时间里，我在拉马拉见证了巴勒斯坦的民族之痛，见证了几十万民众为阿拉法特送葬的盛大场面，5 亿多观众收看了我在现场的视频直播。

从 2001 年 12 月起，由于以色列军方对阿拉法特实施长期封锁，阿拉法特被围困在拉马拉总统官邸，生存环境十分恶劣，办公条件艰苦，饮食粗劣，营养不足，导致他的健康每况愈下，最终一病不起。2004 年 10 月突然病情加重，10 月 29 日以色列允许他离开被封锁 3 年的官邸，取道约旦飞往法国首都巴黎治病。11 月 4 日，阿拉法特病情加重生命垂危的消息引起全世界的注意，巴勒斯坦局势再次成为人们关注的焦点。

星夜兼程赶赴现场

按照以往对重大事件的预先判断和分析得出的经验，在此之前，我早已做好了现场出击准备，提前申请了以色列的入境签证，也准备好了所需要的采访器材及其他物品，一旦有事随时可以出发。考虑到这次事件重大，新华社应该会有动作，有可能的话可以跟他们搭伴一起走。所以我当即便与新华社驻中东总分社社长吴毅宏联系，询问他们有什么动作。果不其然，吴毅宏告诉我说："我们在耶路撒冷和拉马拉都有常驻记者，力量足够，埃及这边派刘顺过去加盟，跟他们一起联合行动。"

他还说："我们有专职司机送他，你可以搭车一起走。"

正中下怀，我立刻回答："那真是太好了，非常感谢！"

选择陆路通道进入以色列比航空班机快捷很多，我跟刘顺立即出发，星夜兼程从开罗赶往南西奈塔巴，半夜时分终于到达塔巴边关，一路上因为有新华社专职司机开车，我终于不用自己开车辛苦，节省出一些精力，养精蓄锐。

这次从塔巴出境通关比较严格，耗费了 1 个多小时。走出塔巴，经过不到百米的中间通道，来到以色列边关。

以色列方面对行李和设备的检查比之以前更加小心谨慎，而且反复检查多次。然后按惯例一对一长时间谈话，之后就让我们等着，也不说要等多长时间，1 个小时过去了，没有人搭理我们，又 1 小时过去了，还是没有任何动静，我心里有些焦急，就问关口那位值班员："有什么问题吗？什么原因等这么长时间？"

对方不回答我的问题，只说了句"再等 5 分钟。"

又过了 10 分钟，再去问，还是说"再等 5 分钟。"

实在等得不耐烦了，我走过去不高兴地说："怎么比阿拉伯人还不守时啊？阿拉伯人说让我等 5 分钟，我最多等半小时，你们这都多长时间了？"

这回对方连"再等 5 分钟"都不说了，保持沉默。对此，我无可奈何，只能耐下心来继续等待，不能做事，也无法休息，就这么耗着，真是磨练人的耐性，3 个多小时后边关终于放行。

入境到埃拉特，天已经亮了，一个不眠之夜就这样在奔波、等待、寒冷和饥饿中过去。

孤身奋战拉马拉

新闻是号角，记者是战士，冲锋陷阵比吃饭休息更重要。所以，我们不会先找地方吃饭休息，立刻找辆出租车直奔耶路撒冷而去，这辆出租车因为是以色列牌照，只能开到格兰迪亚检查站，进入拉马拉必须换乘巴勒斯坦牌照的出租车。

格兰迪亚检查站处于关闭状态不予放行，检查站周围拥堵着很多巴勒斯坦人。我询问了关卡人员，他们答复说由于近期局势不稳，这个检查站夜间关闭，白天有时关闭，有时开放，具体时间根据情况而定。鉴于这种情况，我们转身离开，租车去了另外一条外交通道。外交通道距离稍微远些，但是比较安全，记者持有效证件有时能够通过。

进入拉马拉，前往阿拉法特总统官邸，老远就看到官邸院墙之上加了 3 米高的铁丝网，院墙外又多了几处倒塌建筑的废墟，我知道这些都是以色列军方所为。

每当有重大事件发生，一些大的国际媒体会在现场设置小型卫星地面站，能够传送节目，也能做视频连线。寻找合适地点作为视频窗口对我来说非常重要，每次现场出击，我都会首先寻找这样的媒体，通常我用欧洲广播联盟 EBU 较多，这次我把几家地点反复比较一下，选择了美国 CNN。

现场合作，我还是找的拉马丹音像工作室，摄像阿迪尔继续帮我拍摄出镜导语和新闻素材，他可以按时回去吃饭休息，但只要现场有动态变化，他必须立即赶回来协助我工作。我手里还有一台小型 DV 摄像机，当阿迪尔不在现场时，我可以自己抓拍一些镜头。到达拉马拉当天，我在 CNN 租用一节卫星线路，传送了《阿拉法特病重一天昏迷三次》和《阿拉伯国家希望布什协助实现中东和平》两条消息。

CNN 的位置设在官邸斜对面一栋尚未完成的建筑里，从稍远距离望去，就是一座房架子。走到近处一看，楼前坑坑洼洼，有几处土堆和碎砖石，大门口没有台阶，垫着几块不平整的大石头，看起来间距有点大。我试探着迈出一大步，踏上第一块石头，站稳之后再迈出第二步，门口那块石头有点高，我只能手脚并用爬上去，进入楼门，顿时感到眼前黑洞洞的，尽管没有门窗，透进来的光线并不充足。走到墙角处转身上楼，楼梯还没有建好，也没有扶手，上了一层向下看去，挺危险的，如果不小心的话，有可能会掉下去。传送机房和工作人员在三楼左侧房间，机器设备都摆在地上，节目传送非常顺利，我顺便约了第二天的传送时段。

视频窗口设在三楼右侧房间，没有门窗，四面透风，背景正好是官邸大院，角度选择很好，视野非常宽阔。此后几天，每次视频直播都在这里完成。

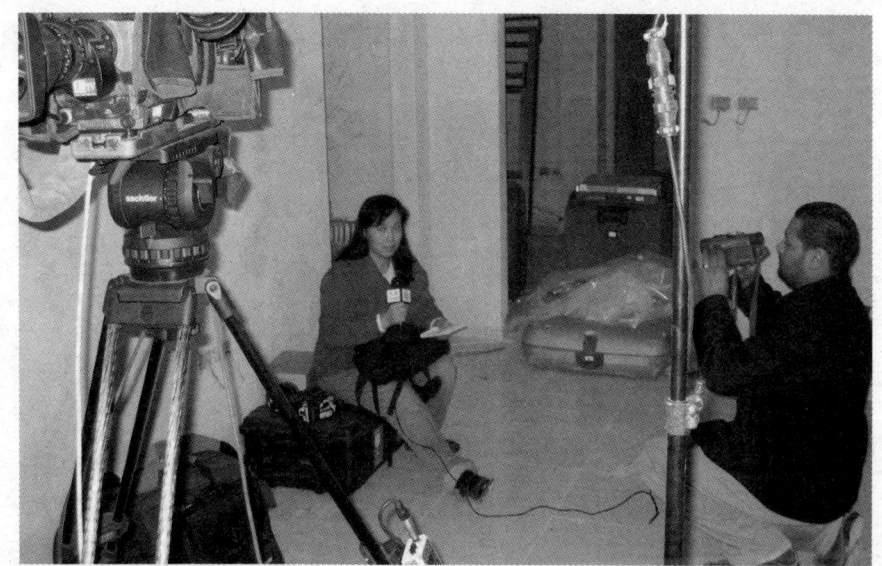

在这里撰稿、配音、做视频

接下来几天内，陆续有世界各大媒体记者来到现场，大约有几百人，这其中也有个别独立自由人摄影师，大家都分散在官邸院内外各处，现场没有任何工作条件，随便找个台阶或土堆坐下，既能暂时休息，又能掏出纸笔工作，没有网络，没有电源，电脑根本派不上用场。

周围居民住房的楼顶以及还没有完成的建筑都被各路记者租用，每个小空间的费用每天 150 美元以上，而且不提供任何用具，需要自己发电，当然这对有钱有势的大媒体来说不算什么。

跟以往几次大事件现场一样，我只能默默地羡慕其他媒体人多势众，他们可以轮流吃饭、休息、工作，而自己又是孤身一人顶一个团队作用，集采访拍摄、撰稿配音、联络传送于一身，生活上没有任何保障。虽然雇有摄像阿迪尔，但他毕竟只是临时雇员，关键时刻发挥不了我这样的作用。那些天里，我就没吃过一顿正经饭，基本上就是以阿拉伯大饼充饥；没睡过一个踏实觉，实在累了困了，找个空就地而卧几分钟了事，每天夜里后方编导预约节目，联系通话非常多，也就能休息三四个小时而已。

随时记录现场动态

官邸现场比较混乱，没有人发布预告，没有人提供信息，记者们每天只能聚集在官邸大院等待消息、打探消息，打的都是疲劳战术，因为没有人替换，就连上个厕所我都是一路小跑着，快去快回，唯恐离开片刻会漏掉什么重要的事。

这种特殊事件、特殊环境下，巴勒斯坦新闻发布会从不向记者提前预知，也没有固定时间地点，只要有需要向记者发布的信息，新闻发言人艾布·拉迪纳就出来站在楼门口台阶上点名，通常只让5家媒体进入会议室，5家媒体中必定有美国CNN、卡塔尔半岛台、当地媒体和CCTV的埃咪娜。艾布·拉迪纳每次点名时，对其他媒体，只点单位名称，唯独到我这里是"CCTV埃咪娜"，单位和名字一起点，这是因为之前对阿拉法特和艾布·拉迪纳都做过几次专访，拉迪纳对我已经非常熟悉，而且他也知道CCTV在现场只有我一个人。

虽然CCTV只有我一个，但这次在拉马拉的中国人总起来比较多。中国驻巴勒斯坦办事处和新华社驻加沙记者站都已经从加沙转移到拉马拉，新华社记者高学余、刘顺，国际台记者涂龙德、贺金哲，还有凤凰卫视的严铭、温爽等人都在现场。

官邸大门外一群打疲劳战的各国记者

跟我比较熟悉的一些阿拉伯记者，对我的独来独往，雷厉风行早已司空见惯，他们从来不问为什么，他们会时不时向我伸出大拇指说："埃咪娜，又开始玩命了，你就是神仙。"

连续两天我又做了两次时空连线，讲述拉马拉现场观察，报道了《拉马拉民众游行声援阿拉法特》、《库赖与巴勒斯坦各派别举行会谈》等 5 条消息。

阿拉法特病危之后，巴勒斯坦政府如何稳定地区局势是人们非常关注的话题之一。7 日一天，从中午到下午，巴勒斯坦官员在拉马拉总统官邸召开国家安全会议以及法塔赫扩大会议，主要讨论内容仍旧是在阿拉法特病重期间保持巴勒斯坦局势稳定的问题，巴勒斯坦官方没有就这次会议情况举行新闻发布会，但是在记者的围追堵截下，巴勒斯坦首席谈判代表埃雷卡特透露，会议通过了一项旨在维护巴勒斯坦地区安全与稳定的紧急计划。

该计划决定在巴控区部署更多的安全部队，强化安全机构的功能，禁止任意携带武器，维护民众的安全。他说，会议听取了库赖总理日前

跟凤凰台记者严铭交流

在加沙与巴勒斯坦 13 个派别组织举行会谈的情况，并决定继续与各派别进行对话，直至最终达成政治协议。

库赖和巴勒斯坦各派别在会谈中一致同意致力于维护加沙地带和约旦河西岸巴控区的治安。阿拉法特病危的消息传出后，维护巴勒斯坦内部稳定成为巴领导层的当务之急。

阿拉法特再次病危，巴方官员前往探视

11 月 8 日，阿拉法特再次病危，巴勒斯坦官员决定前往法国巴黎探望，就此一事有过几次反复，当天动态变化较多，我做了一节时空连线，发了三条消息。

时空连线主要讲三个问题。

主持人问：库赖取消或推迟去巴黎，为什么？巴勒斯坦民众是什么态度？媒体反应如何？

我介绍说：库赖和阿巴斯原计划是 8 日上午前往巴黎探望阿拉法特。但阿拉法特夫人苏哈 7 日晚上接受半岛电视台采访时发表措辞激烈言论，指责巴勒斯坦领导人前往巴黎是为了宣布阿拉法特已经死亡，说他们这

样做是要活埋阿拉法特，苏哈还呼吁巴勒斯坦人站出来阻止库赖等人前往巴黎。但阿拉法特的高级助手拉希姆随后表示，苏哈的言论"不代表我们的人民"。

几个小时之前，一位巴勒斯坦官员在阿拉法特官邸对记者说，库赖等领导人对苏哈的做法表示不满，指责苏哈这样做是为了隔绝阿拉法特。不过巴勒斯坦领导人决定今天暂时不去巴黎，到底去还是不去，推迟什么时候去，都没有做出最后决定。做出这种决定我想主要是考虑稳定局势这样一个大局，为了缓解苏哈的情绪，如果双方都在情绪激烈的状态下行事，容易使矛盾激化，对巴勒斯坦整个局势不利。当地媒体对此都做了客观报道。

此后不久，巴勒斯坦内阁又召开会议，做了紧急磋商，仍然决定派库赖和阿巴斯前往巴黎，实地了解阿拉法特的病情。所以当地时间 8 日晚上，巴勒斯坦政府总理库赖、前总理阿巴斯、外长沙阿斯及议长法图赫离开约旦，起身飞往巴黎。

主持人又问："据说阿拉法特将转移到埃及治疗，为什么？"

我介绍说：关于有报道说阿拉法特将被转移到开罗治疗，我从埃及和巴勒斯坦方面都没有了解到相关消息，我个人认为也许有这个可能，因为埃及的医疗技术总体上并不落后，尤其是在手术方面比较先进，只是手术后的护理比较弱些，但是我想，把阿拉法特转移到开罗的目的也许是埃及距离巴勒斯坦比较近，如果有什么不测，返回巴勒斯坦比较方便。另外据我所知，巴勒斯坦领导层对把阿拉法特送到法国治疗，而没有任何曾经给阿拉法特看过病的阿拉伯医生跟随有些遗憾，因为那些医生比较了解阿拉法特的健康状况。转到埃及也许有一定的道理，对治疗与护理也许会有一定的帮助。

主持人再次提问："目前保持巴勒斯坦稳定是当务之急，巴勒斯坦人认为阿拉法特病重是以色列人所为，一旦阿拉法特发生意外，会不会发生冲突？媒体反应如何？"

我介绍说：目前，对于巴勒斯坦来说，最重要的是内部稳定。很多巴勒斯坦人都认为阿拉法特病重是由于以色列人长期围困所导致，因此而迁怒于以色列；此外，巴以之间长期以来一直冲突不断，很多巴勒斯坦人在冲突中伤亡，他们对以色列的仇恨是可想而知的，因此，在这种非常时期不能排除与以色列发生冲突的可能性。当地媒体几乎也是这样认为。

除了以上问题，我还介绍了巴勒斯坦民众对目前局势的反应，对于巴勒斯坦人来说，目前最重要的是内部稳定。现在拉马拉还看不出有异常波动，表面上看人们的生活、学习、工作都很正常。但是据我了解，巴勒斯坦人内里对当前局势还是很有些担忧。首先他们担心阿拉法特一旦去世，巴勒斯坦领导层之间会有权力之争；同时他们也担心其他激进派别会有过激的行动；另外，他们还认为，以色列会在这种时候趁虚而入，落井下石。他们真心希望阿拉法特能够平安返回拉马拉。

此外，8日中午，一批巴勒斯坦妇女联合会成员聚集在阿拉法特官邸，举行了声援活动，她们手里举着阿拉法特画像和标语牌声援阿拉法特，同时对苏哈的过激言行表示谴责，妇联的一位代表拉比尔·哈德亚姆说："苏哈没有权力对巴勒斯坦人说话，当阿拉法特被以色列围困在官邸的时候，她在哪里？几年以来，她从没有到拉马拉来看望过阿拉法特。"

8日晚上，阿拉法特发生颅内出血，病情进一步恶化，生命垂危，抢救成功的希望已很渺茫。人们的关注点转移到他的安葬地和后事安排上。如果阿拉法特去世，他将会被安葬在什么地方？之前的各种说法都很多。

关于墓葬地和身后事

巴勒斯坦总统府秘书长拉希姆和首席谈判代表埃雷卡特9日在官邸举行了联合新闻发布会，拉希姆表示，一旦阿拉法特不幸去世，巴方将在拉马拉的总统官邸安排阿拉法特的后事，但他没有透露更多的细节。

耶路撒冷穆斯林宗教领袖、法学家埃克里姆·萨耶特·萨德里之前透露，4个月前他与阿拉法特会面时，阿拉法特曾表示希望死后安葬在耶路撒冷的奥马尔清真寺附近。巴勒斯坦方面也表示，如果以色列允许阿拉法特死后安葬在耶路撒冷，将有助于双方重建信任。而以色列则考虑到巴勒斯坦要把东耶路撒冷作为未来的首都，一旦允许阿拉法特死后安葬于此，会进一步助长巴勒斯坦在这方面的要求。

以色列计划将阿拉法特葬在加沙地带。以色列官方消息透露，国防部长莫法兹 7 日向以内阁宣称，以色列安全部门已做好准备，计划将阿拉法特葬于加沙地带。以安全官员称，以色列为阿拉法特的后事所指定的计划还包括用大巴将巴勒斯坦追悼者从西岸运至加沙地带，途径以色列国境；与以色列没有建立外交关系的阿拉伯国家元首可乘飞机抵加沙地带。此前有媒体指出，以色列政府准备允许将阿拉法特安葬在加沙地区，阿拉法特的父亲和姐姐的陵墓都位于尤尼斯难民营附近。

与此同时，亚西尔·阿拉法特的妻子苏哈希望将自己的丈夫葬在拉马拉，她说阿拉法特在那里生活了近十年，阿拉法特返回约旦河西岸后一直居住在该地区。

巴勒斯坦领导团 9 日抵达巴黎，当天巴勒斯坦官员将与法国总统希拉克、外长、以及其他官员会晤，并到医院看望阿拉法特，向院方了解他的病情，并与苏哈就有关分歧进行协调。

巴勒斯坦解放组织执行委员会、巴自治政府以及巴各派别代表 9 日在拉马拉召开了联席会议。会后我对巴解执委会成员穆罕默德·纳沙西比做了专访，他说阿拉法特可能在数小时内去世，巴方领导层已经成立了一个治丧委员会。他说，阿拉法特的遗体本应安葬在耶路撒冷，但考虑到目前的局势和以色列的顽固立场，巴方决定在拉马拉总统官邸操办阿拉法特的后事，阿拉法特的遗体将在官邸里接受世界各国领导人的吊唁，然后暂时安葬在总统官邸里。他说，总统官邸是阿拉法特斗争精神的象征，目前形势下，选择这样一个他曾经长期生活和工作过的地点作为他的长眠之地是"比较合适的"。纳沙西比还表示，巴方今后将继续为把阿拉法特的遗体迁往耶路撒冷下葬而努力。

在这方面，当地民众反应比较朴实，很多民众在官邸悬挂阿拉法特画像、悬挂巴勒斯坦国旗、点燃许多蜡烛，为阿拉法特祈祷健康平安。这些普通的民众都为阿拉法特这位民族领袖不能在耶路撒冷入土为安而感到愤愤不平，对巴勒斯坦局势今后的发展表示悲观。他们感到悲痛和绝望，认为阿拉法特一旦去世，对巴勒斯坦建国事业造成的巨大损失短期内难以弥补。他们认为，阿拉法特理所当然应该长眠在巴勒斯坦国的未来首都耶路撒冷。如果阿拉法特将来葬在拉马拉，每个巴勒斯坦人都不会答应，不会满意。他们还认为，阿拉法特有能力控制局势，如果没有了阿拉法特，巴勒斯坦只会比现在"更糟糕"。

　　当天中午，数千名巴勒斯坦民众在拉马拉市中心举行集会和游行，声援阿拉法特，表示对阿拉法特的真心热爱。

　　游行者高举着阿拉法特画像、巴勒斯坦国旗、以及各组织的旗帜，从中心广场出发，经过几条街道之后再次回到广场中心。游行者不断高呼口号：阿拉法特我们爱你！我们用鲜血、用灵魂捍卫你！人们还高呼：民族要统一、团结起来反抗以色列等其他口号。在游行者高举的标语牌上，有的写着：反抗以色列，建立独立的以耶路撒冷为首都的巴勒斯坦国。有的写着：巴勒斯坦民族倡议，团结是当前反抗以色列的最有效武器。还有的写着：为了拯救巴勒斯坦民族计划，必须建立统一的国家领导，反抗以色列的全面行动。那次游行集会主要是由巴勒斯坦民族联合会和法塔赫组织的，其他组织也有很多人参加，集会者越聚越多，阻塞了交通，一些防暴警察出动维持秩序，没有发生任何骚乱。

　　11月9日，从巴黎再度传出阿拉法特病危消息。10日上午，巴勒斯坦各派别举行联席会议，清晨刚从巴黎赶回来的总理库赖等人立即参加会议，共同就阿拉法特的后事以及后阿拉法特时代的政治和安全安排进行紧急磋商。

巴勒斯坦人在总统官邸院墙外点燃蜡烛为阿拉法特祈祷

与此同时，巴勒斯坦地区局势更加引人关注，对此我在节目报道中做了如下分析：自从阿拉法特于 10 月 29 日前往法国巴黎就医后，巴解组织多次召开会议，商讨在目前特殊时期如何保持巴勒斯坦局势的稳定。据我在现场的观察分析，目前巴勒斯坦局势相对稳定，我认为，即使是阿拉法特出现意外，巴勒斯坦也不会有太大的乱子。我主要考虑以下几个因素：第一，巴勒斯坦起义 4 年以来，在缓解巴以冲突、推动中东和平进程方面并没有取得好的进展，巴以双方都损失惨重，巴勒斯坦人也在总结经验，他们并不希望就这样继续下去，实际上他们非常盼望和平安定的生活。第二，巴勒斯坦家族成员在各派别的连带关系比较复杂，一家人有可能分别参加不同的派别组织，如若有骚乱或动乱发生，他们会顾忌伤及自己的亲属。第三，巴勒斯坦各派别的实力并不强大，没有一个有能力控制局面。第四，巴勒斯坦各派的激进分子早已被以色列布控，只要有一点点的举动，立即就会被以色列控制住。就以上几点来分析，我想巴勒斯坦人是向往和平的，即使出现危机，也会有办法度过难关。

高速运转的流动工作站

10 日一整天，我就是一台高速运转的流动工作站，白天夜里不停地接电话、打电话、做节目，给综合频道和新闻频道做了两个视频直播，还做了《巴勒斯坦各方就阿拉法特安葬地紧急磋商》《拉马拉大规模示威并发生冲突》《巴勒斯坦领导人开始安排阿拉法特后事》《拉马拉民众为阿拉法特祈祷平安》等 10 条电话连线，一共发布 12 条消息。

现在回想起来，我都不知道那些天是怎么挺过来的，像骆驼一样不吃饭，不休息，除了忙，还是忙。各种需要的东西随时带在身上，脖子上挂着照相机、挂笔和录音笔，手里拿着摄像机和话筒，兜里装着记事本和两部手机，肩上挎着双肩背包，里面装着手机、摄像机和录音笔的备用电池，还有几个配件充电器。一会儿出现在游行示威现场，一会儿去参加新闻发布会，一会儿做专访，一会儿做时空直播，随时随地搜集信息，撰写稿件，随时随地做电话报道。现场所有媒体中，没有哪个记者有我身上携带的东西多，也没有哪个记者有我发的消息多。

摄像阿迪尔扛着他那台摄像机，让他拍什么就拍什么，其他事不用操心，就这样跟着我，大小伙子一天下来都累得几乎站不稳，只要得空就一屁股坐地上休息会儿。他几次提醒我说："埃咪娜，你简直是疯了，不要命了，不能天天这么干啊。"

我特别无奈地说："阿迪尔你不知道，实际上我也不想这么玩命，谁不想好好吃饭休息啊，但我没有任何办法，因为我要对央视第一、四、十三，3个频道提供节目，3个频道有《新闻联播》、《晚间新闻》、《早间新闻》、《午间新闻》、《中国新闻》、《国际观察》、《国际时讯》等等十几个不同的栏目，几乎每个栏目编导都在向我要节目。而一线只有我这么一个记者，我感觉自己就像被一群饿狼在后面追赶着，不玩命干行吗？"

阿迪尔非常不理解地问："你们央视那么大，那么多栏目，后方有那么多人追着你要节目，怎么就没有人来支援你呢？"

这也是我的疑问，我也不理解，可我去问谁呢？

一直忙到晚上12点多，实在饿极了，我离开官邸去看看外面还有没有卖大饼的小摊贩，走出去不远，看见一位西方记者从一部小车上下来，手里托着几个比萨饼盒子，一股香味扑鼻而来，顿时垂涎欲滴，这是我最爱吃的比萨饼，但是每天忙得没有时间去买，眼看着这人越走越近，那人一看我这饿狼一样的眼神，洋洋得意地冲我说："这是我的比萨，不是你的。"

我心想，谁要你的啊，小气鬼。嘴上回了一句："谁稀罕你的比萨，我才不要呢。"

回答完我心里还在想，干嘛冲我说这句话呢？而后忽然间有些醒悟，也许是自己刚才那像饿狼一样的眼光刺激到他了吧。

继续向前走了不远，看到几位比较熟悉的阿拉伯记者坐在地上吃东西，旁边停着一辆小轿车，我探头看了一眼，后备箱里放着一些食物和饮水。其中一人招呼我："埃咪娜，过来一起吃吧。"

心中正有此意："好啊，谢谢你们！"我说。丝毫不用客气，抓起一块大饼狼吞虎咽起来，另一只手还抓了一把椰枣。一边吃，一边心里在想："这就是西方人和阿拉伯人的区别，还是阿拉伯哥们儿够意思。"也许是因为语言关系，也许是我在这个地区生活工作时间太长，对他们比较了解，总觉得跟阿拉伯人打交道比跟西方人打交道更容易，更习惯。

关于苏哈是否参政

9日—10日，关于阿拉法特妻子苏哈是否参政，外界舆论消息较多，拉马拉总统官邸没有发布官方消息，这里有篇中新网11月9日发表的一份美联社报道，介绍了一些苏哈的情况。

巴勒斯坦人过去视阿拉法特的妻子苏哈为一位被宠坏的社交名流，她选择在巴黎过上流生活，而不愿前往被以军围困的阿拉法特总部陪伴阿拉法特。在过去数年里都未曾与其丈夫谋面的苏哈却突然成为了巴领导权继承斗争的一位关键人物。苏哈8日早上打给半岛电视台的一分钟电话引发了一场政治风暴，并使巴勒斯坦幕后权力斗争大白于天下。她迫使巴勒斯坦总理库赖、巴勒斯坦二号人物阿巴斯推迟了前往巴黎的时间，她指控巴勒斯坦高层领导正密谋"活埋"她的丈夫。

巴勒斯坦官员们称，近期，苏哈与那些反对目前领导层的巴勒斯坦官员结成了联盟。她与巴解组织强硬派人物、巴勒斯坦外交事务主管卡多迪持相同的立场。卡多迪曾反对1993年与以色列达成的临时和平协议。强硬派集团看起来正在试图获得巴解组织的控制权。

一些分析人士说，苏哈正在进入巴勒斯坦政坛，但目前还不清楚她为什么要这样做。苏哈每月可从阿拉法特那里收到一笔巨额生活费。法国当局还在调查有关她向自己的账户非法转移了1140万美元的传闻。

巴勒斯坦报纸评论员马斯里说："看起来这好像是一场有关金钱和财产的争斗，因为苏哈在巴勒斯坦机构里没有任何政治职务。不过她也有可能正在策划一场政变。这是后阿拉法特时代将出现麻烦的一个迹象，即使是巴勒斯坦领导层看上去也未能很好地处理这一问题。"

苏哈是出生在纳布卢斯的基督徒。当阿拉法特流亡在突尼斯时，苏哈是阿拉法特的秘书。1991年，28岁的苏哈改信伊斯兰教，并与阿拉法特结婚。巴勒斯坦人并不喜欢她。有传闻说苏哈的母亲为控制阿拉法特而安排了这门婚姻。当她于1994年抵达加沙地带时，她拒绝佩带伊斯兰头巾使巴勒斯坦人感到不快，她昂贵的巴黎时装和豪华的宝马车更激怒了贫困的巴勒斯坦人。

苏哈还因为发表与巴勒斯坦官方政策相背的言论而使巴领导层感到失望。有一次当巴自治当局正在努力镇压巴武装组织的时候，她却对这些组织表示同情。2002年，当阿拉法特谴责所有"针对平民的恐怖行为"时，她却告诉一家阿拉伯报纸说："如果她有一个儿子，那么把他献给巴勒斯坦事业将是最崇高的荣誉了。"

巴勒斯坦痛失民族之魂

11月11日，伊斯兰教斋月进入最后几天，人们在夜间吃完封斋饭后，进入梦乡，黎明前的黑暗笼罩了整个拉马拉市，此时也正是阿拉法特的生命走向终点的最后时刻。

清晨6点钟，人们得到证实，阿拉法特11日凌晨3时30分在巴黎贝尔西军医院逝世，享年75岁。巴勒斯坦痛失民族之魂。

当天清晨，拉马拉市中心大大小小的清真寺里，传出了虔诚的穆斯林通篇念诵《古兰经》的声音，时而高亢激越，时而低回婉转，绵延不绝。这是穆斯林根据伊斯兰教的风俗习惯在为阿拉法特做祈祷。诵经声音通过扩音器划破拉马拉清晨的沉寂，把阿拉法特逝世的噩耗传遍了城市的每个角落。

阿拉法特被称为巴勒斯坦的民族之魂，他的逝世使巴勒斯坦人陷入了巨大的悲痛之中。我在拉马拉市中心、城市周边、以及总统官邸附近一带观察，几乎在每个角落都能感受到巴勒斯坦普通民众失去阿拉法特后的悲痛心情。不少人在提起阿拉法特时都痛哭失声，还有人朝天鸣枪，发泄心中的悲痛与愤懑。

总统官邸对面一条街上，有人点燃一堆橡胶轮胎，让浓浓的黑烟寄托自己的哀思；在官邸大门两侧院墙边，人们点燃了一片片烛光，为阿拉法特彻夜祈祷；还有一群妇女流着眼泪唱起了古老的阿拉伯丧歌，声声呼唤着"阿布·欧麦尔"（阿拉法特的别称），"阿布·欧麦尔"，歌声凄惨，催人泪下。

从清晨到晚上，一直有成群结队的巴勒斯坦人从周边赶到拉马拉，到总统官邸集会游行，吊唁阿拉法特。一位名叫阿卜杜勒·纳赛尔的高

噩耗传来巴勒斯坦人悲痛欲绝

大青年，含着眼泪对我说："阿布·欧麦尔去世的噩耗已经把我击垮了。"

另一位名叫穆罕默德·瓦伊勒的青年说："阿拉法特的死对巴勒斯坦人来说是一场灾难，对于整个阿拉伯和伊斯兰世界来说也是无可挽回的损失。"

当天我在拉马拉市中心还采访了4名来自东耶路撒冷戈兰迪亚难民营的巴勒斯坦青年，他们自称是法塔赫成员。其中一位名叫萨米尔·阿布·古韦勒的青年透露，法塔赫策划在12日遗体运抵拉马拉当天，举行声势浩大的游行示威活动。他说："明天巴勒斯坦人民将决定阿布·欧麦尔的长眠之地，他为巴勒斯坦人民的事业贡献了一切，生前的愿望就是有朝一日能在东耶路撒冷的阿克萨清真寺做礼拜。现在，我们报答他的时刻到了，即使流血牺牲，我们也在所不惜，一定要把他接到耶路撒冷下葬。"

巴勒斯坦官方当天宣布，为阿拉法特举丧40天，承诺将继续阿拉法特未竟的事业，并在法律规定的60天期限内举行选举；同时采取措施，

悲痛中的巴勒斯坦妇女

迅速填补阿拉法特去世后造成的权力"真空"。对此,巴勒斯坦普通民众似乎并不关心,他们此时最关心的是阿拉法特的死因和长眠之地的争议,迫切希望巴勒斯坦官方能在这两件事上"给民众一个说法"。

另外,巴勒斯坦各大派别当天都对阿拉法特的去世表示哀悼,但哈马斯、圣战组织、阿克萨烈士旅等军事派别没有放弃暴力斗争的任何迹象。哈马斯当天警告说,任何把哈马斯排除在外的巴勒斯坦新领导机构都不具有合法性。阿克萨烈士旅则宣布改名为阿拉法特烈士旅,声称将继续对以色列进行武装斗争。

那天晚上,总统官邸外示威民众越聚越多,上万人把通往官邸正门的道路挤得水泄不通。接近子夜时分,示威民众情绪更加激烈,他们一边高呼口号,一边齐心合力冲击官邸大门,有些人站在路边的车顶上助威,有一部分人爬上了高墙,拉扯高墙之上的铁丝网,试图打开缺口,纵身跃入官邸。

当时我和新华记者刘顺都在现场,被人群拥挤在中间位置,眼看着场面有些失控,越来越混乱,突然想起报道伊拉克战争期间,我在约旦

冲击官邸大门的密集人群

遭遇的踩踏事件，心里感到恐惧，我觉得如果在这样的场合再次遭遇同
样的危险非常不值得，必须赶紧撤离。想到此，我马上跟刘顺说："哥
们儿，赶紧撤吧，看样子要出事。"

刘顺说："好，你跟着我，别走散了。"还好，刘顺长得人高马大，
我躲在他身后，紧跟着他使劲往边上移动，当时人群密集度较高，不容
易摔倒，可是在这种情况下，一旦倒下去的话，就别想活着出来了，不
被踩烂才怪。

费了半天劲，我俩终于脱离人群中心，被挤到官邸对面一栋建筑院
子里，虽然那里也是人满为患，但总比之前在漩涡中要安全一些。我在
情绪稳定后，又做了一条电话报道，其中讲到对次日葬礼局面掌控有些
担心。虽然巴勒斯坦警方和官邸卫队当即加强了安全措施，大部分示威
者在午夜散去，最终局面没有失控。但我比较担心12日如果出现混乱
场面，巴勒斯坦警方和安全部队能否挡住有可能"夺棺"的示威者，让
阿拉法特早日入土为安，那对巴勒斯坦安全部门来说，将是一个十分严

峻的考验。

那天我一共做了《巴总统府秘书长宣布阿拉法特去世》《以色列对拉马拉实行安全管制》《法图临时接替民权机构主席职务》《悲痛笼罩拉马拉但局势尚稳》等13条电话连线，此外还做了一次时空直播。阿迪尔跟我说："埃咪娜，你知不知道，我们大家都管你叫'中东铁娘子'，有几个西方记者也打听你的事情，他们说你真是个铁娘子，我们男人都比不上。"

我回答说："拉倒吧，还铁娘子呢，我都累得不如一滩烂泥了。"

这一天，我跟后方编辑记者的手机通话至少有上百次，2部手机、6块电池都不够用。手机铃声刺激得耳膜生疼，造成严重耳鸣，过后很多天后，无论白天黑夜，耳边仍旧是手机铃声源源不断。事后脑子都麻木了，记不清有多少个后方编导找我要节目，记不清自己的报道都提供给了哪几个频道。

巴勒斯坦政权平稳过渡

阿拉法特逝世几小时后，巴勒斯坦政权平稳过渡。11月11日上午，巴勒斯坦解放组织执行委员会在总统官邸召开会议举行投票选举，迅速

在诸多男性记者群里我的活跃度非常突出

填补领导层空缺，显示出巴勒斯坦领导层决心确保权力平稳过渡、减少外界对于巴勒斯坦可能陷入派系争斗的担忧。全体成员一致同意由前自治政府总理、巴解执委会总书记马哈茂德·阿巴斯接替阿拉法特，成为巴解组织执委会主席。巴勒斯坦立法委员会主席劳希·法图也宣誓就任巴勒斯坦民族权力机构临时主席，保证尽快举行大选。巴勒斯坦解放运动（法塔赫）主席一职则由阿拉法特的长期密友法鲁克·卡杜米接任。至此，阿拉法特生前拥有的3个职位均已平稳过渡。

巴解新主席阿巴斯

在阿拉法特曾被以色列军队围困3年左右的总统官邸，会议室里长条会议桌的一端，斯人已去，阿拉法特的座椅上放的是他的一幅带金色框架的大幅照片，一块阿拉伯黑白方格头巾披盖在椅背和扶手上，这是阿拉法特平日里天天戴在头上的。巴解组织执委会就在这里召开会议，选举巴解新领导人。阿拉法特的长期密友法鲁克·卡杜米从巴黎通过电话给阿巴斯投了一票。另一名巴解执委会成员阿卜杜勒·拉希姆·马洛赫从以色列监狱中投票。

巴勒斯坦内阁部长纳贾说，巴解执委会投票一致通过由阿巴斯出任巴解组织主席。纳贾说："这就意味着，没有人在选举中与阿巴斯竞争。"

根据巴勒斯坦基本法，大选将在阿拉法特逝世60天内举行。当年69岁的阿巴斯接过的是阿拉法特生前拥有的3个头衔中最有实权的职位。

法图宣誓任临时主席

巴勒斯坦立法委员会主席劳希·法图11日也在拉马拉宣誓就任巴勒斯坦民族权力机构临时主席，保证在2个月内举行选举。不过舆论说，他只是继承这个头衔而非阿拉法特的实权。根据巴勒斯坦基本法，一旦巴民族权力机构主席去世或不能工作，将由巴立法委员会主席代行主席权力，最长不超过60天，并在此期间通过选举产生新主席。

巴勒斯坦立法委员会副主席哈桑·赫雷沙在当天举行的立法委员会

会议上宣读了任命法图为巴民族权力机构临时主席的决定。法图在立法委员会的宣誓仪式上说："我宣誓，我效忠于我的祖国和它神圣的土地，遵守法律和宪法。"赫雷沙也宣誓就任立法委员会临时主席，直到大选。

法图出生在加沙地带。儿时的法图在加沙拉法赫难民营长大，当时那一地区处于埃及的控制下。1967年中东战争爆发后，以色列占领了加沙地带，法图也随之逃往约旦。

1968年，也就是阿拉法特在中东战争中率领他的巴勒斯坦民族解放运动(法塔赫)成员对以色列作战的第二年，法图加入了法塔赫。1989年，他进入法塔赫革命委员会。

1996年，巴勒斯坦在首次举行的大选中选举产生了立法机构巴勒斯坦委员会（立法委员会），法图成为该机构中88名委员之一。2003年，库赖接任阿巴斯自治政府总理后，法图得以担任政府中农业部长一职。

2004年3月10日，巴立法委员会在约旦河西岸城市拉马拉举行全体会议，选举委员会主席。法图在选举中获得51名委员支持，当选该委员会新一任主席。

卡杜米就任法塔赫主席

法塔赫中央委员会当天举行会议，一致推举巴解组织政治部主任卡杜米接替阿拉法特担任法塔赫主席。卡杜米通过电话告诉黎巴嫩真主党灯塔电视台："抵抗是实现政治解决的途径。""我们并不是说我们有能力对抗以色列军队。这一政策由巴解组织提出，1974年我们的兄弟、烈士阿布·欧麦尔（阿拉法特）站在联合国说：'我带着橄榄枝和自由战士的枪来到这里，请不要让橄榄枝从我手中落下'。"卡杜米说，"他的意思是，'我做好准备进行政治谈判，但如果他们背信弃义，我们将继续拿起枪'，这一点在1974年就很明确了。"

卡杜米是1965年与阿拉法特共同创建法塔赫的战友之一。他拒绝阿拉法特1994年与以色列签署的临时和平协议，而且长期旅居突尼斯，没有回到约旦河西岸和加沙地带。巴勒斯坦一些官员说，卡杜米并无意离开在突尼斯的家，这样为阿巴斯留出进一步集中权力的道路。不过，目前尚不清楚卡杜米是否回来，也不清楚他的评论是否意味着与阿巴斯所主张的谈判观点相竞争。

阿巴斯表示，他希望恢复与以色列和谈。另一名在法塔赫内声望较高、常被提到可能作为阿拉法特在法塔赫继承人的是马尔万·巴尔古提。不过，他目前被关押在以色列监狱中。以色列外长西尔万·沙洛姆直接向媒体排除了巴尔古提进入巴勒斯坦领导层的可能。沙洛姆说："巴尔古提被判终身监禁，他将在监狱中度过余生。"巴勒斯坦自治政府总理艾哈迈德·库赖预计应该继续领导政府，处理约旦河西岸和加沙地带日常工作，直到大选。

巴勒斯坦内阁部长赛义卜·埃雷卡特说："我们可以肯定，权力过渡会平稳进行，巴勒斯坦人决心举行自由、公正的选举。"

哈马斯要加入新领导机构

巴勒斯坦伊斯兰抵抗运动（哈马斯）发言人阿布·朱赫里 11 日警告说，任何把哈马斯排除在外的巴勒斯坦新领导机构都不具有合法性。

朱赫里当天对记者发表谈话说，哈马斯在同巴勒斯坦领导机构和各派别的会谈中多次强调将致力于加强民族团结，杜绝自相残杀，把对话作为解决彼此分歧的唯一途径。哈马斯认为必须成立由各政治派别参加的集体领导机构。哈马斯欢迎在维护巴勒斯坦民族团结的框架内同巴政府官员举行会谈，以达成巴各派的谅解，实现巴勒斯坦人民最高利益。

数十万巴勒斯坦人为阿拉法特送葬

11 月 12 日，阿拉法特葬礼在拉马拉总统官邸隆重举行，数十万巴勒斯坦人为他们的民族之魂阿拉法特送葬，这对巴勒斯坦人来说注定是一个万分沉痛的日子。

从凌晨开始，人们陆续从约旦河西岸各个城市涌向拉马拉总统官邸，半夜里就蜷缩在官邸围墙边躺下休息。天渐渐亮了，汇集的人越来越多，一大批人拥到官邸门口，从那里冲击大门，试图进入里面。一开始有很多警察、军人维持秩序，但低挡不住人流的冲击，最后只好放弃，更多的人往里涌去，好多年轻小伙子干脆爬上围墙，越过几米高的

到处都是各地赶来为阿拉法特送葬的巴勒斯坦人

拦网跳进去。到了中午，总统官邸内外聚集有 50 万人以上，放眼望去，无论官邸大院，还是周边的空地，或建筑物楼顶、平台，到处都是密集的人群，巴勒斯坦人自发地赶来为他们爱戴的领袖送葬。

这天虽然天气晴朗，但阳光并不温暖，阵阵冷风吹过，身上感到浓浓的寒意。

葬礼当天，央视第一、四频道都跟我提前预约了电话报道和视频连线，我必须要提前很长时间到达做视频直播的位置，否则的话，现场这么多人，我无法保证不出问题。因为做视频有 CNN 提供摄像和技术人员，我就让阿迪尔自己选择一个角度好的位置去拍葬礼现场图像，自己一人来到做视频的地点楼下。抬头看上去，整座楼的窗口、平台、所有空间都已经被民众占据，由于人群拥挤混乱，我根本就挤不进去，站在那有些发愣。过了一会儿，几个扛着榴弹炮的小伙子急匆匆从我身边走过，之后又有几个身上背着枪的小伙子走过来，其中一个擦身而过后回过头来问："这里很危险，你也要到楼上去吗？"

我说："是啊，我是记者，我要先到楼顶拍摄一些现场图像，然后到三楼做视频直播，在葬礼开始之前，我必须到达直播位置。能帮我一下吗？"

那个小伙子一点头说："跟我们一起走吧。"

两个人拉着我一起挤进楼里，其他几人在我周围起到保护作用，楼梯上满满的都是人，那个楼梯还没有安装扶手，拥挤中很有可能掉下来，非常危险。几个年轻人一看这种情况，就摘下身上的长枪挡住其他人，把我保护在中间位置，护送我一直上到7层楼顶。

下午2点20分，运送阿拉法特灵柩的埃及军用直升机渐行渐近，卷起烟尘和一片片落叶，最后平稳地降落在总统官邸南侧的临时停机坪上。这时，早已守候多时的送葬人群再也抑制不住自己的悲痛心情，人群瞬间像开了闸的潮水一样哗啦一下子拥过来，包围了两架飞机，现场呼号声、击掌声、哭声、口哨声、枪声顿时响成一片，悲情震天，人们纷纷以自己最极端的方式，表达着对这位民族领袖的崇高敬意。

我在楼顶人群中拍摄埃及武装直升机到达

阿拉法特灵柩运回拉马拉总统官邸

　　这种场面持续20多分钟，致使机舱门无法打开，这时，事先停在直升机旁边的灵车出动，前后左右冲击了几下，把人群冲散到两边。2点45分，机舱门打开，几位军人将阿拉法特灵柩抬出来。周围的人群立即蜂拥过来，灵柩四周被围得水泄不通，顿时，震天的口号声、哭嚎声，还有激烈的枪声再次响成一片。在此期间，我在楼顶拍摄到珍贵的现场图像和图片，还做了两条电话报道。约好的视频时间就要到了，我赶紧挤出人群，下楼来到三层CNN机房，葬礼很快就要开始了。

　　我镇定地站在机位前，做了几个深呼吸，心里又默诵一遍自己要说的话，灯光、摄像、麦克一切准备就绪，窗口很快打开，我要面对的是数以亿计的观众。这时窗口外，现场上的人群正簇拥着阿拉法特灵柩绕场一周。

　　很快，时间到了，视频窗口准时打开，后方主持人梦桐的声音接入进来，我立刻提神静气，进入状态，清晰流畅地开始现场描述。还没说多久，突然间，现场又一次枪声大作，掩盖了其他一切声音，无需转身去看，我知道这是阿拉法特灵柩开始下葬入土了，我稍微停顿了一下，一方面因为这时候即使我说什么，观众也听不见，另一方面为的是让观众倾听一下现场声音，感受一下现场气氛。

主持人梦桐当时肯定明白我的用意，在此之前，在很多重大事件做视频连线时，都是梦桐跟我对接，我感觉她的悟性很好，我俩每次配合都很默契。这次也一样，所以她也跟我一起稍作停顿，等枪声稍微平息一些，她很关切地说："梁老师，我们都感受到了现场气氛，你在那里一定要注意安全。"我说了句"谢谢！"然后继续现场播报。

3点45分，在官邸小清真寺里传出的祷告声中，阿拉法特的灵柩安葬完毕。直升机离开，现场民众渐渐离去。

这时，我找到摄像阿迪尔，了解下葬过程。他告诉我说："下葬过程十分混乱，但是并没有出现大的意外，有些人因过度悲伤而休克晕倒，他们都被救护车及时送往医院救治。""另外，因为现场混乱，无法

阿拉法特遗体下葬后部分人围着墓地吊唁

按照预定程序瞻仰告别，阿拉法特遗体是直接下葬的。外交使节们也只好登上楼顶观看了下葬过程。"

葬礼之后，仍旧有很多人不愿意离开，有民众，也有军人，他们围坐在墓穴四周，有人低声哭泣，有人诵读古兰经。

阿拉法特墓穴位于总统官邸西南侧，墓穴西侧有 6 棵松树相伴，外围铺有墨绿色的大理石，而墓穴的核心部位则都以阿拉法特生前十分熟悉的"希伯伦石"砌成，这种白色的石条因西岸城市希伯伦盛产而得名，西岸人习惯用它来修建新房。为了尽可能弥补阿拉法特不能长眠于耶路撒冷的遗憾，人们把宗教领袖塔塔米从东耶路撒冷带来的泥土撒在墓穴四周。墓穴上覆盖着鲜花和巴勒斯坦国旗，还有阿拉法特平时最喜欢戴的黑白格子头巾，灵柩中的阿拉法特脸朝伊斯兰教圣地麦加方向。

葬礼当天，有 5000 多以色列士兵集结在耶路撒冷，以防巴勒斯坦人冲击圣城。但实际上哈马斯和烈士旅成员，都在现场维持秩序，虽然整个下葬过程十分混乱，让人感到局面有失控的迹象，但最终并没有发生大的意外。由此看来，巴勒斯坦安全部队有一定的能力控制局面，也可以证实巴勒斯坦人民在大事面前的团结与沉稳。此外，也打破了有关阿拉法特烈士旅要抢棺并抬到耶路撒冷下葬的传言。

葬礼结束当晚，巴勒斯坦民族权力机构临时主席法图、部分巴解执委会成员以及地方官员在拉马拉总统官邸的清真寺接受来自巴勒斯坦各界群众对阿拉法特的吊唁。吊唁群众先是到墓穴旁诵读古兰经，与阿拉法特做最后的诀别，然后到清真寺与领导人一一握手致哀，接着坐下来聆听来自耶路撒冷阿克萨清真寺的谢赫阿德拉·纳赛尔诵读古兰经安慰亡灵。加沙地带和约旦河西岸的巴勒斯坦人将为阿拉法特佩带黑纱，举丧 40 天。

阿拉法特葬礼这场报道，使央视收视率有了新突破，事后有人告诉我"至少有 5 亿多观众收看了这次视频直播。"当天晚上，台长赵化勇委托海外新闻部主任马勇打电话给我表示慰问。马勇在通话中还顺便说了句："梁大姐，咱们中东问题研究室的专家们对你的报道评价非常高，你的现场感，还有你的语音语速是所有外采记者中最好的。"听了这些话，感觉自己的所有付出都值得了，对得起自己酷爱的这份职业。

当晚 11 点多，我结束工作回到住处，中国驻巴勒斯坦大使馆官员

我和中国驻巴勒斯坦大使馆官员宫小生

宫小生受外交部长李肇星委托，到住处看我表示慰问。之前接电话时我再三推辞，但他坚持一定要来，他说："梁大姐，你不用客气，无论你回来多晚，我是一定要去的，完不成李外长交给的任务可不行。"

都说到这个份上了，我也只好答应下来。他来了，我连一杯茶水和咖啡都拿不出来，天天在现场忙得晕头转向，房间里没有任何东西可以招待他，心里挺过意不去的。

葬礼报道网络点评

回到开罗之后，我在网络上看到一段对阿拉法特葬礼报道的点评，能够得到观众的认可，所有的付出没有白费，再苦再累心里也释然了。我非常感谢观众的认可和理解，点评如下：

"太喜欢梁玉珍了，一直奔波在战火纷飞的中东，为观众呈现第一现场。阿拉法特安葬在拉马拉，国际频道《中国新闻》、《今日关注》今晚为我们带来了第一时间的现场直播报道，中央台记者梁玉珍深入现场带来了最详尽的视频和电话报道，梦桐、鲁健二位主持人表现也十分出色！"

"今天晚上，阿拉法特的灵柩在拉马拉下葬，针对这一全世界关注的事件，中央台记者梁玉珍连续四个时段向国际频道《中国新闻》、《环球时讯》、《简明新闻》发回第一时间的现场视频和电话报道，在异常混乱、枪声从未停息的现场，面对数万狂热的民众，梁玉珍冒着生命危险，尽自己最大的努力，为我们展现和描述了现场的情况，作为一位年纪不算轻的女记者，深入如此混乱、危险的现场为我们做最详尽的报道，她的敬业、勇敢精神值得我们敬佩。"

"国际频道的报道体现了更多的人情味与人文关怀的一面，在与梁玉珍的连线中，主持人梦桐不止一次地嘱咐她一定要注意安全，并代表台里问候她是否吃了饭、是否有水喝、还能不能回住所，尽管在枪声中，梁玉珍的表情略显焦急，但我们看到在听到梦桐的问候时，她还是露出了一丝笑容，这样的场景令人感动！"

"感谢今晚梁玉珍为我们带来的现场报道，感谢国际频道的编导对此次焦点事件的重视与充分准备，感谢两位专家的精彩点评。"

关于阿拉法特的死因

关于阿拉法特死亡的原因众说纷纭。曾经有很多不同说法，其中"中毒"一说呼声较高。阿拉法特去世当晚，拉马拉市中心举行了盛大集会游行，曾经有人在现场发放大量传单，上面写着"阿拉法特是被以色列特工下毒致死。"对此国际舆论也曾有过质疑，但至今并没有可靠证据表明这一说法的正确性。

阿拉法特的发言人曾声称他们将阿拉法特的血样同时送往美国和德国，经过专家化验得出阿拉法特是被以色列下毒谋害的。消息一出，舆论哗然。而负责给阿拉法特进行治疗的法国军方医院则保持沉默，缄口不言，使得阿拉法特之死更加扑朔迷离。

2004年11月8日，中新网转发一篇《耶路撒冷邮报》的报道，内容如下。

星期天，阿拉法特的发言人称，身为巴勒斯坦民族权力机构主席的阿拉法特是被以色列下毒谋害的。他表示巴民族权力机构是经过深思熟虑才做出这种判断的。他们将阿拉法特的血样同时送往美国和德国，经过专家化验才得出了上述的结果。

阿拉法特患病的症状同前解放巴勒斯坦民族战线军方领导瓦迪·哈达德被毒害后出现的状况一样。哈达德在 20 世纪 70 年代末因身边一个亲密副手的出卖而中毒身亡。发言人称："那种毒药让哈达德的痛苦持续了 8 个星期……期间他也曾经深度昏迷。除非他们找到解药，否则阿拉法特必死无疑。"他说有四个可能的原因可以使阿拉法特的红细胞减少，但目前已经排除了其中的两个。他强调说，阿拉法特不是因为患了癌症，也不是因为服药过度，而中毒就是剩下的两个原因之中的一个。

其他包括总理库赖在内的民族权力机构官员称，他们不能确定阿拉法特病重是中毒所致，但他们希望能够看到相应的可靠证据来证明这个观点。还有一些官员对这种中毒的说法持否认态度。

阿拉法特离世多年后，其死因仍然扑朔迷离，巴勒斯坦阿拉法特死因调查委员会曾宣布，根据现有材料和阿拉法特生前临床症状推断，他并非死于某种疾病或自然死亡，而是中毒死亡。从阿拉法特的病史中的确可以发现许多类似钋 –210 中毒的症状体征，这给整个事件披上更多的迷雾。

2012 年 7 月，洛桑大学辐射物理研究所发布报告说，巴勒斯坦已故领导人阿拉法特是钋中毒而死的，该研究所对阿拉法特遗孀苏哈提供的阿拉法特个人用品进行了检测，发现上面含有大量的钋。该研究所主任弗朗索瓦·博查德（Francois Bochod）说："我可以证实，我们在沾有阿拉法特体液的衣物上发现了无法解释的大量钋 –210。"研究所在阿拉法特穿过的内衣上发现的钋 –210 含量足以杀死 20 人。

2012 年 8 月，阿拉法特遗孀苏哈·阿拉法特和女儿扎赫娃向楠泰尔地方法院递交诉状，要求进一步检验阿拉法特的遗体。巴勒斯坦民族权力机构同意为阿拉法特开棺验尸。

阿拉法特死因调查委员会 12 日在约旦河西岸城市拉马拉举行的新闻发布会上宣布，根据现有材料和阿拉法特生前临床症状可以推断他是中毒身亡。

2012 年 11 月 12 日，巴勒斯坦方面已开始为挖开阿拉法特墓做准备工作，为进行的开棺验尸做准备，阿拉法特墓前的一条街道被封，墓地院子的正门被幕布围起，无法看到院内的情况。

2012 年 11 月 27 日凌晨 4 时，巴勒斯坦前领导人阿拉法特灵柩已经打开，专家正取出阿拉法特遗骨，并提取样品以备调查死因。

2013 年 10 月 13 日，英国世界权威医学杂志《柳叶刀》支持巴勒斯坦民族权力机构已故主席阿拉法特系死于钋中毒的说法。《柳叶刀》刊登了瑞士科学家的有关调查报告，证实阿拉法特系放射性元素钋-210 中毒死亡。13 日，巴勒斯坦官员向记者否认关于阿拉法特死于中毒的说法，称巴尚未接到正式的尸检结果。

2013 年 11 月 7 日，瑞士洛桑，瑞士法语地区法医研究中心主任帕特里斯·曼金和瑞士应用放射物理研究所主任弗朗索瓦·博许出席新闻发布会。参与调查巴勒斯坦前领导人亚西尔·阿拉法特死因的瑞士研究人员当天表示，他们不能排除阿拉法特之死与钋元素中毒有关的可能性。阿拉法特遗孀苏哈要求巴勒斯坦政府，找出杀害阿拉法特的凶手。

2013 年 12 月 3 日，法国专家发布尸骨取样化验和相关调查结果，称没有证据显示巴勒斯坦已故领导人亚西尔·阿拉法特遭放射性物质毒杀。法国专家判定阿拉法特"自然死亡"。

以上基本是网络搜集的资料，阿拉法特死亡之谜到底是什么，至今仍未有权威性结论，所有关注者都将拭目以待。

对以色列的冲击

阿拉法特的灵柩 11 月 12 日终于回到了巴勒斯坦，平安下葬在他生前在拉马拉的官邸内，没有出现人们所担心的动乱。对于以色列来说真是一块石头落了地，终于从葬礼可能引发冲击以色列的抗议示威的担心中走了出来。然而，在巴勒斯坦人脸上表现出的那种悲愤却足以让以色列政府感到恐惧。有分析人士认为，阿拉法特去世给以色列带来的冲击可能只是刚刚开始。

巴勒斯坦这种相对安宁的局面能持续下去吗？这不仅是巴勒斯坦人关切的问题，也是对以色列沙龙政府的挑战。分析人士认为，巴勒斯坦一旦出现内乱，在巴激进派别中积压了多年的反以怒火可能喷发，直接危及以色列的安全，而且内乱很可能导致国际社会向巴勒斯坦地区派驻维和部队，使中东问题国际化，这是沙龙政府最不愿意看到的。

　　阿拉法特去世后，巴勒斯坦出现了一个相对温和的新领导层。但这一领导层还不具备阿拉法特的那种权威、号召力和凝聚力，维护这一领导层的稳定是巴实现稳定的前提。以色列学者认为，在目前情况下，以色列方面必须通过恢复和谈、归还部分巴勒斯坦领土、逐步放松对巴勒斯坦人的限制和向巴方提供经济援助等方式，让巴民众从新领导层那里获得更多的实惠，看到更多的希望，从而帮助新领导层巩固政权。

　　以色列总理沙龙上台以来多次承诺愿意为实现和平做出"痛苦"让步。现在沙龙能采取多少具体的措施，做出多大的让步，将是对沙龙政府能否兑现其承诺的考验。阿拉法特去世使沙龙政府失去了拒绝与巴勒斯坦和谈的借口。然而，沙龙在阿拉法特去世后的讲话中并没有表达让步的意愿。他仍坚持执行单边行动计划，坚持在恢复谈判前，巴方必须停止对以色列的袭击，解除激进派别的武装，对巴勒斯坦政府和安全部队进行改革。看来沙龙对恢复和谈缺乏诚意。

　　近期以来，以色列内部要求恢复和谈的呼声不断高涨。这一呼声不仅来自主张"以土地换和平"的左翼，而且还来自长期反对以巴和谈的右翼。但是分析人士认为，沙龙不会轻易放弃他酝酿了多年的旨在与巴勒斯坦进行分离的单边行动计划，也不会推迟计划的执行，因为如果该计划不能在明年3月开始执行的话，沙龙就有可能无法在其任期内看到这一计划的完成。

　　另外，巴勒斯坦将在60天后举行的大选也将对以色列政府构成严峻的考验。美国对巴大选表示出极大热情，但沙龙政府对此却没有做出反应。因为以政府担心大选结果不能令以满意，甚至出现激进派别当选的结果。那时以政府将处于两难境地：接受这样的结果，将对以利益构成严重威胁，拒绝则将严重违背民主理念，损害以色列作为一个民主国家的形象。

　　总之，虽然阿拉法特离开了，以色列的"障碍"消失了。但随之而来带给以色列的冲击也是巨大的。

慎重处理阿巴斯事件，避免出现分裂局面

　　阿拉法特葬礼之后，工作稍微轻松一些，14日只做了《法图宣布巴

明年1月举行大选》《巴官员呼吁国际社会制止以色列阻挠大选》《阿巴斯在加沙吊唁遇险，两保安人员死亡》3条报道。

11月14日，新任巴勒斯坦解放组织执行委员会主席阿巴斯在他上任后的首次加沙之行中，遭到一伙不明身份武装分子的袭击，阿巴斯本人幸免于难。这一事件打破了近来巴勒斯坦自治区相对稳定的局势，暴露了巴勒斯坦内部阵营的尖锐分歧，也表明巴勒斯坦在后阿拉法特时代之初，面临着十分严峻的局势。

阿巴斯是14日下午从拉马拉前往加沙的，其目的之一是参加吊唁已故领导人阿拉法特的活动，其二是与巴勒斯坦各派别就即将于2005年1月举行的大选、后阿拉法特时代的巴勒斯坦局势以及以色列从加沙撤军等事宜进行对话与协商，以寻求巴勒斯坦内部阵营的团结。

正当阿巴斯在巴勒斯坦前安全事务部长达赫兰等官员的陪同下进入一个专门为吊唁阿拉法特而搭建的临时帐篷时，数十名不明身份的武装分子突然冲进帐篷，一边高呼口号，指责阿巴斯的亲美和亲以立场，反对选举他为新一届民族权力机构主席，做阿拉法特的接班人，一边向吊唁者扫射，有2名保安人员当场被打死，另有4人受伤，阿巴斯本人则幸免于难，他立即在安全人员的严密保护下，转移到安全场所。

大家都知道，阿巴斯刚被巴解组织主流派别法塔赫中央委员会推举为新一届巴民族权力机构主席正式候选人，而袭击事件恰恰发生在此时，我认为这并不是一件单纯的事情，也许是巴勒斯坦局势不稳的一个信号。

事件发生后，阿巴斯发表声明，否认了该事件是一起针对他本人的暗杀事件，认为这起事件不是针对某个人，也不具有政治背景，现场没有任何人故意开枪伤人。他同时表示，现在谈论他被推举为下届巴勒斯坦民族权力机构主席的候选人还为时尚早。

另外，巴解执委会成员拉布也否认这是一起有预谋的暗杀事件。拉布说，枪击事件是由于巴各类安全机构权利交叉、组织乏力造成的，是由于悼念现场的巴勒斯坦武装人员之间发生分歧引起的。拉布还呼吁全体巴勒斯坦人民在失去领袖的悲痛时刻保持镇静，以维护巴勒斯坦局势的稳定。

此外，我同时也注意到，在巴勒斯坦民族权力机构临时主席法图当天宣布 2005 年 1 月 9 号举行大选，巴解组织主流派别法塔赫中央委员会推举阿巴斯作为其候选人参加大选后，巴勒斯坦伊斯兰抵抗运动哈马斯随即表示，反对只举行民族权力机构主席选举，而主张民族权力机构主席选举与立法选举同时举行。哈马斯此前曾警告说，没有哈马斯参加的巴领导机构不具有合法性。

阿拉法特去世后，不少巴勒斯坦普通民众指责以色列害死了阿拉法特，并对阿拉法特不能下葬在耶路撒冷十分不满，巴以局势犹如随时都有可能喷发的火山。而且加沙地带局势十分复杂，巴勒斯坦激进的伊斯兰抵抗运动哈马斯在当地的势力十分强大。在如此敏感的局势下，巴勒斯坦官方当天在对待加沙枪击事件的问题上，明显有意对事件做了低调处理，其目的是尽可能减少这起事件对巴勒斯坦局势造成的冲击，为日后巴勒斯坦各派别间继续对话留有余地，避免巴勒斯坦自治区出现分裂局面。

尾 声

离开拉马拉之前，我再次来到阿拉法特墓地，献上一束鲜花，默默地和心目中所敬仰的伟人告别。这个官邸是我那些年去过无数次的地方，残破的楼房依旧，满目的废墟依旧，所不同的是长期被以色列围困在这里的主人却已经长眠于地下，俗话说入土为安，阿拉法特的遗体虽然已经入土，但是我知道他的灵魂却无法安宁，他会仍旧惦记着巴勒斯坦未竟的解放事业，惦记着梦寐以求的圣城耶路撒冷建立独立自主的巴勒斯坦国，这也是整个巴勒斯坦人的夙愿。

祝愿巴勒斯坦人早日实现自己的梦想，愿和平早日降临这个多灾多难的民族。

3 年之后，2007 年 11 月 10 日，阿拉法特纪念馆在约旦河西岸城市拉马拉落成。

阿拉法特纪念馆主体建筑由玻璃和来自耶路撒冷的米色大理石制成。纪念馆长、宽各为 11 米，寓意阿拉法特的辞世日期。纪念馆由陵墓、祈祷区和博物馆三部分组成，中央的陵墓三面环水，陵墓下方也安置铁轨，暗示此处并非阿翁永久安葬地。除此之外，在陵墓旁一座小清真寺，30 米高的清真寺塔尖上放出一束激光，直指耶路撒冷。

亚西尔·阿拉法特生平

1929 年 8 月 24 日，阿拉法特出生于耶路撒冷，他信仰伊斯兰教，是逊尼派穆斯林。阿拉法特一生命运多舛，曾遭到过 50 多次暗杀，被誉为"中东不死鸟"。

1948 年，阿拉法特参加第一次中东战争，1956 年参加第二次中东战争。

1959 年，阿拉法特在科威特秘密筹建"巴勒斯坦民族解放运动"组织，简称"法塔赫"。

1964 年，阿拉法特组织军事机构"暴风"部队。此后，作为巴勒斯坦领导人参与第三次和第四次中东战争。

1964 年，阿拉法特首次访华，1965 年巴解组织在北京设立办事处，享有外交机构待遇。

1974 年，阿拉法特率巴解组织代表团出席第 29 届联合国大会，发表关于巴勒斯坦问题的讲演，他带着一把手枪和一把橄榄枝上台，给全世界留下一句著名的话："我带着橄榄枝和自由战士的枪来到这里，请不要让橄榄枝从我手中落下，我再说一遍，请不要让橄榄枝从我手中落下。"

1988 年，巴勒斯坦国成立，并与中国建交。

1991 年，中东和平进程开始，阿拉法特领导巴勒斯坦解放组织同以色列进行了艰难的谈判。

1993 年 9 月，巴以在华盛顿签署了巴勒斯坦自治《原则宣言》，从而拉开了政治解决巴勒斯坦问题的帷幕。

1993 年，获得联合国教科文组织授予的"博瓦尼和平奖"。

1994 年，获得诺贝尔和平奖。

1994 年 5 月，巴勒斯坦在加沙和杰里科地区开始实行自治。同年 7 月，阿拉法特结束 27 年的流亡生活，回加沙定居。

1996 年 1 月，巴勒斯坦举行历史上首次大选，阿拉法特当选为巴勒斯坦民族权力机构主席。

2001 年，阿拉法特第 14 次访华，江泽民主席称他为"巴勒斯坦人民正义斗争的一面旗帜"。从 2001 年底开始，阿拉法特一直被以色列软禁在拉马拉的官邸内，人身安全一度受到严重威胁。美国政府也对巴勒斯坦民族权力机构施加了极大压力。

2002 年 6 月，美国总统布什表示"巴勒斯坦必须更换领导层"，这使阿拉法特的处境更为艰难。

2003 年，为了推动巴以和谈，巴勒斯坦民族权力机构进行改革，设立了总理职位。随后，巴以双方实现了自流血冲突爆发以来的首次总理会谈。但随着巴以冲突加剧，以色列再次把责任归咎于阿拉法特，宣布他是"中东和平的障碍"，以色列安全内阁于 9 月 11 日宣布了驱逐阿拉法特的决定。

2004 年，以色列政府不断向阿拉法特发出威胁，9 月 22 日，沙龙表示将在适当时机对付阿拉法特。由于遭受以色列长期软禁，阿拉法特身体每况愈下，10 月 25 日，健康状况出现恶化；10 月 29 日，在以色列方面允许下，阿拉法特取道约旦前往法国巴黎就医；11 月 11 日在法国巴黎病逝，享年 75 岁。

阿拉法特命运多舛，在争取民族独立的斗争中，他曾遭遇以色列特工多次暗杀及其他险情，但每次都化险为夷。和平是阿拉法特一生的追求。

阿拉法特名言

*1969 年："我们新一代人厌倦了等待。与其在沙漠帐篷里等待缓慢痛苦的死亡，不如与敌人同归于尽。"

*1974 年 11 月 11 日："让全世界都知道，都听到，我们坚强的人民将用他们的鲜血、灵魂、财产和他们拥有的每一样东西来保卫这片圣地，因为这是圣地，是坚强的人民的土地……今天的问题，并不是阿拉法特的命运如何，而是巴勒斯坦人民赖以生存的这片国土的命运如何，是巴勒斯坦独立、尊严和建立以耶路撒冷为首都的独立国家的命运如何……巴勒斯坦要么是凝聚阿拉伯世界的水泥，要么是让阿拉伯世界分裂的炸药。"

*1974 年 11 月 13 日在联合国总部讲话："我带着橄榄枝和自由战士的枪来到这里，请不要让橄榄枝从我手中滑落……那些称我们是恐怖

分子的人试图阻止世界公众了解关于我们的真相，试图阻止我们接受公平。"

*1995 年 11 月 11 日："斗争将继续下去，直到所有的巴勒斯坦人获得解放。"

*2002 年 1 月 21 日："我向真主宣誓，我都会看到巴勒斯坦国的建立，不管我是成为烈士还是活着。请真主给予我为夺回耶路撒冷而成为烈士的荣耀。"

*2003 年 9 月 11 日，以色列总理沙龙威胁驱逐阿拉法特，阿拉法特对此做出回击说："这是我的祖国，没人能把我踢走。"

*2003 年，以色列军队围攻拉马拉后："任何人只要为正义事业而斗争就不可能被称作是恐怖分子……除非停止军事升级和经济以及财政围困，否则和平就不可能取得……我是一名巴勒斯坦士兵……我不仅要用枪保护自己，还要保护每个巴勒斯坦儿童、妇女与男人，保证巴勒斯坦人能生存。"

*2004 年，乘专机前往法国接受医治前，阿拉法特说："如果情况允许，我会回来。"

苏哈与阿拉法特

1988 年，阿拉法特 60 岁时一个年轻女人走入了他的生活。年轻美丽的苏哈与阿拉法特在突尼斯巴解总部相识。之后不久，阿拉法特与苏哈秘密结婚。

1995 年，苏哈在巴黎一家美国医院生下了女儿，取名扎赫瓦。

2000 年，苏哈以照顾患病的女儿为由一直住在巴黎。有阿拉伯媒体说是阿拉法特出于对家人的安全考虑将她送到巴黎的，也有说苏哈嫌巴勒斯坦条件太差，更有人称苏哈居住巴黎还肩负着为阿拉法特争取欧洲支持的重任。出于种种考虑，苏哈在巴黎不接受任何采访，她的生活状况几乎是个谜。有美国媒体曾报道说，苏哈和女儿常年租住巴黎一家豪华饭店，不过该饭店否认此说。又有报道说，苏哈在巴黎的"富人区"第 16 区有一处豪华公寓。

和经常一身戎装的阿拉法特完全相反，苏哈从来对衣着都十分讲究。据当地媒体报道，巴黎时装表演会的贵宾席上经常出现她的身影。

她周围的朋友多是阿拉伯巨富的家属。苏哈在巴黎的生活方式和她们区别不大。

长期两地分居考验着夫妻感情。苏哈曾对一个埃及记者说，丈夫从未送过她一件首饰，她实际上过的还是单身生活。"但每当我抱怨自己被忽视的时候，他一定会送我一件有巴勒斯坦革命象征意义的纪念品。"这次，阿拉法特到巴黎治病，夫妻终于团聚，而苏哈对阿拉法特的照顾也可谓无微不至。阿拉法特的每个电话都是苏哈帮着拨的，拨通后再让阿拉法特说话。

2001年，苏哈与阿拉法特的结合并不受阿拉法特周围人的欢迎。他们普遍把她视为一个闯入者。甚至有传言称阿拉法特想把苏哈立为接班人，继续自己未竟的事业。这在阿拉法特身边的圈子里引起很大争议。

2004年8月初，英国《泰晤士报》谴责，当成千上万巴勒斯坦人在暴力冲突中过着朝不保夕的生活时，阿拉法特每个月还要给妻子苏哈和女儿8万英镑（约合人民币120万元）生活费。

苏哈与阿拉法特结婚，但她万万没有想到后来的生活会如此多舛。她说："当然，在我丈夫面前或当着我的面，他们不敢如此放肆。不过我觉察到，自己周围竟然有那么多虚伪，那么多谣传，那么多暗示，那么多嫉妒。随着时间推移，我终于习惯了这一切。对我来说，唯一重要的是继续做好该做的工作，有更多时间与阿拉法特亲密相伴。生活在阿拉法特身边，必须有强大的性格力量和充沛精力。只有真正爱一个人，才能承受住虽已结婚却似情妇的压力。"

现场见证单边行动计划实施

在中东和平进程中，执行单边行动计划，是以色列方面一个重大举措。2005 年 8 月 15 日至 24 日，我和李仲扬在加沙地带和约旦河西岸，现场见证了单边行动计划实施全过程。犹太人在撤离行动中与军方有多次摩擦冲撞，有人昏厥，有人受伤，有人被强行拖拽、强行抬走，但总体上比较顺利，没有发生恶性事件。

单边行动计划背景

单边行动计划是指在巴以和谈失败，中东和平路线图计划实施受阻的情况下，以色列单方面实行脱离巴勒斯坦人的计划。以色列总理沙龙最早提出单边行动计划意向是在 2003 年 11 月，并于 12 月底拟出相关方案。该计划决定分四个阶段拆除加沙地带的 21 个犹太人定居点和约旦河西岸 4 个定居点。

2004 年 6 月 6 日，以色列内阁通过了这一计划，并公布了实施这一计划时间表，计划在 2005 年底前完成。

2004 年 10 月 26 日，以色列议会进行表决，以简单多数通过了单边行动计划。

2005 年 2 月 16 日，以色列议会通过了单边行动计划的撤离赔偿法案。拨出 9.53 亿美元专项资金，对撤离定居点的 1700 多个家庭、约 9000 人进行赔偿。同年 8 月 7 日，以色列内阁以 17 票对 5 票的结果，最终通过从加沙地带撤离的单边行动计划中的第一行动计划。

根据这一计划，以色列单方面从 1967 年中东战争中占领的部分巴勒坦土地上撤出，重新部署以色列国防军，并重新确定部分犹太人定居点的位置。该计划的核心是通过撤出所有位于加沙的定居点和部分约旦河西岸的定居点，实现与巴勒斯坦分离。

以色列在 1967 年占领了加沙、约旦河西岸和东耶路撒冷后，为巩固对被占领土的占领，加强对巴勒斯坦的控制，同时阻止巴勒斯坦建国，政府在加沙和约旦河西岸修建了犹太人定居点。犹太定居者的存在客观上为以色列在加沙驻军提供了借口，同时也使定居点成为巴以冲突的前沿和一个重要祸根。

日益严酷的现实使得以色列方面不得不改变以往的政策。以色列总理沙龙表示，拥挤在加沙难民营中的上百万巴勒斯坦人生活在极度贫困之中。由于他们对生活的绝望，难民营成了激发暴力和极端主义的温床。大多数以色列人也意识到占领他人的家园并不能获得安稳的生存环境，暴力不可能换来和平。因此，撤离定居点是现实、明智的选择。

入住吉布兹农庄

以色列军方为执行单边行动计划，在艾什扣（ESHKOL）设立了新闻中心，并在位于加沙和以色列交界处的卡索菲姆（KATIF）建立了一个红色警戒区。各路记者都在新闻中心占据一席之地，可以打开各自设

记者在临时新闻中心工作

这是我每天做视频连线的位置，旁边是出入加沙的必经之路

备投入紧张工作，有关方面的新闻发布会也都在新闻中心召开，做视频连线和卫星线路传送地点设在卡索菲姆路边。

卡索菲姆就是一片沙漠，旁边是一条加沙通往外界的公路，犹太人定居者就从这条公路撤离加沙。这里只要稍微有点儿风吹过，就是黄沙漫天，只要有车通过，就会扬起一片烟尘。几家媒体就在路边的沙漠中，支撑起五颜六色的遮阳棚，棚子旁边停放转播车，遮阳棚下堆放着各种设备，原本挺娇贵的机器设备在这里被风沙任意肆虐，我每天就在这样的条件下，向央视总部传送节目素材，做时空连线。

艾什扣地区很小，没有供大批记者入住的条件，附近只有一些吉布兹农庄，几百名各国记者都分散租住在附近的吉布兹社员家里。8 月 14 日，我和李仲扬到达时，新闻中心附近社员家里已被住满，我们只能到稍远些的地方寻找住处。找到的这户人家只有单身一人，住的是两室一厅的房子，面积不大，看着挺舒适，我和李仲扬每人占据一间卧室，房主人只好委屈自己住在客厅里。

　　吉布兹农庄在以色列非常有特色，在这里生活就像是在共产主义社会。吉布兹是希伯来语"团体""聚集"的意思，是一种自愿组合的集体社区。过去主要从事农业生产，现在也从事工业和高科技产业。大家一起劳动，共同生活，成员之间完全平等。

　　社区里的人没有私有财产，工作没有工资，衣食住行、教育、医疗全部免费。汽车、学校、图书馆等等都属于吉布兹的每一个人，包括听音乐会、看电影都是免费的。

　　外人可以自愿加入吉布兹，里面的成员也可以自愿退出，退出时还可以领到一笔退出费以回报对社区的贡献。不过近几十年，有些社区进行了私有化，生活方式也发生了一些改变。

　　吉布兹是个设施齐全的小社会，文化、体育、教育、娱乐、医疗、服务什么设施都有，人们不出吉布兹就可以满足一切生活需求。

　　吉布兹对它的成员及其家庭的一切需要负责。各尽所能、各取所需，人人不需要用钱包，没有金钱来往，不领取任何报酬和工资。在服装店、食品店每人都有一张表格，需要什么就拿什么，在表格上签个字就行。吉布兹为每个社员设有一个外购用的账户，如果所需要的东西在吉布兹内买不到的，就可以从外购账户取些钱到外地购买。

　　吉布兹社员不用自己做饭、洗衣服。大家集体去食堂就餐，一般都是自助餐形式，吃什么自取，吃多少取多少，不能浪费，食堂有专职炊事员，其他吉布兹社员轮流到厨房帮工。衣服脏了送到洗衣房，大小衣服被褥毛毯等都免费洗熨。

　　吉布兹住房也是统一提供，一套房子面积不是很大，不奢华，但也不拥挤，住起来比较舒适。家具电器也是统一提供，物品的式样和颜色可以自行选择。

　　吉布兹实行民主化管理，大事小事全体成员共同参与。每周都要召开一次全体成员大会，一些大的吉布兹设有大礼堂，小的吉布兹就在餐厅开会。

　　吉布兹未成年儿童得住集体宿舍，过集体生活，从小培养集体主义观念。从下午4点到晚上临睡前，孩子跟父母在一起，感受亲情，感受父母关爱，到了睡觉时间由家长送回集体宿舍，睡前可以给孩子喝奶、唱歌、讲故事，然后跟孩子告别睡觉。白天，孩子们接受文化知识等教育。

以色列全国各地从南边的红海，到北边的戈兰高地，大约有 12 万人住在 270 多个吉布兹，小的吉布兹不足 100 人，大的吉布兹超过 1000 人。每个吉布兹在社会上和经济上都是自治单位，许多全国性的联合会向他们提供活动的协调以及某些服务。

撤离现场目击

按照计划，以色列军方 8 月 15 日零点准时关闭了通往库什卡提夫的道路，负责执行撤出任务的军警和军人于当日清晨开始进入定居点，逐户通知居民在 48 小时内离开，17 日零点之后如若有人仍不肯撤离，将以非法滞留定论，以军士兵将动用强制手段迫使其离开。我在库什卡提夫和卡索菲姆检查站现场，见证了当天的撤离过程，从一整天的撤出情况看，尽管出现一些小摩擦，但并没有发生重大事件，当天的撤出计划基本正常实施。

身上缠绕着桔红色缎带表示反对撤离定居点

在卡索菲姆路边，我看到约有 50 辆吉普车、救护车及载有军警的车辆驶入加沙地带。卡索菲姆是以色列军方临时建立的一个红色警戒区，在撤离行动期间，禁止任何以色列平民再次进入加沙。但实际上还是有 4000 多名反对者在此之前已经潜入到加沙地带，为撤离行动的顺利实施增添了一些难度。

清晨，当以色列军队进入库什卡提夫时，有数百名不愿撤离的定居者封锁了道路，阻拦军车，有些人砸了汽车玻璃、并点燃汽车轮胎以示抗议。我在现场看到，有很多人身穿橙黄色 T 恤衫，还有一些人身上手腕上缠绕着一条条桔红色缎带，李仲扬上前询问，对方告诉我们说：身穿橙黄色 T 恤衫者都是对撤离定居点持反对意见的人，他们都是从其他地方进入加沙的。桔红色缎带也一样，代表的意思是拒绝撤离。

我们在现场采访时，一位 50 多岁的妇女说："我真的不想离开，但我不想让我年幼的孙子孙女们看到士兵将我们拖走的情景。他们还小，还不应该承受这些。"说话间，她的眼眶渐渐湿润，泪水很快涌了出来。另一位定居者说："我们亲手创造了这里的一切，这儿的每一寸土地都凝聚了我们的汗水和智慧。而现在，所有的东西一打包，我们就得离开了，我们在这里所拥有的一切，也将在顷刻间宣告结束。"

采访过程中，突然听到有人通过扩音器大喊了一声"圣经课！"紧接着，只见这些定居者还有那些身穿橙黄色 T 恤衫的人四处逃散，现场顿时一片混乱。混乱过后，人们不见了踪影，都各自找地方躲藏起来。我看着挺有意思，怎么就像鬼子进村了一样呢，都躲哪儿去了？这里该不会也有地道吧？

几分钟后，人们又陆续走出来，原来这是一些坚决不愿撤离者和一些前来支持他们的人在进行反撤离演习。反撤离者发言人格罗斯解释说："刚才的演练是针对强制撤离执行者的。一旦执行强制撤离的以军士兵进入定居点，放哨的人就会喊出事先约定的暗号'圣经课'，所有人听到暗号马上就会找地方躲起来。"

撤离行动之前，库什卡提夫遭到两枚炮弹袭击，但没有造成人员伤亡，此后撤出行动基本正常。我和李仲扬在沿途看到，以色列军方严格控制着各个交通要道，仔细盘查来往车辆及乘车人的证件，除军方、警方以及记者乘坐的车辆外，公路上只有由以色列政府派出的运载车和定

执行撤离工作的以色列军人

居者的私人车辆，秩序井然地行驶。

为顺利实施撤离计划，以色列出动了 6 万多名国防军士兵和军警，整个行动费用达 75 亿谢克尔，约合 16 亿美元。据以色列政府消息，每个撤离家庭将获得大约 30 万美元补偿金，在撤离之前主动搬走自己家当的人，还可以享受免费运输。而拒绝撤离者将失去 30% 的补偿金，并自行承担搬迁费用。

这是以色列方面在 1967 年战争后，首次将占领土地交还给巴勒斯坦。以色列总理沙龙认为，通过此种途径减少双方的摩擦，可以增加以色列的安全系数。

在犹太人撤离定居点同时，定居点附近大约有 7500 名巴勒斯坦安全部队成员在巡逻，防止巴勒斯坦武装人员袭击定居点内外的以色列目标，确保撤离行动顺利进行。

签订"生死状"进入莫拉格

　　以色列实行单边行动计划第二天，8月16号，我和李仲扬跟以色列军方签订一份"生死状"，进入莫拉格定居点，在莫拉格我们停留了十几个小时，实地观察撤离行动具体细节，当天撤离行动受到一些阻碍，但没有发生武力抵抗。

　　莫拉格定居点是1972年建立的，有40户人家，200名定居者，他们在这里从事农业生产，种植花卉和蔬菜。这个定居点的宗教氛围非常浓厚，大多数人反对政府的单边撤离计划。他们都表示不愿意离开，但是也不会使用武力进行抵抗。

　　16日凌晨，我和李仲扬在以色列军方出具的"生死状"上郑重签字，这份"生死状"上明确写有在这个地方伤亡以色列军方概不负责等内容。在巴以地区重大事件采访期间，我已签过几次这样的"生死状"。每当签过之后，就意味着我已进入危险地区，自身安全毫无保障。这时候心里总是沉甸甸的，想其他的什么都没用，心里只有一句中国老话"生死有命，富贵在天"。

执行撤离工作的以色列军人进入定居点

　　此前忙活了一整天，晚上 12 点多才回到吉布兹社员家里，凑合着吃了点热汤面。饭后，只休息了 20 分钟，就急忙赶往以色列军方指定的集结点，40 多名各国记者在上车之后被告知不能下车，不许离开。在车上等了 2 个多小时，才在军方的武装护卫下离开新闻中心，于清晨 4 点多钟进入到莫拉格定居点。

　　到达时，莫拉格还在沉睡中，周围一片静悄悄。距离行动开始还有几小时，军方扔下我们就去忙着给自己搭帐篷、煮咖啡，对记者食宿休息等事没有任何安排，这地方连个出租屋都没有，军方事先也没有做任何提示，我们这些记者只能自己想办法在露天地里休息一会儿。事先曾经被告知，无论是采访还是其他事情，不能私自接近定居者院落，如果谁想接近，一定要先在外面喊话，征得对方同意后，方可近距离接触，否则的话，对方有可能开枪射击，这里的定居者几乎每家都有武器枪支。

　　为了安全起见，没有一个记者敢于在这个钟点去打扰定居者，大家都分散开各自寻找避风处休息，有的席地而坐，有的就地而卧。我从头天早上到次日清晨，已将近 24 小时没有休息，这时候也不管脏不脏的，

以色列军人手里提着，身上背着他们的食宿用品和用具

靠着一段矮墙一屁股坐下来，打算闭上眼眯瞪一会儿，觉得这样挺难看的，就打开一份随身带的报纸盖在脸上，这时候我感觉自己就跟个乞丐似的。坐了一会儿，感觉身上冷飕飕的，干脆身子一缩躺在墙角下，把报纸盖在身上，这样更像个乞丐了，为了工作竟然把自己搞得这么狼狈不堪，心里很不是滋味。

沙漠地区夜间很冷，这样躺着冻得直哆嗦，根本不可能入睡，不多一会儿，听到有脚步声接近，赶紧睁眼一看，是新华社驻以色列摄影记者高学余走过来。他说："小梁，你起来躺这边。"

我一看，什么情况？只见老高大哥从背后拿出一个小背包，打开之后展开，原来是一张单人折叠床垫。

天啊，高大哥真是有先见之明，居然会想着带了垫子来，早知道这样的话，我该带个睡袋才好。我们几个赶紧过去凑合，每人占据一小块地方，上半身躺在垫子上，下半身仍旧在沙土地上，这样总比直接躺在冰凉的沙土地上好多了，休息问题就这样将就着解决了。

寂静中，天渐渐亮了，定居点开始有了人气，有人出来走动，有人出来扔垃圾，我们也站起身来，活动一下几乎僵硬的肢体。这时候又一个难题摆在面前，又冷又饿，肚子唱开了空城计，真想喝口热汤热水，但定居点里没有小卖店，也没有餐馆小吃店，事先大家谁都没想到给自己带点儿吃的，只好饿着吧。紧急情况下出现场，挨饿也不是第一次，早就习惯了，忍他三顿四顿的吃不上，等一旦看到吃的时，就一定是饿虎扑食，大吃特吃，几年来，就这样练就出一副大胃口，也养成了一个见了吃的赶紧往饱了吃的坏习惯，要不然的话真不知道下一顿什么时候吃，也不知道在哪儿吃。胃病就是这样毫无饮食规律、日积月累造成的。

莫拉格是一个反对撤离计划较强硬的定居点，这里的人只有极少数自愿离开，另一些人尽管不情愿，但是为了执行政府计划，同时也为了不让自己的后代目睹被强制撤离的场面而不得不执行撤离，其余大多数人则持坚决反对态度。

上午八点，吃饱喝足的大批以色列军人军警分散到每户人家开始撤离行动，记者们饿着肚子也都分散开追踪各自的目标。我的采访计划是先易后难，首先跟踪几户自愿离开的人，然后看看不情愿离开、但又不抵抗的人是怎么做的，最后跟进坚决反对者。整个跟进过程，让我看到

不情愿撤离的孕妇

了以色列军人在执行这项任务时耐心、细致、温和、善待百姓的做法，这一点值得借鉴。

在一户自愿撤离的犹太人家门口，我看到几个人正在收拾东西，他们表情木然，动作缓慢，有一搭无一搭地干着手里的活，没有人嬉笑说话。旁边一户人家已经把东西搬到了车上，看样子他们很快就会离开。不远处，一位孕妇坐在院子里晒太阳，我上前跟她打招呼，李仲扬用英语问："你是自愿撤离吗？"

她回答说："从心里说我不愿意，但是，我是孕妇，很快就要生产了，我很担心肚子里的宝宝出意外，为了这个孩子，我只能采取稳妥办法，安全离开，不能被他们强制拖走。"

告别这位无奈的孕妇，我看到稍远一户人家门外围了不少人，走过去一问，原来这户人家不情愿撤离，我挤到前面看到有两位军人站在门口，一位正在向屋里的人做说服工作，标准的军姿站立，不卑不亢的表情。另一位军人在他身后小范围来回走动，关注着周围人的动态。

我透过玻璃窗向里看去，只见地上有一大堆收拾好的行李，男女老

以色列军人站在门口劝说定居者

少一家人，都在地上静默地坐着。门外军人不停地劝说，屋里没有任何人答话。那位军人非常有耐心，一遍又一遍继续说着，大意是：你们要服从国家安排，尽快撤离，如果过了期限，我们会采取强制手段让你离开。外面的人还在说，屋里的人继续沉默，这种局面持续了40多分钟，从始至终，没有一句过激言辞，没有一个过激行动。最后，这位军人说：我的劝说工作到此结束，下面你们可以选择是自动撤离，还是被我们抬出室外，或者是我们采取强制手段。

这时，屋里有位老人站起身来，走到门口说："我们不情愿主动离开，同意被你们抬走。"

说完话，老人又坐下来，跟家人挤在一起。随后，有一批军人和军警进入室内，每4位执行者抬起一个人，一个个送到车上，紧接着又把所有行李搬上车。这个过程非常平静、有序，期间没有吵闹，没有挣扎，也没有反抗。这表明了这些定居者在撤离行动计划中的立场，他们是被迫撤离的。

临近中午，坚决反对撤离者，召开一次会议，讨论继续抵抗对策，会议主持人允许记者到场。人们聚集在一间看起来像是会议室的地方，

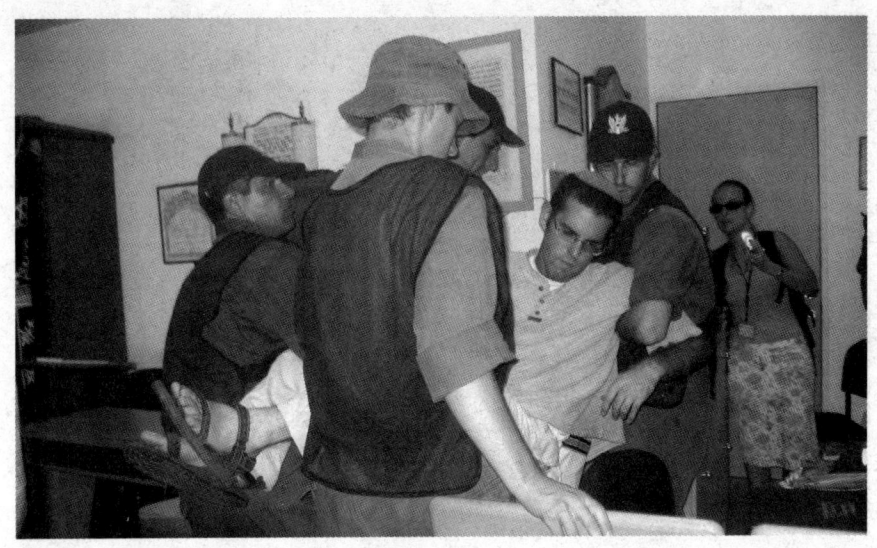

以色列军人将定居者抬去室外

里面桌椅板凳不多，一部分人围坐在桌子周围，另外一些人站在旁边，门里门外都是人，可以随意进出。

我进去时，一眼看到桌子上放着一只很大的玻璃糖罐，里面放满了棒棒糖，有个女孩儿走过去拿了一个，一边吃一边发言。这个很吸引我眼球，赶紧跟过去拿了两个，其实我心里特别想多拿几个，但又不好意思，两个也行，总比没有强。以色列军方下午四点以后才会派车来接我们，这一整天都没东西吃，就靠这两个棒棒糖增加点热量了。

定居者委员会发言人对在场的记者说："我们有 30 户人决定留下来，并准备了充足的食物和饮水。"

他说："我们会坚持到底，但是不会动用武力抵抗，我们这里的私人武器都已经上交给政府。"

会后，一位 20 来岁的女孩对我说："我知道最终只能离开，但我会坚持到底，我希望以后住在这里的人能够幸福稳定。"这话很让人感动。

散会了，人们在空场地举行了一个小型告别仪式，坚守者与那几户早已整装待发的人握手、拥抱、依依惜别。望着那几辆车绝尘而去，我心里好像也有点儿难过。

定居者离开家园那一刻

　　转回身看到一位西方记者快速走进一所人走屋空的院落，有其他几个人随后跟了进去。

　　我对李仲扬说："我走的慢，你赶紧过去看看他们要干嘛？"

　　李仲扬迅速跟进，我稍微慢些，等到我进去时，只见那几人手里拿着面包、饼干、饮料什么的都在往嘴里塞，厨房里一片狼藉。我一看，餐台上还有半包开了封的饼干，紧忙过去一把抓在手里。李仲扬一手拎着摄像机，一手拿着两盒酸奶从过道走过来说："梁姐，没东西了，我就找到两盒酸奶，给你一盒。"

　　就这样，一群不同肤色、不同年龄、说着不同语言的记者，就像乞丐一样，在人家扔掉不要的废弃物里寻找吃食。有谁能想到，这就是我们外采记者，在重大事件现场的真实生活写照。

　　一盒酸奶几片饼干不够塞牙缝的，上午忙完了，下午继续工作，长时间得不到休息睡眠，没有食物饮水果腹，连累带饿大家都打不起精神。一位好心的女孩看我面色不好，样子惨兮兮的，赶紧去自己家拿了一瓶矿泉水给递过来，我接过来再三说了谢谢，然后一口气喝了小半瓶。

旁边一位法国记者两眼紧盯着我那半瓶矿泉水问："可以给我喝点儿吗？"我点点头允许了。

他小心翼翼地仰起头，张开嘴，把瓶口对准嘴巴往里倒，恐怕洒出来浪费了，但又不好意思对着瓶嘴喝。他只喝了几口，又把瓶子还给我，剩下的我又给了李仲扬。

甭管认识不认识，一瓶水能够几个人分享，这就是特殊环境中、特殊情况下的记者群。

下午，莫拉格剩下的都是坚决反对撤离者，以色列军人吃饱喝足后，继续他们的说服工作，我吃了两根棒棒糖，继续跟踪报道。定居者坚守在自己家里，无论如何就是不肯撤离，也不给军人开门，还是像上午一样，军人耐心地劝说，定居者置之不理，双方各自坚持自己的底线。

以色列军人在室内劝说定居者撤离

通过门窗玻璃,我看到这几家人室内格局基本一样,跟上午几户人家不同的是他们都没有打包行李,家具、电器等用物都摆放在原有的位置。室内的人没有在地上静坐,而是随意活动,有的在休息,有的在喝茶聊天,有个年轻男子抱着一本圣经,坐在书桌前旁若无人地读着,长时间不抬一下头。所有迹象都表明了他们坚决反对撤离,要在这里继续生活下去的立场。

直到傍晚,以色列军方来车接记者离开时,莫拉格定居点只有四分之一的人数撤离。

纵观当天整体撤离情况,加沙北部的督基特的79户定居者已经全部离开,但是在加沙最大的内韦迪克利姆定居点,数百名反对者试图阻止协助搬迁工作的车辆进入而与以色列军人发生冲突,他们设置路障、燃烧了汽车轮胎和垃圾箱,有50名闹事者被逮捕。以色列国防部长莫法兹当天发出警告说,将对任何试图破坏单边行动计划的人采取强硬措施。

以军强制撤离,全国500多人被抓

8月17日下午4点,完成一天的现场采访后,我在以色列与加沙之间的卡索菲姆检查站做时空连线,报道当天定居点撤离见闻。这几天连续疲劳作战,饮食跟不上,休息时间太少,体力严重下降,这个视频连线自己非常不满意,头晕脑胀,反应迟钝,语速比较慢,结束之后都记不得之前自己说了什么。难得旁边那位日本NHK记者还冲我伸出大拇指,他就在距我3米远的机位做报头,录了几遍都没通过,看我一气呵成搞定,表示挺佩服的。其实,这是几年来我做了那么多次现场视频中状态最不好的一次。

犹太人定居者自愿撤离的最后期限过后,以色列军方开始执行强制撤离,1万多名以军士兵和军警进入到各个定居点。据以色列官方公布的数字,到这时为止,在1550户定居者中,已有832户离开加沙,其中有4个定居点已经完全撤空。撤离期间,尽管有些摩擦,但进展基本顺利。

剩下的主要是加沙地带中部和南部的定居者,比较强硬,在最大的定居点尼夫·德卡里姆,仍有大约1000名强硬者拒绝撤离。除了定居者外，还有来自其他地区的支持者，他们设置了一些路障进行抵抗，在我做报道的同时，执行公务的军人和军警仍旧在那里与他们周旋。

清晨时，有很多辆军车开进了库什卡提夫定居集中地区，大批以色列军警也已经部署在其中最大的定居点尼夫·德卡里姆。

上午，我们在通往库什卡提夫的路上看到有一些反对者聚集在那里，试图阻止军车通过，场面比较混乱。到下午为止，抗议者开始后退，抵抗势力有所减弱。

以色列总理沙龙当天发表电视讲话，对军人保持克制态度表示满意，他要求抵抗者不要伤害军人和警察。此外，以色列官方电视台报道，在西岸城市纳布卢斯通往拉马拉的路上，一名犹太人定居者向巴勒斯坦人开枪袭击，造成 3 人死亡、2 人重伤。巴勒斯坦激进组织哈马斯表示，将采取报复行动。

在此之前，以色列官员透露，在过去的 24 小时内，以军在以色列各地已抓捕了 500 多名闹事者，其中在西岸城市抓捕的人员中，有的身上携带有武器。警方说，这些人有可能会伤害警察，也有可能袭击巴勒斯坦人。

除此之外，一名以色列官员透露，有位 60 岁的以色列妇女 17 日在加沙附近一个哨卡点火自焚，她是约旦河西岸定居点的居民。这位妇女被送往医院抢救，诊断显示，她全身有 60% 的皮肤被烧伤。以色列官员判断她是为了反对撤离计划才试图自焚的。

达络姆场面失控，100 多人被抓

18 日撤离行动进入第 4 天，白天我在达络姆等几个定居点现场采访，傍晚和更晚一些时候在卡索菲姆位置做了 2 次时空连线。

这次进入定居点较之此前有了经验，背包里装了水和面包，中午没有饿肚子。但这次在达络姆的经历则比较危险，抵抗者采取一些过激行动，军警强行控制，场面有些失控，有 100 多抵抗者被抓，我身上被泼了脏水，李仲扬手臂和脸上受了轻伤。

李仲扬是继刘苗野之后跟我一起在中东工作的第二任搭档，驻外之前，他在英语频道任制片人，英语水平高，管理方面有一定的能力，工作肯吃苦。驻外后为了尽快进入状态，他积极主动融入阿拉伯世界，了解当地的文化、习俗，熟悉当地人语言和生活习惯，还给自己起了一个阿拉伯名字叫穆罕默德。有一次我们去阿盟总部给阿拉伯联盟秘书长穆萨做专访，李仲扬介绍自己名字之后，穆萨一下子就记住他了，到下一次见面时，穆萨笑着打招呼说："穆罕默德你好！"

这次报道以色列单边行动计划，是李仲扬到任以来比较重大、也比较危险的一次任务。几天以来，一起出现场时，只要有混乱的场面，他总是抢着上前，让我靠后些。

这次进入的几个定居点都比较混乱，每个定居点里都有一些强硬者聚集在教堂里坚持抵抗。一些军人和军警采取特殊手段进入教堂，实行强制撤离。在这几个定居点中，抵制撤离最顽固、现场最混乱的是达络姆。

当我们来到这里时，看到场院里聚集的都是军人军警和记者，人群中多次发生拥挤冲撞，摄影记者都想抓拍到更多的镜头，李仲扬人高马大，双手高举着摄像机，肩膀一晃，一下子挤到了比较靠前的位置，我行动比较灵活，从人缝里钻来钻去挤到了最前面，一边扒着窗户从缝隙里观察里面的动态，一边做现场记录。

进入定居点的军人

这时，那些顽固的定居者都集中在教堂里面，看得出来他们情绪特别激动，一群人一个紧挨着一个坐在地上，胳膊挽着胳膊，死死地缠在一起，谁也不松开，军人强行拆除了门窗，进入里面，使用高压水枪冲击人群，军人军警几人一组抓住一个定居者，使劲拖拽，就是拽不动，好不容易拽开一个，就马上抬出去，其他人马上又紧紧地缠连在一起。

阳台上有几个定居者时不时地向军人和军警投掷鸡蛋、空瓶子，还用水桶泼颜料水，军人则向阳台上的人喷射高压水枪，打橡皮子弹，这是一场地对空、空对地的交战，上面的人一边躲避水枪，一边找机会投掷他们的武器，地上的人只要看到上面的人一出来就用水枪追着喷射，场面热闹又混乱，在场的记者们都受到波及，很多人身上被击中，一个个脏兮兮的非常狼狈，我一下子躲避不及，被颜料水泼到身上，弄脏了衣服。

李仲扬的脸上、胳膊上都被擦伤了。这种场面持续了好长时间，最后，个别闹事严重者被军警用绳子捆绑双手带走，其余的人都被强行抬走了。

直到晚上，最大的定居点尼夫·德卡里姆还有 50 多户强硬者拒绝撤离。那里总共有 480 户人家，也就是说剩下的已经是极少数了。但他们非常顽固，以色列军人和军警仍在继续与他们周旋。

更晚一些时候，定居者情绪再次失控，抵抗加剧，致使 25 名军警受伤，被送到白沙瓦的苏卢卡医院治疗。军方发言人说，抵抗者的行为已经构成对他人的攻击伤害罪，当天共有 100 多名极端分子被抓捕。

至此，加沙 21 个定居点中的 19 个完成撤离，剩下的阿兹莫纳和纳特萨利姆 2 个定居点，已经与军方达成一致，将分别在周日和下周一不抵抗撤离。总体上说，撤离行动基本上按计划执行。

时空连线记者观察与分析

8 月 18 日的时空连线，主要讲以色列实施单边行动计划几天内我的观察与分析。首先来看以色列政府的准备，看得出来以色列政府对本次撤离行动有着充分的准备，媒体方面从现场设立的新闻中心、划定的电视直播及节目传送地区，到对记者行动的严格管理和限制，所有安排都十分周密。军队军警方面可以说有条不紊，按计划行动，而且军人的克制力较好，对那些比较顽固的定居者，基本上没有采取粗暴手段，从心态上讲，他们也十分同情定居者。

另一方面是支持者与定居者的心态。说到定居者的心态则比较复杂，已经撤离的那些定居者其实大多并不心甘情愿，只是出于国家利益等各种因素而不得已才离开。至于仍旧还在坚持对抗的人，我感觉他们也不会对抗到底，只不过是要等到最后一刻，直到军人把他们强行拖走，以此来表示他们的不情愿。以我的观察看，以色列人其实很善良，尽管一部分人坚持对抗，但大家心里都明白，最终还是要离开的。

此外，我还观察了巴以双方民众的态度，巴以双方出于本民族的利益，自然对撤离有不同的看法与感受。以色列人从感情上说，大多支持和同情定居者，但从国家利益的大局考虑，他们中的很多人带着矛盾的心理协助政府做定居者的工作，一边劝说定居者尽快撤离，帮助他们带孩子、整理东西，一边又防备着军人进入定居点后会对定居者有所危害，他们甚至做反撤离的演习，我亲眼看到他们演习时的行动十分迅速，而且事先有很好的准备。

对于定居者来说，他们坚持不愿意撤离的原因应该说很简单，那就是他们不愿意离开生活了 30 多年的、已经习惯了的家园，也不愿意与自己的亲朋好友及邻居分开。对于巴勒斯坦人来说，收复失地、回归家园是他们多年以来梦寐以求的愿望，自然对以色列人从加沙撤出感到欢欣鼓舞、大快人心，加沙地带的巴勒斯坦人已经举行了多次庆祝游行活动。

通过以上观察来分析以色列实行单边行动计划的真实目的，我认为，从积极的因素来考虑，这应该是以色列对推进中东和平进程所做的努力，使中东和平进程向前迈进了一大步，在中东和平的历史上应该有其重大的意义。

但当地也有另外一种意见认为，单边撤离是以色列的别有用心。有分析认为，此前有犹太人居住在加沙定居点，以色列军方打击巴勒斯坦加沙地区会有所顾忌，以免投鼠忌器，一旦犹太人全部撤出之后，巴勒斯坦政府如若管理不当，只要哈马斯等极端组织对以色列人有任何一点不利的行为，以色列都将会毫无顾忌地采取强有力的措施，更加严厉地打击巴勒斯坦。

综合以上观察与分析，我认为以色列实施本次行动有其重大意义所在。中东地区长期动荡不安，中东和平进程一直曲曲折折，举步维艰。从整体意义上讲，以色列政府本次执行单边撤出行动对于推动中东和平进程来说，应该是向前迈进了一大步。在中东和平进程的历史上应该有其重要的意义。

撤离行动第 5 天

8 月 19 日是单边行动计划实施第 5 天，我又一次在以色列与加沙之间的卡索菲姆检查站做时空连线。据我了解的最新情况显示，截止到当天下午为止，加沙 21 个定居点中的 16 个已经全部清空，清除率达到 83%，最后剩余的 5 个定居点下周开始清除，有消息说其中阿兹莫纳和纳特萨利姆 2 个定居点已经与军方达成协议，他们会不抵抗撤离。

以色列军警当天早上进入的是加迪德定居点，那里还剩十几户人家没有离开，军警穿过街道时，一些居民爬上屋顶，辱骂他们是"纳粹"。加沙地带一共有 5 个定居点顽固抵制政府的撤离命令，加迪德是其中之一。

以色列官员说，这次撤离行动的进展速度比预期的要快，整个行动也许会在几天之内结束，而不是原来计划的几个星期。

埃勒西纳最终和平撤离

8 月 21 日中午，以色列军车把记者送到位于加沙北部的定居点埃勒西纳，见证当天的撤离行动。这个定居点建于 1982 年，共有 70 户人家，其中有 30 户坚决反对政府的撤离计划。几天以来，这里的定居者有些已经自动撤离，有些人被军警强制性抬离住所，剩下一些人仍旧坚持抵抗。

当我们到达现场时，看到几辆军车正在陆续进入定居点，大批军人从车上下来，他们下车后没有停顿，立刻快速包围了每一栋有人坚守的住户，看到这个阵势起初我有些担心，但接下来并没有看到那些军人有什么过激行为，他们只是在住房周围静静地站着。在一户住家近距离观

不忍离去

察，我看到有两位军人非常礼貌地上前敲开房门，跟主人交谈，做耐心细致的说服工作，只见他们双方在门口各抒己见，语言和表情都比较温和，大概交谈 20 分钟之后，主人允许军方进入室内，继续谈判。

又过了十几分钟，最终谈判无果，只听军方谈判者说了句"期限已到，我们必须对你实行强制撤离。"

定居者点头同意之后，让开一步，随后几名军人进入室内，将室内的定居者一个接一个抬到外面路边的车上。

这种做法与此前反抗最激烈的达络姆定居点相比截然不同，这里的定居者采取的是静默的反抗方式，没有任何激烈的言行，有的人直到被抬走的最后一刻，手里还拿着圣经默默诵读。

数小时之后，在军方的耐心劝说下，最终绝大多数人同意和平撤离。这时已近傍晚，天色有些灰暗，人们聚集在一个篮球场上做集体祷告，祷告之后，人们相互握手、拥抱，惜惜依别，然后绕村一周和平游行，很多人都忍不住掉下眼泪，有个别人失声痛哭，看着挺让人心酸的。

徒步离开家园的定居者

拆除定居点时李仲扬在拍摄

　　最后，在军人的默默注视下，大多数人徒步离开，满载行李家具的各种车辆紧随其后。到此为止，整个加沙地区还剩下 1 个最顽固的定居点纳特萨利姆，据说那里还有大约上百户人家没有撤离，22 日是他们被强制撤离的最后期限。

　　21 日当天，加沙北部 2 个定居点的建筑开始拆除，我在现场看到有几部推土机瞬间把房屋建筑推到。

加沙定居点撤离行动结束

　　截止到当地时间 8 月 22 日晚上，加沙地带最后一个最顽固、也是宗教势力较强的定居点纳特萨利姆的上百户人家，在坚持了一整天之后，最终与军方达成协议，以和平的方式撤离。就此，以色列军方在加

正在这里撰稿时听到附近传来枪声

沙的强制清除行动宣告结束，21 个定居点的 8000 多名犹太人定居者全部离开。下一步撤离行动转向约旦河西岸。

迄今为止在整个撤出行动中，以色列安全部队所遭遇定居者暴力抗拒撤离的行为极少。然而，一些分析人士指出，随着强制撤离行动转向西岸一些定居点，发生较严重暴力事件的可能性也许会越来越大。一些定居者已经公开表示，不惜使用武力抵抗以色列安全部队的强制行动。

再签"生死状"进入萨努尔

完成加沙地带定居点清除行动之后，记者跟随以色列军方转移到约旦河西岸，西岸共有 4 个定居点在清除计划之内，此前已清除了 2 个，最后剩下的是西岸北部地区的萨努尔和胡迈什 2 个定居点。8 月 23 日上午，我们进入的这个定居点是萨努尔。

进入定居点之前，记者们又一次跟以色列军方签订了"生死状"。最初一次签订这个东西时，面对将要进入的危险地区，面对生死未卜的前景，心情还挺沉重的，但签的次数多了以后，也就习以为常，没什么感觉了。不过这次以色列军方的做法较之此前的确有不同之处，过去签订这份文件后，多数情况下是记者自行前往指定地区，即使有军方组织跟随，到了现场也没有过多的限制。这次军方却十分重视，非常谨慎，以多种形式提醒记者注意安全。

在组织记者出发前以色列军方发言人再次告诫记者"西岸的定居者抵抗情绪比较激烈，有一些极端分子身上还带有武器，大家进入这一危险地区一定要多加小心，不要擅自行动，不要随意脱离军方保护范围，否则一切后果自负。"

为了安全起见，同时也是为了防晒，以色列军方特意给每位记者发了一顶大红颜色的帽子，要求每人必须戴在头上作为标识，这是以前从未有过的做法。

从军方的防护措施看，这个地区肯定存在一定的危险性，记者们哪个都不傻，都表情慎重地赶紧把帽子戴起来。我戴上帽子之后，在现场做了一个出镜报道，但愿对抗双方看到这顶帽子时对我不要有所伤害。但实际上，我心里特别清楚，如若他们双方有较大冲突发生，仅靠一顶帽子绝对保证不了我的人身安全。

事实上在此之前，我已经在新闻中心经历了一场虚惊。为便于记者工作，以色列军方在夏凯特地区临时搭建了帐篷区，设置一个新闻中心，外围有持枪军人站岗，另外还有小队军人在附近巡逻。新闻中心里里外外都是军人和记者，天气闷热，帐篷里面人又比较多，所以空气比较污浊，有些记者就在外面工作。当时我正在帐篷外面，坐在一把椅子上撰稿，忽然就听到附近传来几声枪响，我立刻转身朝着枪声传来的方向看去。

听到枪声后，以色列军人快速做出反应，几位军人立即跳出帐篷从我身边跑过，他们对着枪声传来的方向站成一排，拉开枪栓瞄准前方，动作十分迅捷。看着站在身前的一排军人，个个全副武装，高大威猛，这时候我觉得自己是安全的。

过后不久，又传来几次零散的枪声。军方再次加强了新闻中心的安全防卫，一批全副武装的士兵迅速赶来包围了新闻中心，他们每隔 2 米

拆除定居点

1个人，背对新闻中心站立，持枪面向四周，警惕地监视着四面八方的动静，把我们这些记者严密保护在他们身后。处于这种境地，面对这个场景，这些军人的形象顿显高大。

几声枪响，有惊无险，接下来继续该做什么做什么。上午9点左右，记者们跟随军方一同进入到萨努尔定居点。

萨努尔定居点里有上千名极端主义者，他们把英式风格的教堂加固成堡垒，躲在里面进行静坐抵抗。军方吸取了清除达络姆定居点的经验教训，在萨努尔投入了更多的人力和设备，有1万多名国防军士兵和军警，身着整套安全防护装备，参与了清除行动，他们所采取的手段也更加强硬。

我在现场看到，有军人驾驶着推土机，铲除了建筑物周围的围栏，另有一些军人用电锯割开了堡垒教堂的大门。有一批士兵躲藏在两个大集装箱里，被起吊机运送到堡垒教堂的顶层，他们在消防队员用高压灭火器冲击定居者的时候，借机从顶层破开入口，跳进里面，强行拖拽静坐的抗拒者。

新建的定居点

这些极端主义抗拒者手臂挽着手臂，脚勾着脚，紧紧地缠绕在一起，形成一个整体。士兵们进入之后，"呼啦"一下子围上去，几人一组上前拖拉，但费尽力气也拖不动。

后来军人们改变策略，采取各个击破的方式，增加人手集中拖拽其中一个，这样做很快就打开突破口，有一人被拽了出来，接着是第二个、第三个。每个被拽出来的人都有四五名军人压制着他们的手脚，但他们仍旧扭来扭去试图挣脱。

定居者对军人这种做法强烈不满，他们突然跳起来反抗，对军人拳打脚踢，这时现场非常混乱，军方立即采取果断措施，有更多的军人破门而入，把剩下的 600 多人强行带离。

同一时刻，在另外 1 个定居点胡迈什，军方投入相同人数，采取同样方式，将那里的 700 多名顽固者强行撤离。在当天 2 个定居点的清除行动中，共有 31 名军人和军警以及 11 名定居者在对抗中受伤，有少数极端分子被抓捕。

就此，以色列本次单边行动计划宣告结束，位于加沙地带的 21 个定居点和约旦河西岸的 4 个定居点被清除，大约有 9000 名犹太人定居者被转移，他们有的迁移到新的定居点，有一部分去投亲靠友，还有一些暂时居无定所的人住在政府提供的饭店里。这次行动以色列政府为每户定居者提供了 30 万美元补偿金，政府还提供了 1000 个饭店床位供定居者临时居住。

单边行动计划前后各方反应

巴勒斯坦高层：8 月 23 日，单边行动计划结束当天，巴勒斯坦民族权力机构主席阿巴斯打电话给以色列总统卡察夫，称赞以方从加沙和约旦河西岸地区的 25 个定居点的撤离行动是迈出了勇敢的脚步。他表示和卡察夫两人随时愿意展开对话。阿巴斯还表示，他会努力让巴勒斯坦人了解，只有对话而非暴力才有出路。卡察夫要求阿巴斯和巴方官员兑现解除巴勒斯坦激进分子武装的承诺。卡察夫称本次行动为以色列和巴勒斯坦提供了一个实现和平与和解的历史性机会，而一旦错过这次机会，将不得不再等几十年。他说，我们需要现在就行动。

此前，阿巴斯在 8 月 20 日呼吁，如果以色列真正希望和平，就应停止在约旦河西岸地区的所有定居点建设活动。阿巴斯在加沙城发表讲话指出，加沙撤离计划完成后，以色列还应从 2000 年 9 月开始的新一轮巴以冲突爆发以来巴方被占领土上全部撤出，"然后，以方必须停止建设定居点和耶路撒冷犹太教化。那些不愿意采取这些举措的人不希望实现和平"。

阿巴斯发表讲话时还指出，加沙撤离只是第一步，接下来将是约旦河西岸和耶路撒冷。他强调说，以色列完成撤离后，巴方面临的重要使命是保护土地、重建家园。

阿巴斯强调以色列撤离加沙是"巴勒斯坦人民付出巨大牺牲换来的"，指出撤离加沙只是以色列化解与巴勒斯坦人矛盾的第一步，接下来应该撤离更多的地方，包括约旦河西岸和耶路撒冷。阿巴斯还说，以军撤离后，巴勒斯坦人没有必要再拥有武器了，应该在被以军重创的废墟上重建家园，开始进行"建设战役"。

以色列高层：以色列总理沙龙在单边行动计划实施之前曾明确表示，虽然单边行动计划一定会完成，但是以色列将继续保留和扩大在西岸的犹太人定居点。沙龙重申，除了这次计划中的西岸定居点外，我们不会从任何其他定居点撤退。无论签署哪份和平协议，以色列都将控制西岸地区主要的定居点。

阿巴斯和哈马斯组织此前也已表明立场，以色列结束在加沙地带长达 38 年的占领并不表明以巴和平新时代将到来。

以色列民众：以色列普通民众认为，进入加沙定居是政府的决定，撤离加沙也是政府的决定，可我们要的只是和平安定的生活，我们不情愿撤离，但不得不被迫撤离。

在加沙北部的埃勒西纳定居点，40 岁的布拉尼说："我和我的妻子孩子都很喜欢自己的家，喜欢乡村生活，最后的期限到了，但我不知道将要去的是哪里，也不知道未来是什么样子。"

巴勒斯坦民众：很多巴勒斯坦人表示，我们的同胞仍旧在难民营度日，期盼着回归家园，当初以色列占领我们的土地，把我们赶出家园时，我们连自己的东西都无法带走，更不用说什么补偿金了，至今加沙还有很多难民长期居住在难民营的帐篷里，生活极其艰难，以色列早就应该从我们的土地上撤离。

加沙城一名巴勒斯坦学者在接受采访时说，看到这一场景使他想起了巴勒斯坦难民半个多世纪以来的苦难，"自己作为难民深知放弃家业、离开家园的不易"。而更多的巴勒斯坦难民则追忆起他们当年被赶出家园时的痛苦场景。一位巴勒斯坦老人对我说："我不会同情占领者，因为他们从来就没有同情过我们。"

其他方面反应：巴勒斯坦自治政府外交部长纳赛尔·基德瓦之前说，以色列撤离后仍将控制加沙地带与外界的联系。巴方已经宣布撤离后立即开始加沙国际机场重建工程，但是启用与否还要与以色列方面协调。

加沙与埃及交界的拉法口岸，以色列只同意人员和货物通道分开，便于检查控制，而巴勒斯坦方面则坚持同一通道。

还有加沙北部的埃雷兹检查站、加沙港口问题，巴以双方都没有谈拢。甚至于巴方要求的连结加沙地带和约旦河西岸地区这两块区域，以方都只同意开通火车。

以色列副总理西蒙·佩雷斯说，以色列将完成连接两地的铁路建设。以色列的理由只有一个，为了以色列的安全。

激进派反应：哈马斯领导人马沙尔8月17日说，以色列的撤离是不得已而为之，是巴勒斯坦各派和巴人民武装抵抗所取得的成就。同时，马沙尔表示，以色列的撤离是完成解放巴勒斯坦领土的重要步骤，但这还不够，哈马斯将坚持抵抗以色列的侵略。哈马斯和杰哈德的军事领导人纷纷表示，将严格保留对以色列的任何挑衅行动进行报复的权利。

8月14日在撤离行动开始之前，巴勒斯坦伊斯兰"圣战"组织（杰哈德）组织了大规模游行，庆祝以色列人撤离。游行队伍在加沙市中心巴勒斯坦广场集合，随后，杰哈德成员佩带枪支、肩扛土制火箭，乘坐吉普车绕城行进，不时朝天鸣枪。

游行队伍高喊口号，宣称以色列撤离加沙是巴勒斯坦人武装斗争结果，是"同胞不断牺牲换来的胜利"。几名武装人员跪倒在地礼拜，感谢真主赐予胜利。

以色列决定拆除加沙的房屋、学校和宗教建筑，但保留电力、管道和道路等主要的基础设施。巴勒斯坦计划在这里修建高密度公寓。至于谁将负责运走建筑设施被毁坏后残留的瓦砾，双方尚未达成协议。这个问题以及其造成的环境和财政成本仍然是一个争论点。

多年来，巴勒斯坦激进组织人员在加沙地带南部开挖地下通道，进入埃及境内购买武器。地下隧道四通八达，对付起来非常困难。埃及方面相信，以色列军队和定居者撤出后，加沙地带南部武器走私活动将减少。但是，如果巴勒斯坦当局没能创造更多就业机会，如果巴勒斯坦人仍感觉自己处在封锁中，就会攻击加沙地带外围以色列军队，继续走私武器。

舆论方面反应：无论是犹太人还是巴勒斯坦人，失去家园的痛苦都是一样的。阿拉伯国家的舆论指出，今天犹太定居者"离家"时所遭受的痛苦，其根源在于当年以色列对巴勒斯坦领土的占领以及随后推行的定居点政策。

有关"巴勒斯坦下一步怎么办"，"加沙何去何从"，有分析认为，沙龙之所以积极执行单边行动计划，就是想尽快抽身，逃避履行中东和平路线图的义务，而把一个烂摊子交给巴方，引起巴方的内部纷争。

无论如何，以色列撤离后巴方的任务不轻。除了要弥补安全真空外，犹太定居者拆除房屋后的 50 万吨垃圾以及大量有害物质等，都得由巴方清理。同时，如何搞好经济、提高人们生活水平等，也刻不容缓地提上了政府的议事日程。

8 月 20 日，阿巴斯签署命令，决定将立法委员会的选举推迟到 2006 年 1 月 25 日举行，同时宣布以色列撤离加沙后留下的所有土地和资产均由巴自治政府管理，任何人不能私自占有。此间舆论认为，这是向哈马斯发出的强硬信号。哈马斯一直反对选举推后，但表示愿意参加立法委员会的选举。

单边行动计划实施基本顺利

本次单边行动计划比预计提前完成，撤离行动基本顺利，以色列政府的决心是一个关键因素。

8 月 21 日，以色列总理沙龙主持召开内阁会议，评估了一周来的撤离形势。沙龙对撤离行动保持沉默或有微辞的部长提出批评，强调"欢迎他们随时辞职"，以表明政府在单边行动上决不妥协的决心。

此前，沙龙表示，虽然撤离是痛苦的，但他决不后悔。他还强调，撤离并不表明犹太定居点政策的失败，相反，以色列将会继续犹太定居点的建设。

巴勒斯坦方面的配合也是重要因素。虽然撤离犹太定居点是以色列的单边行动，但由于直接涉及巴勒斯坦的根本利益，"单边行动"从某种意义上讲已演化成了双边行动。巴勒斯坦官方的积极配合是撤离计划得以顺利实施的重要保障。

巴勒斯坦民族权力机构主席阿巴斯一开始就制订了周详的配合计划，并指示巴方官员与以色列方面进行各个领域的协调和沟通，以确保加沙等地能够完整、有序地回到巴勒斯坦手中。8月17日，一名38岁的犹太定居者开枪打死4名巴勒斯坦人后，阿巴斯强烈谴责这一事件，但同时呼吁巴方保持克制，并对沙龙称肇事者是"恐怖分子"表示满意，竭力做巴方内部工作，使事态得以平息，没有酿成环环相报的复仇事件。

加沙地带简介

加沙有文字记载的历史在5000年以上。在苏伊士运河开通之前，这里一直是欧亚大陆同非洲之间的主要商道和民族迁徙通道。此外，加沙还是伊斯兰教创始人穆罕默德及其祖先曾经活动过的地方，穆罕默德的曾祖父就埋葬在这里。

在1937年的"皮尔方案"中，加沙是巴勒斯坦南部阿拉伯区的一部分，在地理上并没有同约旦河西岸分离。1947年11月，联合国大会通过了巴勒斯坦分治决议，包括加沙地带在内的1.115万平方公里划归"阿拉伯国"。由于阿拉伯国家反对，"阿拉伯国"未能成立。1948年5月14日，以色列国宣布成立后，阿以爆发了一系列大规模战争。在1967年6月的中东战争中，以占领了包括约旦河西岸和加沙地带在内的大片土地。

1993年9月，巴以双方签署了允许巴勒斯坦在加沙和杰里科地区先行自治的巴自治《原则宣言》。1994年5月，巴勒斯坦解放组织接管加沙和杰里科，加沙重新回到巴勒斯坦人手中。同年7月11日，阿拉法特结束27年的流亡生活返回加沙定居，巴自治领导机构也迁往加沙和杰里科。此后，根据巴以有关协议，加沙地带 60% 的土地实现了完全自治。

加沙地带人口密度非常高，目前大约有 140 万巴勒斯坦人居住在这里，他们当中有 82 万人是联合国注册的难民。长期的巴以冲突使加沙地区深受其害，其经济每况愈下。根据巴勒斯坦统计局公布的统计数字，目前加沙的失业率高达 38%，60% 的人口生活在贫困线以下。

话说以色列安检和"生死状"

要说以色列安检，那的确是世界公认的严格，而且相当繁琐，还耗费大量时间。我对以色列的安检体验，从最初的厌恶、逐步适应，到后来完全理解，有一个过程。他们的安检可以从几方面谈，首先是入境安检，其次是重大会议和重要部门安检，再有就是参与重大事件报道时会有临时安检。

从 2000 年到 2007 年，我很多次乘以色列航班飞到特拉维夫，或者走陆路从埃及北西奈的拉法入境到加沙，有时也从埃及南西奈塔巴入境到埃拉特，专用护照用完 3 本，里面还有长长的加页。无论走哪条通道入境，都须经过相当严格的安检。

如果从空路走，在订购机票时就会被提醒"你至少要提前 3 小时到达机场。"在更换登机牌前，要在划定的区域内先接受一对一谈话，大约半小时左右，无论你使用什么语言，他们都有对应的人出来，英语、法语、阿拉伯语和汉语都有。

提出的问题是五花八门，千奇百怪，有些问题绕来绕去反复问，稍有疑惑就抓住不放。

比如他们会问"你去以色列什么目的？"

"你是跟朋友一起去吗？"

"你的行李是自己准备的吗？"

"有没有人碰过你的箱子？"

"你在以色列有认识的人吗？"

第一次在机场接触这种谈话，过程很长，大约 40 分钟才结束，对此我非常反感。

一开始是位女士出来，她用英语跟我说话，提前 3 小时到达机场，浪费我很多宝贵时间，心里已经不爽，这时有了先入为主，有了抵触情绪，所以我不吱声。再问，还是不吱声，她又连续问了几句，我一直摇头，就是不吱声，表示我听不懂。她挺无奈地，摇摇头转身走了。

时间不长，走过来一位先生，看着我微微一笑，第一句话就问："你会讲什么语言？"

我回答说："阿拉伯语。"

他立刻反问一句："我是在用英语问话，你之前不是听不懂吗？"

我的天啊，这家伙反应真快，他这是挖了个坑，让我跳呢，怎么一不留神就被埋了呢？我自辩一句："我就是讲阿拉伯语，英语只会一点点。"

他说："那好，咱们就讲阿拉伯语。"

接下来他用阿拉伯语提出一个又一个问题，然后又回到原点，重复提问："你是和同事一起去吗？"

我说："刚才回答过了，是的。"

他又问："你是从家里出来的吗？"

我回答："不是。"

然后又重复问过的话："你的行李是自己准备的吗？"

我说："这个也回答过了，是的。"

他接着再问："你和同事是从一个门里出来的吗？"

我回答："是的。"

他再问："你们是夫妻吗？"

我回答："不是。"

他又问："你们不是夫妻，为什么会从一个门里出来？"

我再答："那是办公室的门，不是家门。"

他继续追问："为什么不是从各自家里出来？"

我答："因为要一起拿文件，拿设备，然后一起出发。"

这个问题之后他说："你先等着别动。"

总算告一段落，我可以轻松一下了。这时就见他向隔着几个人的刘苗野方向走去，那边有一位女士正在跟刘苗野对话。我心里顿时明白了，这家伙肯定是去跟刘苗野提问相同的问题，假如我俩的回答不统一，有可能被认定为嫌疑分子。

谈话后，人和行李都要去过安检门，然后用仪器扫描全身，扫描行李和采访设备，之后是开箱检查，无论大包小包，所有的东西都得拿出来，一件一件地用扫描器扫一遍，然后再用手仔细搜查一遍，即使是私密的睡衣、小内裤，也逃脱不掉，衣服上的边角做缝都会被他们的双手捏来捏去。

对这一做法，起初我特别不能容忍，也表示过不满和抗议，但检查者永远是不予解释，不卑不亢，极其认真地做自己该做的事，第一次接受这样的检查之后，我心理上实在不能接受，就把几件特别喜欢的内衣和睡衣都扔了。

走陆路通道也一样要接受这样的谈话和检查，尽管不用提前几小时到达，但每次过境都需要停留好长时间。有一次我从埃拉特入境，被扣留5个小时而不被告知原因。

去的次数多了之后，便习以为常，另外通过观察和对那个地区的现场体验，我逐步理解了他们因特殊生活环境而造成的恐惧心理，因而会采取极端的安检方式。后来，我就再也没有把他们用手摸过的内衣扔掉，挺贵的衣服，也实在是扔不起了，大不了多洗几次而已。

记者入境之后，一般情况下要先去军方新闻中心报道注册，通过审核后，发放一个临时性记者证，然后才能到一些地方采访。当地常驻记者都有军方发放的长期证件，因为我去巴以地区次数较多，每次报道记录事实，就事论事，真实客观公正，从不偏向某一方，以色列军方对我的行踪了如指掌，他们对我既有监控，有时也会行个方便，破例给我发放长期记者证，之后每到年底去的时候，会给我更换下一年的证件。这样对我工作提供了很大的便利。

不过即使有了这样的证件还不够，对有些重大事件的报道，军方还会给记者签发专项记者证，出入现场必须拿出平时用的和专项用的两种证件，必要时还得外加护照才行。比如以色列执行单边行动计划那次，军方检查异常严格，第一次进入新闻中心时，除了以上说到的两种证件和护照之外，还要再有单位的派出工作文件。幸好我有这方面的准备，每次突发事件出现场，我都会携带盖了章的记者站公函备着。

所有证件文件齐备，没有问题，然后是所带设备和物品及人身安检，这个检查也非常细致，电脑、摄像机等都得在旁边自己打开，然后拿给他们检验。

行动期间，每次进入争执比较激烈的定居点，或者冲突高发地区，都要跟军方签署一份文件，记者们通常把这个叫做"生死状"。这是以色列军方为了减少记者进入高危地区，也为了不承担责任而做的一份文件。里面明确写着一些条款，比如记者在那里如果发生危险，受伤或死亡，后果自负这样的内容。因为我们是在一些高危地区出入，因为无论是以色列人还是巴勒斯坦人，他们家里都可能会有枪支，随便走在哪一条大街上，身边都会有佩戴枪支的人，尤其是冲突多发地区，随时都有可能会遇到意料不到的险情，所以要签署这样一份文件。

除了以上说的这些，进入总统府、外交部等重要部门，安检也特别严格。即使是随团记者，比如拍摄中国领导人跟对方的会见，记者也必须提前 2 小时到达指定区域，在这里要过安检门，要用扫描器浑身上下前后左右扫描，之后还要动手搜身，甚至还要脱掉鞋袜，解开腰带。面对这些，有时候真是挺尴尬的。

通往巴控区的检查站

以色列人有着高度的安全防范意识，不放过任何疑点。在以色列地区，无论在什么地方，饭店也好，会议场所也好，甚至是路边的咖啡馆，都不要把自己的行李和背包丢下不管，否则的话，准有人会过来干涉。以色列在任何地方都不允许有无人看管的行李和包裹。以色列秘密警察好像无处不在，这样的事我遇到过好几次。他们不是怕我丢东西，而是害怕包裹和箱子里有炸弹。那里的恐怖袭击事件发生太多，对无人看管的包裹特别敏感、惧怕，唯恐里面有爆炸物。

记得有一次在会议采访前，我带着摄像机、电脑、还有防弹衣什么的东西挺多，一时内急，想去卫生间方便一下，就把所有东西放在座椅上，结果还没走出几步，就有一人追过来，拦着我不让动，我告诉他要去厕所，马上就回来。没想到他一下子掏出手枪来，当时我都傻眼了，这什么情况呀。

然后我突然想起来，自己说的是阿拉伯语，他可能没听懂，而且他肯定对讲阿拉伯语的人有一定的反感和防备，我就赶紧改用英语说，我要去卫生间，还拿出证件给他看。那也不行，我必须要把所有东西都带上才能离开。

还有一次，我结束工作该返回埃及了，距离去机场还有一段时间，打算到附近步行街转转，就想把行李拖箱寄存在饭店，但饭店安保人员无论如何都不同意。如果没有退房的话，行李物品放在房间里是可以的，可一旦退了房，再想要寄存任何东西都是不可能的。无奈之下，我只好一手提着摄像机，一手拉着拖箱在街上溜达。

以色列普通人的安全意识也很强，耶路撒冷恐怖袭击事件较多那几年，有些街面上的餐馆会大门紧闭，还要加上护栏和门锁，营业只开餐馆后面一扇小门。记得第一次到耶路撒冷那天晚上，又冷又饿，在大街上转悠好一阵子也找不到能吃饭的地方，街上冷冷清清的没几个人影，偶然间看到一家中餐馆亮着灯，走近前透过门窗玻璃一看，果然有人在里面吃东西，心里挺高兴的，赶紧过去推门，结果费了半天劲就是推不开。

这时里面有个人走到门边，嘴对着门缝大声说："是要吃饭吗？从那边绕过去，走后门进来。"

仔细一看，竟然是个同胞，可能看出我是中国人吧，所以直接就说中国话，还带着一口河南味。

后门位置灯光较弱，比前门暗淡一些，进去之后，那人赶紧把门锁上。坐下来要了一碗热汤水饺，边吃边聊。原来那人就是这家餐馆的小老板，果然是个河南人。

交谈中我了解到，一些恐怖分子往往会选择餐馆、咖啡厅这样的场所作为实施恐怖袭击地点，因此好多餐馆不敢开门营业，但不营业就没有收入，所以就把大门关起来，走后门接待顾客。即使这样，每天也是提心吊胆，每迎来一位或送走一位顾客，都要把后门也关闭上锁。

黎以战地日记

前　言

　　很多年以前，苏联有位作家说过"战争让女人走开"，新世纪里，我却几次走进战地。黎以交战期间，在海法、在黎以边境、在贝鲁特、在南黎巴嫩，我的身影无处不在。我在现场，CCTV 在现场，以我的能力，体现出 CCTV 的大台实力。

　　2006 年 7、8 月间，黎巴嫩真主党与以色列军方交战，造成 1100 名无辜平民死亡，3000 多人受伤，80 多万人无家可归，使黎巴嫩当地面临严重的人道主义危机。

　　我没有能力阻止战争，但我牢记战地记者永远的格言"如果你没法阻止战争，那你就把战争的真相告诉世界。"我只身一人携带相关设备，迅速赶往战区，先后在以色列海法市和黎巴嫩首都贝鲁特及交火激烈的南部地区做了长达一个月的战地报道，亲历了战火给无辜平民带来的灾难。

　　每次在战区采访，都犹如在生死线上搏击，这次也一样，我冒着生命危险在战区孤身奋战，坚持到后来因左脚严重扭伤、右腿膝关节水肿、持续高烧导致休克，同一时刻胃、腰椎和颈椎病也犯了。我一下子卧床不起，无法行动，翻个身都很困难，每天晚上，以色列军方都会发动数次导弹空袭，我连下床躲避的能力都没有。

　　即使病卧在床上，我仍旧坚持做了两天电话报道。直至增援记者李宾抵达贝鲁特后，我才在华人朋友陈朝阳的帮助和护送下撤离战区。

　　撤离路上风险依旧不断，绕过一个又一个弹坑，躲过一次又一次袭击，终于有惊无险地通过黎叙边境抵达大马士革。稍微退烧之后，我在中国驻叙利亚大使周向华、文化参赞李景芳、三等秘书郑莹等人帮助下，登上飞往祖国的班机。抵达北京机场后被救护车直接送往医院救治。

在战地期间，我一人就是一个摄制组，搜集信息、现场拍摄、采访、翻译、撰稿、配音、联络卫星线路、传送节目素材、做出镜采访、电话连线、时空直播，整天忙得像陀螺一样团团转，所有的所有像一座大山压得我喘不过气来，很难找到时间给家里人打电话报平安，更没有时间留给自己发博文、拍照片，每天忙到大半夜才能休息三四个小时。

为了让自己记住一些事情，便于此后闲暇时写回忆录，每晚临睡前，即使再困再累，也要写上几笔战地日记，记下当天发生的主要事件。

退休后我凭着记忆把战地日记补充完整。一页页翻看，一点点补充，那些残酷血腥的画面冲击着记忆的闸门。

7月14日（星期五） 带伤出征

一桌子色香味形俱佳的饭菜，满室生香，轻快的音乐环绕四周，使人心情舒畅，室外虽然炎热难耐，室内空调温度却恰到好处，难得有个休闲的周五，应《今日中国》杂志社王茂虎邀请，我跟吴思科大使夫妇还有其他几位好友在一起聚餐，大家轻松地推杯换盏，谈笑风生，爽快，惬意，其乐融融。

谈笑间一个电话不合时宜地打进来，打断了欢乐的氛围。我接到台领导指令，要即刻前往黎以战地。撂下饭碗，急匆匆边走边跟大家告别，下台阶时一不留神把左脚扭伤了，吴大使在我身后追着说："别着急小梁，先治疗一下再走。"

可我不敢耽搁，对于记者来说，无论白天黑夜，新闻就是命令，随时随地准备着迅速现场出击；不论灾区还是战场，新闻就是力量，我会不顾一切前去报道真相。呲牙咧嘴忍着脚踝的剧烈疼痛，就这样一瘸一拐地走了。身后吴大使还在高声说着："连顿饭都吃不踏实，你这是带伤出征啊。"

黎巴嫩和以色列突然开打，起因是黎巴嫩真主党2天前抓捕2名以色列士兵做人质，要求交换被以色列关押的几百名真主党成员，以色列很快对黎巴嫩实施重磅打击。

黎巴嫩南部以及首都贝鲁特郊区都遭到猛烈轰炸，损失惨重。看样子这事儿闹大了，恐怕得打些日子。我必须火速赶往战地，把现场真相告诉观众。

空路通道当天关闭，前往现场只能靠陆路迂回。我心里正在筹划着该选哪条路才更快捷，台里指示就来了，驻外处秘书吴燕辛打来电话说："梁老师，处里决定了，您先去加沙吧。"

处里的决定是对的，我也正琢磨着选择这条路线，何况加沙也正打得热闹，无论去加沙，去海法，还是去贝鲁特，到哪儿都能有抓眼球的新闻，但是先去加沙路途较近，采访路子也更宽些，从那里迂回到海法或贝鲁特也比较方便。

外国记者前往埃及任何陆路边境，都必须先到新闻中心备案，开具行文，携带电视设备出境也要有一份通文，有了这两份文件，一路上所有关卡都会放行。我选择从北西奈拉法口岸出境到加沙，然后到耶路撒冷。

当我找到新闻中心主任，申请文件时被告知，由于边境地区出现不安定因素，因此，拉法口岸已经关闭。无奈之下，我只能改变路线，取道南西奈从塔巴出境，由埃拉特关口进入以色列。这条路相对较远，也不安全，行程非常辛苦。

由于其他原因，李仲扬暂时无法同行，我还是得自己走，又要孤军作战了。好像我就是这个命，除了美国对伊拉克战争时跟刘苗野在一起之外，巴以地区几乎每次重大突发事件，都是自己孤军作战。每回都忙得贼死，不是累病就是受伤。

去战地，不是一次说走就走的旅行。说走容易，但真正走起来却相当困难，除了一大摊子要做的准备之外，关键是左脚扭伤严重，行动不便，脚踝肿得像发过火的大面包，鞋都穿不上，只好找一只大拖鞋勉强挂在脚上，每走一步都钻心地疼。不过即使再难我也得出发，因为这点小事而推脱工作不是我的作风，时间比什么都重要，谁让咱是 CCTV 名记呢，摊上这么大的事儿，无论多难都得克服，只要我在现场，就代表着 CCTV 在现场，一方大台的声音在现场。

在中东当记者就三个字"永远忙"，消停的日子没几天，这些年，天灾人祸层出不穷，死人伤人的场面见得太多，没有一年不和死人的事儿打交道，那些场面相当恐怖、血腥。伊拉克战后不停的爆炸事件，天天有人伤亡，报道多了，连观众都烦了。巴以之间永远的冤冤相报，早已形成了恶性循环，多年来打打停停，时紧时松。埃及、约旦等国的爆炸事件几年来就没断过。此外还有地震、空难、翻车、沉船这些事凑热闹，而我则不停地穿梭于这些天灾人祸现场，永远忙不停。

7月份，正该是黎巴嫩旅游旺季，好收入就靠这时候了，谁料想会突然爆发武力交火，老百姓又得跟着遭殃了。

这次不用自己开车，埃及境内由当地雇员艾哈迈德开车送我，李仲扬也同车前往为我送行，毕竟是去交战前线，一路上车内气氛有些悲壮沉闷。除了聊聊马上要去做的事以外，其他方面没有太多话题。

由开罗到塔巴路程将近500公里，走过的人都知道，那是一条沙漠中的死亡之路，茫茫荒漠中大部分地段没有人烟，没有路灯，尤其是夜间行走，孤零零地连个同行的车都看不到，只有天上的星星，闪闪烁烁为我做伴，偶尔会有一两只小动物从车前方跑过，车灯一晃，飞快地逃向远处。

每次走这条路都有一种凄凉和沉重的感觉。接近塔巴时，那段路更难走，两边是黑红色的山峦，中间是峡谷，一个接一个的急转弯，有些地方还有山涧，那山几乎就和《西游记》里孙悟空过的火焰山差不多，光秃秃的连根草苗都看不到，从远处望去有些神秘，也有些恐怖。

这次从塔巴出关比较快捷，进入以色列关口也比以往任何一次都顺利，大约1个小时就通过了，接近于最正常的速度，这是我几年来多次进入以色列从来没有的事。

在这种非常时期、这个时间段进入以色列境内的恐怕除了记者不会有其它人了。关口处只有一辆出租车、一名司机。跟前几次一样，照样是半夜，照样是一个人，又一次和一位陌生的男性司机穿越内格夫大沙漠。换作一般女性，也许早就吓得哆嗦，根本就不会选择这种做法，完全可以找个饭店先住下来，等天亮了再说。

可我不是一般人，自认为胆大、心细、办法多，什么危险都不怕，什么事都难不倒，如果真遇到大事了，相信自己一定能扛过去。而且这时候赶时间最重要，其他的想什么也都没用，只有听天由命，路上没有事儿算幸运，一旦有事儿了就好好对付，尽自己的能力而为，不然的话又能怎样？

今天路线：开罗→苏伊士→图尔→塔巴→埃拉特

7月15日（星期六） 炮兵阵地现场目击

内格夫沙漠黑漆漆的，一眼望去什么也看不到，现在的任务是赶路，其他什么也干不了，不如趁此机会先休息一下。我平躺在后座上，把红肿的左脚垫高一些，闭着眼做深呼吸，以此办法恢复一下体力。

车行时间不长，突然间司机一脚急刹车把车停下，差点没把我从座位上摔下来。起身一看，顿时吓一大跳，浑身打个激灵，车窗外两杆黑森森的枪口正对着我们，一下子没反应过来，这什么情况？

几年来，跟以色列军方打交道很多次，已经很有一些经验，愣怔片刻，我知道在这样的情况下，不能有任何动作，只能先慢慢摊开两手，让对方知道我手里没有任何可以威胁到他们的东西，然后友好地打招呼说："你好！我是中国中央电视台记者，有什么事吗？"

对方只看了我一眼，就跟司机用希伯来语交谈起来，然后仔细检查了我俩的证件，又打开后备箱查看行李。

通过司机用阿拉伯语翻译，我弄清楚了，他们是执勤的以色列边防军，大半夜的看这辆车有些可疑，就强行停车检查，还好他们没有贸然采取什么行动，否则的话还没到战场，我小命就呜呼哀哉了。

惊吓过后继续前行，这下子困意全无，精神抖擞，两眼紧盯着窗外，丝毫不敢放松，一路急行，终于到了耶路撒冷。

短期到巴以地区采访的外国记者，必须先到耶路撒冷军方新闻中心注册，办理短期记者证，由于多次出入这一地区，以色列军方已给我签发了有效期1年的长期记者证，就像常驻当地记者一样，每到年底至次年3月以前，以旧证换新证，我可以凭借该证件，在巴以地区任何地方采访。但每当有重大事件发生时，还必须申领与本事件相应的临时记者证，事件过后该证无效。这次也一样，我得先到军方新闻中心注册。

除此之外，每当遇有重大事件，或要进入敌对双方经常发生冲突的危险地区，就必须跟军方签署一份重要文件，这个文件中主要意思是：

你自愿进入某某危险区域,你在这一地区遇到任何伤害乃至死亡,责任自负,以色列军方概不负责。记者们戏称这份文件为"生死状"。这几年常在巴以地区出入,这样的"生死状"我已签订过多次。

凌晨时分抵达耶路撒冷,天刚发亮,大街上车辆行人不多。出发时来不及预订住处,只好到了以后再说。去了以往每次来时住过的几家饭店,可惜的是没有一家有空房,无奈之下,只好让司机把我扔在一家开门较早的小吃店里,卸下行李,歇歇脚,喝了杯热咖啡。

6点钟已过,知道通往拉马拉的格兰地亚检查站可以开放了,我赶紧包了辆出租车去拉马拉,打算先找新华社驻站记者黄敏和王浩了解加沙的情况,然后根据局势再决定奔加沙还是去海法。我们三人分析后都觉得最好去海法。

近几天虽然加沙也打得惨烈,但毕竟那只是一个地区,而且出入加沙太困难,因为以色列设置的埃雷兹检查站随时都有可能关闭。如果到了海法则可以出入以色列北部所有地区和边界,对黎、以、巴三方面的消息都可以兼顾。

在以色列北部边境炮兵基地现场报道

　　决定之后，我返回到耶路撒冷，和新华社几位朋友一起吃了早饭，然后去军方新闻中心，不成想人家周一才给办理注册，让我白跑一趟，浪费时间。好在我有这里的长期记者证能用，赶紧起身北上，奔以色列北部的几个城市，新华社驻以色列首席记者刘利伟也要去现场，正好让我搭车一路同行。

　　我们经特拉维夫去了海法，接着继续北行，在北部边界899公路边上，发现3个以色列炮兵基地，在其中1个基地，我穿着防弹衣、戴着头盔做了现场报道，这是我有生以来，最近距离看到这么大规模正在使用的重武器，正在给人类造成危害，这些带给我的震撼难以言表。

　　在这个炮兵阵地，我目睹以色列向黎巴嫩境内发动炮击，每10分钟一组，每组20发炮弹，每发射一次，脚下的大地就跟着剧烈抖动，几乎站立不稳，耳朵被炮声震得尖锐疼痛，嗡嗡作响，我和刘利伟面对面交谈都听不到对方在说些什么，只好等耳朵稍微恢复些听力时再说。

　　当我做这个现场报道时，心情十分复杂，有抓到现场新闻的兴奋，也有对战争的憎恶。在今天的交火中又有32名黎巴嫩平民丧生，可我

以色列炮兵基地

却在现场眼睁睁地看着那些军人在开炮，我觉得一名记者在强大的军事行动面前显得是那样地弱小无助。

离开炮兵阵地，我又忙着联系后方编导，联系后方播出线技术人员，确认卫星线路，传送节目素材等一系列事情。

晚上子夜时分，在新华社驻以色列首席刘利伟家里，终于吃到了两天以来的第一次正餐。又是摄影记者高学余夫人吕大夫做的饭，不用说我又是像狼一样风卷残云，先吃饱了再说话。

已记不清有多少次了，每当在巴以地区发生突发事件时，我都会从开罗及时赶过来，有时从空路飞特拉维夫，有时走陆路从塔巴出境由埃拉特入境，也有时从拉法出境到加沙，再到耶路撒冷等地。很多次在这个地区的重大事件报道期间，我都会与新华社朋友很好地合作，互通有无，互相帮助。也经常在忙不过来或没有其他办法情况下，主动申请蹭饭吃。

我特别感谢摄影记者高学余的夫人吕大夫，每次发生重大事件期间，记者们都忙于采访报道时，都是吕大夫主动帮大家下厨做饭，尤其是我也不是新华社的人，但她却毫不介意地给予我帮助，特殊时期的这份情谊我会永远铭记在心。

这次还没等我张口，刘利伟事先就邀请说："今天忙完了过来一起吃饭吧，一是大家看你太辛苦，二是高老师夫妇马上要离任了，这些天大家又都忙着，难得在一起聚聚。"听说他们很快离任，真为他们高兴。

从 14 日下午 4 点到 15 日晚上，一昼夜多的时间里，我的行程总计1500 多公里，晚上传送画面素材又用了一些时间，总的算起来，从 14日早上 7 点起来，到 15 日半夜 2 点休息，连赶路带工作，我熬了整整43 小时，人几乎累瘫了。

都累成这样了，照样一如既往追求节目质量，无论走到哪个现场我都跑来跑去抓第一手材料，不屑于从网上找信息炒冷饭。这些年，我一直保持自己的特点，无论多危险都亲历现场。我的出镜报道必定客观、真实、鲜活、现场冲击力强。

今日行程：塔巴→埃拉特→耶路撒冷→拉马拉→耶路撒冷→海法→纳哈里亚→899 公路边境地带→萨法特→太巴列→海法→耶路撒冷

从边境安全撤离的中国公民，右三是中国驻以色列大使陈永龙

7月16日（星期天） 使馆紧急接应中国公民

黎以开战之后，中国驻以色列大使馆立即启动应急机制，为疏散中国公民做好各项细致工作。

今天上午，有13名中国工程技术人员，从以色列北部边境撤离，这些人来自大连、西安等不同地区。撤离前他们在以色列北部一个工业园区国际金属刀具公司工作，地点在一个废弃的幼儿园，距黎以边境只有两三公里，从他们的驻地能看到边境线，黎以交战几天以来，他们的处境相当危险，目睹双方激烈交火，非常受刺激，陷于恐慌状态，便立即求助于大使馆。

中国驻以色列大使陈永龙马上给属下布置接应任务，很快便将他们撤离到特拉维夫一家饭店，我在现场做了报道，随后他们启程回国。

遭遇真主党火箭弹袭击的店铺

被弹片击中的车辆

空旷的街道上布满弹片痕迹的路牌

纳哈里亚空城

报道完中国公民安全撤离边境，接着前往昨天路过的以色列北部海滨城市纳哈里亚。

纳哈里亚是一个十分美丽的海滨城市，景色秀丽，气候宜人，据说是以色列人十分喜爱的度假胜地，年轻情侣更是把这里看成是浪漫的爱情城市，多年前这里发现了一处古希腊遗迹，据说有一座神庙，里面供奉有希腊爱神雕塑，此后，年轻情侣更加喜爱这里了。

但是现在，战争使整个城市败落，使民众流离失所，无家可归，此前的浪漫城市已变成一座空城。我在市中心看到，被炸毁的几所建筑没有人收拾，到处散落着碎玻璃、废弃物。除了几名外国记者及当地的安全人员外，几乎看不到居民，据说当地的大多居民都到南方投亲靠友去了，剩下的少数人则躲在防空避弹室里不敢出来。

走在市中心大街上，好不容易才碰倒一位当地居民，我上前搭话，经了解知道他是当地的足球教练，43岁了，是在当地出生的，名叫石西拉马，他热心地给我们指路、并详细介绍了这里遭到袭击后的现状。

以色列东北部加利利湖附近还有塔巴列、萨法特等几个美丽的袖珍小城，如若不是战争，能到这样的地方度假几天该是很不错的享受。现在这几所城市50%以上的人都撤离了，在大街上，只看到没有人顾及的几条小狗。

来到萨法特，我看到一家小店开着门，对面的店铺都已经遭到喀秋莎火箭弹袭击，建筑物都被炸毁，56岁的店主阿南说，为生活所迫不得不冒险营业，从他的店铺门口，我们捡了几块没打扫干净的弹片。

陈大使送我战备干粮

离开纳哈里亚之后，我们又去了海法，还是和刘利伟一路搭车同行。海法是以色列第三大城市，也是北部最大城市，人口30多万，很多人已经撤离疏散出去。17点做了一个视频连线，话题是今天遭到霹雳二型和三型火箭炮袭击的过程。

忙碌一整天，又没顾上吃饭，陈永龙大使邀我到官邸晚餐，我也就不客气了，欣然前往。

说起来和陈永龙大使还是老熟人，伊拉克战争期间，他在约旦当大使，由于警察和游行群众发生冲突，我正在做电话报道时被众人冲倒，被无数只大脚从身上踩踏过去，差点惨死在别人脚下，当我被别人救起后，陈大使得知情况立刻到饭店看我，还给我找大夫治疗。那期间，我还遇到一个难题，由于经费不足，我向陈大使借款，他毫不犹豫就借给我。

到达官邸后，我先借用大使办公室忙着整理稿件，打开编辑机做节目，陈大使夫人看我忙成这样，怕打扰我工作，又怕我饿坏了，就先送了些酸奶、饼干等小吃，让我先垫补一下，等工作结束后再吃饭，看着她静悄悄地为我做这些事，心里很感动。

陈大使平时穿着朴素，人很随和，工作之余还在院子里种些蔬菜。晚饭比较丰富，有鱼有虾有肉，还有大使亲自种的西红柿和豇豆，真正的绿色蔬菜。

餐后我跟陈大使说："李仲扬很快就会过来，他在这边有语言优势，这里移交给他，我去黎巴嫩。"陈大使一听就劝我说："黎巴嫩那边会更危险，你还是留在这里吧，以色列相对来说还是安全一些。"

我坚持说："在黎以交战期间，我不能只在以色列一方做报道，无论从这次事件本身、还是从长期驻站中东考虑，我都得去黎巴嫩，无论多危险都得去。"

陈大使一看说服不了我，只好说："那我只能祝你平安了。"

临行前，陈大使把以色列友人送给他的一件吉祥物转送给我，要我带在身上保佑平安。此外，陈大使还送了我一些战备干粮和饮用水，又再三叮嘱我，到了那边一定要注意自身安全，然后才依依道别。

战事发展很快，几天来，以军对黎巴嫩境内 150 个目标实施空中打击，近百名黎巴嫩平民死亡，250 多人受伤。

今天路线：耶路撒冷→特拉维夫→海法→纳哈里亚→海法→特拉维夫→耶路撒冷

新华社记者刘利伟在海法

目击者在讲述

7月17日（星期一） 遭遇火箭弹袭击

今天去以色列新闻中心办理证件，又签订了一份"生死状"，所谓的"生死状"已经签过很多次了，早已习以为常，不像最初时那样笔头沉重，但是毕竟签了之后在这里的一切，如伤亡、事故等就毫无保障了，无论是死是活，以色列军方概不负责，心里还是沉甸甸的。"生死状"签订后，继续出发去现场。

新华社记者刘利伟尽管是文字记者，但在非常时期他也是每天去现场，这样挺好，还是跟他搭车一起同行，在战区能有个人在一起相互照应、相互协作非常不错，我感觉自己不那么孤单无助了。上午我们刚刚到达海法，就连续遭遇黎巴嫩真主党火箭弹袭击。起初，刺耳的警报声持续不停地尖叫，紧接着，几枚火箭弹接二连三地落下来，正在行驶的公交车立刻停下，行人都找地方躲避了，只有我和刘利伟逆向而行，不是想着怎么去躲避，而是一跳下车，马上根据声音寻找弹落点，准备出击第一现场。

　　可谁知刚一跳下车，又有一枚火箭弹随即落下，脚下的地在剧烈振动，我感觉这个弹落点距离更近，就在身边不远处，这时警车、救护车出现了，我们又立即跳上车，尾随过去，刘利伟追车技术相当不错，路口拐弯处，百米之内，很快就发现了弹落点，就在路边的海滩上，看着那么大一个弹坑，周围的烟尘正在慢慢散去，我心想真是万幸啊，如果再稍微近一点点，旁边这座楼房就完了。这时，楼上几位居民跑下来，他们是现场目击者，其中一位当时正站在窗口，亲眼看着火箭弹落地、爆炸，我们马上对目击者做了现场采访。

　　这轮袭击中共有 11 人受伤，1 栋建筑物被炸毁。今天做了好几个视频连线，讲述我在现场的亲身经历。

　　在现场，我就是个工作狂，精神处于亢奋状态，有那么多消息要报道，想停都停不下来，根本无暇顾及自己的安危，事过之后，还是有些后怕。

　　我不过是名记者，又不是铁打的战士，没经过战地工作训练，更没受过战地自我保护训练，相比一些阿拉伯国家对记者的保护，央视在这

海法的咖啡馆是我撰稿发稿的地方，来不及吃饭没关系，有足够的咖啡和棒棒糖

方面除了配备防弹衣和头盔外，几乎没做过任何事情，经过伊拉克战地报道后，在这方面仍旧没有给予更多的重视，央视为何忽略这么重要的事情，至今不得而知。

在这一点上，我觉得自己挺孤单、挺失落的。我经常出入战乱地区，我在拼命工作，从未得到过应有的保护培训，而经常跟我一起出入战地的那些阿拉伯记者则幸运得多，他们中有不少人都经过这方面的专门培训。

工作完成后，我跟刘利伟坐下来喝杯茶，让心情静一静，我们就那样默默地坐着，好长时间谁都不说话。

刚才，当一枚火箭弹就在身边不远处炸开时，我没时间想到其他，除了工作还是工作，但是静下来之后，感觉就大不一样。我不知此时刘利伟心里想的是什么，只知道自己心里非常难受，是一种想哭都哭不出来的难受，所以坐在一起都不知道该说些什么。是说战争的残酷，说战争的恐怖？还是诉说自己惊心动魄的体验？这些都还用再说吗？现在是和平年代，除了这几个战乱地区，谁会愿意到战场体验生活？我愿意吗？如若不是职业所在，我一定不会来。

跟巴勒斯坦姑娘凯法哈一起采购面包

歌唱《喀秋莎》

今天又有 60 名中国公民从北部城市安全疏散。

今天路线：耶路撒冷→海法→北部边境 899 沿线→萨法特→太巴列→特拉维夫→耶路撒冷

7 月 18 日（星期二） 喀秋莎——美丽姑娘的名字

交战 5 天了，黎以双方没有任何缓和迹象，战斗继续升级。战火给当地居民生活造成很大影响。

上午先到市场观察，看看紧急状态下，市民的生活状况。一路走来，发现绝大多数店铺都不开门营业，走完一整条街才看到 3 家店铺开着门。在一间烤饼屋门口，守着一位瘦小的老人，货架上倒是摆满了烤好的大饼和面包，琳琅满目，一股麦香气扑鼻而来，但是里里外外没见有一个顾客。我正好需要储备一些速食品，顺便买了一大包。看守店铺的老人很感谢我买他东西。他跟我说："现在局势非常紧张，人们每天都在战战兢兢地生活，几乎不敢出门，但是为了生计不得不开门营业。"

　　在另一家开门营业的快餐店，我买了一只刚出炉的大饼充饥，店主给了我几粒腌橄榄，肚子饿了，吃起来也蛮香的。还有一家是小本买卖的服装店，也冒险开门了。这个店主对我说，这里的很多商品都是中国货，中国货非常好。

　　店主的伙伴很健谈，和我聊起对当前局势的看法，还谈起了俄罗斯民歌《喀秋莎》。他说："喀秋莎，那是多美的民歌，多美的姑娘，可你看现在，喀秋莎却变成了火箭弹，成了用来杀人的武器。"谈到兴奋时，他还唱起了俄罗斯民歌《喀秋莎》。

空袭过后送你百合花

　　走访市民之后，我坐在一家露天咖啡店休息一下，喝杯热咖啡给自己提神，身边有几位市民一边看报纸，一边慢悠悠地喝着自己桌上的饮料，有一只小黑狗卧在它主人脚边，看着挺可爱的。我征求它主人同意后，站起身来刚要拍几张照片，突然间，防空警报声尖锐地响起来。

　　刹那间，周围的这些人都不见了。我非常纳闷，这么快，他们都躲

空袭后客人手里拿着店主送的百合花

到哪儿去啦？不一会儿，远处响起一阵爆炸声，我判断距离较远，这里不会有什么危险，就坐在原地没动。

空袭过后，人们又陆续回到自己的座位，这回我看清楚了，他们是从一个向下延伸的阶梯走上来的。我敏感地觉得，当空袭警报拉响时，能够快速躲避到安全地点，减少伤亡，是一个很好的报道题材，非常值得向我们的观众介绍。

想到了，就立刻付诸行动，我当即采访了身边一位女士，她耐心向我介绍了以色列防空避弹室的作用。最后还提醒我说："刚才多危险啊，你应该跟着大家一起去躲避。"

这时，一位中年妇女，看样子是这家咖啡店店主，她怀里抱着一大抱百合花，走到每一张桌前，一人一支送给每位素不相识的客人，客人们纷纷向她致谢。她一句话都没说，只是冲着每一位顾客微笑着点点头，但她送百合花给人们压惊的行动，感动了在座的所有人，原本慌乱的气氛、紧张不安的脸色都慢慢地恢复了平静。

以色列的防空避弹室

以色列的防空避弹室，非常实用、有特色，值得介绍。为此，我专访了中国土木集团公司驻以色列代表处老总张振国、安徽国际经济技术合作公司驻以色列代表处老总刘尔宁、中国交远国际经济合作公司驻以色列代办处老总祁永年，他们分别向我介绍了以色列防空避弹室的建筑构成和作用，还带领我参观了一间居所内的避弹室。

据说从 80 年代起，以色列政府在建筑规范中就规定，所有的住宅建筑及公共设施建筑内必须建有防空避弹室。这个避弹室的主要作用是，防止弹片和化学毒气伤人。一般来说，弹片不容易穿透墙壁，因此人躲在里面应该说比较安全。住宅中的避弹室不是很大，大多 10 平米左右，可同时容纳十几个人。医院、商店、会所等公共设施建筑内的避弹室基本上建在地下，相对大些，也更坚固，可容纳的人较多。

避弹室的结构看起来像普通房间一样，由门窗、墙壁、房顶及地面构成，但从建筑角度来说，却有独到的特点，每一个部分所使用的建材及用量都与普通房间不同，而且是用钢筋混凝土一次性浇铸成的，门的钢板至少有 2 公分厚，门框也经过了特殊处理，门边上的密封胶条主要为防止化学毒气的袭击。墙壁的厚度不低于 25 公分，所使用的涂料也是经过特殊处理的。顶层和地面的厚度也不同于一般建筑。

　　窗户的设置也很科学，由玻璃、钢板及外围钢条防护栏构成，需要时可以打开窗子透气，紧急时可以把钢板同时关闭，外围防护栏也可以起到一定的防护作用。这种避弹室的最大特点就是坚固、抗冲击力强。

　　今晚工作结束后没有回耶路撒冷，目前局势这么紧张，需要长时间待在现场，这样才能抓到更多、更鲜活的题材。忙到夜里 1 点多了才在海法·当·巴努拉马饭店找了间客房入住，进房间后还是像以往一样，先做好应对紧急情况时的准备工作，一旦有突发事件，随时可以出发到位。先把摄像机、照相机、2 部手机的电池都充上电，然后整理完当天拍摄的素材及照片，再准备好明天要用的衣服、设备，忙到最后洗漱上床已经是大半夜了，今天又是只能休息 3 个来小时。

　　今天路线：耶路撒冷→海法→北部边境地带→三个炮兵基地→北部几个城市→海法。

刘利伟现场采访

这是我在海法做时空连线的位置，黎巴嫩真主党的火箭弹每天无数次落在身后不远的海面或海滩上

7月19日（星期三） 战地转移，前往贝鲁特

　　今天，李仲扬已经到达海法，我早已计划好了，等他一到这里，就让他接手这边的报道，我转移到黎巴嫩去。因为他的英语水平高，适合在以色列这边，而我的阿拉伯语好，更适合去黎巴嫩。另外，以色列这边的安全状况相对好些，而黎巴嫩那边受打击力度更大、更危险。作为首席站长，我应该把危险留给自己，而不应该让他过去。

　　更重要的一点是无论从长期在中东工作考虑，还是从本次交战报道角度来看，我都不能只在一方做报道，这种时候在黎巴嫩境内不能没有我的身影，不能没有CCTV的现场声。

　　我知道黎巴嫩的情况会更糟糕，危险程度也会更大，可不管怎么说也得去，有我在现场，就有CCTV在现场，这是我作为一名央视记者义不容辞的责任。

　　在以色列5天时间里，海法等城市共遭到黎巴嫩真主党30多枚喀秋莎火箭弹袭击，已造成 8 人死亡，几十人受伤，很多建筑被毁。每天行程几百公里，穿梭于北部几个城市之间，真是累惨了。天天遭遇袭击，与危险相伴，还真有些后怕。

这 5 天里，一直和新华社记者刘利伟协同作战，配合默契，小伙子给我的印象非常好，寡言少语，踏实肯干。每当收集和采访到重要信息，我们都一起共享。一般都是他先发新华社消息，因为他们的消息没有时间限制，随时采访到，随时编发。而央视节目播出是有时间限定的，只要在播出前传送回去，赶得上播出就行，不在乎早晚那么几分钟。若是做时空连线或是电话报道，就是最及时的，更不在乎文字稿发稿时间了，我只要在约定时间段站在开窗口位置，靠自己的能力和积累，现场发挥就行了。

5 天时间，若在平时看来非常短暂，但在战时战地这种非常时期，在非常危险的环境下，就显得十分漫长。我们在一起跑了那么多路，做了那么多事，经历了那么多危险。这些都会深刻地留在记忆中，难以忘怀。

连续不停地奔波，左脚的扭伤越来越严重了，旧伤还没好又连续扭了两次，痛上加痛，不好好治疗的话也许会出大问题。今天到医院看了看，仅挂号费就花了 280 美元，这要是继续治疗，再加上药费得多少钱呀？而且时间也耽误不起，只好简单处理一下，继续带伤转移。

先返回耶路撒冷，然后出巴以地区进约旦。从海法返回耶路撒冷的路上，看到两架美国阿帕奇战斗机正在低空飞行。

今天路线：以色列海法→耶路撒冷→杰里科→阿伦比外交通道→谢赫侯赛因桥→约旦口岸。

7 月 20 日（星期四） 连闯三关到达贝鲁特

从巴以地区辗转到贝鲁特，需要大费周折，没有快捷路线，最佳路线就是先到约旦，然后经叙利亚进入黎巴嫩境内。昨晚 6 点钟离开耶路撒冷，今晚 6 点到达贝鲁特，一昼夜行程 1000 多公里，涉足 5 个国家 19 个城市和地区，除了巴以之外，约旦、叙利亚、黎巴嫩 3 个国家还都没有签证，硬是连闯三关过境了，这真是一个奇迹，简直就像做梦一样。在路上我还做了电话报道，描述了一路上的所见所闻。

无签证闯关对我来说不是第一次了，2000 年有一次去以色列出击爆炸事件现场，当时签证刚刚过期一天，还没来得及申请新签证，抱着试试看的心理去了拉法，结果在拉法关口软磨硬泡了 4 个多小时，居然被放行了。

2003 年从巴勒斯坦的拉马拉出来，走陆路通道到约旦，也是没有签证，但最终还是安全放行。2006 年 5 月随李外长访问时，我先行单飞毛里塔尼亚，在摩洛哥过境停留 24 小时以上，海关只让在机场停留而不允许入境，我也是极尽所能去争取，最终达到了入境目的，还幸运地被安排到机场饭店免费食宿，否则的话我得在机场干耗 25 小时，实在不好受。这些事情都说明有些事情看起来很难办，也许根本就办不成，但也一定要尽自己的最大努力去争取，就算是"山重水复疑无路"了，备不住就能遇上"柳暗花明又一村"。

这回一天之内连闯三关虽然是头一次，但我相信自己的能力和毅力，果然再次成功。当然了，我所说的闯关，并非是真的硬闯，而是通过三寸不烂之舌据理力争。难题就像一座高山摆在面前，退避或者绕道而行，只能使这座山显得更加巍峨，难以逾越，最好的方法就是知难而进，翻越过去，前进一步算一步，我做事，坚韧执着，不达目的绝不罢休。

傍晚从耶路撒冷一出来就不顺利，首先我选择的是最近的通道阿伦比桥，这个通道往往只照顾外交官，其他人如果运气好的话有可能通过，但运气不好的话，关卡死活都不会放行，结果我还真是碰了钉子，好说歹说以色列军方就是不予放行。

无奈之下，只好改道去谢赫·侯赛因桥，幸好这个通道还没有关闭，出关也比较顺利，没有遇到太多麻烦，检查也比平时松懈，下一步到约旦就看怎么入关了。

据我以往的经验，记者持大公务护照进入约旦如果走空路一般不会有问题，下飞机后在海关盖章签注就能入境，但是陆路通道则不行，必须要有签证才能放行，几年前已领教过一次，这次果然同样艰难。任我如何强调理由，讲我入关过路的必要性，任我磨破嘴皮翻来覆去要求都不管用。

如果不能进关，我就得原路返回，这可不行，必须要极力争取。普通工作人员不敢给我放行，我就采取以往的一贯做法，走上层路线，找到一位上层官员，结果这位官员照样很强硬，无论说什么就是不肯给我放签。

这时我又累、又饿、又困，左脚还红肿着，疼得不敢着地，心情极度沮丧，眼泪几次在眼眶里打转，都被我强忍了回去，心里想我这是图什么呀？这些年在中东，在办大事、办难事方面，还从没有过失败记录，怎么能在这种关键时刻败下阵来？几乎都快失望了，但我又很不甘心，在心里一直鼓励自己，咬咬牙再坚持一把。

硬的不行就来软的，套个近乎试试看。我向这位官员要了杯热咖啡，慢慢地喝着，让自己心情稍微放松一下，然后跟他开聊，谈我在中东几年来的工作，谈我所见证的中东大事，谈约旦发生的几次爆炸事件，还有约旦外交大臣对我的赞扬等等。

最终，也许是被我的真诚和精神所打动，他给我办了签证予以放行。我拿着护照，一瘸一拐地走了。嘴里小声地嘀咕着：赞美安拉！赞美安拉！

进入约旦后，原本可以先到首都找地方住下，而且事先在路上也和中国驻约旦大使罗星武约好了，天亮后到使馆去拿给叙利亚和黎巴嫩2个驻约旦使馆的照会，以便申请签证。但罗大使已责成部下为我做好了这2份照会，争取当天能让我申请到签证，然后再行动。

但是考虑到这样做会耽误一些时间，而且叙利亚需要返签，一旦护照递交上去而当天申请不到签证的话，那麻烦就大了，到那时再去闯关则会难上加难。因此，我临时改变主意，不去见罗星武大使，而是择近路直奔边境。

最近的路就是从约旦北部省伊尔比得到德拉，然后从德拉出境奔叙利亚。决定后立即行动，出关怎么都不会有问题，几小时后我就出了约旦，下一关要闯叙利亚，我知道这是最难的一关。在路上，我给罗星武大使打了电话表示抱歉。之前我跟罗大使并不熟悉，但他也嘱咐我"一路多加小心，进入黎巴嫩更要小心，要特别注意安全"。

叙利亚和以色列是敌对国家，凡是护照上显示到过以色列或巴勒斯坦被占领土的人，都会被拒绝入境，闯这一关绝非易事，找小头目根本不会起作用，必须直接找有权力能做主的才行。果然，在入境办理窗口我很快遭到拒绝，这在我的预料之中，知道和这些普通官员磨蹭也没用，原本也没抱什么希望，只不过想试一试而已。

遭到拒绝后，我立即要求找这里的最高长官说话。很快出来一名上层领导，我向他提出必须在当天过境的要求。这位官员办事慢条斯理的，我这里心急火燎，他在那儿却一点也不着急，打着官腔和我周旋，第一强调没有签证不能放行，第二强调因为你去过以色列，所以就无法通融。

我说："如果有签证我还用这么恳求你吗？我去以色列也是去的被占领土，你不认为被占领土是巴勒斯坦地盘吗？我报道过那么多巴勒斯坦人的生活现状，看我这么辛苦、这么劳累为你们阿拉伯人说话的份儿上，你就网开一面呗。"

但他仍旧强调："你去的不仅仅是巴勒斯坦被占领土，你还去了以色列其他地方，只要去过以色列就不行。"

说到这里，我知道躲不过他的继续盘问，干脆直截了当地告诉他，我就是从以色列那边过来的，我讲了在以色列境内5天的经历，讲了我这次行程的来龙去脉，讲了我一定要到达黎巴嫩的目的，并把我工作所用的设备，以及我去以色列的专用护照和去其他国家的护照同时放在他办公桌上。

这时，他就更强硬了说："我们有规定，凡是去过以色列的人我们不会允许入境。"我说："这些我都知道，我去以色列不止一次，我去阿拉伯国家的次数更多，但目前是特殊情况，从其他地方我无法到达贝鲁特，我的目的地是贝鲁特，而不是大马士革，我要到贝鲁特去报道战况，去见证黎巴嫩人在战火中是怎样生存的，我只不过是要借贵国一方宝地过去而已。"但他死死地咬住条例不放，就是不予放行，真是个教条主义者。

不达目的我是不会善罢甘休的，继续努力攻关，我特别耐心地给他讲中国在联合国的地位，讲中国的国际地位以及在国际重大事务中的影响，讲CCTV这样一个大台所起的重要作用和影响，讲我自己在中东多年见证地区历史、报道每一次重大事件的经历，讲我作为一名记者，在目前这种情况下，必须要客观、公正、实事求是地报道黎以交战双方的情况。

长时间恳谈之后，我反问他一句："你觉得像我这样的大牌记者会单方面只报道以色列战况，而不顾及黎巴嫩一方吗？还是你认为黎巴嫩方面不需要大台记者去报道？"这样说的目的是想给他一个刺激。

果不其然，他口气有些松动说："我要是轻易放你过关，会有杀头的罪，我是实在不敢做主，得向上级再请示一下。"

我一听心里想着："噢，难怪那么教条，一点都不通融，原来是这么严格的铁纪，连杀头的罪都敢说。"

我是真心不想给他惹麻烦，但又必须得过境，只好耐心再耐心，继续等待。他不停地打电话，反复替我解释，我在一旁则时而做些小动作，一会儿向他伸大拇指，表示夸他办事有能力、有水平，一会儿使眼色给他鼓劲儿，让他继续争取。其实我知道，哪个国家都有特事特办的制度，特殊情况下应该有所通融。但最终，他的请示还是失败了。

这时我沮丧到了极点，劳累过度，困饿交加，头晕眼花，腿脚肿痛，几乎快撑不住了。

到这种境地，也没有更好的招数了，总不能真的原路返回吧，想了想还是继续公关。我连耍赖带吓唬地游说："反正我是死活都不走了，你看我这样也走不动了，反正这是你们的海关、你们的地盘，实在不让过去，那我就在这儿待着，就在这儿和你们泡上了，直到让我入境为止。"

我反复强调说："我又没做过任何对你们、对阿拉伯国家不利的事，你们总不能再让我回以色列去吧，也不会对我有不礼貌的过激行为吧？你怎么也不想想，如果返回去的话，我就只报道以色列方面情况，这是你们阿拉伯人想看到的吗？"

也不管他有没有听进去，我继续喋喋不休，开始威胁："我可是CCTV 驻中东很有名的记者，这里的什么大事我没报道过呢？你们要是对我有任何不适当做法，或者我在这里病倒了起不来，说不定会造成什么国际影响，你看着办吧。"

接着我还告诉他："你去查一下看看，我和阿盟秘书长穆萨是好朋友，对他做过好几次专访，我和巴勒斯坦领导人阿拉法特也很熟悉，也跟他做过几次专访，还有埃及总统穆巴拉克，我都有跟他们的合影照片，我还两次见到过你们叙利亚总统巴沙尔·阿萨德，就连你们已故前总统老阿萨德的葬礼，我都来报道过，我所做的都是对你们阿拉伯人有利的事情，为什么一定要阻挠我入境呢？"

我都说得口干舌燥了，这位长官竟然不动声色，继续慢悠悠喝他的咖啡。我心里特别郁闷，很不客气地冲他说："给我也来一杯咖啡，多加点糖。"

边喝咖啡，边继续想办法。这时我看到长官办公桌上有一张照片，照片上的女人女孩儿都很漂亮，笑容很甜蜜。根据阿拉伯人的习惯，我判断那一定是他的家人，就恭维说："这是你的女儿和夫人吧？女孩儿多天真，多漂亮啊！"

他一听就挺高兴地说："谢谢你的夸奖。"

我趁机说："看你一家人多幸福呀，下了班有贤惠的夫人、漂亮的女儿陪着，一家人开开心心过日子多好。可我呢？我也有儿子、媳妇，他们也快有后代了，可我这么大年纪了还在外面奔波，尤其是你们中东又不断有这么多破事，现在黎巴嫩和以色列打得这么激烈，别人都在逃难，想方设法离开战乱地带。可我呢？我是一名记者，为了我的职业、我的工作，我得冒险进入黎巴嫩，难道我就不怕死吗？我就不惦记我的家人孩子吗？可我必须得进去，你说我图的是什么？我不知道，你为什么不启用特事特办方式让我入境？"

一席话说得我自己眼圈都红了，眼泪就在眼圈里打转，为了不让眼泪掉下来，只好转过身去望着天花板，把眼泪强忍回去。看样子，这位长官是被我彻底打动了，他说："听了这些，我真的非常感动，很佩服你，真是很了不起。你也别着急了，我再请示一下上级，替你争取个特事特办。"

我立刻回答说："我知道你有能力说服你的上级，希望这次我们成功。"

我听出他向上级讲述了我的状况，特别强调说我身体和精神状态非常不好，担心我在海关这里出意外，给他们添麻烦，建议给我放行。听到这里我松了口气，谁会愿意给自己找麻烦呢？甩掉包袱才最重要，拿这个说事应该是触动他们软肋了。

果不其然，上级的上级总算松口了。我使出浑身解数，终于拿到了签证，顿时如释重负。

刚喝了一杯加了浓糖的咖啡垫底，身上也有了少许力气，入关之后，我连砍价的力气和心思都没有，很快租了辆车就直奔首都大马士革。

到了大马士革，我一头扎进文化参赞李景芳家，没顾上跟他说几句

在叙黎边境，车顶上铺着李景芳送我的国旗

话就躺倒睡着了。

3小时后，李景芳夫人顾巧巧喊我起来吃饭，狼吞虎咽一顿饱餐，然后去中国驻叙利亚大使馆向周秀华大使报到。

周大使跟我介绍一些情况说："这几天，叙利亚使馆帮助驻黎使馆做了很多撤侨方面的工作，帮助撤出来的侨民安置住处，购买机票，送他们回国。由于局势紧张，车价上涨数倍，甚至数十倍，租用一辆大轿车平时要价300美元，这时竟要12000美元，使馆最后砍价到6000美元租了一辆大轿车，比平时价格高出20倍。"

知道我要进入黎巴嫩，周大使再三劝阻说："小梁，我建议你最好不要去，现在那里非常危险，你没必要为了报道任务去冒险，叙利亚也有很多值得报道的消息，在这里你一样也可以关注整个地区局势。"

我跟周大使解释说："电视记者跟平面媒体不一样，我不能坐在电脑前炒别人冷饭，我也不能只在周边报道相关消息，我得深入交战现场，我的报道要有动态画面，要有现场采访，要有我在镜头前的身影，我必须亲历现场，才会更直观地告诉观众，这里发生了什么。"

周大使一看不能说服我，只好再三叮嘱："那你一定要多加小心，

逃往叙利亚的黎巴嫩人

逃亡到了黎叙边境

进去后千万别出事，如果形势继续恶化就赶紧撤出来，我们会在这里接应。"

李景芳夫妇送我离开使馆，在门口交给我三面中国国旗，其中两面是1号国旗，另外一面是3号国旗。

李景芳叮嘱我说："必要时把1号国旗平铺在你车顶上，固定好，这样比较醒目，黎以双方无论谁看到中国国旗都会谨慎行事，相对安全些。"

不愧是哥们儿啊，想得真周到。我心里一热，眼眶有些发红，毕竟是要进入战地，炮弹不会长眼，谁都说不准会遇到什么事，这一走还不知能不能再回来，抱着几面国旗，我心里沉甸甸地不是滋味。

我跟李景芳不是一个学校毕业的，他是北大生，我是第二外国语学院，但都在一个阿拉伯语界混，相互间比较熟悉。第一次工作接触是多年前在苏丹留学，那时他在中国援助苏丹杂技教练组当翻译；第二次也是在苏丹，那次我借调到中国使馆文化处任二秘，当时我离任他接任；后来在伊拉克、在埃及接触越来越多。李景芳给我的印象是：为人直率豪爽，热心助人，周围无论谁有事找他都会倾力帮忙。

有人趁机吃汇率发难民财

　　从大马士革出发，一路所见到处充满着紧张气氛，目前已有几十万各国撤离人员聚集在叙利亚，可以说人满为患，大街上行人车辆显然比以往多，在一些使馆门口、车站、饭店等地方，到处都是拖着大堆行李从黎巴嫩战区撤出来的人。

　　这种气氛在达布斯亚关口更加明显，现在这个叙利亚的北部关口是出入黎巴嫩的唯一陆路通道。

　　在达布斯亚关口，看到大批撤离人员正陆续进入叙利亚，狭窄的道路上壅塞的各种车辆五花八门，有大轿车、中小型轿车、吉普车、货运大车，甚至还有拖拉机和60年代中国常见的独轮手推车。无论哪种车上都坐满了人，装满了行李。

　　在关口我注意到，当天出来的以阿拉伯人居多，大多是叙利亚和黎巴嫩人。有一辆小轿车上，竟然坐进去十几个人。

　　轿车后面有几个人哭哭啼啼，双眼红肿，真的是一种背井离乡、逃难的感觉。我询问了其中一位中年妇女，她哭着告诉我说，她家在黎巴嫩南部，家人亲友中有的遇难了，有的人受伤，她的住宅也已经被炸毁，现在家乡每天遭到轰炸，实在没办法在那里生活下去，只得出来逃难。

街道上空无一人

进入叙黎中间地带之后，发现这里聚集的人更多，办理黎叙出入境手续的地点被挤得水泄不通，一些当地居民主动帮助逃难的人办理手续、兑换货币，但我观察到有些人并不是出于人道主义的帮助，而是在趁机发财。有的人为了尽快办好手续，尽早离开这个危险的地带，不惜交付大笔的小费，也不在乎兑换货币的汇率是多少，但也有的人为此争吵不休，其间还夹杂着孩子的哭闹声，整个中间地带乱哄哄一片。

进入黎巴嫩并不太难，等候时间不算太长，我只详细阐明了身份和我要进入战区的目的，并给他们出示了我的各种证件，让他们检查了携带的所有设备，海关就给了我一次性签证。这位官员一边在我护照上签印盖章，一边好心地劝阻我说："我们还是建议你不要进去冒险。"

拿到签证，闯过最后一关，走到通关路口，只要向前再迈出一步，接下来就要进入战地了。在这里，最后一位验证官又嘱咐我："里面非常危险，你也没个同伴，自己一定要多加小心。"

这些话我听了心里挺温暖的，毕竟是一个人孤零零地进入战区，有人关心一下的感觉真的很好。

一路上，看到那么多的人都在往外跑，而只有像我这样的极个别人在往里走，越走危险性越大，心里越来越沉重，感觉特别悲壮。

进入黎巴嫩境内，立马被出租司机狠狠地宰了一刀，从关口到奥布德一小段路竟然要去 100 美元，再往前司机死活都不肯走，说是路上太危险。无奈之下只好换车，又谈了好几个人才碰上一个胆子大的说："看你也是太执著了，就带你去吧，不过路上的确很危险，就看咱们的运气了，安拉保佑吧。"

包里带有陈大使送的战备干粮和饮用水，但一路上太紧张，而且忙着记录现场见闻，根本就没顾上吃喝。

行进途中，左边是地中海，右边是山峦和城镇，远看景色不错，近看道路上时不时会有轰炸后留下的弹坑，经过一些大大小小的城镇，路边的建筑也有些被炸毁，几乎看不到人影。尤其是进入贝鲁特之后，就像进入了一座空城。

贝鲁特过去号称是"中东小巴黎"，可见他的繁华程度，现在却如此的萧条冷落，街道上车辆不多，行人更是寥寥无几，商店、咖啡馆大多都关着门，街心花园和广场上甚至一个人都看不到，果真是战区，没事的话谁会像平常一样出来闲逛呢？人们一定是为安全起见躲起来了。

进入贝鲁特第一天

到达贝鲁特首先去中国驻黎巴嫩大使馆报道，了解情况。到达大使馆驻地已是晚上6点多钟，我连累带饿，人都快瘫痪了，左脚肿得像个大面包，下车后几乎迈不开步子，就这样跌跌撞撞，一溜歪斜地进了大使馆。

武官迟广胜、我的大学同学已经在门口迎接，我来不及先说什么，也没力气先和大使见面，第一句话就问："有吃的吗老同学？我都饿疯了。"

迟广胜一看我这狼狈样，二话不说，带着我直奔地下室餐厅，他一边张罗着喊厨师热饭，一边打开冰箱找吃的。

这时我早等不及了，自己冲到餐台边，看到有半碗冷汤，端起来一口气喝个精光，也不知什么滋味。放下碗，又看到桌上放着半个玉米面豆包，一看就是剩下不要的，也不管脏不脏的一把抓起来，三口两口就吃进肚子，吃完后才感觉出来，这个好像变质了，有点儿馊味。

饱餐后去见刘向华大使，她和迟广胜向我介绍了使馆现状和所做的撤侨工作。黎以交战开始后，撤侨是备受国际社会关注的问题之一，17号使馆部分人员及家属已经通过叙利亚撤离回国，使馆有8名留守人员都转移到地下室入住，平时没有特殊事情尽量不出来。

我在大使馆了解到，除了新华社常驻记者潘立文夫妇外，这里还没有任何其他中国媒体记者到场，我又一次捷足先登了。说起来，也实在佩服自己的能力，虽苦，虽累，但总比他人快速，总是第一时间抵达现场，总能首先报道出观众爱看的最新消息。就像后期编导花凯所说："梁大姐你要多做出镜报道，你只要往现场一站，观众的情绪就上来了，收视率哗哗地上涨。"

新华社常驻记者潘立文、汪静舒夫妇和使馆留守人员一起住在大使馆地下室。刘大使和迟武官都建议我说："现在外面非常危险，你又是一个人，万一有什么事都没个帮手，跟我们一起住地下室吧。"

跟自己同胞住在一起，生活上肯定更方便，也比较壮胆。但考虑到电视采访和素材传送的特殊性，我必须得找距离传送点较近的地方，得

傍晚的贝鲁特市中心街道上只有几名军人

找各国媒体比较集中的地方住。

使馆人员对电视业务流程并不了解，不知道在哪里可以传送节目，哪里可以做视频直播，哪里是目前各国媒体记者比较集中的地方。我婉言谢绝了刘大使和迟武官的好意，先把行李、设备、防弹衣和头盔等物件暂时寄放在使馆，稍微休息一下之后，立即出门。使馆提不出任何线索，还得自己出去闯荡。

根据以往经验，只要有大事发生，就会有媒体集中的地方出现，能做视频直播也能传送素材。进入市区之后，我根据以前来过的印象和经验，没费多长时间就找到了黎巴嫩新闻中心大楼，紧跟着又在附近找到了记者入住比较集中的饭店，一开始心里挺高兴的，各国记者住在一起可相互交流，消息比较灵通，危机时刻也能相互照应。但很遗憾的是，这家饭店早已被各路记者住满，没有一间空房，我只好在附近另寻住处。

住处虽然找到了，但让我特别失望的是，这家小饭店只有我独自一人入住，没有其他游客，更见不到记者的身影，在这里脱离媒体群，消息闭塞，对我工作将会非常不利。但非常时期没有其他办法，只好暂时住下来再说，希望以后能换到更合适的地方。

在露天地里暂时栖身

电视记者工作起来，不是一台电脑就能解决问题的，采访的节目、拍摄的素材都要通过卫星线路传送回总部，因此卫星上行传送点非常重要，这个地点确定下来，就可以放手大干一场了。订好房间，赶紧返回使馆取行李，这下子领教了咱们驻叙利亚、黎巴嫩两位大使说的"车价奇高"是什么概念。

从饭店到使馆距离并不远，平时几个美元就够了，这回居然敢要50美元，涨价十倍。我心里明白，贵的日子还在后头呢，只要去更危险的地方，司机们不把人宰死才怪。

入住后在饭店用了晚餐，餐厅里只有一位服务生，用餐者也只有我一人，服务生说："稍等一下，不用点餐，厨房里有什么就给你吃什么。"

等了片刻，晚餐送来，盘子里只有一点蔬菜沙拉，两块面包，另外还有迷你瓶装的果酱和蜂蜜。

我问："就这些吗？"

服务生答："是的，就这些了。"

晚餐后，我在驻地周围走走看看，以往热闹非凡的商业街上，空荡荡不见人影，原来灯红酒绿的饭店、咖啡馆早已黑灯瞎火，仍旧在室外

宰伊奈卜一家人

艺术家侯萨姆教孩子学绘画

活动的除了几个身背长枪的军人、门卫以外，就只有像我这样的记者了。

一昼夜路线，一共涉足个 5 个国家共 19 个地区，1500 多公里：以色列海法→巴以耶路撒冷→杰里科→阿伦比通道→谢赫侯赛因桥→约旦口岸→伊尔彼得→拉姆萨→叙利亚德拉→大马士革→霍姆斯→达布斯亚→黎巴嫩奥布德→的黎波里→安法→夏卡→拜特龙→塔巴尔加→贝鲁特

7月21日（星期五）　无家可归的南部居民

黎以冲突爆发已超过 10 天，仍旧没有停止的迹象，以色列军方再次警告黎巴嫩南部居民尽快撤离。由此看来一场更大的打击将会接踵而至，更多南部居民将无家可归。

今天采访的主题是从南部撤离出来的无家可归者。在贝鲁特中部居民区有一个"萨纳伊"公园，聚集着大批来自南部的居民，有的人从冲突第一天就到了这里，有的是在此之后陆续而来的。之所以在这里暂时栖身，主要是因为他们在国外和黎巴嫩较安全地方都没有亲朋好友可以投靠。战争使他们背井离乡，露天地里能占据一张长椅躺下，或坐一坐就算是幸福了，更多的人则只能席地而坐，或者铺张地毯就地而卧。

今天做了 2 个视频直播，还做了几个现场采访。

玛丽亚一家大小 11 口人，来自南部地区，冲突第一天就被迫离开自己的家园，但是由于没有其他亲友可投靠，只好在这个公园里露宿。很显然，这里并不具备基本的生活条件，食物、饮水、卫生等状况都很糟糕，她不知道自己的 7 个孩子在这样恶劣的环境中还能呆多久。

宰伊奈卜一家 5 口，原本住在贝鲁特郊区，3 天前那里遭到以色列炮火袭击，她赶紧和丈夫高塞姆一起，带着 2 个女儿和小儿子逃了出来。大女儿莱伊拉很喜欢读书，她很担心以色列再这样打下去，以后就没办法回去上学了。

在一棵大树下，我看到一位艺术家在教一个 10 来岁的男孩儿画素描，非常时期还有这样的闲情逸致倒是很难得。我上前跟他聊起来，原来他就是贝鲁特知名造型艺术家侯萨姆。他说自己没有其他能力来帮助这些无家可归的人，只好以这种特殊方式尽自己的一份心意，让艺术的

在贝鲁特街头采访

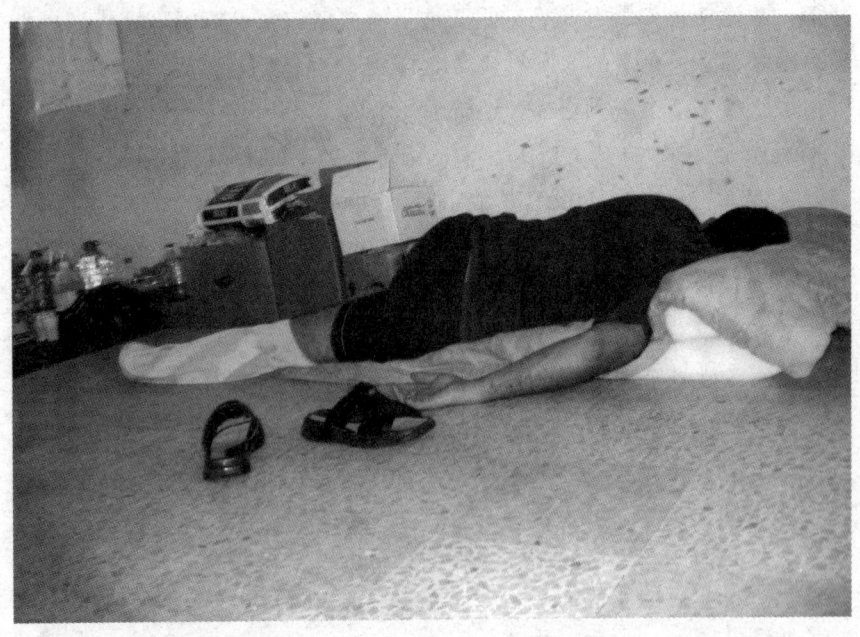

学校停课改成难民收容所

美好给遭受战火之灾的人们、特别是儿童带来些许宽慰。

在这里，我还看到一位小伙子正忙来忙去，就上前提问，知道他名叫萨尔俊，是黎巴嫩民间救助机构在这个地区的新闻发言人。他介绍说："几天以来，这个地区已经接待了1200多人，仅在这个小公园里就有600人左右，大约50来名救助机构的志愿者在这里为难民提供力所能及的服务。目前，黎巴嫩的局势十分严峻，急需国际社会援助。"

交战至今，在黎巴嫩已经有50多万人无家可归，如若冲突继续扩展，这里的人道主义状况会更加令人担忧。

7月22日（星期六）　局势恶化经济遭重创

这两天，我带一名当地临时雇员，深入到贝鲁特街头、商业区、难民点等地采访，所到之处无不笼罩战争之阴影。

在一栋居民楼前，一位骑摩托车过来的男孩和一名中年妇女挡住我们的摄像机镜头，阻止我们在这里拍摄，我知道他们主要出于安全考

超市采购

虑，担心遭到以色列打击，便放下了摄像机。那位中年妇女说："求你别在这里拍了，以色列会继续打击我们，也会打到这里，我们不想继续遭难。"

在菜市场，一位穿白色长衫的老者接受采访，但他拒绝报出自己名字，也是害怕遭到打击报复。他说："以色列的强大打击使我们黎巴嫩人的生活十分艰难，南部以及郊区的许多人逃难到这里，现在物价上涨很高，比过去高出几倍，让我们怎么生活？"他特别气愤地跟我说："我没有名字，我的名字就叫抵抗，抵抗以色列的侵略。"

战争给无辜居民带来的伤害实在令人痛恨，非常时期，学校也不能上课，孩子们失去接受教育的机会，学校改成了难民救济所。在一个难民所里，我看到难民里有伤员、有老人、有妇女和幼童，一个个目光呆滞，满脸愁容。一位身穿黑色长袍的妇女主动过来接受采访。她说："我叫撒哈姆，是南黎巴嫩人，我的家离以色列边境非常近，我们遭到很多次轰炸，我的邻居受伤了。赞美安拉，我的家人和孩子都还平安。我没有其他地方可去，就带着孩子逃到了贝鲁特，我们住在这间小学校里，条件十分艰苦。我希望国际社会、阿拉伯国家出来干预以色列的罪行，给我们帮助。"

中国侨民撤离

　　旁边一位身穿黑色长袍的妇女名叫维达德,她说:"我家就在贝鲁特郊区,离这里不远,但是那里被以色列轰炸了,我家的房子完全被炸塌了,一家人没地方可住,我还生着病,只好住到这里的难民所,有慈善机构的人给我们送吃喝。"

　　今天去了一家超市,在一层看到一些人一边抱怨着物价飞涨,一边大量选购蔬菜、食品、肉类,每一辆推车都装得满满的,但秩序良好,算不上是抢购。看样子人们已经意识到这次交战不会很快停止,必须要有一些储备,以防不时之需,尽管物价很高,基本上还是能承受的。在超市二层,几乎都是空空荡荡的货架,只有少量货物,但都不是日常生活必需品。

　　毫无疑问,以色列的重磅打击,已经给黎巴嫩经济带来重创,物价飞涨,食品匮乏,使老百姓生活受到严重影响,因此,人们怨声载道。

　　这两天,双方交战仍然很激烈,以色列扩大了对黎巴嫩的军事打击力度,黎巴嫩境内100多个地区遭到不同程度轰炸,导致当地局势进一步恶化,更多的人被迫逃离自己的家园。

　　几天来奔走于各个现场,辛苦没有白费,除了视频和电话连线以外,做出2个深度报道《以色列的打击使黎巴嫩经济遭到重创》和《局

接应侨民的青年外交官

加拿大撤侨

路边炸毁的建筑

势恶化更多人被迫逃离家园》。这是起止目前，其他媒体基本还没涉及的内容，又是我的独家消息。

7月23日（星期日） 第六批中国公民安全撤离

战争不仅给当地人造成伤害，也给侨居这里的外国人带来恐慌。开战以来，一批又一批各国侨民在各自使领馆帮助下陆续撤离。近几天，以色列加大对黎巴嫩打击力度，导致地区局势进一步恶化，人们更加担心自己的安全，各国撤侨工作继续加紧进行。

今天凌晨，在撤侨行动开始之前，距中国驻贝鲁特大使馆直线距离大约1公里的地方，遭到4枚以色列导弹袭击。

从早上开始，跟拍使馆组织的第六批中国公民撤离行动。使馆选择走北线陆路通道出关，进入叙利亚。

上午，一些中国侨民陆续抵达使馆，几个性急的人不停催问几点出发，看他们那焦急不安的样子，我理解他们一定是迫不及待要早一点离开这鬼地方。但是，还有几位侨民正在从南部赶来的路上，他们一边赶路，一边跟使馆工作人员保持密切联系，因为有很多道路桥梁被炸毁，

几位中国记者和餐馆老板以及武术教练

所以他们行进速度比较缓慢。刘向华大使表示：一定要等人到齐了再走，一个都不能落下，尤其是从南部交火激烈地区赶来的人。

这批中国侨民共有 24 人，人到齐后上车出发，刘向华大使在使馆门口为侨民送行，武官迟广胜带队护送，我也登车同行，一路见证侨民撤离经过。

为了行驶途中的安全，大使馆事前做了许多细致工作。首先给黎以双方有关部门发照会，要求他们保证我国公民撤离途中的安全，并按照对方要求，分别在一大一小两辆汽车顶部，平铺固定了三面中国国旗，从远处看去，非常醒目。

行驶途中，侨民情绪还是有些紧张，唯恐路上遭遇轰炸，都希望车速快些，越接近边境，越远离危险，心情也随之放松一些。幸好一路上没什么大事，有几次轰炸都距离较远，人们受到一些惊吓，但没发生任何危险。

终于安全到达关口，人们下车稍微活动一下身体，使馆人员拿着所有人的护照去办理出关手续。中国驻叙利亚使馆派来接应的官员已经到场，黎叙两馆使节进行交接。至此，24 名侨民安全撤出黎巴嫩，进入叙利亚，当晚到达大马士革。

晚上，其他各国撤侨工作也基本接近尾声，中午之前，陆路通道上有埃及、印度及几个欧洲国家乘坐侨民的车辆通过。美、法等国家的侨民主要走水路通道撤离，海面上至少有 7 艘运载侨民的军舰和航空母舰出现，美国使用直升飞机把侨民运送到航空母舰上。

黎巴嫩当地居民 23 日继续大批撤出本国，在黎叙边境地带，车辆堵塞，人员拥挤。叙利亚慈善机构在这里搭起帐篷，帮助那些暂时无法疏散的人。

在边境地带，一些车辆上装满叙利亚慈善机构正准备运往贝鲁特的救援物资，但他们不允许记者拍摄，主要原因是担心暴露目标而引来以色列空袭。

就在这条撤离路上，至少有 3 处地点此前遭到以军轰炸，其中 1 个就在公路边上。撤侨返回的路上又遇到几次空袭，幸好距离较远，有惊无险。

从边境返回后，仍旧留在贝鲁特的几位中国人，在"小中国"餐馆聚餐。"小中国"中餐馆坐落在贝鲁特东区一条当地著名的酒吧街上。贝鲁特城有三大区，东贝鲁特是基督教区，西贝鲁特是穆斯林逊尼派聚居区，贝鲁特南部则是穆斯林什叶派集中的地方。以色列对贝鲁特的定点轰炸，真主党总部所在的南贝鲁特是重中之重。

这家餐馆距离我工作地方不远，步行十几分钟就到了，忙完工作，只要有空的话就会到那里去吃饭，但真正坐下来好好吃顿饭的时候并不多。这次聚餐的有老板徐祝明、《环球时报》记者谷棣和程刚、凤凰卫视记者温爽、陈晓楠和一名摄影师，还有我和武术教练陈朝阳，大家在饭桌上谈论的话题，不外乎当前的黎以交战局势和安全问题。

7月24日（星期一） 冲突影响的不仅仅是生活

任何军事冲突，无疑会给当地老百姓带来灾难，黎以交战已经十几天了，以色列的强大打击严重影响了当地人生活。今天，我在贝鲁特北部亚美尼亚地区采访了一位中年人阿拉拜特，他说："我认为这次黎以

新闻中心楼门口的军人

交战所影响的并不仅仅是生活，而是整个中东地区的经济和发展。"

我的采访从家里开始，从夫妻俩和孩子脸上的表情看出，这是一个很幸福的四口之家，从房间的布置也能看出他们的平时的生活水平还不错。男主人阿拉拜特是当地尼哈科木材装修装饰公司老板，据说这家公司在当地有一定的实力，也很有声望和影响。女主人纳塔丽在一家首饰店做店员，但是由于战乱的影响，目前他们都闲置在家里。

谈起目前的状况，纳塔丽说："我在首饰店工作，现在生意不景气，首饰店在几天前就已经关门歇业了，没办法我只好呆在家里，也正好照看3岁的女儿科莉斯塔。"

阿拉拜特紧接着抱怨："局势这么乱，生活大不如以前方便，工人们全都跑了，公司不得不停业。"

为了证实自己的说法，他带着我参观了厂区。尼哈科公司距离阿拉拜特的家不远，都在贝鲁特北部安德烈斯区，这个区居住的几乎都是基督教徒，大部分是亚美尼亚后裔。

在厂区我看到从楼下到楼上，从车间到办公区，大部分地方空空荡荡，只有少数几名工人在挪动家具，整个公司死气沉沉，没有丝毫活

记者在新闻中心楼外工作

力。阿拉拜特说："公司原有 200 多名员工，开战以来，大部分住在其他地区的员工都跑掉了，只有少数居住在附近的有时还到公司来看看。"他还遗憾地告诉我，"黎以交战之前，刚刚接到一单重金项目，结果一下子也泡汤了，损失非常大。"他认为这次冲突所影响的并不仅仅是生活，而是对海湾、对整个中东地区的经济和发展都有影响。他说："这个季节本应是来这里旅游的最好季节，但现在根本就没有游客，战火这么激烈，谁还敢来呢？"他非常希望国际社会给以色列压力，赶紧结束战争，还黎巴嫩人民以安宁的生活。

7 月 25 日（星期二） 导弹就像在头顶上炸开

局势进一步恶化，记者工作区危险重重。今天下午，黎巴嫩首都贝鲁特南郊、真主党基地附近至少连续 3 次遭到以色列导弹空袭，伤亡惨重。

第 1 枚导弹落下时，我正在新闻中心工作，刚做完 1 个视频连线，并传送完 1 档节目素材。虽然说是郊区，但实际上离我工作地距离非常近，因为贝鲁特就巴掌那么大一点地方。

在新闻中心楼门口写稿，旁边是黎巴嫩电视台送的一份快餐

当那巨大的爆炸声响起时，我刚好走到楼门口，巨大的声响使我的耳朵"嗡"的一声就什么都听不见了，耳根子特别疼，我赶紧双手捂着两耳，使劲按着，过了一会才好些。

这时，只见在外面工作的那些记者，正迅速穿上防弹衣，带上头盔，一时有些慌乱，不知该往哪里躲。这里的战地记者，每个人都有自己的防护设备，那些头盔、防弹衣什么的就放在自己脚边，必要时赶紧稀里呼噜往身上穿。

我走到楼外，四处一看，街边上的汽车报警器响成一片，路上不多的几个行人都已经找地方躲避起来。

就在这时，第2枚导弹紧接着落下，巨大的爆炸声再次响起。因为这回是在楼外，所以受到的冲击更大，感觉更加恐怖，那一声爆响，就像在自己头顶上炸开，一下子站不稳，险些摔倒在地。根据经验判断，那枚炸弹起码在一吨以上。

一波未停，一波又起，人们的紧张情绪尚未稳定，不出10分钟，第3枚导弹接踵而至，在场的记者都不知该怎么躲了。无论是楼里楼外，还是车里车外，感觉哪里都不安全。

我们这些各国记者平时只要不是去现场，都不回住处休息，全都聚集在新闻中心楼外，一方面在这里消息灵通，还可以互通有无，另一方面，大家做视频、拍出镜词、用卫星线路传送节目也都在这里。

空地上东一处、西一堆摆满了各式各样的采录设备，一有动态消息，扛起设备就走，一个赛一个能干。今天集体受了惊吓，还好有惊无险，没有人出意外。

距离这里不远的那家中餐馆老板徐祝明听到第一声爆炸响起时没有立刻躲起来，而是跑出来看看，他在接受《环球时报》记者程刚和谷棣的采访时描述说："贝鲁特上空爆起两声震耳的巨响，我飞快地冲出餐馆，看看外面到底出了什么事。就看到浓烟腾地升起在空中，正在判断那是什么地方时，又传来一声爆响。我在贝鲁特10年了，这么厉害的爆炸声第一次听见。"

战地采访不是一般的辛苦，累了席地而坐，三五分钟打个盹就算休息了，饿了随便吃口大饼面包权当充饥。当地记者相对好些，他们有自己的固定住处、固定工作间，还有人跑后勤，开车、采买、保养设备都

导弹袭击当天的现场拍摄

有专人负责。

　　像我这样的外来记者，又是孤身一人奋战，拳打脚踢，所有事都得自己做，形象惨不忍睹，经常吃不上饭，睡不上觉，生活、安全毫无保障。

　　今天中午黎巴嫩台一位后勤人员看我累得实在不像样，顺手递过来一份快餐。我坐在楼口台阶上，一边撰稿，一边吃了午饭，这是我几天以来吃到的最好一份快餐，里面有只鸡腿。

　　导弹袭击过后，大使馆留守武官迟广胜打来电话，代表大使询问我的安危，危急时刻得到关照，心里很感动。

　　我向老迟叙述了当时的经历，告诉他我暂时安全。迟武官说今天几枚导弹落弹点距离大使馆更近，当时他正在室外抽烟，听到动静，飞一样返身钻进地下室。使馆的汽车报警器都不停地叫响，电也停了，只好自己发电使用。

被真主党围追堵截

黎巴嫩真主党连续遭到 3 枚导弹袭击，伤亡一定不小。袭击停止后不久，我很快赶往现场。真主党基地范围，比平时封锁更加严密，表面上什么都看不出来，武力都隐藏在暗处，但只要有人接近这个地方，便立刻会有武装人员出来阻止。

我没有真主党总部新闻中心的许可证，知道自己根本无法进入基地，也无法接近现场中心，只好先在周围拍摄几张照片，先拍几个远距离镜头再说，就这样，我的照相机和摄像机都被强行夺走，拍摄素材也被删除。

据我了解，真主党基地一般都隐藏在居民区里，从外面看，分不出哪栋楼住居民，哪栋楼住真主党。但当地人基本上都知道他们的大概位置。当我进一步接近这个地区时，远远看到道路已被炸毁，路面上有一个巨大弹坑，附近楼房有倒塌，但四周空旷，不见一个人影。

我打开车门，下车拍了几张照片，然后打开摄像机拍摄弹坑和路边被毁的建筑。忽然间，一阵急促的摩托车声由远而近，扬起一片灰尘，这群摩托车直冲我而来，距离近了，看到摩托车上是全副武装的黑衣人，到我身边后，变成一个圆形车队，围着我转了几圈后，齐刷刷停下。

我被包围在摩托车队中间，落了一身尘土，灰头土脸的样子很狼狈，也有些呆愣，不知发生了什么事，怎么一下子冒出来这么多人，都是从哪儿来的呀？因为以前经历过多次风险，练就一身大胆。所以面对这种状况，还不至于惊慌失措，但确实也不知该做什么。只好静静地等着，看看他们要干嘛。

这时，其中一人走过来，一句话不说，一把抢走我手里的摄像机，又抓住我的双肩背包拉下来，打开翻找，把里面的照相机、手机、电池、话筒等东西统统掏出来，交给另外一人，那人拿起来就走。这时，我急了，连忙问："你们谁啊？凭什么抢我东西？"

抢东西那人回答说："我们是真主党武装，这里是我们的重要基地，未经允许，任何人不得私自靠近。"呵呵，都说真主党武装挺恐怖的，这回总算见识了。

以前也接触过真主党成员，他们跟普通人一样穿着，一样做工、做买卖，如果自己不说的话，谁也看不出谁是真主党。

2000 年在黎巴嫩南部报道以色列撤军时，有位真主党成员还送我一顶带有真主党标记的帽子做纪念，我对他们的印象原本是不错的，但这回却大不一样，感觉非常糟糕。这是我首次见识到真正的真主党武装力量。

我被胁迫来到一栋楼前，进入一个房间，里面坐着几位军人，着装不同于黑衣摩托车队。其中一位长官模样的人坐在桌边，桌子上摆着我的那些东西。

我坐下来，主动把护照、埃及常驻记者证、国际记协证件、黎巴嫩当地颁发的短期记者证等所有能证明我身份的证件一一摆在桌上。

一边掏证件，一边说："我是中国中央电视台常驻中东记者，这一地区发生任何重大事件，我都有权利做现场报道。我对你们没有任何危害，没有做任何违法事情，你们为什么不问青红皂白就先抢我东西？"

那位长官还算知礼，语气缓和地跟我解释说："我的人抢你东西不对，但我们也是出于安全考虑，把一切可能的隐患扼杀在萌芽中，万一

武术教练陈朝阳和他的爱徒小瓦奇

你的行为对我们有害呢？"

听了这话，我心里有气，立刻拉下脸狠狠瞪了他一眼。他马上说："别急，别急，我说的是万一。你是记者，你应该知道，目前这里局势对我们非常不利，以色列的轰炸太疯狂，任何事情我们都得小心再小心，防患于未然。希望你能理解。"

谈到这里，我还能再说什么？的确，我理解他们的防范心理，就像我理解以色列军方一样。以色列军方在这方面做得更加让人无法容忍，但是多次经历之后，我理解了，他们的做法的确是从自己的安全角度出发，理解之后也就释然了。

我从桌上收起自己的证件，又伸手拿起摄像机打开检查。果然，刚才拍摄的镜头被删掉了，再看照相机里的照片，同样也被删除了。一天里，又是轰炸，又是被抓，受到那么多次惊吓，流了那么多汗水，付出那么多辛苦，结果素材都没了，做不出节目一切都是白费，我顿

小瓦奇在练功

时感到欲哭无泪。我那后方领导和编导们，能想象出我在前方战地的这些遭遇吗？

离开时，一路上所经过的地方，几乎所有饭店、商场等公共场所都门窗紧闭，大街上除了极少车辆通过，路上根本没有行人，路边或机关企业大门口，只有少数持枪军人或警卫在坚守自己的岗位。

这次导弹袭击造成当地9位无辜平民死亡。

留守战区的中国教练

今天在真主党基地拍摄内容被删除，无法传送画面素材，只好把当天遭遇导弹袭击事件做了电话连线。

下午，采访留守战区的中国武术教练陈朝阳，准备做一档专题节目《中国教练和他的黎巴嫩徒弟》。

黎以冲突爆发十天有余，当地局势越来越严重，为安全起见，绝大部分外国侨民都已经撤离，中国公民170人早已安全离开，但仍有少数人继续坚守在贝鲁特。中国武术教练陈朝阳就是坚守者之一。中国大使馆与仍然留在黎巴嫩境内的中国公民保持着密切联系，每天都要询问他的情况，但他还是要继续坚持下去。究竟是什么原因使他迟迟不肯离开呢。对此，我做了一个专访，原来他是舍不下自己的徒弟小瓦奇。

最初认识陈朝阳是一个偶然。那天，在对当地一位公司老板阿拉拜特、也就是瓦奇父亲的采访中，我看到一名中国教练在公司厂房里正在认真教练一个小男孩儿，在国外看到祖国同胞总有一种亲切感，尤其在目前这种非常时期，我很愿意跟他聊聊，聊过之后选定了这个题材。

陈朝阳4年前来到贝鲁特，从事武术教练工作。黎以交战之前，陈教练原本已卖掉汽车，并退租了居住的房子，准备到卡塔尔有更好的发展，但是在大多学员及家长的强烈恳求下，尤其是在瓦奇父亲的一再挽留下，他最终放弃自己的计划留下来，并且免费教授瓦奇，因为在这个孩子身上，他的确花费了很大心血，而且得到了可喜的收获，小瓦奇在国际比赛中为黎巴嫩争得了荣誉。

由于工作成绩突出，陈教练受到黎巴嫩总统拉胡德高度赞扬和表彰。陈教练说：目前，武术学校因战乱影响而停课，但他仍旧还拿着学

瓦奇的奖杯、奖章和证书

校和黎巴嫩全国武协的工资。因此，在特殊时期他坚持教练小瓦奇，而不再收他的课时费。

10岁的瓦奇，是个非常聪明伶俐、活泼可爱的孩子，从小迷恋中国武术。黎以冲突爆发以来，武术学校被迫停课，瓦奇没有地方练功。他父亲阿拉拜特也是个武术爱好者，而且是黎巴嫩全国武术协会董事会成员，公司因冲突停工之后，倒是有了更多的时间照顾孩子，为了使孩子不中断武术学习，他在自己公司厂房三楼开辟出一间练功房。

练功房里，简单铺了层地毯，墙上贴着黎巴嫩武术功夫协会的会标和一幅陈朝阳演示功夫的大照片，10岁的瓦奇身穿黄色功夫服在认真地练武。

我在一旁观看了他的一招一式，陈朝阳时不时用英语指点一两句，偶尔还手把手地教。陈朝阳对我夸赞自己的学生说："他学了才3年半，真是聪明，一个外国孩子，跟他讲精、气、神，讲手眼身法步，很多人都一脸茫然，但他都能听懂。"

不久前，瓦奇在意大利的世界武术邀请赛上刚获得少儿组长拳、刀术、棍术3枚金牌。在黎巴嫩体育界，这可是极其罕见的好成绩。

　　黎总统拉胡德亲自接见了陈朝阳、瓦奇和其他优秀的武术队队员。瓦奇还上了在阿拉伯国家非常有名的一个造星电视节目，成了著名的功夫童星。而中国武术运动，也因此在黎升温。

　　陈朝阳说："小瓦奇是一棵不可多得的好苗子，我太喜欢他了。在他身上我可以实现自己的目标，弘扬中国的武术精神。不久将有一场重大比赛，在这个关键时刻我不能放弃。"

　　我问小瓦奇："你喜欢中国功夫吗？"

　　他说："非常喜欢。"

　　我问："练功累不累？"

　　他说："很累啊，但是我不怕。"

　　我再问他："你想去中国吗？"

　　他特别兴奋地说："很想去啊，我一定会去。"

　　在瓦奇房间里，我看到墙壁上挂满了他的奖章和证书，床头柜上有一只他的奖杯，还摆着陈教练跟总统拉胡德的合影。

　　不久之后，瓦奇将参加在马来西亚举办的首届世界青少年武术锦标赛。今年 10 月份，还将参加在中国深圳举办的功夫之星全球电视大赛。2008 年他还将代表黎巴嫩参加在北京举行的奥运会。

　　希望瓦奇在即将参加的赛事中获得好成绩，不辜负陈教练在局势这样危急的情况下对他的培养训练。

　　战前，美、法在黎侨民有 2 万多人，菲律宾侨民人数已超过 9 万，相比之下，中国在黎侨民只有 200 来人。我从中国大使馆了解到，在撤出 170 多人后，滞留在黎巴嫩的中国人已寥寥无几，其中有些是在黎扎根较深的人，也包括个别在当地成婚的人。但陈朝阳的情况却不同，他到黎巴嫩后已经 4 年没有回家了，非常想念自己的妻子和儿子，可即使在如今这样不安全的情况下，他仍选择了继续留在贝鲁特。

　　黎以交战十几天来，真正能坚持来训练的就只有瓦奇一人。原先的训练场在离贝鲁特不远的山区小城巴布达，旁边就是真主党武装的一个基地。

　　冲突一开始，那里就被以色列轰炸了。陈朝阳原先租的房子在贝鲁特的海滨，以色列飞机空袭摧毁了相距很近的一个灯塔，那儿也不安全。陈朝阳索性退掉了自己的房子，搬到厂区的一间小屋里，虽然艰苦一些，但训练得意弟子更加方便。

在陈教练看来，参加世界大赛和亚运会，瓦奇要和真正的中国武术高手、和成年人同场竞技，动作的难度要加大很多，还需要仔细雕琢。他说：这孩子有希望，我们的目标还有2008年北京奥运会！

7月26日（星期三）　中国维和观察员杜照宇遇难

昨天晚上，联合国中国观察员杜照宇，在黎巴嫩南部联合国海亚姆观察站遭导弹袭击遇难。同时遇难的还有奥地利、芬兰和加拿大3国的维和观察员各1名。这4名遇难者遗体将被运往纳古拉联合国驻黎巴嫩部队司令部，在那里将进行遗体辨认以及善后工作。

事发当晚，名为海亚姆的哨所被以色列导弹击中，当时正在执行任务的联合国中东停战监督组织军事观察员、年仅34岁的中国军人杜照宇，不幸以身殉职。

杜照宇这个名字我比较熟悉，因为我儿子杨烨认识他，多次跟我谈起他。1年前，儿子去印度时，还曾与他同桌就餐，谁承想这么英武的年轻军人就这样魂丧异乡。

这次袭击是在当地时间25日晚上7点30分左右发生的，被袭击的观察站海亚姆位于谢巴农场西部。观察站被彻底炸毁，4名不同国籍的观察员被坍塌的建筑掩埋在下面。

当时，联黎部队司令部马上命令最近距离的印度营前往营救，但由于使用工具范围有限，救援工作十分困难。直至凌晨找到第3具遗体时，才被确认为中国观察员杜照宇。寻找过程中，以色列对那个地区的袭击一直没有中断。

事件发生后，中国及联合国对此都感到十分震惊，认为这是以色列军方蓄意而为，表示强烈谴责，并要求以色列采取措施，确保联合国驻黎巴嫩人员的生命安全。

中国驻黎巴嫩大使馆在得到消息后，立即投入紧张工作，一整夜时间里，与各有关方面密集联络，拨打接听电话近千次，密切关注着事态发展。与此同时，密切保持着与前方工兵营联络，关注他们的安危。

黎以交战以来，已经发生针对联合国部队的多次袭击。此前，1对尼日利亚观察员夫妇在苏尔租住的民房被炸，夫妇双亡。加纳和加拿大各有 1 人被炸伤，印度 4 人被炸伤，目前正在接受治疗。

当地局势日渐恶化，使联合国维和部队所处的环境变得很恶劣，限制了维和工作的正常进行，但我们中国维和官员仍然坚守工作岗位，继续对当地的人道主义援助工作。

中国在联合国驻黎巴嫩维和部队总共有 190 人，其中 182 人是维和工兵营，驻扎在苏尔附近的哈尼亚特；5 名参谋军官在纳古拉的联黎总部；另外 3 名观察员分别在海亚姆、马鲁拉斯和苏尔。

现在海亚姆的杜照宇已经牺牲在自己的岗位上，苏尔的观察员已转移到纳古拉总部。

下一步，我得找时间去趟中国维和工兵营，报道他们的生存状况，这肯定是他们的家人以及广大观众希望看到的。

连续一周做"烽火连中东"节目的位置现场，背景只有军人和记者

因着装不当遭指责

就杜照宇不幸遇难事件，我及时做了 2 条电话报道，又在每天的直播窗口"360 烽火连中东"节目中，详细报道了事件经过和善后工作进展。

这次直播中，我穿了一件橘红色上衣出镜。播出结束后，立刻接到驻外处领导张欣电话，遭到严厉批评。一顿大棒之后，张处又婉转地说："梁老师，我知道你做事严谨，从来不会犯这样的低级错误，你也许有自己的原因，但我们就事论事，节目播出期间，就已经有敏感观众打来电话提出指责。你知道现在收视率非常高，有多少观众在看着你，这个影响不是你个人的，是对咱全台的影响。"

最后张欣又说："梁老师，我们都挺心疼你的，知道你一个人在那里不容易，抽时间休息一会儿，去买几件衣服吧，处里会给你报销。"

张欣一席话，胡萝卜加大棒，虽然心里有些暖意，但更多的是委屈，心里特别难受，但又无话可说，眼泪止不住往下掉，我哽咽着挂掉电话。

我在央视工作了大半辈子，只有立功受奖，没出过任何差错，哪怕一丁点微小的差错都没出过，从未受到过任何指责。

运输救援物资的联合国车辆

放下手机，我坐在台阶上埋头痛哭，这并不仅仅因为委屈，而是多种因素加在一起的发泄。

战争的残酷、战地工作的艰辛、亲身经历的险情、同胞的遇难、当地人的惨状、自己身负的病痛等等，多日以来都积压在身上无处排解，精神几乎陷于崩溃。这时，我想到了压弯骆驼的最后一根稻草，我知道自己也许坚持不了多久了。

痛痛快快哭过一场之后，心理压力终于有所缓解。

我当然知道，出镜报道时穿这件衣服颜色不妥，但的确没时间更换。因为我一早从住处出来时，穿着这件衣服是去贝鲁特南郊被炸现场采访。而我在出发时，台里几个频道都还没有人给我约定要做视频。如果有事先约定的话，我不可能不考虑着装颜色。穿上这件衣服，不过是出于对自己的保护。

每次出入重大天灾人祸现场时，我都会选择穿红色或橘红色外衣，以备不时之需，这是我自己总结出的战地防护经验，衣服色彩鲜艳醒目，一旦在现场遭遇危险，便于他人发现目标及时搜救。

得知后方编导给我约了视频时段，从现场紧忙往回赶，我得吃饭换装，然后赶去新闻中心直播地点。但由于被炸现场那边路况非常不好，出逃的难民车辆太多，实在无法在预定时间内赶回来，只好放弃吃午饭，也没时间回去换装，直奔视频现场，就这样也差点儿没有按时到位。

在驻外记者行列，我的出镜率较高，就算镜头前有些风光，但镜头背后吃了多受苦，受了多少累，遭了多少难，有谁会知道？本行人都不一定看清楚，更何况那些不明真相的观众，所以他们的质疑我能理解。

黎巴嫩急需国际援助

只要有战争就会给民众带来灾难，生活秩序被打乱，安全毫无保障。联合国维和观察站都能被炸，其他地方就更不用说了。当前，黎巴嫩最主要的问题就是安全和人道主义危机，他们急需国际人道主义援助。

交战期间，人身安全毫无保障。昨天下午，贝鲁特遭到交战以来最猛烈的导弹轰炸，造成不少人伤亡。中国公民绝大部分已经在大使馆帮助下安全撤离。现在只有少数人保留自己的撤离底线，但大使馆与他们保持着密切联系，随时关注着他们的安全。今天最后一批美国人已经从海上撤出。但绝大多数当地人却无处可逃。

这里的人道主义状况非常糟糕。目前，已经有几十万人从黎巴嫩南部撤出，还有贝鲁特郊区被轰炸后无家可归的人，大批人都聚集在贝鲁特市区各地，食品、饮用水匮乏，难民生活陷于困境。在南部，仍旧还有很多居民留在当地无处可去。

南部港口城市开辟了一个人道主义救援通道，正在运送救济物资，但据说只是杯水车薪，仅够几万人维持几天。现在黎巴嫩已面临严重人道主义危机，有几十万人需要生存，所以急需国际社会救援。

个人状况危机

记者不是铁打的人，也有自己的情感，有人生七情六欲；有情绪高涨时，也会有情绪苦闷、低落、晦涩时；白天在人前雷厉风行，精明干

罗营长手里拿着飞进营区的弹片

练；夜深人静独处时，也会感到孤独、无助，每到伤心时，也会潸然泪下。尽管熟悉我的周围人常说我是工作狂，在中东地区中外媒体圈里，有些人戏称我为"中东铁娘子"。但实际上，我不过是一名年过半百的中年妇女，且健康状况较差。由于早产，我小时候体质先天不足，后天又患多种疾病。连日来，独自在战地奔波，残酷的现实、恶劣的生存状况，更严重地毁坏了我的健康，致使我的身体状况陷入严重危机状态，我不知道自己还能支撑多久。

白天在做时空连线之前，一时情绪非常低落，精神有些恍惚。站在二楼视频窗口位置，看着楼下那些持枪军人晃来晃去，看着几位西方记者守着自己的设备各自忙碌，忽然间有些冲动，竟然想从窗口跳下去。

我想不通为什么和平年代里却有这么多战争和伤亡，而我几乎每年都要做有关战争、动乱、爆炸等与死亡有关的报道，有时候眼睁睁地看着却无法制止。工作中，我用自己的毅力坚持做报道，但实际上，我的心理早已经崩溃。

如果我以跳楼行为抗议战争，以我一名普通记者的跳楼事件，是否能够造成一些影响，立即制止这场战争呢？如若可以，我宁愿跳楼，也要让这场战争马上停下。但我知道这不可能，也无济于事，我只能强忍内心痛苦，强忍一切情绪和眼泪，站在镜头前。时间到了，窗口一开，面对的是几亿观众，必须马上进入良好的直播状态。

从 14 号出发之前，左脚已经扭伤，在战地又接连扭伤 2 次，现在左脚踝已经肿得几乎不能动，每走一步路都钻心疼痛，右腿膝关节也开始肿痛，以前有过这种症状，但我没时间到医院治疗。双腿都吃不上力，从住处到传送点，十分钟距离竟然摔倒 2 次，只好买了根拐杖助行。

晚上一口饭没吃，继续撰稿。夜里发烧了，浑身酸软无力。

今天其他方面信息：

1、据了解，真主党总书记说，他们不怕以色列的强大打击，要把战火继续延续下去，甚至超过 1 个月。如果真是这样的话，当地的局势会更加令人担心。

2、阿拉伯媒体报道说，真主党在激战中打死 12 名以色列士兵，但以色列方面予以否认。

背景是美国希腊等国撤侨的港口

3、今天有 1 架约旦飞机飞到贝鲁特机场接运伤员到约旦治疗,这是黎以交战以来首架他国飞机在贝鲁特降落。

4、在罗马正召开的会议上,美国国务卿赖斯想推出她的新中东方案,阿拉伯国家要求先停火,然后再谈其它问题。其实近年来,美国多次在不同的场合提出过的大中东计划,被阿拉伯国家普遍抵制。

7 月 27 日(星期四) 工兵营安全无保障

进入贝鲁特以来,一直想去中国工兵营,看看维和官兵们的生活、安全状况,今年 4 月份,中国维和工兵营跟乌克兰维和部队交接时我去做了报道,我知道那里的地理位置是本次黎以交火的重点地区,因此,一直牵挂着工兵营的安危。

今天晚上,终于打通了工兵营长罗富强的手机。罗营长说:"黎巴嫩南部当地状况相当危险,当地以及工兵营安全毫无保障。这里道路、民房很多处被炸毁,公路上到处是十几米、甚至 20 多米深的大坑,联合国部队的物资无法运送,基本上从以色列方面运过来。但工兵营仍然

被炸毁的油库

坚持在当地执行维和以及救援任务。每次出勤时，都得提前申请时间和路线，但以色列军方往往不给。在前往提尔地区救援时，经常被迫在中途停顿待命，原因是将有空袭，必须先躲避。不过，即使是躲避也没有安全保障，纳古拉司令部大院曾几次中弹，其他各个营区也有很多中弹的。中国工兵营区内常有大块弹片飞进来。因此，目前最需要关注的就是安全问题。

关于食物、饮水，罗营长说："中国营的物资储备目前还没有问题，营区有水井可以保证用水。粮油蔬菜等物品储备也够。但印度和加纳营的用水已告急，他们已让司令部申请时间段，运输供给，但以方并没有提供安全时间。"

当我提到想去工兵营采访时，罗营长说："非常欢迎你来这里采访，但目前不是时机，你千万不要冒险行动。民用车是绝对不能贸然进入这个地区的，95% 以上的可能会遭到空袭，另外的 5% 还可能遭到炮击。只有带 UN 标记的车辆事先向总部提出要求，请以方给予安全保障，才能在约定的时间和范围内通过，但是这个保障往往实现不了。"

今天给《高端访问》栏目编导程越传送一个节目，以港口和侨民为背景做了现场出镜，叙述中国 22 名侨民搭载希腊军舰撤离的小故事。

黎以冲突爆发之后，撤侨是最受国际社会关注的问题之一，大家也许都知道 19 日被困在贝鲁特码头的澳大利亚侨民约有 200 来人。他们原定随一艘希腊军舰撤走，却在码头上待了一夜。以色列为这艘军舰离开设定了最后期限，时间一过就拒绝保证军舰的安全，无奈之下，希腊人只好离开。

实际上，我们中国的 22 名侨民，也是搭乘这艘希腊军舰撤走的，说起来也是一个小故事。

18 日晚上，中国驻黎大使馆得到消息说有一艘希腊军舰可以搭载侨民撤离，便立即与他们联络，争取帮我们撤离一部分侨民，经再三争取，希腊同意我们搭载，随后使馆紧急联络准备撤离的中国侨民。

19 日当天，中国侨民在希腊使馆集合，这时候希腊方面又提出要我们缩减人员，只同意 12 人上船，但是赶来的人早已超过 12 个，就在我国侨民在码头上等待的时候，意想不到的情况发生了，按照事先排定的顺序，我们应该比较早登舰，但是以色列方面缩短了保障安全的期限，因此，希腊方面临时决定让自己的侨民先上，然后才让中国人上，逃命的时候谁都不想落后，不用说这时又是一场混乱，大使馆工作人员赶紧继续做工作，最后中国有 22 人搭乘这艘军舰安全撤离了，而澳大利亚侨民却被留在了码头上。

7 月 28 日（星期五）　首次冒险南行

这几天战区局势越来越紧张，我打算南行试试，有可能的话就去我们的工兵营，如果前行困难，就在油库被炸区域采访。

现在有胆量去南部的司机越来越少，一大早打了好几个电话约不到出租车，一听说去南部，司机们都一口拒绝了。实在没办法只好站在路边截车，但路上出租车并不多，而且只要经过我身边，都是飞驰而过，不肯停下，还有的从老远就冲着我摇手拒绝。我心里非常明白，因为人家从老远就看出我是一名战地记者，身上穿着战地服，背着一身的器材设备，脚边还放着头盔和防弹衣，一看就知道是要去战地，谁见了都赶紧踩一脚油门，加速躲开。

等了 1 个多小时，其中也有车辆停下来询问地点并砍价，有的一听去南部，就拒绝了；也有愿意去的，但是要价又太高，直到第 19 辆车停下来，几轮砍价后，同意以 400 美元价格带我去冒个险，赶紧上车出发。

才出贝鲁特十几公里，路况越来越差，满目所见，到处是被炸毁的公路桥梁，建筑物废墟，尤其是走到 20 公里左右，前些天被炸毁的电站油库地区，现场仍旧烈火熊熊，黑烟滚滚，一片恐怖景象。

看到这些，司机腿脚发软，说什么也不继续前行了。我一看，前方道路的确更不好走，而且自己的身体状况也非常糟糕，只好同意打道回府。

跟真主党秘密接头

南方去不成，我想跟真主党联系一下，有可能的话了解一下他们的生存状况和抵抗计划。这些天，在住处附近购买大饼面包时，跟一位名

中国记者聚餐告别

叫穆罕默德的小店员有些熟悉了，无意中得知他是一名真主党成员，就想找他帮忙联系。

当我找到穆罕默德说明来意时，他有些吃惊地问："你怎么知道我是真主党？"

我回答说："啊哈，在买东西跟你闲聊时自己判断的。"

他说："看样子你挺精明的。"我心想，那当然了，我当过外交官呢，这点儿小事算什么。我恳请他帮我联系一名真主党官员做个采访。

穆罕默德很为难地说："我个人想帮你一把，但我们有纪律，这事不大好办。"

我说："你尽力呗，我在阿拉伯国家好多年了，对你们办事规律和效率都比较了解，特殊情况下有些事还是很好办的。"

穆罕默德果然不负我望，很快联系了一名负责人，同意接受采访，并约定了见面地点。

我跟穆罕默德准时赶到约好的地方，等了半小时却不见被采访者人影。我让他打个电话问问，结果对方回复说："地点改变，你带她到下一个地方等候。"

看着穆罕默德毫不在意，带着我就走的样子，我猜想这种做法也许是他们的惯例，也许是一种安全防范措施。

走过两条街，在一间不起眼的水果店里，我总算跟这位真主党负责人秘密接头了，感觉有点像影视剧里地下党接头一样，不断改变时间、转移地点，挺神秘的。

这是一位片区小负责人，看他跟普通人一样穿着便装，一点儿也没有军人的威严，不像我被真主党摩托车队围追堵截时见到的那些人。这位同意接受采访，但拒绝拍照和摄像，也不允许录音记录。真是让我哭笑不得，无可奈何。只好仅凭脑子记忆，做个电话连线了事。

下午和晚上，又去加油站、超市、居民区、难民所等地巡视一圈。黎巴嫩局势日益恶化，经济遭到重创，商人趁机抬高物价，难民越来越多，已面临严重的人道主义危机。目前在贝鲁特大约有几十万人无家可归，少数有钱人住得起旅馆饭店，大多数人只能在学校教室里居住，还有相当数量的人只能在露天广场或公园里的大树下暂时栖身。由于居住条件差，食品、药物短缺，一些人的身心健康已受到严重影响。

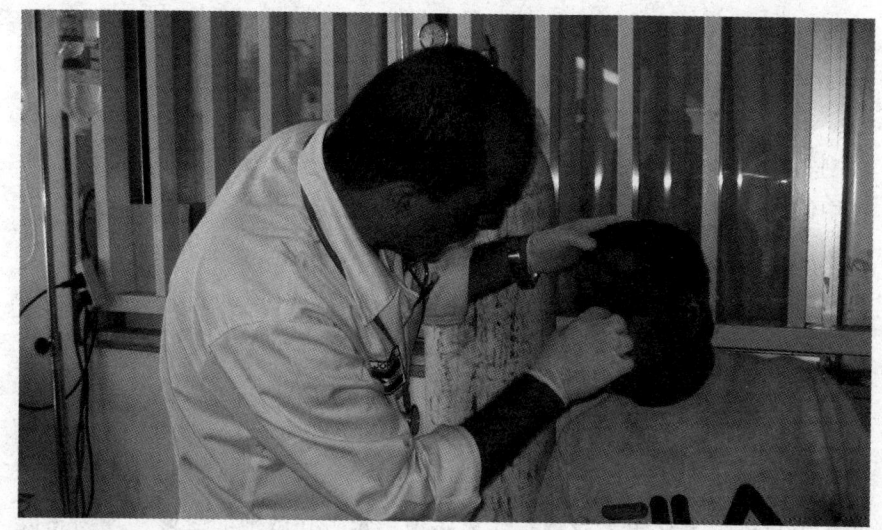

医生给利雅得治伤

目前，贝鲁特南部一个港口城市已开辟一条运送救援物资的安全通道，一些救济物品正陆续运送过来，但据说这些只不过是杯水车薪，仅够几万人维持不多时日，解决不了根本问题，因此急需国际社会的救援。

几天以来，一些贝鲁特居民开始大批量购物，商人趁机抬高物价，有的东西价格比平时高出好几倍，甚至十倍以上。为此，当地政府已经发出通知，开通了热线电话，一旦发现严重哄抬物价和囤积居奇者便可以举报。

当地有消息说，已经有 1 名哄抬天然气价格的巨商被拘留并处以重磅金罚款，他将原本 8 美元一罐的天然气买出了 40 美元的高价，被举报核实后受到处罚。

7 月 29 日（星期六） "凤凰"记者为什么要撤离

又是几天没有正经吃饭了，晚上几个中国人在"小中国"餐馆聚餐，吃的东西并不多，回来后照样和上次一样，上吐下泻，也不知是长期只吃面包饼干不习惯炒菜呢，还是别的原因，总之别人都没事，只有我这样，也许是胃病又犯了。

来聚餐的共有6名中国战地记者，除了我之外，有《环球时报》的程刚和谷棣，谷棣我几年前就认识，2003年在约旦报道美伊战争时，他在中国驻约旦使馆当外交官。有凤凰卫视的陈晓楠，还有我在埃及认识的凤凰卫视驻站记者温爽，另外1名摄像我不太熟悉。餐馆老板徐祝明、武术教练陈朝阳也和我们同桌就餐，并一起合影留念。

凤凰台陈晓南23日才进入战地，比我晚到好几天，可她明天就要撤离，温爽比晓楠早到几天，但她和摄像2天后也要离开。这次聚餐是非常时期难得的中国人聚会，也是给凤凰台几位同行送行。

关于陈晓楠等人撤离，我有点想不明白。黎以交战以来，凤凰台每天节目中反复使用大量镜头，展示他们记者在战地的身影，现场感极强。但实际上，这几人却是来得晚，走得快，根本没在战地待几天。陈晓楠进来只有短短5天，温爽稍微长一些，不知凤凰台为什么这样做。

凤凰台新闻节目耐看，很有特点，我跟凤凰记者接触也不少，对他们的人和节目都没有任何偏见，但对于这次过早撤离真的是很不理解。也许是他们领导太关爱重视自己的记者吧。

前往黎巴嫩南部

战地医院展开国际救援

黎以交战持续不停，越来越多的南部居民逃离自己的家园，截至目前，已经有几十万黎巴嫩南部居民逃到贝鲁特避难。他们大多数被安置在当地中小学教室里。也有相当一部分人居住在露天广场或公园里，生活条件非常差，伤病员人数急剧上升，急需得到治疗。为此，约旦、沙特、埃及等国纷纷为黎巴嫩提供医疗援助。至今，已有 6 架约旦飞机降落贝鲁特，给黎巴嫩带来人道主义救援物资，这些物资主要包括药品、食品、帐篷和日常生活用品。

几小时前，我到约旦在贝鲁特建立的一个临时战地医院采访，这个战地医院是昨晚刚刚建立起来的，主要是为那些从南部撤出的居民及伤员提供医疗服务。

战地医院的主治医生哈利德和院长法哈纳分别介绍了情况：这所医院是由一所学校临时改建的，我们带来了经验最丰富的医生，为这所临时医院设立了门诊室、治疗室、药品库以及大小两个手术室，在手术室配备了设备最先进的手术器械，能够完成高难度内外科各种手术。医院 24 小时提供服务，一天多来，已经接诊病人和伤员大约三四百人。

在医院里，我看到各个科室几乎都有病人、伤员就诊，其中有不少妇女、儿童和老人。在外伤治疗室，我采访到一位名叫利雅得的伤员，他家住在黎以交战比较激烈的马龙拉斯地区，在一次以色列的轰炸中，他家住宅被炸毁，自己也受了重伤，只好到贝鲁特暂时避难并接受治疗，现在他已和自己家人失联，不知其他家人是否安好。

7 月 30 日（星期日） 众多无辜儿童命丧黄泉

今天凌晨，南部苏尔地区附近的加纳小镇遭到以色列密集轰炸，致使 27 名无辜儿童命丧黄泉，其中有的还是残疾儿童。遭到轰炸的几个地区，总共有 50 多名无辜平民死亡，战争的残酷性展露无疑。

面对这些，我非常难过愤怒，身心似乎都在颤抖。

贝鲁特被激怒了，很多居民、一些知名人士、还有著名歌星等聚集在联合国办公大楼前举行抗议活动，愤怒的人群砸碎了联合国大楼的玻璃。

逃出南黎巴嫩的车辆拥堵在路上

　　战地花费比日常高出许多，带出的现金已不够使用，我知道从驻黎巴嫩使馆不太可能借出钱来，只能冒险跑路，到叙利亚找哥们李景芳借钱，回开罗后也便于归还。

　　包租一辆车，车顶铺上一面国旗，边角用车窗玻璃缝隙固定，早上从贝鲁特出发，下午到大马士革，夜晚返回到贝鲁特，一整天时间都在路上，行程 1000 多公里。

　　返回时在北部边境几个小镇，跑了 7 个加油站都没加到油，能源危机已出现。

　　返回贝鲁特不足 2 小时，我之前经过的那个路段遭到以色列数轮轰炸，有好几个路段被炸毁。我庆幸自己在大马士革没有休息，庆幸在路过的小镇上没有停车吃饭，庆幸司机一路加速狂奔。如若不然，那几次轰炸会正好被我撞上。真得说我自己确实是命大，也得好好说几句：赞美安拉！感谢安拉！

　　奔波一天，身体状况非常糟糕，晚上又开始发烧。

7月31日（星期一） 再次冒险南行

吃过退烧药，睡了几小时，早上起来感觉好些。以色列军方同意给黎巴嫩南部地区居民留出 24 小时安全期，不予轰炸，让他们尽快撤离，我决定借此机会走访工兵营。

以色列军方有时说话会不算数，他们也许不会真的停火，但我很想去工兵营实地看看，了解我国维和军人的具体情况，就和谷棣、程刚两位文字记者一同租车启程了。

走访南方这 24 小时之内，以色列军方果真不守承诺，并没有真正停火，我在加纳和中国工兵营驻地附近，两次亲历以色列的空袭和炮击。

大批难民逃离家园

谷棣和程刚是《环球时报》记者，在我进入贝鲁特几天之后，他们从叙利亚南路进入贝鲁特。这些天各忙各的，极少见面，但几乎每天都

当地人哈桑介绍遭遇空袭后的惨状

通电话，相互问安，这次去南方不谋而合都想一路同行。我们包租一辆性能较好的越野车，在车窗外挂上中国国旗，带着便携设备，穿着防弹衣出发了。

出贝鲁特市区继续南行，18 公里之后，沿途所有大小桥梁完全被炸毁，公路上布满了一个又一个遭空袭和炮击后留下的巨大弹坑，路边的油库、超市、加油站以及民居建筑也有很多被摧毁，到处可以看到被炸后的废墟。

在前几天被炸毁的那个大油库前停下车，我们下来查看，这么多天了，油库仍旧冒着浓浓的黑烟，空气中还飘散着焦糊味儿，地上黏糊糊的，走一步一个脚印。我们几个在这儿给自己拍了张战地留影。

稍作停留继续前行，看到对面见首不见尾的杂牌车队拥堵在一起，朝着贝鲁特方向缓慢行进。车上满载着大批男女老少，形形色色人等，这些都是家园被毁、逃出南部的居民。

越往前行，路况越差，出入南部的几个关键路段，遍布一个个弹坑，出逃的车辆也越来越多，拥挤不堪。

由于长时间不能通行，人们都担心以色列在这种时候空袭，人员这么密集，又无任何遮挡，那样的话会造成难以想象的伤亡。因此，人们的情绪十分焦躁不安。

逆向而行奔向南方的车辆寥寥无几，车上坐的都是像我这样，不顾自身安危也要亲历现场的各国记者。由于对面车辆拥堵，我们也无法前行。因此，从贝鲁特到加纳 100 来公里的路程，我们花费了 6 个多小时才到达。

战争景象惨烈

沿途路过黎巴嫩南部小镇加纳，这里是黎以交战以来，遭受以色列轰炸最为严重的地方，昨天凌晨，27 名无辜幼儿就在这里被炸丧生。

在加纳，我的所见所闻比沿途其他地方看到的景象更为惨烈。在一栋栋倒塌的建筑物下，散发出一股股恶臭气，那是尸体腐臭后散发出的味道，早在 2000 年报道海湾空难时我便领教过那种强刺激的味道，后来在巴以地区、在阿尔及利亚、在约旦我又领教多次，那种味道的恶心

空袭警报突然响起，迅速进入地下掩体，我忙着跟拍，所以没顾上穿防弹衣

程度无法用语言描述，衣服、身上沾染这种气味怎么洗都洗不掉，衣服可以扔了不要，但身上的味道即使一天多洗几次澡也无济于事，难以去掉。

在一处废墟前，看到几位老人表情木讷地靠在残垣断壁旁，我走上前自我介绍，然后向他们了解情况。他们早已被失去孩子的剧痛所压倒，没有了眼泪。

一位老人用手指着前面那栋倒塌的楼房说："那不是真主党基地，那是我们的家，27名被炸死的孩子难道是真主党吗？以色列竟然以轰炸真主党为借口，轰炸我们平民百姓，他们还有人性吗？"

往前走了几步，我看到那断墙上残留着干枯的血迹，废墟边上堆积着被扒出来的儿童衣物鞋袜，还有婴儿纸尿裤，一只小鞋从缝隙里露出一半，从这些遗物便可以判断出遇难孩子的年龄。我心里一阵绞痛，不忍再看。

加纳镇位于苏尔东部偏南16公里的地方，居民1.4万多人，以种烟草和烟草加工为生，目前大部分居民已经撤离出去，剩下的人一部分因为难以割舍自己的家园及畜牧等财产不愿意离开，另一部分人留下，则是为了给别人提供一些帮助。几个给我们带路和介绍情况的人，为安

抢修道路

全起见，都不愿意透露自己的姓名。

我是在当地时间下午 3 点半左右到达加纳的，脚跟还没站稳，就听到不远处传来爆炸声，脚下的土地紧跟着震动。

3 小时之后，在十几公里外的中国维和部队工兵营附近，再次传来以色列的炮击爆炸声。以色列军方果真不遵守承诺，在 24 小时安全期内，仍旧对黎巴嫩南部发动多次炮击。

走访维和工兵营

中国驻南黎巴嫩维和部队工兵营是今年 3 月下旬抵达黎巴嫩的，4 月 9 日，与乌克兰维和部队举行了交接仪式，驻守在南部的哈尼亚特地区。当时我奉命前往做了现场报道。

工兵营以成都军区驻滇某工兵团为主组成，下辖一个排雷连、一个工程连和一个保障连，部署在黎巴嫩南部的哈尼亚特地区，这是中国第一支赴中东执行联合国维和任务的部队，承担着执行联合国驻黎巴嫩维和临时部队司令部赋予的在任务区排雷，修建和维护道路、建筑物、停机坪等任务，同时担负对黎巴嫩南部地区的人道主义救助任务。

搜救被埋压人员

　　联合国维和部队是根据安理会 425 号、426 号决议于 1978 年被派往黎巴嫩南部执行维和任务的。这支部队目前有 1990 人左右，分别来自中国、印度、加纳、法国、波兰等国家。此外，联合国还向这一地区派驻了 51 名国际观察员，以监督黎以边界停火为主要任务。

　　中国维和工兵营驻地位于黎巴嫩南部边境大约 10 公里左右的哈尼亚特地区，共有 182 人，以年轻人居多，"80 后"大约占了 70% 以上，年龄最小的刚满 20 岁。

　　那时，他们初来乍到，对什么都感到新奇，但绝对想不到的是没出 3 个月就亲身经历了战火的考验。他们冒着危险，帮助当地护路修路，填埋弹坑，从被炸毁的建筑物中搜救被埋压人员，受到当地人的感激和拥戴。

　　中国维和军人，为维护世界和平不顾个人安危坚守在战区。为了让这些军人的家属了解他们的现状，减少对他们的担心和牵挂，为了让观众知道这些官兵在如此危险条件下是怎样生活工作的，我没有听取工兵营长罗富强劝阻，冒着被导弹及炮火轰炸的危险，一路艰辛赶到工兵营，做实地采访。

　　在到达之前，我一直坚持不跟罗营长联络，因为我知道如果联络早了，他马上就得通报给武官迟广胜，我就有可能遭到阻止。因此，直到快接近工兵营门口了，我才打电话说："罗营长，我很快就到营地门口了。"

罗营长有点不相信自己的耳朵，他说："梁记者，你胆子真是太大，还真来了，别的见面再说，赶快进来，我命人迅速去门口接应。"

很多天连续疲劳作战，我身体状况越来越差，几乎快顶不住了，实在没有精力写更多。跟《环球时报》记者谷棣和程刚商量一下，决定素材共享，他们的文章内容我节选了一些，跟我自己的编写在一起，这些都是在工兵营采访的珍贵记录。

由于时间紧迫，当天还得返回贝鲁特，到达营地后我们三人没顾上休息，先请罗营长介绍了总体情况，然后分别进入细节采访。

采访期间，工兵营附近遭到两次炮击，当警报声尖锐地响起来时，所有官兵非常迅速地跑到地下掩体躲避，我迅速跟进做现场拍摄，来不及穿防弹衣。警报解除之后，出来一看，弹落点处的浓浓硝烟还没有散尽。

罗营长给我们介绍说："修路、保障联合国驻黎临时部队任务区内的道路畅通，是目前战时状态下工兵营的重要任务之一。联黎部队的给

开饭了

就餐的官兵们

养基本上是用船运到司令部所在的黎巴嫩最南部港口纳古拉，然后各个部队再从纳古拉运回自己营地。"

与此同时，联黎部队当下最重要的人道主义救援任务也必须以路通为基本条件。但是，联黎部队的任务区正是冲突爆发20天来战火最猛的地域，道路上直径十几米，甚至二十几米的弹坑有的是，最要命的是，以色列极少同意给联黎部队开"安全窗口"，就是说在一定的时间内对一定的地段停止轰炸和炮击，让联黎部队能够执行像修路、救援这样的任务。

即使在这种情况下，中国工兵营还是胆大心细地前后抢修了50多公里的道路，而且还出动人员，探明了新的运输路线。

采访中我了解到，工兵营在执行抢修道路任务同时，自己也曾受到道路被炸的困扰。几天前，他们的车辆到纳古拉总部领取食品等给养，十几公里的路程硬是走了3天，原因是以色列就是不给"安全窗口"，路一直不通，眼瞅着不能把物资给战友们运回来，负责去拉货的中尉急坏了。

3 名记者跟罗营长等人在观察哨留影

　　黎南部变成战场后，人道主义救援成了工兵营随时必须领命出发的最要紧任务。30 日凌晨，加纳村惨剧发生后，他们接到联黎司令部的命令，立即赶往救援，各国电视台播放的画面里，头戴蓝盔、身穿蓝色防弹背心的维和部队救援士兵，就是中国工兵营战士。几乎可以说，目前在黎巴嫩南部，只有中国工兵营还能出动挖掘机等大型机械，他们在救援中发挥了非常大的作用。

　　副营长许红才参加了加纳村救援工作，他对我们说："刚靠近炸死了几十人的那座房子，就闻到一股非常重的尸体腐臭气味，那种悲惨的情景一辈子都忘不了。"

　　一名司机在路上停车到路边去方便，没想到一低头，映入眼帘的是一条被炸断的人腿，吓得转头就往回跑。

　　我对罗营长说："现在大家最关心的是工兵营的安全状况。"

　　罗营长说："营地位置确实相当危险。绕整个工兵营的营地走一圈起码要 20 来分钟。"唐俊上尉说，他们查 15 个哨位，走一圈要 1 个半小时，穿着防弹衣，浑身就都被汗湿透了。从这个营地往南望过去有一道不高的山梁，山的那一边就是以色列；营地东边有一个很深的山谷，那里有一个真主党的训练营地，所以以色列经常轰炸那里。

由于距离很近，营区内飞进弹片是经常的事，我看到官兵们在营区里捡到的几枚弹片，最大的一个我用手提起来都很吃力，小的一片，边口也非常锐利。这样的弹片真要是在爆炸时那么高速地打进人体，肯定会出大事。现在工兵营几乎每位官兵手里都有大小不同的弹片，为的是留作纪念。

第一个在营区里拾到弹片的是许红才副营长，他的眼神特别好，一眼看见空中有东西飞下来就紧紧盯着，眼看着一块小弹片掉在离自己不远的地方，捡起来时，弹片还发烫。

正说话间，不远处一声炮响，几位军官一听，说："是以军炮弹出膛的声音。"过了一会儿，远处又是一声巨响，他们说："是弹落点爆炸的声音，还很远。"我接下来说："这个我知道，黎以开战前5天，我在以色列城市海法做报道，我在边境炮兵基地亲眼目睹他们向这里发炮。现在，我又在这边目睹他们的炮弹落地。"

罗营长说："要是以色列的激光制导导弹，那感觉可更厉害，在营房里，觉得整个房子都在左右摇摆。3层楼的营部楼房已经被各种炸弹的冲击波震出了不少裂缝。很多营房的铝制推拉窗都被震掉了，又重新装上还进行了加固。"我跟罗营长说："这个我已经领教过了，25号贝鲁特连遭3枚导弹袭击，我正在室外，耳朵被震得失聪了，疼了3天才见好。"

罗营长继续说道："我们一方面向联黎总部和国内报告爆炸距我们很近的情况，让他们跟以色列交涉，要求以军不要往我们营地附近轰炸。另一方面，严格遵守联黎司令部的命令，全部进入地下掩体，非执行任务等特殊情况不上地面。"

工兵营总共182名官兵，现有十几人在纳古拉的联黎部队司令部执行加固大门和修路等任务，其余的人基本上都守在营区的13个地下掩体里。这些地下掩体基本上都在地下5米左右。我们下到几个地下掩体里，看见官兵们正在休息，有的在看电视，这里唯一能收到的是央视第四套节目，他们还可以在营部借看国内带来的影碟。

由于条件限制，地下掩体里不能开火做饭，就这个问题我们采访了

可怜的孩子

炊事员。这些天，平时大家只要不出外勤，都待在地下掩体很少出来，炊事兵做饭都得见机行事，感觉差不多的时候，地面上比较安静，就赶紧上来，迅速把洗好的米和菜放到电炊具里，预定好时间，打开按钮，然后又赶紧返回地下，等时间到了再上去把饭菜拿出来快速返回。伙房里本身就闷热，整个过程还必须穿着防弹衣，戴着钢盔，炊事兵说："那滋味难受得就想干脆脱了，再危险也不愿受这个罪。"

罗营长自嘲说："自从 12 日爆发冲突，我们已经在地下做了 20 天鼹鼠，这次以军答应暂时停火 48 小时，我们今天才算可以出来放放风。"我说："我们也是借着暂时停火才赶过来采访你们，但今天他们并没有真正停火。"

副营长许红才说："刚开始轰炸那两天，爆炸声响得大家晚上都睡不着觉，过几天大家都适应了，再有爆炸声就是肌肉紧张一下，然后照睡。昨天晚上，突然一点爆炸声都没有了，非常安静，大家反而觉得有点不习惯了，倒没睡着。"

这种安静看来并不能真的持续 48 小时。我们正在交谈着，联黎司令部突然命令，要求马上进入地下掩体，警报声顿时响起，官兵们一个接一个快速有序地进入地下，我迅速跟进拍摄，以色列战斗机随后呼啸而过。

许红才说："有时候以军飞机低空飞行，可以清清楚楚地看到是F−16，而轰炸机炸山谷的时候，有几次肉眼都看到了飞机投弹。"

我们几位记者跟着罗营长赶紧进入营部战时指挥所，在门口我们看到了安全预警灯，从轻到重，分为4种颜色：绿、黄、红、黑。从7月12日起，一直亮着红色预警灯，要是亮黑色预警灯的话，就是营区内在打仗了。

营部的战时指挥室是任何时候都不能离开人的。这里有电台、电报、本地电话和拼码电话。另外，营里还有几条国际互联网线路，工兵营依靠这些通讯渠道和联合国黎巴嫩司令部、中国驻黎巴嫩大使馆以及国内保持畅通联系。

官兵们往家里报平安，只能用联黎部队专门的拼码电话往国内打，只能打出不能打进。排雷连长陈代荣告诉我说："平常要15天左右才能轮

拍摄难民生存状况

到打一次拼码电话，现在就更长了，很多人从黎以冲突开始还没有向家里报过平安，只好谁打电话就托家属向所有能联系上的战友家里捎话。"

迄今为止，让罗营长最感欣慰的是全营上下无一伤亡。他说："现在这种情况下，作为主管领导，我最大的心愿就是把兄弟们全都安安全全地带回家。"

我说："罗营长放心，你们一定能安全回家，我也一样，要安全回家。我返回贝鲁特后会尽快把今天的采访做成几个专题节目，很快会让你们的家属亲人看到你们的身影。"

天色晚了，我们依依不舍跟官兵们告别，罗营长催促说："要走就快些，路上别再耽搁，轰炸往往发生在夜里。"

返程路上，已没有任何车辆，沿途村庄、城市一片死寂。司机心里有点发毛，把车开得飞快。1小时40分钟后，安全返回贝鲁特。车刚进入市区，罗营长的电话紧跟着打来，询问路上是否安全，他一直在为我们担忧。

8月1日（星期二） 关注逃离战火的儿童

今天再次去了贝鲁特萨纳伊公园，看看那些在露天里居住的孩子怎么样了。自从前天加纳村遭遇导弹袭击，有27名无辜儿童在睡梦中丧生，此事引起当地居民的强烈愤慨，也引起人们的更大恐慌，恐惧心理迅速提升，更多的人带着孩子逃离家园。与此同时，也有更多的人开始关注儿童，他们想尽办法，尽自己的最大努力，帮助那些遭受战火危害的儿童。

在萨纳伊公园，仍旧居住着600多名逃离战火的南部居民，其中包括为数不少的未成年儿童。仅8月1日当天，就有166名儿童来到这里避难，其中还有几个不足半岁的小不点儿，最小的一个出生仅有8天。

高中学生法拉赫是名志愿者，他说："我叫法拉赫，我在这里志愿工作已经10多天了，战争中备受影响和伤害的是孩子，我看到这些孩子太可怜了，我会尽自己的能力来帮助他们，希望给他们一些快乐，让他们开心，忘掉战争的阴影。"

在萨纳伊公园，我看到至少有50多名志愿者在为难民提供服务，志愿者大多数比较年轻，心态和善，尤其是帮助儿童的志愿者，基本是在校的初高中学生。他们自己也还是孩子，却能把爱心和耐心交给饱受战火煎熬的难童。

中学生阿米拉在教孩子们用彩笔绘画，画面的主题是"呼唤和平"。我看到巴勒斯坦女孩儿阿莱趴在地上作画，她说画面里的女孩就是正在哭泣的自己，手里捧着一只滴着鲜血的和平鸽；来自苏尔地区的法特梅，画的是一位哭泣的母亲；另外一位不愿意透露姓名的志愿者女孩儿正陪着孩子们做游戏。志愿者们都愿意用自己微弱的能力带给这些心灵受伤的孩子一点点快乐。

公园里有一大群和平鸽，一个淘气的小男孩时不时把它们轰起来，鸽群冲向蓝天的同时，也许能给他带来些许快乐。

交战至今，已造成黎巴嫩600多人死亡，3200多人受伤，80万人无家可归。

今天，我的健康状况几乎差到了极限，双腿和左脚都肿得迈不开步子，走路时连续摔倒几次，裤子都蹭破了，颈椎、腰椎和浑身肌肉都疼痛难忍。

晚上又开始发高烧，浑身酸软，没有一点儿力气，真的好累，不知道自己还能再坚持几天，希望赶快有人来增援。

中国救援物资到达贝鲁特机场

中国驻黎巴嫩大使刘向华（右）在交接仪式上签字

8月2日（星期三）　双方交火激烈，局势更加严峻

　　今天，黎以交火相当激烈，当地局势更加紧张严峻。以色列从空中地面同时发动袭击，黎巴嫩南部苏尔地区附近、加纳、工兵营周围等地多次遭到袭击，许多民居建筑被炸毁。东南部的巴尔贝克省早上遭到多次空袭，至少造成 16 人死亡，其中有 7 名是未满 12 岁的儿童，南部苏尔地区今天为 93 人举行集体下葬，但由于空袭不断，葬礼拖延了很长时间。

　　照这么打下去，不知还得有多少人遭殃，以色列这是要发疯的节奏啊。我这样的状况，还能再去现场吗？

　　交战至今，黎巴嫩已有近 700 人死亡，3200 多人受伤，80 万人无家可归，尤其是儿童伤亡惨重，人们的情绪更加激愤，恐惧心理日渐提升，逃亡出来的人更多，但很多人居无定所，中小学校里已住满了人，还有很多人暂时露天栖身，由于水电缺乏，难民的生存状况很糟糕，疾病也开始蔓延，这里急需更多的人道主义救援。

新华社记者潘立文现场拍摄图片

几天以来，贝鲁特出现燃料危机，各加油站大多都是空的，少数有油的站排队像一条长龙，见首不见尾，排队 2 个多小时才给加上 2 公升的油，价格也有所提高。

8 月 3 日（星期四） 局势严峻，伤亡惨重

今天凌晨，以色列继续对黎巴嫩展开海陆空全面打击，海上有军舰实施炮击，地面有坦克及空降兵；首都贝鲁特南郊再次遭到密集轰炸，很多建筑物被击中。

东部巴尔贝克省和黑尔姆勒省大桥被炸毁，这是两省之间的交通要道。南部各地继续遭袭击，3 名黎巴嫩政府军人在塞达东部遇袭身亡。

至今为止，黎巴嫩经济损失已达数十亿，900 多人死亡，3200 多人受伤，80 多万人逃亡，无家可归。当地局势更加紧张严峻，燃料储备陷入严重危机，部分人开始抢购，有钱人早已储备了足够维持 3 个月的食品和饮用水。

有个美国华人电视台编导几次打来电话说，在 CNN 的节目里看到

我在战地采访的镜头，新加坡华人台也有人打电话这样说。此前在以色列海法时，也有朋友说从美国 CNN 节目里看到过我在现场。以前，我知道自己的工作镜头经常会出现在阿拉伯国家电视节目里，但是这次为什么会在 CNN 的节目里出现，自己并不知道。

出现场时，经常会碰到国外记者，有时各媒体间也会相互拍一些工作镜头，但在无知觉情况下被 CNN 拍到，可能是工作太投入了，没有感觉到。

今天，健康状况越来越糟糕，伤病、劳累、饥饿、困乏一起袭来。前几天，医生还肯出诊到房间看病，今天怎么说都不肯出诊了，还是继续发高烧，还好有陈朝阳教练帮我去买药，非常感谢他。

8 月 4 日（星期五） 一天内连遭 30 多次袭击

凌晨 1 点左右至清晨，以色列对贝鲁特袭击进入更疯狂状态，他们对贝鲁特南部、苏尔附近地区、北部等地区，持续进行 30 多次空袭，有些弹落点离我住处较近，夜里躺在床上，房顶窗户被震得嗡嗡响，床铺特跟着抖动。劳累、病痛，加上此起彼伏的轰炸声，闹得我一整夜无法入睡。

一天之内，又有 50 多名黎巴嫩人丧生。

中国救援物资抵达贝鲁特

今天上午，中国援助黎巴嫩的人道主义救援物资抵达贝鲁特国际机场。尽管病着、伤着、实在没有力气，那也得硬挺着去机场拍摄、采访，因为无人代替。

这几轮轰炸，机场周围道路遭到一些破坏，跑道上到处都是碎石和弹片。机场距离大使馆较近，在使馆通往机场道路上也布满碎石。使馆地区十分危险，因此自始至终使馆留守人员都躲在地下室办公生活，如无必要尽可能不外出。

可我不行，无论环境多危险我都得出去，否则的话我拿什么做报道？多少次导弹扔下来，就像在我头顶上爆炸，夜里屋顶和床铺都被震得直摇晃，可我照样该干什么就干什么，做记者的就是和别人不一样，别人都跑往安全地方躲，我们却是逆向而行，哪里危险就往哪里冲，这是记者的职责所在，如果遇到危险都躲开了，这个世界上也就没有新闻了。

刘向华大使从使馆到机场出席救援物资交接仪式，她说："一路上非常紧张，原本也就 6 分钟路程，直线距离不到 6 公里，但路况不好，行驶速度很慢，特别担心路上遭轰炸。"

中国援助黎巴嫩的人道主义救援物资共有 150 吨，价值 250 万美元。这些物资包括当地最急需的帐篷、发电机、医疗器械及外用药品，此外，还有毛毯、床单等卧具和日用品。由于贝鲁特国际机场早已被以色列炸毁，大型飞机无法起降，这些物资只好转用约旦军用飞机，分 8 个架次运到贝鲁特。

中国驻黎巴嫩大使刘向华和黎巴嫩最高援助委员会总协调员穆罕默德在机场签署了交接文件。刘大使在签字后说："黎以冲突给黎巴嫩人民带来了人道主义灾难，为表达中国人民对黎巴嫩人民的深切同情，为减轻黎巴嫩人民所遭受的人道主义困难，中国政府特向黎巴嫩政府提供紧急物资援助。"

穆罕默德代表黎巴嫩政府表达了对中国政府的感激之情。他说，我们对中国政府在黎巴嫩人民最困难的时候给予的支持及提供的无偿援助，表示衷心感谢。我们希望尽早结束这次战争，恢复黎巴嫩和平。

今天，新华社常驻贝鲁特首席记者潘立文也到现场采访。黎以开战以来，新华社记者处境也非常危险，紧贴着记者站住房墙壁 1 米处，曾落下 1 枚半人高的以色列宣传弹，就那样弹头朝下扎在地上，幸好没有爆炸，也幸好是宣传弹没有威力，如若是其他炸弹，后果难以想象。

安全起见，老潘夫妇白天在办公室工作，夜间到大使馆地下室休息。文字记者一般很少外出，但在这种特殊时期，老潘的身影经常出现在贝鲁特各个被炸现场。

在这样艰苦、充满危机的环境下，老潘夫人——汪静舒大姐尤其让我特别佩服。她本身也是新华社记者，还是处级干部，但她跟着丈夫随任，拿着编外的钱，干着编内的活。本应跟着使馆家属一起撤退，但却一直坚守在战地，不仅照顾丈夫生活，还一起出入现场，主动承担起拍照、撰稿等工作。

知道我一人孤身在外，全身心投入工作，生活凄惨，经常吃不上饭，汪大姐特意做了好多包子，还买了一些方便面和水果，跟老潘一起到住处看我。危难时刻见真情，他们的做法让我非常感动。同时，心里也特别过意不去，担心他们路上不安全，我再三表示感谢后说："你们一定不要再过来。"

震慑人心的摄影展

随着黎以交战时间延续，战火中死亡的黎巴嫩儿童越来越多，当地人情绪也越来越激怒、愤慨、悲伤，人们纷纷以不同方式表达自己的抵触情绪。今天，在我驻地附近举办了一个小型的《血和泪》摄影展，以醒目的标语展示出黎巴嫩人反对武力的强烈心愿。展出的 46 幅摄影图片震慑人心。

以往这个时候，是黎巴嫩旅游的最好季节，这个地方相当繁华，但现在这里却十分冷落萧条，观看展览的以各路记者居多，其他只有极少数过路人。这些展板以血淋淋的画面向人们述说着战争对儿童的残害。

展出主题为《血和泪》，是由贝鲁特民间"伊曼社会文化协会"出面组织的，展出的图片都是从各路记者手里收集来的，都是一些儿童在受害现场最真实的纪录，也是对以色列空袭造成儿童死亡人数急剧上升的控诉。主展板上用英、阿两种文字写着"不要杀害我们，黎巴嫩人反对暴力"。

广场中心石柱上悬挂的巨幅图片上分别写的是"针对儿童的空战"、"鲜血和眼泪"，有的图片上还注明了儿童死亡的地区、日期及年龄，其中最大的 13 岁，最小的年仅 2 岁。

就举办这个展览的目的和意义，我采访了伊曼社会文化协会负责人贾瓦德，他说："之所以举办这个展览，首先是控诉以色列的国家恐怖主义暴行，其次是为了表明我们黎巴嫩热爱和平、维护和平的立场，我们反对所有的暴力。"

由于目前黎巴嫩当地局势更加恶化，大多数人没什么事尽可能少在外面长时间逗留，所以观看展览的人并不多，有些情绪激动的人看到记者在拍摄时，往往会主动要求接受采访，表达自己的愤怒心情。一位观看者说："我们是反对暴力的，可你们看看这些孩子，以色列屠杀的是这些孩子，他们是无辜的，为什么要杀害他们。"

8月5日（星期六） 我不知还能坚持多久

身体状况越来越差，除了其他症状外，还是时断时续发烧，实在跑不动了，无法再去被炸现场工作，所以选择做些相对轻松的事，今天陈教练过来接我，去他的训练地补拍几个镜头。

陈教练坚持留守战区，致力于传播中国武术的精神很值得赞扬，他的徒弟瓦奇这孩子也真招人喜欢，之前几天，《华人世界》栏目编导对我传送回去的素材很感兴趣，已经做过消息播出。我的原意是以《中国教练和他的黎巴嫩徒弟》为题，做成专题节目，他们对这个专题也非常有兴趣，很愿意把这个节目做得更丰满些，又提出一些修改建议，并联系陈教练在国内的家人，希望能做现场连线。

我也希望由后期编导来完成这个节目的制作，他们时间充裕，人力、设备都比我这强，肯定能让节目出彩，所以即使非常忙碌劳累，我也愿意在前期拍摄时多下些工夫，精雕细琢。

不过节目拍完之后，感觉相当不对劲，超累，超疲劳，颈椎疼得脖子不能转动，要想回个头都很困难，得像木偶一样身子先转过来，腰疼得几乎直不起来，膝盖也疼得迈步艰难，左脚肿胀更利害了，只能靠拐棍走。

高烧不退，吃药也不管用，浑身上下像散了架，哪儿都不舒服，我感觉自己就像一张张满弦的弓，绷得太紧了，随时都有可能弦断崩溃。

昨天，以色列炸毁了黎巴嫩北部4座大桥，切断了黎巴嫩北部通往叙利亚边境高速公路的交通要道。以色列还袭击了黎巴嫩东部一个农场，有33名农工丧生，一天之中死亡人数达50人之多，照这么打下去，什么时候才是个头儿呢？几天以来，很多中东国家举行示威游行声援黎巴嫩。

今天，黎巴嫩最高救援机构发表统计数字显示，以色列对黎巴嫩24天的袭击轰炸已造成黎巴嫩境内967人死亡，3293人受伤，其中880名是平民，其中30%是不满12岁的儿童，黎巴嫩军人和警察28人。此外，还有很多人下落不明，首都贝鲁特南郊至少 30 多栋高层建筑被炸毁。

8 月 6 日（星期日）　火箭弹命中工兵营

今天中午 11 点 55 分，以色列与黎巴嫩真主党在黎南部中国工兵营附近地区交火时，1 枚火箭弹直接命中工兵营营地，落在驻地大门口内 50 米左右地方，致使 3 名中国维和官兵受伤。当时正有 1 名干部带领 1 名战士去查岗，另外 1 名战士正走在去换岗的途中。

事件发生后，我立即跟罗营长取得电话联系，了解具体情况。幸好 3 名官兵伤势较轻，没有生命危险，其中 1 名伤在腰部，另外 2 名伤在头部和面部，他们都很快得到治疗，正在驻地休息，情绪也比较稳定。

中国驻黎巴嫩维和工兵营是中国第一支驻中东执行联合国维和任务的部队。黎以交战这些日子以来，他们冒着生命危险，帮助当地护路修路，填埋弹坑，从被炸毁的建筑中搜救被埋压人员，受到当地人感激和拥戴。交战以来，我一直关注着他们的安危。6 天前曾去营地对他们做过深度采访。

今天电话采访罗营长后，我立即与后方编导沟通，及时做了 2 个电话报道。

今天其他方面信息：目前黎巴嫩当地已面临严重人道主义危机，战火中有近千名无辜平民死亡，3000 多人受伤，80 多万人无家可归。死亡人员中有 30% 是 12 岁以下儿童。另外有 28 名黎巴嫩军人和警察遇难。

此外，还有很多人与家人失联，下落不明。逃亡难民的生存状况令人担忧，50% 的人缺少食物、饮水和生活用品。

黎巴嫩能源也已陷入危机，首都贝鲁特几乎所有地区每天都停电多次，公路上大部分地方没有路灯，甚至隧道里也是漆黑一片。由于没有汽油，各个城市的加油站大多数也已经关闭，少数能够供油的加油站前往往排起一字长龙，有的车队排出两三公里之外。由于燃料匮乏，大部分医院也面临关门停业状态。面对这些危机，黎巴嫩人显得很焦虑，怨气上升，纷纷举行抗议示威活动，呼吁国际社会出面干预，希望尽快解决这里的人道主义危机。

彻底躺下了

　　黎以交战陷入疯狂状态，我也彻底累倒了，这回真的是再也爬不起来了。颈椎病、腰椎病都犯了，双腿膝关节和左脚早已肿得无法走路，浑身上下都酸痛难忍，翻个身都很困难，夜里开始发高烧，头晕眼花，口干舌燥，特别想起来倒口水喝，挣扎了半天怎么也起不来，一下子从床上摔到地下，就这样瘫在地上，直到早上被饭店服务生发现。

　　医生不肯出诊，我真的坚持不住了，急需救援。

8月9日（星期三）　一病不起，报道中断

　　黎以交火还在继续升级，当地局势越加紧张，我也被疾病彻底击倒，而且有越加严重趋势，我的战地报道彻底中断。

　　这几天，医生都拒绝上门出诊，我也只能靠通电话不断向医生报告病情，仔细阐述症状，医生根据我的述说开药方，然后我就请陈朝阳教练帮忙去医生家取药方，再去药店买药。

红十字会工作者在空袭现场搜救被埋压人员

前些天，通过几次采访，跟陈教练逐渐熟悉起来，在战区特殊情况下，能有陈教练热心帮忙，我感觉特别幸运，也非常感谢他。但同时也特别担心，他从家里往返我的住处，又得去医生家里和药店，在路上的时间比平时增加很多，万一遇到空袭怎么办？万一他出事怎么办？连续几天，只要他出去为我做事，我都一直提心吊胆的。也幸亏有陈教练帮助，否则的话没有药物治疗，我的病情肯定会加速恶化。

刘向华大使知道我彻底累倒了，一病不起，表示非常关心。昨天下午和迟广胜武官一起到住地看我。我非常担心他们的安危，万一要是因为看望我而遭遇轰炸出事，那我的心里会有很大负担，我宁愿他们不要来看我，也不愿意他们承担风险。稍坐一会儿，就催他们赶紧回去。

临走时我说："今晚免不了还得炸，8点多钟准有空袭。"

迟广胜说："哪有那么准呢？"

我说："不信你看着。"

果不其然，在他们返回大使馆后，8点10分第一次空袭开始了，20分钟后是第二轮轰炸。

我立刻打电话问迟广胜："这回你信我的话不？我的话经常是很准确的。"

我也对陈教练说了："今天也躲不过去，得提前轰炸呢，你信不？"陈教练不置可否，只笑笑而已。结果今晚的轰炸比昨天提前2个多小时。这样的事发生过好多次，我自己也不知什么原因。也许是根据经验判断，也许我真的有预知能力。

8月10日（星期四） 母子心灵感应

报道中断之后，最着急的是我儿子杨烨，我们母子间在一些事情上有心灵感应，这已经不是第一次了。我这儿一有什么状况，他一下子就能感觉到。

我在电话中不会跟他说太多，以免加重他的担心，但他最了解我进入工作状态时什么样，所以尽管我轻描淡写，他仍旧心存疑虑。

他说："妈妈我知道，你一定是出事了，不是生病就是受伤。不然的话你怎么可能中断报道？"

正因为他知道，如果不是发生特殊情况的话，在这种重大报道时刻，我是不会无故中断报道的，而至今已经连续中断几天了，就说明我的状况一定非常严重。所以从第一天起，他就整日坐立不安，晚上也睡不安稳。

今天通话时他跟我说："妈妈，我已经找了驻外处张欣，她说早就派人增援了，因为签证不好申请，所以没能及时过去，你先好好休息吧，别再想工作的事了。"

好友们紧急行动

自从进入黎巴嫩，我的很多朋友，包括中国驻埃及大使吴思科、文化参赞徐治国、新闻处宫宇峰等人、还有好多驻外媒体同行、一些侨居埃及的华人等等，都非常关注我在战地的一切动态。这几天，他们中有不少人打来电话或发来短信询问情况，都是在看不到我的战地报道之后，出于对我的担心和关注而跟我联系。

《今日中国》驻开罗分社社长王茂虎前天打来电话时我正发高烧，

撤离途中经过刚遭遇空袭的路段

迷迷糊糊地跟他对话，他感觉出我不对劲，急切地追问："你怎么样？病了还是伤了？"

我说："病了，很重，我没力气说话。"

他听了之后特别着急，又问："你身边有人吗？"

我说："有个华人朋友帮忙找医生，买药。"

他又说："那怎么行啊，你身边得有人照顾，赶紧治疗休息，别再卖命了。"

今天徐参来电话时特别焦急地说："埃咪娜，我知道你病得很重，可别再继续卖命了，真要是出了事谁会管你？王茂虎已经把你的情况转告给吴大使和一些熟人朋友，于燕哭得稀里哗啦，让我赶紧想办法去救你。"徐参还说："我已经向你们央视通告了情况，也联系了中国红十字会和国际红十字会，还联系上了国际红十字会正在黎巴嫩执行救援任务的负责人，他们会给你提供一些帮助。"

于燕是我常驻埃及后认识较早的朋友，是位个体生意人。工作之余，偶有闲暇会约到一起去俱乐部游个泳，或到咖啡馆坐坐。她是位风风火火、大大咧咧的人物，不过胆子并不大，听说我在战地病得很重，吓得不知该怎么办。于燕之所以找徐参求助，是因为知道我和徐参之间太熟悉。

徐参是我大学老师，非常关注我在战地的安危。之前他曾多次从开罗打电话过来，并代表吴大使表示慰问。

徐参还征询我意见，问是否需要使馆派人接应，我婉拒了。首先，我不能因为自己撤离而让外交官前来冒险。其次，我知道，如果使馆参与行动的话比较繁琐，各种请示、汇报、决定等等，会占据一定的时间，而我的状况已经等不及了。

于燕打电话来说："你就好好躺着，什么也别想了，也甭麻烦大使馆，越快越好，还是我去吧，我跟谁都不用商量，说走就走，我是因私护照，申请签证比他们容易得多。"

国际红十字会由于人员有限，而且他们都在爆炸现场执行救援任务，无法分身来救援，但通过电话对我进行了指导，告诉我具体该怎么做。北京红十字会一位工作人员，也好几次打来电话，跟踪我的增援情况和撤离计划。

坚持到援兵到达

躺倒 5 天了，今天病情继续恶化，下午又开始发高烧。

每天早晚、夜里继续挨轰炸，窗户被震得哗哗作响，墙皮有脱落，床铺就像地震一样抖动。在现场采访时往往顾不得害怕，但躺在床上无法行动时，就显得非常被动无助。

今天援兵终于到达了。央视驻法国站首席记者李宾冒着风险，一路艰辛终于到了贝鲁特。李宾还很年轻，前途无量，他的孩子也还太小，需要父爱。如若不是彻底躺倒，我不会同意让他来增援，多一个人在这里，就多一个人危险，我很替他担心，但又自顾不暇。

8 月 11 日（星期五）　一路惊险撤离战地

今天在武术教练陈朝阳护送下，选择从北路撤离，一路惊险丛生，但终于撤出战地，安全到达叙利亚首都大马士革。

撤离过程惊心动魄，一路上遇到几次空袭，我很幸运地与死亡再次擦身而过。之所以说"再次"是因为以前有过很多次遇险经历，不过每一次都能化险为夷，这次也同样躲过了一难。也许是我还没到限数，也许真是有老天护佑，总之我命够大，够硬，总能躲过身边的劫难。

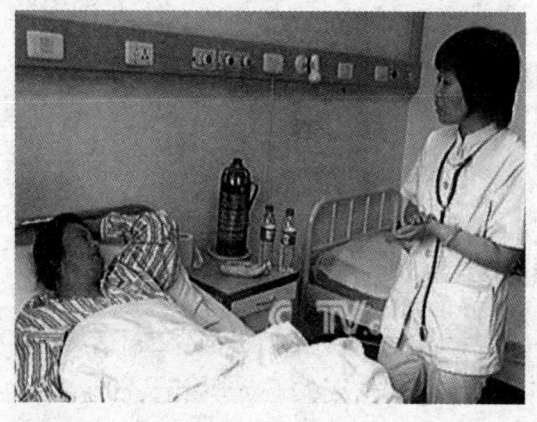

在世纪坛医院治疗

按照头一天与司机的约定，我应该早上9点出发，11点左右到达黎巴嫩北部边境，但由于李宾在帮我结算饭店费用时，多花费半小时时间。所以，出发时间也就推迟了半小时，然而，就是这半个小时，让我躲过了一大灾难。

以色列在头两天散发的传单中说，晚上8点钟之后，对黎巴嫩北部通往边境的公路实施轰炸，并没有说白天也要轰炸。此前几天，这条公路已遭到多次袭击，主要大桥和路段都已被炸毁。我们觉得白天的轰炸较少，就选择上午出发，按说这应该是最安全的时间段。但是，以色列却在上午10点开始，多次空袭了黎波里通往奥布德这条公路。

司机穆罕默德的一位好朋友当时就在被炸地区附近，他发短信又打电话描述了现场被炸情况，这个路段就是我们按原计划正好要在10点钟经过的那个路段，我们真是太万幸了。

前方路途实在太危险，穆罕默德那位朋友坚持要他停止前进，返回贝鲁特。但我的状况只能前进，不能后退，这些天里几次因高烧陷入昏睡状态，意识不清，如果再迟迟撤不到安全区域，得不到及时治疗，即使不被炸死，也很可能会病死。所以，我坚持说服穆罕默德继续撤离行动。

10点30分，也就是推迟半小时后，当我们通过这个路段时，看到几处地方的确刚刚被轰炸过，其中一处离公路也就10来米远，巨大的弹坑周围到处是碎石尘土，周围的树木仍在熊熊燃烧，浓浓的黑烟和硝烟味还没散去。

我从车窗拍了几张照片。一边拍照一边在心里感叹：多亏了饭店办事员太笨，效率太低，要是按照原定计划和时间经过的话，也许我们人和车辆早就变成碎片了，冥冥中好像真是安拉在保佑我们。

陈教练感叹说："梁大姐，咱们今天真够冒险的，也够幸运的。"

司机穆罕默德则不停地念叨："赞美安拉！赞美安拉！"

8月12日（星期六） 安抵大马士革

撤离路上，一直发着高烧，有时昏睡，有时清醒，每当有爆炸声响起时，一下子特别清醒。进入叙利亚境内后，已远离战地，危险解除，精神完全放松下来，这时仍旧烧得迷迷糊糊，脑子昏昏沉沉，傍晚，终于安全抵达大马士革。

文化参赞李景芳前来迎接，下了出租车，他用一把带轮子的转椅把我送进了事先预定的房间。专程从开罗赶来的于燕，已经提前到达。

我又吃了片退烧药，躺倒在床上，李景芳夫人顾巧巧过来时，我迷迷糊糊地睁了一下眼，看到模糊的身影，心里知道是谁，也想起身打个招呼，但行动上就是做不到，嘴里嘟囔了一句"谁来都不管了，我得睡觉"。

总算踏踏实实睡了一整夜，烧退了些，身上感觉好多了。

中午李景芳夫妇接我到他家，为我饯行，在他家吃了一顿久违的饱饭。

周秀华大使也过来看我，嘱咐我回国后一定要安心治病。

8月13日（星期日）　飞离大马士革

使馆文化处帮我订好13号机票。李景芳、顾巧巧、郑莹几人到机场送行。等候时，大家一起喝茶聊天，我感觉就像在梦里，昨天耳边还是轰隆隆的爆炸声，今天就是朋友们围在身边轻松谈笑，历经风险之后，终于回到和平环境。

飞机起飞后，又开始发烧，头疼欲裂，状况再次不好。

前排座位有个小男孩儿站起身，趴在座椅背上向后看，目光投向我时，一下子躲开了，吓得赶紧回身坐下。

我跟于燕说："看样子我可能熬不过去了，你看这小孩子都不敢看我。"

于燕说："别瞎想了，赶紧把这片药吃了睡觉。"

在飞机上一直高烧不退，空姐又给了几次药也不管用，引起机组人员恐慌。一位空姐向于燕了解情况后，知道我是从贝鲁特战地撤离出来的，唯恐带有放射性病菌，很快与地面取得联系，申请接应并治疗。

在维也纳转机时，我被带到机场医院做了几项检查、打针、服药，又重新包扎固定了扭伤的左脚。根据检查结果，医生说我不能继续登机，那样会有病情恶化风险，对我不利，坚持要我留在当地住院治疗。

医院担心我们语言交流上有障碍，不好沟通，还找来一名在医院工作的台湾人，请她帮忙做翻译。

台湾同胞看了我的检查结果，也极力主张我留下治疗。但即使病得再严重，也挡不住我回国心切，再让于燕帮我力争。

最后，机场医院终于妥协，又给我测了体温，带上一些药品，送上飞机。

8月14日（星期一）　终于回到祖国

昨天，飞机终于安全着陆并最终停下来时，我还在发着高烧，浑身上下疼痛难忍，有人推着轮椅到座位前接我，在大厅里见到台里主管部门几位领导时，我一下子来了精神，还接过不知是谁递上来的鲜花，终于回到祖国，回到安全的环境。

被抬到救护车上后，有儿媳刘红梅和驻外处张欣处长随同，见到亲人一时有些兴奋，我有一肚子话迫不及待想说，就像回光返照似地，好像不说就没机会了。强打着精神，跟红梅说了几句话，又向张欣简要汇报一些情况，送到医院之后的事记不太清了。这时意识中只有一个念头，就是好好睡一觉。

8月18日（星期五）　战火中的中国记者

在我回到祖国的当天，8月14日，黎以冲突经过1个多月的战火，终于停火。住进医院第4天，央视第四套《今日关注》栏目以"战火中的中国记者"为主题，请《环球时报》两位记者谷棣和程刚到演播室，谈谈对于战争的印象。

在这档节目中，主持人鲁健跟我做了电话连线，播出了战地采访回顾，以及我在医院接受采访片段。

主持人鲁健：中央电视台的记者梁玉珍从黎巴嫩回来以后，由于身体的原因住院了。采访确实是非常疲劳，又受了一些伤，我们的记者去医院看望了她，一起来看一看。

记者来到北京世纪坛医院，正赶上大夫们为梁玉珍会诊。

医生：得过风湿，是吧？

梁玉珍：其实关节炎我是十五六岁得过。

医生：当时你没有什么伴随症状？嗓子一点儿也不疼？

梁玉珍：嗓子不疼。

记者：于大夫，请问梁老师的病现在是什么情况？

世纪坛医院外科副主任医师于方：她这次住院，主要是以我们骨科的症状为主，是双膝疼痛，以及腰痛腿疼。左踝关节明显肿胀，我们检查以后发现，她的腰椎和颈椎是一个颈腰综合症，是退形性硬变，很厉害。双膝明显积水，经过抽液抽出了30多毫升的积液，踝关节主要是表现在一个软组织损伤，具体的原因我们今天下午请了各科的主任会诊，通过这些检查以后，找到具体原因是什么，经过住院以后初步治疗，她目前的体温逐渐接近正常。

主持人：据主治大夫介绍，梁玉珍的病主要是疲劳过度所致。我们现在就来电话连线一下梁玉珍，因为她还处于恢复期，我们也不能和她说太长时间的话。梁大姐你好。

梁玉珍：鲁健你好。

主持人：现在身体恢复得怎么样？

梁玉珍：我现在还是正在接受治疗，因为有一些病因还没有查清楚，所以一边治疗一边检查。

主持人：在黎巴嫩还受了些伤，是吗？

梁玉珍：因为每天跑路，所以我的脚踝几乎每天都扭伤，因为跑的地方路都很不平，有很多路是被炸弹炸过的大坑，跑起来都是很不方便，所以经常扭伤。

谷棣：我跟梁大姐最近几年见了3次，第1次是在2003年，梁大姐当时是去约旦采访伊拉克战争，当时正好我也在约旦，当时梁大姐在一个星期五，采访当地民众的时候，正好赶上当地民众示威游行，让游行队伍给冲倒，踩得也是非常地重，这是一次，然后我们在埃及也碰到过，梁大姐这次在黎巴嫩的确相当辛苦，我们作为一起奋战的战友，也没有照顾好梁大姐，希望她能够早日康复。

解说：黎以战火爆发以来，成千上百名记者从世界各地奔赴战区。从黎巴嫩的贝鲁特到以色列的海法，硝烟弥漫的黎以战场上，记者的身影无处不在，贝鲁特的新闻中心里到处可见匆匆忙忙发稿的记者。在黎以冲突持续的这1个月的时间里，不断有记者走了，而新轮换的记者又顶替了上来，他们每天都冒着生命危险，在枪林弹雨中发出大量最新的现场报道及评论。战争的残酷，一张张无辜平民的悲泣和渴望和平的脸，都出现在记者的镜头中。

后记 1：黎以冲突有关背景

2006 年 7 月 12 日，为了转移以色列军方的注意力，黎巴嫩真主党向以色列边境城镇发射了火箭弹，然后对在以色列边境巡逻的 2 辆悍马装甲车发射了反坦克导弹。2 辆悍马装甲车上共有 7 名以色列士兵，2 人受伤，3 人死亡，另外 2 人被绑架到黎巴嫩。之后以军开始营救行动，以失败告终，行动中另有 5 名士兵死亡。

7 月 14 日，以色列军方很快对黎巴嫩展开重磅打击，空袭造成其民用基础设施严重受损，包括贝鲁特机场。

此后，以军地面部队又进入了真主党控制的地区。在至少 962 次袭击中，以军在黎巴嫩南部投放了 460 万枚集束炸弹，其中大部分是在战争结束前的最后 3 天中投放的。

黎巴嫩真主党向以色列北部发射了 3970 枚火箭弹，大部分都是向城区发射的。

长达 1 个月的冲突给以色列和黎巴嫩都造成了巨大的人员伤亡，以色列有近 160 人丧生，黎巴嫩有 1000 多人丧生。

8 月 14 日，联合国安理会发布了 1701 号决议，要求真主党和以色列停火，双方交战正式结束。

后记 2：网络评价令我欣慰

*黎以战争报道期间，除了采访发消息，我根本没有时间浏览网络，更没时间为自己发表照片和文章。回国治疗后，在网络上看到不少对我的评价，有的言简意赅，有的是长篇大论，甚至还有人为我打抱不平、鸣冤叫屈，看了这些令我非常感动，观众的认可是我最大的欣慰。这说明自己的辛苦和所有付出没有白费，对得起亿万观众，我心满意足了。

下面是一部分网络节选：

有网友因我没有入选2006"感动中国"人物而遗憾。网友罗列了我在中东的采访经历：

1999年，中央电视台决定在埃及设立记者站，负责非洲和中东地区的新闻业务。已经46岁的梁玉珍与刘苗野同志被确定执行这一任务，他们信心百倍地投入了边建站边采访报道的紧张工作。当年11月中旬，土耳其迪兹杰发生大地震，他们立即乘班机赶到伊斯坦布尔，并连夜奔往灾区现场，采访完成后又急驰300多公里返回伊斯坦布尔传送节目，前后近30个小时没有休息，也没有条件进餐。当时在灾区采访的有40多个国家的记者，梁玉珍的敬业精神感动了这些记者，土耳其电视台的记者把他们的工作情况拍摄下来，在当地9个频道的黄金新闻时段滚动播出，为中国新闻工作者赢得了荣誉。正是凭着这种高度的敬业精神，在基本工作和生活条件还不太具备的情况下，到年底前他们向台里发回24条新闻。

"伊拉克战争"和"巴以冲突"是埃及站关注的两个重点，梁玉珍与她的同事经常冒着生命危险穿行在约旦和伊拉克边境、以及以色列和被控的巴勒斯坦地区。2003年2月16日至4月26日，梁玉珍与刘苗野奉命在约旦和伊拉克边境地带报道伊拉克战争。当时，那里的社会秩序非常混乱，恐怖活动随时都会发生，但他们不顾危险，采访到大量高质量的独家新闻。3月20日战争打响后，梁玉珍是中央电视台第一个发回消息的前方记者。一次，在约旦首都安曼报道群众反战游行时，警察与群众发生激烈冲突，当时梁玉珍正拿着手机进行电话直播报道，一时防备不及，被游行群众涌倒，无数人从她身上踩过，50岁的梁玉珍根本经受不起这样的冲击，加上她常年有腰间盘突出的老毛病，当场造成吐血昏迷，经当地人和国外记者送到医院急救后才脱离了生命危险，在昏迷了3天后，梁玉珍醒来后又立即投入了工作，继续对伊拉克战争进行报道。这件事情梁玉珍没有让同事和单位宣传，她只有一个目的，不让中国驻外记者的家属们知道危险的采访环境，减少家人的担心！

2003年9月，以色列宣布驱逐阿拉法特，巴勒斯坦局势突然再度紧张起来，整个拉马拉笼罩在一片战前的浓厚气氛中。当时，她的同事正在国内休假，在形势危急、孤立无援的情况下，梁玉珍与巴勒斯坦拉马丹音像工作室合作，把设备架在阿拉法特官邸的对面楼顶上，不分昼夜盯在现场，守候在摄像机旁，一直坚持 24 天连续报道事态发展，共播发图像及电话报道 40 多条；其中，有一天口播 6 条消息，还有一天做了 3 次实况直播。在这期间，正赶上中国传统节日中秋节！当国内的人们正享受天伦之乐时，她却独自一人坚守在战场上，当时她周围所有人都有武器！随时会爆发大规模的冲突。观众能在家中看到最及时的报道，但是谁知道这些新闻是在怎样的环境下传回祖国的呢？

2006 年，黎以冲突爆发！梁玉珍负伤前往战地。她就是带着病痛，不停地穿梭在黎以冲突的战场中。凭借着一口流利的阿拉伯语和丰富的工作经验，独自承担着联络、拍摄、报道、连线等任务，通过中央电视台 3 个频道向国内发回了 100 多条消息和 50 多次的视频连线。在全世界关注黎以冲突中发出了中国媒体自己的声音。

2006 年 7 月 30 日，这是梁玉珍进入黎巴嫩的第 9 天，这一天，黎巴嫩南部地区的加纳村遭到了以色列空军的袭击，南部是黎巴嫩真主党的聚居地，也是以军袭击的重要目标，这次袭击至少造成 53 名平民死亡，其中包括 37 名儿童，而就在几天前，当地一名阿拉伯记者也是在这里被炸身亡。因此，许多记者提到黎巴嫩南部都是望而生畏，然而梁玉珍却要在 7 月 31 日趁着以军停火的机会，和其他 2 名中国记者一起驱车前往加纳采访。

终于有一天梁玉珍支持不住了。脚伤、腿伤加上腰伤，53 岁的梁玉珍孤军奋战了 30 多天后已经无法行动，只能瘫痪在宾馆的床上，每天只能靠服务员送饭来维持生命！而窗外是经常飞过的导弹！她已经听天由命了。最终在单位派去支援的同事的帮助下梁玉珍回到了祖国，她是被人用轮椅推出首都机场的，救护车直接把她拉进了医院。相信很多观众都通过央视《讲述》栏目看到了这一幕。一个半月后，梁玉珍又回到了中东，此时的她还只能依靠拐杖行走！

为什么！？为什么这样的英雄没有入选"感动中国"！？观众们关心的是重大新闻，关心的是国际局势，但是谁关心过这些新闻是怎么传播到大家面前的吗？是一个 53 岁的女人用自己的生命为 13 亿中国人带来的，战争！灾害！这就是梁玉珍工作的环境！这还不够感动吗？

梁玉珍，最美的玫瑰！梁玉珍，这个在最危险的中东向世界传来中国声音的人，正在给我心灵带来深深的震撼。

看她一次次在战火纷飞的中东，用平静的言语带给我们最前线的报道，我就认识了她，同时对她产生了深深的好奇。这到底是个什么样的女子？电视上的她，是那么朴素，有人形容间丘露薇是战地玫瑰，而梁玉珍，这个外表朴素、年过五旬的女子，在网络发达的今天，甚至连一张照片都难找到的战地记者，也许很难让人把她和玫瑰联系起来。然而她做得是如此出色，从巴以冲突到伊拉克战争，再到黎以冲突，她一直在坚守，一直在战火最前线。

终于，她回来了，而此时的她，关节积液，一只脚已经无法穿鞋。在此之前，她一直坚持着，忍着伤痛，跋涉到黎以战火前线继续为国内发回第一手的报道。

看到CCTV的《讲述》在采访她，我坐下来看，听她讲在伊拉克死里逃生，听她讲中秋之夜一人坚守在拉马拉时的孤独，听她讲站在被摧毁的加纳村时发自内心的痛苦，梁玉珍一边讲述，一边流下泪来……我的眼泪此时随她一起流了下来。谁说流泪是一种柔弱的表现，在这里，她是那么地真实，我分明感受到一种力量，人性的力量。

我从网上找到了节目的视频，再看，再一次感动。

"废墟上到处都是小孩的衣物，鞋袜、甚至还有很小的小孩的纸尿裤，看了以后，真的很揪心。战争对人的这种伤害，真的让你觉得很压抑……其实阿拉伯国家是盛产橄榄树的国家，到处都是橄榄枝，到处都是橄榄树，谁都知道橄榄是象征和平的，可是惟独在这些国家，有那么多橄榄枝，却没有那么多的和平。所以我总觉得，我在这儿这么多年，虽然我只有一点小小的力量，我不能够去制止什么，我亲眼看到他们的坦克炮在打向对方的时候，我明明知道对面是一个很美丽的国家，在这个季节又是山花烂漫，漫山遍野景色秀丽这么一个国家，知道这颗炮弹落过去的话，就会有人死亡，就会有建筑被摧毁，但是我不能去制止它。我能做什么呢？我是一名记者，那我的武器就是我的报道，就是我的话筒，它就代表我的橄榄枝吧。所以这是我的一个心愿，用我的橄榄枝去呼唤和平……"

* 为了保护我这对虽然大却没有神的眼睛，我很少看电视。还好我

的生命里有网络和广播，否则我真有可能会变成白痴一个。这周里的某一天晚上因为实在穷极无聊（那天家里就我一人）就在电视机前逗留了片刻，不想却被结结实实地感动了一回。

那天的节目是一档名叫《讲述》的谈话节目。主谈嘉宾是央视国际部的一位年约五十往上的驻外女记者梁玉珍。这位和我妈妈年纪相仿的梁阿姨生得面容和善、说话细声细气，一看就是一副天生的菩萨心肠。然而就是这样一个外表再普通再柔弱不过的中年女子却有着极不平凡的经历。2003年伊拉克战争，她是央视唯一派驻战区的女记者。正是她冒着生命危险为我们传送回来的珍贵镜头，使我们更加全面真实地了解了战争的惨烈，也唤起了我们对和平的向往。然而梁阿姨自己却为了拍摄一组伊拉克民众的游行示威镜头，而被游行的人群冲倒踩在脚下，若不是我驻伊使馆人员的全力救治，今天的电视屏幕上梁阿姨声情并茂的讲述就将永远从我们的视野中消失了。

提起这些昔日的危险经历，梁阿姨的表情极其平淡仿佛是在讲述别人的事情。今年当黎以冲突不断升级时，已经年过半百的她又不顾脚伤的折磨风尘仆仆地上路了。为了节省时间她竟然星夜兼程一人独闯途经

跟"爱地"老人座谈战争带给人类的灾难

约旦的死亡公路。要知道这条路就是那些男记者也经常要在白天几个人结伴才敢走。当画面上出现梁阿姨背着采访包走在人迹罕至只在远处偶尔闪过一点微弱灯光的"死亡公路"上时，我觉得她真是太漂亮了，是一朵名副其实的战地玫瑰。节目的最后，一向坚强的梁阿姨流泪了。她说其实在这些战火纷飞的阿拉伯国家有很多很美丽的橄榄树，当她面对那一丛丛葱绿的橄榄枝时，她总是情不自禁地问自己：为什么这么多象征着和平圣洁的橄榄枝却没有给这片土地带来和谐幸福的生活，反而却是连年不断的战火？

梁阿姨在节目结束时提出的疑问也同样震撼了我的内心。虽然节目已经过去好多天了，但这个问题还是盘旋在我的脑子里挥之不去。昨天随手翻看《五胡录》，发现伊拉克民众现在的生活状态竟然和我国人民在五胡十六国时期的生存状态有着惊人的相似。五胡十六国时期可能是中华民族上下五千年历史上最为动荡、最为惨烈的一段时期。这个时期在辽阔的中国大地上先后出现了由匈奴、羌、氐、羯、鲜卑等五个少数民族（即五胡）建立的多个政权。生活在这段时期老百姓每天都在经历战争的洗礼，每天早上一睁眼摸摸脑袋还安安稳稳地长在脖子上对他们来讲就是莫大的幸福了。由于连年的征战粮食绝收，大规模的屠城和人

"爱地"老人观看讲述节目《她从战火中走来》

吃人的现象非常普遍。史书上管吃战争中战死的士兵尸体叫吃熟食。每次那战胜的一方不是忙着将胜利的喜讯传向后方而是忙着清理战场，因为那尸横遍野的战场上有他们充足的粮草。虽然从五胡十六国到 21 世纪，人类文明走过了千年的历史，但是古今战争的惨烈和血腥却是如出一辙，而挑起战争的原因也是如出一辙：不外乎是为了争夺强权、掠夺财富。为了实现极少数人的强权政治，不计其数贫苦百姓鲜活的生命被强行充当了活生生祭品。这种人间惨剧在跨越了千年沧桑之后又重新上演，到底是人类文明的进步还是倒退？

* 最近的日子里，几位女性记者给我留下很深刻的印象，除去法拉奇，还有一位中国的女记者——梁玉珍。在之前激烈的黎以冲突中，她作为央视在中东的唯一一名女记者，独自一人在枪林弹雨中，九死一生地完成了采访任务。她连续驾驶 40 小时独自驱车前往黎巴嫩，可以克服曾经采访游行差点被踩死的恐惧，出色地完成工作，可以拖着伤腿坚持采访几十天直到被抬回北京。是什么力量驱使她可以这样，有人说那就是她的工作。但是在面对生死的时候可以超越生死，这样的力量只会是来自一个人内心的信仰。

生死面前，有人无所畏惧，因为他们的心中，生命不死。

* 战地玫瑰梁玉珍：在局势动荡的黎巴嫩，一个连最起码的人道主义安全都难以保障的地方，像陈朝阳这样选择留下的中国人，以自己独特方式呼吁和平的人，并不仅仅他一个，他们每个人的背后都有着不一样的故事，如果不是电视镜头的捕捉，我们又如何能够获知这些精彩故事呢？

这一切，都还得感谢我们的前方记者。梁玉珍，中央电视台驻埃及记者站首席记者，人称"拼命三郎"，天生工作狂，干起活不要命。

干记者也许都是这样。梁玉珍说，接到奔赴一线报道的任务后，7月 14 日当天下午启程，一天一夜，赶了 1500 多公里，一路边采访边发稿，连续 43 小时没吃没睡，到最后，连累是什么感觉都体会不出来。

有次采访途中，亲眼看着一颗流弹击中公共汽车，车上的人四散逃开，寻找最安全的去处，而她，却想都没想，扛起设备就往前冲。做完

观看老人垂钓

报道后，她才觉得有一丝后怕。

已经年过五十的梁玉珍身体状况一直不是很好，出发第一天脚就扭伤了，得不到及时治疗，又带病工作了这么多天，现在韧带和肌肉都已经撕伤。加上原先就患有腰椎间盘突出的毛病，连日的辛劳更使腰伤复发。现在的梁玉珍一人躺在床上，基本不能动弹。而她居住的地方，离贝鲁特的港口不到 1 公里，那正是被轰炸的主要目标之一。危险无时不在。

苦和累，生命的安危，目前都不是她考虑的重点，梁玉珍说："你置身在这，眼睁睁地看着一颗炮弹从身边呼啸而过，你却无能为力，那种心情是很悲哀很灰暗的。"

所以，她唯一能做的，就是尽自己最大的努力做好每一篇报道。

另外，说到这次中东冲突，说"凤凰"是华语媒体中去得最早的，有些牵强。记者魏颖茵最先到了以色列的耶路撒冷（当时刚从伊朗采访回来，有顺便采访的含义），采访以巴冲突。

但真正的冲突核心——黎以冲突，却是 CCTV 最先开始的，当时 CCTV 的记者梁玉珍先于严明到达海法，之后又先于严明到达黎以边境以军炮兵阵地。真正精彩的是，梁玉珍又从以色列北部在没有护照的情况下，日行1500公里，连续闯关约旦、叙利亚，最后先于"凤凰"的温爽近70个小时到达黎巴嫩的贝鲁特，并马上发回视频信息。而当温爽、陈晓楠撤离后，她在报道了中国救援物资到达贝鲁特后才走。

1位老妇人单挑5位"凤凰"年轻人的故事。

可以说，梁玉珍是此次华人记者中年龄最大、待的时间最长、辗转的过程最辛苦、身体受伤最重、观察黎以冲突的角度最广、尝到的"新闻螃蟹"最多也最大的一位。

后记3：在"爱地"疗养的日子

几天前，北京昌平爱地老人颐养中心正在开一个座谈会，大厅里座无虚席。好几位平时因行动不便很难参加活动的老人也坐着轮椅，在护理员陪伴下来到活动现场，其中有91岁的张奶奶和95岁的马爷爷。"爱地"的老人说这是一个特别的座谈会。跟老人们交流的对象就是我。

7月12日，黎以冲突爆发以来，我带伤出征，从冲突前线以色列的海法和黎巴嫩分别发回大量现场报道。观众们在关注冲突双方老百姓命运的同时，也在关注着我的安危。8月初，我的身影在电视屏幕里出现的次数越来越少，一种不祥之感涌现在"爱地"老人的心中。

9月10日，老人们惊喜地发现，平时在电视屏幕上熟悉的身影出现在"爱地"，心里石头才落了地。当老人们知道我带着重病于8月13日回到国内治疗，病情有所缓和后，便来到"爱地"疗养，老人们高兴极了。纷纷过来看望、慰问我，还给我送来很多水果、小吃和营养品。

9月17日，中央电视台第十套《讲述》栏目播出了专题片"她从战火中走来"，几天之后又在第一、第四、第十套节目中多次重复播出，这个节目介绍了我在战火前沿的工作情况，老人们看了都非常感动，不少老人眼含泪水从头看到尾。收看过后，纷纷要求举办一次面对面的交流座谈会。

座谈会开始，大家首先再次观看了"她从战火中走来"这档节目。接着，我应邀向在场的老人们讲述了更多的现场经历。接下来是双方互动，我一一回答了老人们提出的问题，还特别介绍了交战双方老人、妇女和儿童的情况。

老军人王玉昌激动地说："你是我们中国人民的骄傲，是我们学习的好榜样，我以一名老军人的名义向你敬礼！"

来自新华社的老人张璧华眼含热泪说："你是我们新闻界的骄傲！"

王荷生、余雪痕两位老人当场各献歌一首，表达对我的敬意。

杨玉然老人自己填词，和梁玉琦院长一起演唱了《歌唱英雄》。

参加座谈会的护理员小房激动地说："我以前总觉得命不好，对人生很悲观，听了梁阿姨的经历很感动，原来一个普通人可以做出很伟大的事情来，我对今后人生充满希望。"

酷爱绘画的老人董泽蒲 17 日当天在收看《讲述》栏目中《她从战火中走来》节目后激动难眠，连夜画了一幅牡丹图，由郝维志老人题字："巾帼英雄冲狼烟，战地红花傲中华"，在座谈会上献给我。

在座的老人不少都是革命老前辈，有的从小就参加了红军，有的参加过新四军，有的是老八路，他们都有着辉煌的革命业绩，为中华民族建立了不朽的功勋。他们离退休之后，仍然时刻关注国家的进步与发展，关注世界大事。而且他们都对生活充满热情和希望，现在他们每天都认真地锻炼身体，开朗、乐观地生活。他们都是我学习的榜样。

国庆节就要到了，多才多艺的老人们又在积极准备黑板报、联欢会等庆祝活动，他们的生活热情和活力感染了我，给了我战胜疾病的信心和力量。

现在，我的病情大有好转，左脚和两膝关节疼痛大大减轻，上下台阶还是很困难，不过已经能够丢掉拐杖和轮椅在院子里走上几圈了。

我热爱这些老人，也很尊敬这些老人，感谢这些老人。他们是一抹美丽的夕阳，书写着最美丽的人生。

（写于 2006 年 9 月 27 日）

后记 4：充满爱的地方

在北京市昌平区龙山南麓，与山水一色、碧波荡漾的十三陵水库相邻的地方，有一处适合老年人颐养天年的理想之地——爱地老人颐养中心。这里有碧水蓝天，空气清新，长城、十三陵、银山塔林等旅游景点遍布周围,自然环境得天独厚。在这里休憩养生,令人神清气爽、心旷神怡。有幸在"爱地"休养的这些天里,我不仅享受到大自然的美好,更深切体会到了人与人之间的关爱,感受到爱地老人院的确是一个充满爱的地方。

爱地老人颐养中心是一家非盈利性的养老机构。现已年过半百的院长谷全文、梁玉琦夫妇苦心经营这个中心已达 7 年之久。几年来,他们与全体职工和老人们一起,同呼吸,共命运,齐心协力把"爱地"建设成一个美好的大家庭。他们把自己全部的精力、全部的爱,都投注到了入住老人的身上,把老人看作是自己的亲人,设身处地为他们着想,为他们排忧解难,提供各种便利,让所有入住的老人都能感觉到,这里就是一个温馨的大家园,住在这里就像住在自己家里一样可心、舒适。老人们把谷全文、梁玉琦夫妇看作是自己的孩子,也看作是自己的主心骨,体谅他们的辛苦,也体谅他们的难处。

那年,在这个大家庭里居住着 50 来位老人,年长者 97 高寿,最小的就是我了,当年 53 岁。无论年龄大小,这里的老人们有一个共同的特点,那就是善良、开朗、乐观、向上。他们懂得珍惜生命,他们知道怎样热爱生活,他们互相体贴关爱,互相鼓励帮助,用心过好生活中的每一天。

在"爱地"的每一个地方,无论是前庭后院,还是禽鸟园、池塘边,无论是树阴下、花丛中,还是运动场、小路旁,到处都可以看到老人们活跃的身影,到处能听到他们爽朗的笑声。

"爱地"老人的饮食起居既科学又有规律,他们的日常生活既丰富多彩又充满各种情趣。平日里,老人们有的喜欢散步、钓鱼、下象棋,有的喜欢打门球、养花草、喂鸽子,也有的每天打打太极拳,做做健身操,还有身体强健些的每天坚持登山运动。除了健身活动外,不少老人心灵手巧,他们巧妙利用废弃物或纸张、毛线、羽毛等简单的物品,就能制作出版画、风铃、挂娃、盆景等精美的手工艺品。

有些老人还擅长琴棋书画,时不时泼墨挥毫,陶冶情操。在"爱地"的会客室兼展厅里,墙上挂的、台子上摆的、展柜里放的各种作品都是老人亲手制作的,前来观看的人都赞不绝口。

每当节假日期间,谷全文、梁玉琦夫妇都精心为老人组织花样翻新的娱乐活动。每个月里，他们还为在当月过生日的老人及员工举办集体祝寿会。除在本中心举办各种活动外，在适当的时机，他们还组织有兴趣的老人到五台山、鄱阳湖等名胜古迹游览，领略祖国的大好河山。

"爱地"与社会各界联系密切，融洽和谐，与附近的大中小学校、幼儿园、部队、机关等都保持着良好的交往。这些单位人员、尤其是学生们经常到"爱地"看望老人，与老人一起举办各种主题内容的互动活动。

我在"爱地"休养的这些天里，看到汇佳学校的外国学生及政法大学的三年级学生先后到"爱地"与老人们欢聚一堂。

在院子里，学生们和老人一起，边散步边聊天；在后花园，他们一起赏花、喂鸽子；在运动场，他们一起健身、打门球。在礼堂举办的联欢会上，他们争相表演各自拿手的节目。70多岁、80多岁的老人们，有的演唱自己的家乡小调，有的用英语、日语、俄语演唱歌曲，有的吹口琴、弹钢琴，还有的唱京戏、表演口技或小魔术，个个节目都让学生们大开眼界，钦佩不已。来自美国、韩国、俄罗斯的学生以及政法大学的学生，为老人表演的节目也令老人们赞不绝口，开怀大笑。欢乐祥和的气氛包围着每一个人，幸福温馨的暖流流淌在每一个人的心间。这就是"爱地"，一个充满爱的地方。

（写于 2006 年 9 月 21 日）

三点修订说明

1. 就医后续：住进北京铁路医院，我的主治医生是外科主任于方。经过全面检查，医生告诉我说：你的颈椎、腰椎、左右膝关节、左脚踝、胃部、呼吸道都有严重疾病，还伴有贫血、严重营养不良。造成这些疾病的主要原因就是过度劳累，加上缺乏营养。于主任说完这些，自己又小声嘀咕一句："我就奇了怪了，央视记者里居然有营养不良的。"

连续很多天，有太多的人到医院看望我，除了亲人、朋友、单位同事以外，有些人仅见过几面，有好多是朋友的朋友，还有很多素不相识的热心观众，医院走廊里摆满了他们送来的花篮。几年前给我做过手术的连医生到病房看我，他说："就你那么弱的体质，怎么也看不出你能到中东当战地记者。"

2．据说在我撤离行动开始之前，中国驻埃及大使馆、驻以色列大使馆、驻叙利亚大使馆、还有驻黎巴嫩大使馆之间，都就此事进行过联系，也都分别向驻在国以色列大使馆递交了照会，或电话知会。要求以色列军方给我提供安全通道，在我撤离的时间段内、在北线路上不要进行轰炸。特别是在看到覆盖有中国国旗的车辆时，一定要让其安全通过。

这个信息是否准确我没有核实，但我知道大使馆会有相应行动。驻以上几个国家的中国大使吴思科、陈永龙、周秀华、刘向华都是我非常熟悉的高官，也是我的好朋友。他们在非常时期伸出援手，对我鼎力相助，我会永远铭记于心。

3．补充说明：我的战地日记在当时情况下，因时间和精力有限，写得比较粗糙，以记录主体事件为主。尤其病重那段时间，根本没有精力详细记录，很多细节都是在几位知情朋友的共同回忆、相互补充下完成的。这次修订，做了些用词和文字上的修改。

她从战火中走来

记者就是记录历史的人，历史在发展，我们在记录。在埃及，在中东，在非洲，在战场，遍布我的足迹。

黎以战争结束后，我在国内世纪坛医院住院治疗一段时间，那个时期，央视《讲述》栏目对我做了一次专访，在央视一、四、十、十三几个频道连续数天反复播出。下面是这个专访的完整记录，题目是《她从战火中走来》。

叙述：2006年8月13日清晨，一架从叙利亚起飞的客机即将在北京首都机场降落，候机厅内中央电视台驻外记者管理处的工作人员正焦急地等待着一个人的出现，与他们一起接机的还有一名北京世纪坛医院的医生。

医生：星期天上午接到医院的一个任务，让我去首都机场接一个从中东回来的战地记者，当时我们认为是个男同志，因为那个中东是战火纷飞（很混乱的地方），所以我们就安排了个男病房。

叙述：11时40分，当他们等待的那个身影在人流中逐渐清晰时，接机的于大夫却大吃一惊。

于大夫：确实感到意外，当时见到这个记者时，没想到是一个女同志，而且是在以往的电视中见过的梁玉珍。

叙述：此刻，刚从中东战场归来的梁玉珍身心俱疲，因扭伤而肿胀的脚踝已无法穿鞋。

于大夫：另外一个使我很震惊的是，当我们接她上救护车的时候，她自己都很难自制，需要别人搀扶，我给她做初步检查的时候，发现她膝关节是明显肿胀，有大量积液，踝关节有绷带包扎，而且脚也很肿。

叙述：简单的检查后，工作人员将梁玉珍送上等候在机场外的救护车内，然后一路急驰向医院奔去。而此前的 20 多天时间里，她就是带着这样的病痛，不停地穿梭在黎以冲突的战场中。凭借着一口流利的阿拉伯语和丰富的工作经验，独自承担着联络、拍摄、报道、连线等任务，通过中央电视台三个频道向国内发回了 100 多条消息和 50 多次的视频连线。在全世界关注黎以冲突中发出了中国媒体自己的声音。

2006 年 7 月 12 日，黎以冲突在中东爆发，当时正在埃及工作的中央电视台驻埃及记者站首席记者梁玉珍听到消息后，立即向领导请缨要求进入战地报道，而就在准备启程时，却突然发生了事故。

梁玉珍：因为那天出门比较急，当时我这个，就是这个左腿，这个脚就扭伤了，伤得还很厉害，结果一下子整个脚就有很多淤血，就肿起来，鞋都穿不了。

叙述：然而此刻她的心里只有一个念头，那就是在最短的时间内，抢到最新的独家报道。于是，来不及疗伤的梁玉珍裹了点绷带，拖着 40 多公斤重的行李和设备，在同事的护送下，一瘸一拐地出发了。

梁玉珍：当时因为考虑到种种因素，你还得选择路线，你如果直接去黎巴嫩，那是不可能的，因为黎巴嫩，它那个空中和海路全都封锁了，只能走陆路。

叙述：为了以最快的速度到达战地，梁玉珍选择了从埃及的西奈到塔巴，再到距离黎巴嫩最近的以色列第三大城市海法，这条线虽然省时，但却凶险，途中不仅要穿过两大沙漠，而且还要经过盘山路段，稍不注意就会坠落悬崖峭壁，当她一路劳顿赶到海法的时候，已经不吃不睡地走了 40 多个小时，1500 多公里的路程，而连日来的奔波，使她的脚一伤再伤，她的膝关节因为脚伤的压力而开始肿胀。

于大夫：就是我们诊断是双膝骨性关节炎，关节积液，之所以这次症状这么重，主要考虑是，在原有疾病的基础上，这次过度劳累所致。

叙述：可是恰恰就在这时，黎以战事开始升级，这时，刚刚到达以色列的梁玉珍，根本来不及休整，便立即投入到战事的报道中。 7 月 15 日，她在黎以边境线上发回了黎以冲突的第一条报道。（插播梁玉珍视频：这里距离黎巴嫩南部大约有 5 公里路程，当地时间 7 月 15 日下午，当我刚刚抵达这里的时候）就在梁玉珍发回这条报道后的一周，黎以战火开始迅速蔓延，这时以色列一些城市开始纷纷举行大规模反战游行，而梁玉珍则一刻不停地穿梭在这些城市，面对游行的群众，梁玉珍的脑海里突然闪现出 3 年前的一幕，她的内心顿时升腾起一种恐惧，那是 2003 年 3 月 28 日，那一天恰好也是伊拉克战争爆发一周。

梁玉珍：当天是一个星期五，穆斯林做聚礼，一般是在中午 1 点钟左右，所以说这个游行是发生在当地时间中午 1 点钟之后，那天我们实际上，事先并不知道（要有）这么大的一个游行，当天我们在约旦的首都安曼做一个其它题材的节目，在做完这个节目之后，这个时间也正好是穆斯林的聚礼做完之后，那么我们就看到从清真寺街中心各个地方就涌出来好多人，就开始示威游行，而且人越聚越多，当时除了我和刘苗野之外，还有其它的中国媒体的记者，其实我们好多人，那天是在一起的，但是爆发这个游行之后，大家很快就被冲散了。因为游行的时候人越聚越多，据我们估计至少得有上万人，那么大家都在这么一个小的地方拥挤起来，记者就不可能保持联络了。这时我在最前面，刘苗野扛着机器就上房了，他就一边跑一边跟我说，梁姐我得上房拍，要不然我拍不到一个大的场面。我说，那好，你先上房，我往前跑，随时保持联络。

叙述：民众越聚越多，游行规模也越来越大，为了拍到游行的照片，梁玉珍拼尽所有力气，冲到游行队伍的最前面，而就在这个时候，一件意想不到的事情发生了。

梁玉珍：我跑到前面之后，就觉得这个声势越来越大了，那么这就是爆发的一个新的新闻了，正好又被我们赶上，所以我立刻就给后方的编导打电话，一边打电话，一边跟着游行队伍往前走，结果突然间从我的后面，人们忽然一下子就骚乱起来了，那么骚乱的原因当时我并不清楚，就是人一下子，他们就很快地往前跑，一下子就冲着我跑过来，那么我又是在最前面，这么多的人跑过来，我又正在说着话，我是躲也躲不及，闪也闪不开，我当时基本上可以说是一个十字路口拐弯的地方，那么我就想，我实在跑不动的话，就拐过来，拐过来我就站在路边，站在路边的话，我一边还是继续沟通，然后我就想着，我这样就会比较安全了，但是让我特别想不到的是什么呢？就是那些人突然间一下子他们也拐弯，就跟我一样顺着这条横街涌过来了，然后这个时候我就猝不及防，我就不可能想什么事情或者怎么样，一下子就被冲倒了。

叙述：由于事发突然，梁玉珍猝不及防，一下被人群冲倒，而参加游行的人大多是刚刚参加完礼拜的青壮年男子，所以当年届五十的梁玉珍被这些人踩在脚下时，她觉得自己必死无疑了。

梁玉珍：当我突然间一下就被撞倒之后，我当时的感觉是什么，就是所有人的脚都从我身上跑过去，当时就觉得自己快死掉了，就是浑身都疼，而且我不知道该怎么办，所以这个时候，我本能的一种做法，我就伸手，伸手我就去抓旁边的人，可是我感觉，有很多人继续倒下来，就是有很多人压在我身上，我就本能地去抓别人，用手去抓人家的裤脚，抓人家的鞋或者抓人家的脚，就使劲地抓，我想，我不能就这样被人家踩死，然后我就继续地去抓，我觉得在我意识还稍稍清醒一点的时候，我使劲伸着手，一直往前伸着，往前伸着，但是后来我就什么都不知道了。

叙述：伊拉克战争中她被人群踩踏，她是怎样死里逃生的呢？我从战火中走来正在讲述。

叙述：当梁玉珍从恍惚中清醒过来时，她已经躺在了医院的病床上。

梁玉珍：当时救我的人主要有《国际先驱导报》的记者安立，还有当地的巴勒斯坦人，还有约旦人。据他后来跟我说，他是突然间觉得有这么多人倒下了，而且有的人被拉起来，有的人没被拉起来，这个时候他就看到一个人被大家生拉硬拽地从那么多人的脚底下，好多人就是把这个人从别人的脚底下抬出来，抬到路边一个小店的门口，搁到这个门口了，接着就看到他们就端出一盆凉水，就往身上泼，泼完就拍，使劲地拍脸，拍完之后，不行，又泼一盆凉水，这时候他就赶过来要拍照，可是他刚想拍照的时候，他一看，不对，他说，这像我们中国人，因为他再一看，就是我穿的那件衣服胸前有一个胸章，是我们中国的国旗，他说这不是我们中国的记者吗？结果再接下来仔细一看，是我们正好前两天在使馆还开过会，大家还见过面，是央视记者梁大姐。这时候，他就马上放下相机，跟当地的一个巴勒斯坦人还有一个约旦人，他们就赶紧就打了一辆出租车，就把我送到医院去了。

叙述：这次冲撞致使梁玉珍得了轻微脑震荡，但是即使如此，每当她看到游行的人群时，记者的职责还是让恐惧的她忍不住冲上去，不放过每一条信息。 2006 年 7 月 21 日，梁玉珍完成了以色列的报道后又转战到黎巴嫩首都贝鲁特，此时一路星夜兼程的她，由于膝关节严重肿胀，腿已经不能弯曲，而她那只受伤的脚，也肿到了无法再穿鞋的地步。

于大夫：如果在这种状况下，她继续在这种恶劣的环境下工作，就会加重她膝关节的蜕变，影响关节的运动功能。

叙述：可是如果梁玉珍停止工作，那么对黎巴嫩的报道显然就要中断，这对中央电视台来说无疑是个损失，而恰恰就在此时，黎以冲突的不断加剧，迫使梁玉珍不得不继续拖着那条伤腿，奔波在黎巴嫩的战地。每天晚上，当她完成了最后一条报道，拖着疲惫的身体在炮火声中回到住所后，精神上暂时的松懈和病痛的折磨，使她内心油然而生出一种孤独感。而让梁玉珍至今仍然记忆犹新的则是三年前在拉马拉的一次遭遇。那是 2003 年 9 月 11 日，以色列决定将阿拉法特驱逐出巴勒斯坦，当晚以军便包围了约旦河西岸城市拉马拉，顿时整个拉马拉陷入了危机。

梁玉珍：当时那个拉马拉周围是大兵压境，它就这么点一个小城市，方圆几公里大兵压境，拉马拉的市区有以色列坦克在来回巡视，在阿拉法特这个官邸，官邸对面有栋楼是文化部的楼是 7 层，上面是特种部队，正好俯瞰着阿拉法特的官邸，官邸是 3 层楼，这个特种部队离这个官邸大约 70 米左右，官邸上空是战斗机和侦察机，就不停在上面转，所以说当时的那种状况比我这次的状况还要危险，而且整个拉马拉里面除了我没有一个中国人，我最主要坚守的那个点就在阿拉法特官邸对面，如果他有任何军事行动很快的话我们就都能拍到了。

叙述：危机四伏的拉马拉在夜色的笼罩下显得异常恐怖，空旷的城市里，除了以色列战机外，就只有独在异乡为异客的梁玉珍难以入眠，那一天是中国的中秋节。

梁玉珍：因为那个时候，我们每天坚守到夜里 3 点，上到楼顶上的时候，我把那个机位对准阿拉法特那个官邸观察，当时就看到一轮明月就在天上挂着，特别大，而且是那种黄黄的那种颜色，所以当时呢心里突然间就一股酸酸的那种，特别孤独的那种感觉就上来了。（沉默）人家说每逢佳节倍思亲，当时，我就想是在那种危机的时刻，大兵压境，重重包围，战事随时有可能爆发的时候，只有我一个人在那里坚持，我就感到非常非常孤独，而且还不知道接下来会发生什么样的事情。

叙述：2006 年 7 月 30 日，这是梁玉珍进入黎巴嫩的第 9 天，这一天，黎巴嫩南部地区的加纳村遭到了以色列空军的袭击，南部是黎巴嫩真主党的聚居地，也是以军袭击的重要目标，这次袭击至少造成 53 名平民死亡，其中包括 37 名儿童，而就在几天前，当地 1 名阿拉伯记者也是在这里被炸身亡。因此，许多记者提到黎巴嫩南部都是望而生畏，然而梁玉珍却要在 7 月 31 日趁着以军停火的机会，和其他 2 名中国记者一起驱车前往加纳采访。

梁玉珍：我之所以去是因为这是我做节目的特点。我无论到了任何现场，我做节目都要有第一手资料，就是我不愿意炒别人的冷饭。因为你炒别人的呢：第一，它没有新鲜感；第二，它有可能是错误的；第三，你没有激情在里边；再一个，你对这个新闻的真实性，可信度还要打一个问号。因为它不是你自己的东西，所以我一般无论到任何现场，无论多危险我都要亲自去现场。这是我的特点。

叙述：而就在加纳村，梁玉珍被现场的情景所深深震撼。

梁玉珍：到了加纳我首先感觉（的是）触目惊心，因为加纳被摧毁的程度比我想象得还要严重，就看到那些废墟上，还有废墟旁边，到处堆着就是小孩的衣服、鞋袜，甚至还有这么小的、很小的小孩的纸尿裤，当时看了以后吧，就那种真的很揪心，就觉得战争啊，真的是对人类这种伤害，让你觉得非常压抑。

叙述：这样的悲剧在梁玉珍 7 年的中东记者生涯中，绝不是第一次出现，从巴以冲突到伊拉克战争，再到黎以冲突，每一次梁玉珍都会深入到战争第一线，亲历残酷的战争场面，一次次经历，一次次震撼，让她对和平的渴望愈加强烈。

梁玉珍：其实阿拉伯国家是一个盛产橄榄树的国家，到处都是橄榄枝，到处都是橄榄树，谁都知道橄榄是象征和平的，可是惟独在这些国家，有那么多的橄榄枝却没有那么多的和平，所以我总觉得，我在这儿这么多年，虽然我只有一点小小的力量，我不能够去制止什么。我亲眼看着他们的坦克炮在打向对方的时候，我明明知道，对面是一个很美丽的一个国家，在这个季节又是山花烂漫，漫山遍野都是非常景色秀丽这么一个国家，知道这颗炮弹落过去的话，就会有人死亡，就会有建筑被摧毁，但是我不能制止它，我能做什么呢？那，我是一名记者，那我的武器就是我的报道，就是我的话筒，它就代表我的橄榄枝吧，所以，这是我的一个心愿，用我的橄榄枝去呼唤和平。（流泪）

2006 年 8 月 5 日，梁玉珍因病无法继续坚持工作。

2006 年 8 月 13 日，在当地使馆的帮助下，经叙利亚返回北京。

折戟沉沙，归来已是暮途

新闻是号令，记者是战士，冲锋陷阵，义无反顾。2008 年 12 月 27 日，以色列战机向加沙地带发起两轮大规模空袭，针对加沙地带数十处目标发射了约 30 枚导弹，当即造成 1400 多人伤亡。控制加沙地带的巴勒斯坦伊斯兰抵抗运动（哈马斯）称，该组织在加沙地带几乎所有的安全机构都在空袭中受到破坏，死者中还包括几名哈马斯安全机构的高级负责人。这次事件使这个地区再次成为世界各国关注的焦点。我立刻带领本站记者前往现场采访，不料途中发生一场突如其来的严重车祸，差点儿让我的生命在不到 56 周岁时画上句号。

难以置信的预言

在以前的博文里我曾经说过，自己是一个非常敏感的人，对一些未曾发生的事情会有一种清晰的预感，这种预感有时只是脑海里的一闪念，有时是在梦境里出现，有时是说过的某句话，不久之后就能得到验证，这些事说起来令人难以置信，可事实的确如此，其实这次车祸前也有一系列的征兆，对巴勒斯坦这次事件我也提前有过预言，事实证明非常准确。

这年 10 月我在国内休假，11 月返回开罗，离开北京的前一天，也就是 11 月 10 日，驻外记者管理处处长张欣请我在梅地亚一个小茶室喝茶，业务组组长花凯在场作陪，我跟张欣汇报了开罗站工作现状，谈了开罗站的下一步工作计划。都被请喝茶了，我当然能感觉到张处对开罗站近期工作有些不满，我跟张处说："年轻人在中东历练一阵子一定会有建树，但这也得靠机遇，前一阵子因为埃及和周边都没什么大事，所以成绩不明显，不过年底年初期间开罗站会有大量采访内容，业务量肯定能上去，12月份有两次高访，当地和周边国家也都有不少事情，其中巴以地区就是一个重点。"

我还特别强调说："根据我的经验判断，年底至1月份大选期间，巴以那边肯定会有大事发生，如果跟高访团任务不冲突的话，我准备12月中旬就让杨春和陆晔先去巴以那边守着，到时候都可以大展身手。"

果不其然，以上的话在1个多月后被完全证实。12月27日，以色列军方向巴勒斯坦加沙地带发动大规模空袭，造成众多人员伤亡，引起国际社会高度关注。得到消息时，我正在埃及南方城市卢克索，跟本台技术员一起刚刚完成国务院副总理李克强访问埃及的素材传送工作，正前往机场为代表团送行。

随团工作是驻外记者工作的重中之重，属于硬性任务，只要有代表团在，可以放下其他事情不管，所以那些天我的精力完全放在代表团上，以色列空袭加沙的消息是后方编导通告的，我回复说："这件事情在预料之中，1个多月前我就说了，前些日子已经做好准备过去，但因为高访团日期推后，我们也只能推迟行动，明天回开罗后再说。"

当即，我给留守开罗的记者陆晔打电话，让她密切关注事态发展，先做一条电话连线，同时做好现场出击准备。杨春因为有事临时回国几天，短期内可能赶不回来，只能我和陆晔去现场。杨春来开罗前是央视《新闻调查》名牌记者，来开罗后还没赶上过重大事件，好不容易发生这么件大事，他又错失良机，我觉得特别遗憾。

当晚，我乘埃及民航从卢克索飞回开罗，到家后一刻未停，连夜做好出发前的各种准备，首先从电视新闻和网络上搜集整理了有关消息和背景资料；接着整理好摄像机、照相机、电脑等采访设备和配件；然后写好给新闻中心的设备出关文件，还有给以色列驻埃及大使馆的签证申请；随后又给驻外记者管理处发了邮件，报备本次行动计划，一直忙到后半夜才上床休息。

次日上午，我采取双管齐下的办法，跟陆晔分头行动，我负责去办走陆路通道的相关事情，赶到新闻中心办理设备出关换文，并开具去拉法边境的通行证，陆晔负责走空路的相关事情，去以色列驻埃及大使馆申请特急签证，并选择最近次航班预订机票。两种方式哪个方便快捷，就选择哪个。

上午 10 点多，陆晔告知签证需要 2 个工作日才能拿到。我当即做出计划告诉她："那就放弃空路，你赶紧回去做准备，咱们只好开车行动，先去拉法，先在拉法采访过境到埃及口岸的巴勒斯坦人和伤员，然后看看能不能争取从拉法过境到加沙。如果过不去的话就先做出一批采访，然后返回开罗，等拿到签证后就飞特拉维夫，再从那里去加沙。"

陆晔说："好的梁老师，那我就先回去准备了。"

新闻中心要办的事情很快办完，返回的路上我打手机给陆晔说："我手续都办完了，正在往回赶，你抓紧时间先吃点东西，我到家后拿上东西就走。"

陆晔说："都准备好了，我买了快餐，咱们车上吃吧。"接着又说："梁老师，国际台郑磊和严旭也想搭车跟咱们一起走，您看行吗？"

我犹豫了一下回答说："这次行动挺危险的，你告诉他们慎重想想再做决定。"

等我刚进家门，陆晔又给我电话说："梁老师，郑磊他们想好了，要搭车一起去，他们说不怕危险，想跟着您锻炼一下。"

我说："那好，那就一起走，你让他们马上打车过来，等下我先去接你，然后在 Fish market 前边路口跟他们汇合。"

莫名其妙的感觉

出门前，按照以往每次去沙漠地带或战乱地区的习惯，我穿上一件红色外衣，目的是一旦遇到危险时有个醒目的颜色，便于搜救人员发现目标。我把所有要携带的东西又仔细地检查一遍，确认没有遗漏了，这才背上双肩背包、一手提着摄像机，一手拉起拖箱动身了，这时一种莫名其妙、令我难以理解的感觉出现了，过后仔细想想，其实那就是一系列的不祥之兆。

走到卧室门口，扭头看了一眼梳妆台，梳妆台上放着不久前才冲洗的两张半身照，那是半个月前中宣部长刘云山访问埃及时，新华社驻埃及摄影记者张宁帮我拍的，感觉效果不错就冲洗出来摆在那里自我欣赏，看到这张照片，忽然间有一种感觉涌上心头，怎么看都觉得这照片就跟遗像似的，看着心里特别不舒服。我呆呆地看了一会儿，把相夹合起来扣在梳妆台上，出门来到过道，无意识地看了一眼对面的客房，客房一直干净整齐，但空落落的没有生气。

走到工作间门口，我站住了，看着电脑又是一阵发呆，犹豫着要不要在电脑上给儿子留句话，也给在开心网上偷菜的朋友留几句话，告诉他们"埃咪娜又要去战地了，可别偷她的菜啊。"这样想着又觉得还是不要留言的好，因为这时脑子里忽然闪现一句话"留了就是遗言了。"我叹了口气，离开工作间。

走在过道里，不经意间扫了一眼腿上穿的利维斯牛仔裤，这是我上个月在国内休假时刚买的，这时脑子里又闪出一句话来"这条裤子毁了可惜了。"这句话很清晰，但很费解。后来，果然出事了，才明白这句话的隐喻，这条裤子的确是可惜了，在医院接受抢救时，身上所穿的衣服都被剪刀剪开毁掉了。

大厅窗前的晾衣架上，晒着我半夜洗过的一条早已颜色发白、但穿在身上更舒适的半旧牛仔裤，我走过去用手摸了摸，裤子还有点潮湿没完全干透，我犹豫了一下要不要换上，这时候感觉脑子发木，挺迟钝的，有些神思恍惚，又发了会儿呆，裤子也没换，转身向门口走去。

离开大厅继续走着，心里继续涌现出一大堆奇怪的感觉，既感到空落落地好像失去了什么，又觉得沉甸甸地非常压抑，还有一种感觉是这次出门好像要走得很久很远，与以往对巴以动乱、美伊战争和以黎战争事件的报道相比，明显地少了一些新闻大战前的职业兴奋感，没有兴奋，没有激情，心里只有沉闷、沉重和悲壮，我心里疑惑自己这是"风萧萧兮易水寒，壮士一去兮不复返"吗？

三室两厅，250 平米的房子，长长的过道，好像走了很长时间才出来，转过身来锁门，一低头，又看到那只浑身乌黑、没有一丝杂色的黑猫蹲在楼梯口，两只闪着绿光的猫眼阴森森地盯着我看。头天晚上回家看到这猫，心里就有点别扭，出门前它又在这儿守着，显然影响我的心绪。有人说黑猫是丧门星，遇到黑猫不吉利，我这样被它一直盯着，会给我带来厄运吗？

按下电梯按钮，还是有些恍惚，感觉精力不集中。我木然地等着电梯，一时间脑子里闪现出一系列画面，好像自己又行走在黑暗中的茫茫沙漠里，一座悬空金字塔黑压压地摆在前面，只有悬空的位置有一点亮光，我必须要从下面穿行过去，而我自己特别渺小无助，一个人孤独地前行。这样过了一会儿，头脑清醒过来，抬眼打量一下四周，发现自己正在等电梯，之前好像是做了个白日梦，而这个梦境又显得那么真实，每一个场景都清晰得像是刚刚经历过一样。

我闭上眼睛让自己心里静一静，忽然间想起来此前几个月的确是做过几乎相同的一场梦，在梦里我外出工作，却总也找不到准确的地点，一会儿在大山里，一会儿在旷野里，一会儿又在楼群里到处乱走，一会儿有同事在一起，一会儿又是独自一人，走来走去就是找不到正确的路，我还梦到自己把一个装有 2 万美元的黑色皮包丢失在工作现场，真是好可怕，对我来说，那是一笔巨款，丢了可赔不起。更可怕的是当我终于穿过沙漠、翻越大山、走出峡谷时，自认为找到了出路，不料想前面出现一座更高的大山，忽而又变成一座巨大无比的悬空金字塔，黑压压地挡在面前，从金字塔底部透出一片光亮，看样子塔的那边是光明的，我就小心翼翼地从那金字塔底下穿行，一边走一边担心要是被砸在下面，可就一命呜呼了。惊醒后一直清晰地回忆梦境，再也睡不着了，老在捉摸这是个什么征兆呢？

谁料想早上起来后，按照习惯打开电视看新闻，一下子惊呆了，卡塔尔半岛台和埃及尼罗河电视台都有消息报道：位于开罗尼罗河东部地区的穆格塔姆山有一大片坍塌，很多大块巨石滚落山坡，砸坏了不少民房，甚至砸倒了整栋的居民楼，造成至少 20 人死亡，几十人受伤，还有多少人被埋压在瓦砾下尚不清楚。联想到这里，真不知这次的白日梦又将会预示着什么。

突如其来的车祸

2008 年，几乎使全世界都受到影响的世界经济危机，一度转移了人们对巴以地区的视线，本次以色列对巴勒斯坦的重度打击行动，再次引起世界媒体的关注，我已经同意国际台驻埃及记者郑磊和严旭搭车同行，一起到一线做现场报道。先去接了陆晔过来，然后到 Fish market 路边等待郑磊他俩，结果一等就是 1 个多小时。

陆晔几次打郑磊手机催促，郑磊回复说："我们早就出来了，一路上哪个路段都堵车，我心里也特着急。"无奈之下，我跟陆晔只能耐下心来，一等再等。终于，一辆出租车"嗖"地一下停在我的宝马前面，郑磊他俩急匆匆下了车，嘴里一边说"抱歉，梁老师，让您等这么长时间"，一边把行李搬到后备箱里。

从开罗出发时已经是下午2点多了，我仔细地系好安全带，同时也提醒他们几个把安全带系好，这是我多年养成的好习惯。

4个人里只有年过55岁的我会开车，另外3个年轻人都正在学车还没考驾照，路上只好辛苦我一个人了。早在1995年，由于工作需要台里给我配备了工作用车，至今已有13年驾龄，自认为驾驶技术不错，开起车来比很多男人更纯熟、更自信，这些年开过捷达、桑塔纳、斯柯达、吉普、奔驰和宝马等多种车辆。一辆新车上手，无论手动还是全自动，只要跑个一两分钟就能掌握车子性能，行驶自如。广电总局局长徐光春、中国驻埃及大使吴思科、台长赵化勇、张海鸽等很多高级领导都坐过我的车，感觉也都相当不错。

这辆新款宝马525刚买了不到一年，开起来轻松柔和，感觉相当好，刚一出发我就跟他们几位说："去北西奈的路是埃及几条沙漠路当中最不好走的一条，路面不平，坑坑洼洼的地方比较多，开这么好的车挺可惜的，但坐着很舒适，安全性能很好。"以前我曾跟别人形容过"开宝马就像揉面团一样手感舒服。"

开罗站有3辆工作用车，跑野外按说还是开四轮驱动的吉普车比较好，底盘高，车轮宽，越过糟糕的路段会更容易，本来我也有过这个打算，可在出发前看了一下吉普车行驶证，早在7月份就该年检了，一直拖着没时间去，去往边境这一路上要通过好几个检查站，万一因为年检过期而遇到麻烦，耽误采访就非常不值了，所以我放弃开吉普车的打算。

另外还有辆宝马523，已经用了9年多，行驶14万公里，已做过两次大修，目前车况相当糟糕，我开这辆车在路上曾经两次突然抛锚，如果跑长途的话保不齐会出问题，安全方面没有保障，更何况这辆车早已做了报废处理，所以最终只好选择开新车，尽管非常可惜，但安全系数比较高。

从开罗到边境拉法有两条路可选，一条是走苏伊士运河地下隧道进入西奈，然后向左边一条路行驶奔北西奈；另一条路是经伊斯梅利亚城，跨过穆巴拉克和平大桥到西奈，途中有一个必经城市是非常整洁清净的小城市阿里什，过了阿里什，离边境拉法就不远了。从地图上看，走伊斯梅利亚城应该近一些，但这条路之前只走过一次，感觉不怎么好，因此我选择走苏伊士运河地下隧道，这条路有相当长的一段不好走，而且距离也稍远一些，但这条路走过多次，毕竟熟悉一些。

行进中，我打通使馆新闻处宫宇峰手机，报备行动计划，宫宇峰很关切地说："梁大姐，我已经知道了，这次打加沙比较激烈，死的人挺多，那边非常危险，你们几个一定要多加小心。"

我回答他："放心吧，我一定注意。"

他又说："路上注意安全，等着看你们的精彩报道。"

通话完毕，几个人兴致勃勃地谈论着报道计划。陆晔、郑磊和严旭都是第一次去这样的现场，都很想在本次报道中有出色表现，大战前的兴奋感溢于言表。看到年轻人有这样的激情和干劲，我特别高兴，一边开车一边向他们传授一些经验，也提醒一些战区注意事项。半路上，陆晔继续跟进事态发展，给四频道做了一个电话连线。

自从在以黎交战报道期间，我的双腿因长时间劳累过度受伤以来，双膝关节经常红肿并伴有积水，2006年之后就很少开车跑长途了，一般情况下，只要有可能就请他人代劳，杨春到任之后，跑长途基本上都是他开车，本次行动情况特殊，杨春没有同行只能我自己多出力。开了2个多小时，有些累了，我开玩笑说："让我一个老太婆受累，你们谁能替我一会儿就好了。"

过了运河隧道后，我们在休息站给车加满油，买了些饼干和饮料，凑合着填饱了肚子，小憩片刻后继续前行。接下来有相当长一段是土路，坑坑洼洼凹凸不平，一不小心就会碰到底盘，只好放慢车速，小心翼翼地前行。几个年轻人的话越来越少了，陆晔已经进入梦乡，这孩子善于抓紧时间休息，每回跑长途都不放弃在车上打个盹。

天色渐渐暗下来，一路上其他车辆寥寥无几，空旷的沙漠路伸向遥远的天边，好像没有尽头，每次走在这寂静的路上都会感觉冷清和孤独。再往前走是新修的柏油路，路况好多了，但仍旧不能快速行驶，因为天色越来越暗，路灯时有时无。为了安全起见，我将车速控制在90

公里左右，稳稳地前行，直到下午 5 点多，终于过了通往阿里什的第一道边检站。从检查站官员嘴里了解到，头天晚上当我还在卢克索飞往开罗的班机上时，已经有不少当地和外国记者连夜通过这里去了拉法，这次我是无论如何也抢不到头条了。

边检站对外国记者的盘查比以往简单许多，很快就放行了，这让我们感到异常高兴，前面还有好几个检查站，如果都能免于严格盘查会给我们节省不少时间。距离目的地越来越近了，大家重新兴奋起来，盘算着到达后立刻去做现场采访，肯定来得及赶上早间新闻，意料不到的事情就在这时突然发生。

一声尖锐刺耳的金属摩擦声猛然响起，车子顿了一下停住了，我感觉自己的身子向前猛冲一下又反弹回来，安全带把我牢牢地固定在椅背上，这时只见面前的仪表盘闪现一片红光，一阵呛人的烟雾腾然而起。低头一看，一根挺粗的金属杠子笔直地伸进车里，从我左侧紧靠腰部的位置穿插而过伸向后面，登时我的胸腔和喉咙里就像有一团烈火在燃烧，胸腔里撕心裂肺般的疼痛，这是以前从未感受过的，疼得甚至不敢呼吸。左腿已不能动弹，用手一摸，黏糊糊的一片血迹，我整个人一下子瘫软无力，但头脑还很清醒，坐在旁边的陆晔带着颤抖的哭腔喊我说："梁姨，咱出车祸了。"

生死线上的搏击

中国老百姓有句俗话说"是福不是祸，是祸躲不过"，说得真是准确。灾祸往往都是在意想不到的时候突然而至的，无从防备。在陆晔喊我的同时，车里的人都已明白是出车祸了，但到底是什么原因当时并不清楚，也顾不上多想，事实上也没工夫去想那些。当人处在危险境地时，潜意识里首先想到的肯定是如何逃生、如何获救，这是人的求生本能。

面对突如其来的险境，起初我稍微有些惊慌，但并没有失去方寸，仅在数秒钟之内很快镇定下来，以沉着冷静的态度一边轻声安慰大家，一边想逃生的办法。平时我总是告诫自己"每临大事有静气"，无论遇到多大的难题或危险，都要临危不惧，理智冷静地面对现实，并很好地控制自己的情绪，缓解周围的气氛，减少他人的压力，这是我与生俱来的天赋。记忆中从小到大，在我面前好像就没有什么事情是可怕的、解决不了的，我常常挂在口头上的话是"天塌下来当被子盖"，无论怎样我都会尽自己最大的努力化解难题。

这时我浑身无力，手腕很费力气抬起来，摸了摸陆晔的头，声音微弱地问她："你没事吧？"

陆晔说："梁姨，我没事。"坐在她后面的严旭接着说："梁老师，我也没事。"我知道至少两个人没事儿，心里踏实一些。

忽然郑磊在我身后发出惊慌的喊叫："我的腿，我的腿在哪儿？"我心里咯噔一下，闪出一连串疑问，郑磊的腿断了吗？怎么会这样？他没有系安全带吗？

郑磊的伤势严重是我没想到的，在撞击的一刹那我并没有采取任何措施，因为不是超车遇到险情，也不是躲避会车或追尾，而是不明所以地照直撞了上去，过后很多天我才知道，那是纵向悬在路边的一根金属护栏，因为天黑，也没有路灯，根本没有看到。这种情况下，按说郑磊的位置不该有事。

开车的人都清楚，司机在处理紧急突发情况时，绝大多数会猛踩刹车向左打轮，把自己避开，这是下意识的自我保护动作，这样做如果动作太大有可能会翻车，但更大的可能是右边位置上的人会伤亡，而左后座上的人应该是最安全的，因此郑磊受重伤让我很费解。

喘了几口气，我再次伸手摸了摸陆晔的头，算是给她一点鼓励和安慰，让她能够镇定下来稳住神，然后我说："陆晔，你赶紧给驻外处和环球优普保险打电话求救。严旭给埃及交通救援和大使馆打电话。"接着我又说："郑磊，别慌，先忍一忍，咱俩要保存体力，相信会有人来救我们。"

陆晔慌乱地找出我和她的2部手机，拨打求援电话，先打给埃及交通和环球优普国际紧急救援，然后又打给驻外处处长张欣。严旭有些惊慌说："梁老师，我找不到大使馆电话。"

我说："别慌，你先静下来想想，打给你熟悉的人，谁都行，想起谁打给谁，知道的人越多获救的希望就越大。"

4个人里陆晔年龄最小，工作没几年，经历的事儿不多，幸好她没受伤也已经镇静下来，在整个求救过程中，她连续几个电话，起了很大作用。

在陆晔他俩打电话时，我吃力地解开了身上的安全带，然后摸索着试图打开车门和天窗。我跟陆晔说："打完电话得想办法自救，你俩看看能不能把车门打开。"

严旭还是有些神情慌乱，我又努力了一下，从我这边车门和天窗都无法打开。这时郑磊已经有些神志不清了，声音很微弱的一直说："我的腿，我的腿。"

我的左腿在不停地流血，整个裤腿已经湿透了，我用左手死死地按压住腿部大动脉位置，以便减缓血液流失的速度，右手继续在车内摸索着搜寻可用的物件，记得车上有一只老式大号手电筒，只要找到它可以用来试试击碎车窗玻璃逃生，令我失望的是摸索了一阵子没有找到。

危急情况下，时间就是生命，如果4个人都闷在车里出不去，长时间得不到救助的话，大家都会有生命危险。正想着下一步该怎么办时，一线生机忽然出现在眼前。

记得有谁说过，当上帝在你面前关闭一扇门时，一定会为你打开另一扇窗。果不其然，当我们无法打开车门，也无力击碎车窗玻璃，被困在车里几乎陷于绝境，而就在这时，命运的转机出现了。车窗外传来嘈杂的人声，只觉得有很多人在车身周围一边忙碌，一边说话，不一会儿就砸碎了车窗玻璃，陆晔和严旭很快自己出去了。

这么快就有人前来救助是我没想到的，不能不说是天大的幸运，悬在半空的心一下子踏实下来。这时我因失血过多已经无法自主行动，昏暗中感觉有个男人冲我说，把手伸过来。我吃力地抬起右臂，外面的几个人七手八脚把我拽了出去，移动时伤口钻心般疼痛，我张开嘴大口哈气，嘴里异常干燥。躺在冰冷的地上，我浑身发抖，牙齿开始打颤，双眼紧紧地闭着，没有力气睁开，意识渐渐模糊。

不知过了多久，头脑清醒一些，听见陆晔和严旭他们在说话，声音有些飘渺，好像从很远的地方传来。这时我感到伤口处又有血液流出来，有一只大手按压在我腿上，即使这样，仍旧觉得血液在往外流，每一滴都是生命迹象的流失。

郑磊还被困在车里没有出来，听到身边一些人乱哄哄地忙碌着。我想说话但张不开嘴，也发不出声音，心里一直在鼓励自己坚持，"挺住，一定要挺住，绝不放弃。"

　　生命在和时间赛跑，不知过了多久，救护车到了，我和郑磊被人抬到车上向医院驶去。

　　我时而清醒，时而意识模糊。清醒时听到郑磊嘴里还是不停地低吟"我的腿，我的腿。"还听到郑磊大声说了一句："陆晔，陆晔，给我唱歌。"

　　郑磊可能是想听陆晔唱歌来分散自己的注意力，我心里非常希望有人过来帮帮他，但一直没有听到陆晔或严旭的声音，我不知道他们在不在救护车上。我想伸出手摸摸郑磊，给他一点安慰，但我的手根本就不听大脑指挥，怎么也抬不起来。

　　我还想告诉他"哥们儿坚强些，挺住啊。"但我怎么努力都张不开嘴。

　　再一次清醒时，已经是在医院里了，我感觉到自己躺在平车上被人推着走，心里判断这是去急救室吧，忽然听到有个熟悉的声音说："留学生组织一下，都组织起来准备献血。"

　　听得出这是埃及学教授李晓东在说话，他在伊斯梅利亚运河大学教汉语，大家都是不错的朋友。我努力挣扎着想张开嘴，还是做不到，我使劲地睁眼，总算睁开了一下，模模糊糊看到几张中国人的脸一闪而过，接下来就什么都不知道了。

生死瞬间的救援

　　遭遇车祸是不幸的，但很幸运的是在与死神的生死搏斗瞬间，我们得到了非常及时的中埃合力大救援，赢回了宝贵的生命，这是中国人和埃及人的爱心共同创造的奇迹。我的血管里流淌着埃及人的血，我内心的感激不是一句简单的谢谢就可以表达的。关于整个救援过程，我一点都不知道，所有的细节都是过后听中国驻埃及文化参赞李景芳、使馆新闻处主任宫宇峰、《今日中国》杂志社驻埃及首席记者贾鹏等人描述的。

　　宫宇峰写了一篇博文，详细描述了事件过程。

　　2008年12月28日，距离新年已经很近了，忙碌了一年的人们兴高采烈地沉浸在辞旧迎新的欢乐气氛中，一起突如其来的严重车祸打破了这个圈子里往日的平静。

　　刚刚接待完一个高级别访问团，从南方城市卢克索返回开罗，梁玉珍是央视驻埃及首席记者，她参与了这次访问的报道和节目传送，几天来连续作战，很是疲惫。

加沙地带硝烟弥漫，局势升级，记者的责任和天职使然，梁玉珍返回开罗后没顾得上休息，立即决定去前线采访。当天上午去以色列驻埃及使馆办签证，签证很难办，要等待结果，她不想浪费这宝贵的时间，决定自驾车去埃及与以色列边界的拉法口岸，碰碰运气看能否过境采访报道。

下午 1 点多，梁玉珍开着刚买不到一年的新宝马，助手陆晔、国际台驻开罗记者站的郑磊和严旭，四个人结伴出发了。出发前梁玉珍打电话向我通告情况，当时感觉她的状态很疲劳，又要开车跑那么远的路，而且去了之后能否采访到东西都不可知，很为她担心，电话里嘱咐她千万要注意安全，事情完了早点儿回来。

下午 6 点左右，我正在办公室上网，突然接到严旭的电话，他的声音很急促，哭着说："宫老师，太可怕了，我们出车祸了，梁老师和郑磊受了重伤，快来救我们吧。"

接到这个电话我很震惊，我先是安抚他镇定下来，告诉他使馆一定会想办法营救的。我即刻向武春华大使汇报，大使指示让办公室主任和我带队立即前往事发现场。《今日中国》杂志社驻埃及记者站首席记者贾鹏知道消息后也非常焦急，我拉上他一起出发。

因为事发地在阿里什，距开罗有 200 多公里，我们赶过去至少要 2 小时左右，救人需要分秒必争，每一分钟都宝贵万分，能不能更快些呢？我突然想到了在苏伊士运河大学中文系执教的李晓东教授，他离事发地点最近，我赶紧拨打李教授的手机，请他火速支援，他了解情况后二话没说，带上他的几位志愿者教师迅速赶了过去。

车祸发生在傍晚，在阿里什郊外的一段高速路上，路边突然伸出的钢筋路障从左车灯部位穿进车身，梁玉珍的左腿两处重度骨折，轻度脑震荡，处于休克状态；最重的要算郑磊，整个左腿当时就被撞断，两个人流血过多，都有生命危险。车翻了，熄火了，车门被锁死打不开，情况相当危急。

转机这时出现了，后面的路上刚好来了一辆长途巴士，发现前面有车祸立刻停下来，车上所有的人都下来救助，埃及人就是这样热心善良，乐于助人，他们先把车门打开，把人从车里拉出来。接着赶紧联系救护车，最紧急的是要把重伤员送往医院抢救，否则流血过多会有生命危险。这条路平时车辆稀少，有这么多人参与救助真是天大的幸运。

幸运一个接着一个，凑巧在事发地不远处，正好有一辆在值班的救护车，很快呼啸而来，埃及人七手八脚地把两位伤员抬上救护车，飞速开往 40 公里外的伊斯梅利亚医院。

在救护车奔向伊斯梅利亚医院时，李晓东教授和志愿者教师已经提前赶到医院，凑巧的是，李教授所在大学的副校长阿里兼任这家医院的副院长，李教授和他私交很好，梁玉珍老师此前也应邀到阿里家做过客。阿里对中国一直有着深厚的感情，他会尽自己最大的努力救助伤员，在救护车抵达前，阿里和李教授已经在医院做好前期准备。

晚上 8 点多，我们赶到了医院，梁玉珍和郑磊已经进入 ICU 抢救，医生说情况很不乐观，两人都有生命危险，我们几个平时很要好的朋友整个心都揪紧了。梁玉珍和郑磊所在单位的领导知道情况后，非常重视，指示要不惜一切代价抢救。

抢救进行中，大家在走廊里坐立不安，焦急等待，阿里校长看大家都很疲劳，劝我们先找地方稍事休息，边吃饭边等消息。他带陆晔、严旭和我们去了他家，阿里夫人热心地为我们准备了很多吃食。他们这样做是要给陆晔和严旭压压惊。他俩的身上沾染了很多的血迹，阿里找来几件外套给他们换上，当晚留他俩在家里过夜。

晚上 11 点，使馆王克俭公参也从开罗赶了过来，了解情况后让我和贾鹏留守，有情况随时通报。我和贾鹏彻夜未眠，一直在为好朋友担心。

抢救持续了一整夜，梁姐和郑磊都失血过多，需要输血，李教授一再表示如果需要的话，他可以献血，他还立即打电话找来不少留学生，学生们很快赶到了医院，积极要求为伤员输血，那些可敬的志愿者教师和留学生们一直在外面等到后半夜，最终虽然没有献上自己的血，但那血浓于水的同胞之情，令在场的人深受感动。医院的血库里有足够的储备，梁姐他俩输的都是当地人的血。

直到 29 日凌晨 6 点，医生告知说，手术已经完毕，抢救很成功，两个人已经脱离生命危险，可以探视了。

听到这个消息，我们紧紧悬着的心终于放下了。在重症监护室里，梁玉珍还带着呼吸机，脸部肿胀得有些变形，身体非常虚弱，呼吸急促，意识还不是很清醒，我和她讲话，她听得到，能点头示意，但是不能说话。郑磊表面上看起来还比较清醒，但神情有些恍惚，一副若有所思的样子，一见面就长时间握紧我的手，不停地问："我的腿呢？我的腿呢？"我不忍把残酷的事实告诉他，只轻声安抚他说，医生会想办法的，别乱想，一切都会好起来的。

在随后的几天里，阿里院长放下手头的一切工作，时刻关心救治的进展，请院方提供最好的治疗；李教授和可爱的志愿者教师们，每天轮班在医院守候，随时做好献血的准备，他们还拿来了很多生活用品，他们阿语好，在和院方沟通上也帮了不少忙；驻埃及新闻机构的于毅夫妇、朱国才夫妇也驱车赶了过来，到病房探望了伤员；许许多多朋友和同事打来电话表示关切。

由于伊斯梅利亚医院的治疗条件有限，在保险公司的协助下，梁玉珍很快转到了埃及最好的艾布·福阿德医院继续治疗，随后不久，郑磊也转到了同一家医院。经过将近一个月的治疗，两人都度过了危险期，病情相对稳定。根据上级领导"尽快转回国内治疗"的指示，两人于2009年春节期间先后转到北京积水潭医院。

没有硝烟的战场

医院是一个没有硝烟的战场，救助生命是一场无声的战争。医护人员用医术和爱心治病救人，病人用毅力和信心与病魔交战。出事后，我先后在埃及和中国的 5 所医院里被急救和治疗，在众多白衣战士的帮助下，与伤病展开了一场坚韧的持久战。我很想好好记述那些在危难时刻救我性命的白衣战士，记述他们在抢救生命过程中的细节，那一定是既紧张又感人至深的。非常遗憾的是在那个时刻我毫无知觉，在此，只能简单记述一下自己清醒后一些支离破碎的回忆片段。

我知道自己被送到了伊斯梅利亚医院，那里是救助我的第一战场，据说医生和护士们连续抢救了十几个小时，确诊我是左腿胫骨和腓骨粉碎性开放骨折、腰椎压缩性骨折、血胸和脑震荡。抢救时给予了输血、清创、骨折克氏针固定、胸腔闭式引流等治疗。因为从进入这家医院直至两天后转移，我基本上处于休克状态，所以至今都不知道这些救命恩人的名字。

在抢救和手术过程中，没有清晰的记忆。但后来仔细回想，还是找到一些感觉。不知过了多长时间，耳边听到有人在说话，特别想睁开眼看看，可就是睁不开。感觉到有个人用什么东西割我的衣服袖子，他说："这件衣服真好，割坏了挺可惜的。"

然后听到另外一个声音说："你快点儿吧，尽量顺着缝线割，以后缝好了还能再穿。"

听到这里，我明白了，他们这是要除去我身上的衣服好给予治疗吧。以前我有过几次被抢救的经验，知道这个环节。

这时我浑身都特别疼痛，还有一种说不出的难受，心里挺急躁的想"用剪刀啊你们，直接把衣服剪开就好。"但嘴上却一句话都说不出来，身体完全不能动弹。

不知又过了多长时间，我被一阵剧烈的疼痛刺激醒了，使劲想睁眼，但是怎么也睁不开，我能感觉到有几个人围在身边动我的伤腿，可能是在清理腿上的伤口，疼得特别钻心，我"啊"地一声大喊，这好像是我嘴里几天内发出的唯一声音，此外，再无其他发出声音的记忆。

还有一个记忆片段是我感到其冷无比，浑身发抖，牙齿不停地打颤，我觉得自己嘴里一直在说"我冷，我冷，我要毛毯，快给我毛毯。"但肯定没有人听到，因为没有人过来给我盖毛毯。

伊斯梅利亚医院的医疗条件毕竟有限，为了给予更好的救治，环球优普国际紧急救援保险公司派出最精干人员，很快将我转移到埃及首都附近的艾布·福阿德医院，随后不久，郑磊也转到了这家医院。这些过程我完全没有感知。

艾布·福阿德医院建于 2006 年，位于开罗 30 公里外的十月六号城，是一家价格昂贵的私营医院，据说医疗技术不亚于欧洲一流水平，病房条件及服务水平相当于五星级饭店，光顾者绝大多数为当地和周边国家的股商富贾达官显贵，一般老百姓因囊中羞涩只能望而却步。

艾布·福阿德医院是救助我的第二战场，当我从昏迷中完全清醒时，已经是几天之后了。醒来时感觉自己正躺在一张舒适的床上，盖着柔软的被子，身上不那么冷了。睁开眼一看，脸上有氧气罩，身边挂着吊瓶和血液袋，一滴滴血浆和药液正缓缓地注入体内，这时浑身还是软绵绵的，没有丝毫气力，就连呼吸都好像是个沉重的负担，感觉头脑发胀，口舌特别干燥，很想喝口水，但张了几次嘴还是发不出声音，一歪头却大口呕吐起来，模糊中看到床边一个白色身影立即起身清理，之后她用吸过水的纱布轻轻帮我擦拭口腔周围，这时我看清楚原来是位护士小姐，看我醒来她轻声说："你好！亲爱的，感觉好些吗？赞美安拉，你终于醒了。"

这时我完全清醒过来，四下里看看，原来已经过去好几天了，脑子里马上有了一个清晰概念"我还活着，我得救了。"

护士小姐说："你来我们医院已经好几天了，我们这里医术最好的纳赛尔博士给你做了一次大手术，你需要好好休息。"

从护士小姐嘴里，我知道这是受伤后第 5 天，这天也正是 2009 年 1 月 1 日，新年第一天。过年了，每个人都希望在这一天得到美好的祝福，有个新生活的开始，我的状况恰巧在这天得以稳定，脱离了生命危险，醒来后不久，我从 ICU 转到了普通病房。

劫后余生母子相见

劫后余生最大的感慨就是活着真好。静静地躺在床上，看着医生护士进进出出地忙着过来检查、输氧、输血、输液，很想问问我的治疗情况，张了张嘴还是没有说话的底气，干脆也就不问了，闭上眼睛好好休息。

寂静中听到陆晔的声音，睁开眼一看，这孩子拿着个手机不知在跟谁通话呢，听她说了一句"梁老师已经醒过来了。"看到我睁开眼，她眼圈一下子红了，过来我床边说："梁姨，你可算醒了，这些天真是吓死我了。"

我看着她有些心疼，这孩子比我儿子还小几岁，经历这么大的事，能独自支撑下来实属不易。本来是想带着她去建功立业的，谁料想自己却"出师未捷身先倒"了。我安慰她说："别着急，没事了啊，我这不是挺过来了吗？"

陆晔说："梁姨，杨烨他们晚上到，台里委派咱驻外处张雄飞副处

2005 年儿子杨烨跟我在埃及红海度假

长过来看你，杨烨他们一起过来。"

儿子杨烨，小名铮铮，晚上他终于来了，母子相见，悲喜交加。悲的是遭遇这么大的灾难，身心损失惨重，喜的是能活着和儿子相见，实属不幸中的大幸。真得好好说一声"赞美安拉"。

当铮铮哭着扑过来喊一声"妈妈"时，我恍若隔世再生，终于见到了自己最亲近、最惦记的人，眼泪就像开了闸的水收不住，一个劲地往外流。自出事以来，我没有掉过一滴泪，事实上在出事那个瞬间，只顾着指挥几个人想办法自救，根本顾不上掉泪。当下真实地和儿子相拥在一起时，心里好像一下子踏实了，特别想痛痛快快地放声大哭一场，好好发泄一下心头的憋闷和痛苦。哭了一阵子，看着孩子那一脸沉重、痛苦不堪的样子，我心里又是一阵酸楚，赶紧收住眼泪，不忍再给他增加负担。

流泪之后心里轻松一些，铮铮仍旧在抽泣，我心疼地宽慰他说："傻孩子，别哭啦，你应该高兴才对，你不是已经看到了，妈妈还活着吗？我能死里逃生这是天大的幸运，是咱娘俩的福分，如果你来了看到妈妈已经没了，那才是更可悲的事。"

休息一会儿我又说："不就是受伤吗？退而求其次吧，能活下来就是万幸。退一步说，万一妈妈真的不在了，你也得坚强地活着。你得知道，这个世界上无论发生了什么，对于活着的人来说，生活仍旧是生活，日子总要往前过，逝去的人都希望自己活着的亲人更幸福。"

听了我的话，儿子逐渐平静下来，关切地询问我情况，掀开被子查看了受伤的腿。我轻描淡写地告诉他事情的经过，避开那些惊险的细节，为的是不让他太担心，其实我知道让他最揪心的时刻已经过去了。在他得知我出事的消息后，直到亲眼看到我之前，他心急如焚但又无能为力，那才是他最痛苦、最揪心的时刻，因为他怀疑消息的真实程度，他不能确定妈妈是否还在人世，他也帮不上什么忙，他的那颗心一直在悬着。亲眼看到我之后，他才会好过一些。

想想这些年，我几次出事，没少让这孩子担心着急。忽然间想起 2 年前从黎巴嫩战地回来那次，他接受媒体采访时说过的话"我母亲有严重的腰椎间盘突出症，还有先天性的心脏病，2001 年又刚刚做过肿瘤切除手术，听到她出事的消息我真是害怕她挺不过去……母亲很少提及她遇到险情……所以我想她一定是有神明在保佑，不然一个年过半百、身体虚弱的女性常年工作在战地，活下来绝对是个奇迹。"孩子跟着我真是不容易。

铮铮是个难得的孝子，他的孝顺在老师和同学中是出了名的，以前我身体不好经常生病，他会以自己的方式关心体贴我。早在上小学时，如果他半夜醒来起夜，就会到我床前看看妈妈睡着了没有。中学时学校开家长会，他会跟老师约法三章，不让老师留下我单独谈话，也不许老师在会上点名批评他，表扬可以。班主任老师夸赞他说："现在的独生子女能像你儿子这样心疼家长的实在太少了。"上高中后，他学着自己管理生活费，像穿衣吃饭这样的事都不用我操心，学习用品及身上穿的衣服鞋袜全是他自己去买，购物方面比我还在行。

从小到大，每当过生日，铮铮都会先说一声"感谢妈妈"然后才去看自己的礼物。他在自己的博文里曾写过这样的话："母亲，世界上最伟大最神圣的称谓。母爱，世界上最伟大最无私的爱。孩子的生日，母亲的苦日，这句话很有道理。不止是生日，从孩子出生的这一刻开始，母亲就无法停止付出。由于父母工作需要，我生日时很少和他们在一起。所以每年的生日我格外思念母亲。感谢我的母亲，她给了我生命。"

　　铮铮属于 80 后第一批独生子女，那些孩子在家里大多娇生惯养，备受宠爱，当时有一句流行的说法，无奈地称呼这样的孩子是"小皇帝"。成人后，这批孩子中有不少人独立生活能力较差，做事随意性强，遇到难题都想靠家长撑着。而铮铮却很不一般，从 19 岁起，他就成了家里的顶梁柱。1999 年，我离开北京到中东赴任，他刚上大学一年级，一开始他感觉像天塌了一样无所适从，周末及节假日，一个人孤独地回到空落落的家里，后来慢慢学着自己打理生活学习上的一切事情，用自己稚嫩的肩膀撑起了家里一片天。在给我的邮件里他常说"妈妈现在我长大了，你不用再为我操心，实际上是我每天在为你担心，只要你好好的别出事，能让我放心就好。"事实上驻外这 10 年，我一次次出状况，的确没少让他操心，应该说他对我的付出比我对他的照顾更多。我为有这样的儿子而骄傲。

　　在铮铮到达前，心里一直有个信念"我要见儿子，不能睡过去。"我想可能就是因为有这个信念支撑着，所以我会时而清醒，时而意识不清，精神上一直坚持着，唯恐一不留神沉睡下去，再也醒不来了，见面之后心里彻底踏实了，精神状态也好些。此后 20 多天里，铮铮一直陪伴在身边，我慢慢回忆这些天的经历，有气力时一点点讲给他听。车祸发生时一刹那的惊险画面，像黑色幽灵般定格在脑子里挥之不去，其他一些支离破碎的景象，也梦幻般在脑子里反复闪现。

　　有过的亲身经历让我相信，当一个人处于生命垂危状态时，灵与肉和死神之间会有一场搏杀，人的生命中有些现象也许现代科学还无法破解，但我相信人在濒临死亡那一刻，确实会有非常奇异的感觉，这种感觉出现在完全清醒之前，好像自己灵魂出体，到一个地方转了一圈后又回归本体，猛然醒来时，正躺在床上。我不知这是否就是人们常说的，魂魄在阴阳两界神游，在生死两界徘徊挣扎。但我能确定的是如果能魂魄归体，那定然是复活，如果一直没有归体，那肯定是死亡。

　　我这一生中，因为生病、因为药物食物过敏等原因休克被抢救过无数次，那种生死线上挣扎的感觉也经历过不止一次。这次车祸后也有一些这方面的记忆。

　　记忆中的场景是自己躺在一个四面漏风、门窗残缺的破房间里，天色很快黑下来，忽然远处传来一阵美妙动听的音乐，好像是笛声，是我从来没听到过的悠扬奇异的声音，我被这声音吸引着，轻飘飘地从窗户飞了出去，然后一直斜线上升，身上穿着轻盈的白纱，就这样直飞到天上。

天上是一座热闹非凡的城市，到处亭台楼阁，街道上人来人往，人们都穿着古装，但是没有人说话，我分不清是哪个朝代的，但自己好像是这里的一员，已经在此生活了很久。不知过了多长时间，我猛然间从天上掉下来，穿过一口黑洞洞的深井，一直向下坠落，突然间"咕咚"一下落地了，睁开眼一看，自己正躺在床上，这种现象基本上都是出现在生命危急抢救过程中，彻底醒来时往往已经过去一两天，甚至好几天了。

另外还有一个场景是我感觉到自己的灵魂出体，向上飘升，从天上俯视着下面，是一个自己看着另一个自己躺在一张床上，盖着白色布单，这是一个巨大的圆柱型建筑，上面的圆拱和周围不是普通墙壁，而是淡淡的金黄色光体，床的周围站着一圈人，他们一个个身着盛装，面色威严，双手都交叉着放在胸前，就好像古埃及法老的装扮，然后他们在我身边快速地平移转圈，嘴里同时发出一阵嗡嗡声，这种声音还带着磁性、共鸣和颤音，又好像每个人都在说话，但一句都听不懂。我意识里感觉他们好像在说"你是法老的女儿，你要回到法老的身边。"事后我觉得这很荒谬，也许是自己潜意识里曾经有过幻想，这个无法解释，但当时完全不能动弹，也不能说话，心里只想着"我不，我要回家，我要回家。"

过了一阵子，我变成了一个巨大的不规则的透明薄片，也是淡淡的金黄色，在半空中飘着，被无数双手从四面八方撕扯，那薄片就像是我身体的各个部位，在一点点被撕裂，像被无数刀割一样剧烈疼痛，我扭曲着，挣扎着，嘴里发出微弱的啊、啊的哈气声。持续了好长一段时间，疼得几乎要撑不住的时候，这个薄片又慢慢变形，慢慢缩小，表面看似乎是我的形体，可又像是纸片。然后突然间"咕咚"一下，感觉从高空坠落到地上，呼的一下子好像灵魂归窍，睁开眼一看，自己正躺在病床上，身上不那么疼了，但肢体还是无法活动。

术后感染风险依旧在

尽管生命回归，但风险依然存在，输血过敏，术后感染，持续高烧不退，一个又一个危机接踵而至，医生护士忙得不亦乐乎，我和儿子又加重了担心，张雄飞向央视总部做了汇报，台里建议转回国内治疗。但医院认为风险期内不宜乘坐飞机，医院每天有一份病情报告交给环球优普国际保险，保险公司也确定风险期内不宜长途乘机。综合考虑几方建议之后，我和儿子决定继续在艾布·福阿德医院治疗，等过了风险期马上回国。

接下来的治疗主要是打针、输液、服药，伤口清创换药。此外，每天要做三种理疗。由于失血过多，严重贫血，需要继续输血，每次输液、输血都有一名护士坐在床边看着，一旦发现过敏症状，马上呼叫医生过来紧急处理。

做理疗有三位医生，一位负责肢体康复训练，每天上下午过来2次，每次10分钟。伤后身体非常弱，体力不足，不能坐起身来，翻身也需要护士帮助，医生说必须要锻炼肢体，能做多少做多少，训练动作看起来非常简单，但做起来相当困难。一个动作是抬腿，抬高10—20厘米左右，持续几秒钟放下来，然后再次抬起。另外一个动作是抬起手臂，左右伸展，连续做几下。就这样两个简单动作，我居然做不下来，头几天都是康复师在一边帮忙，坚持几天之后，我自己能抬起手臂了。

另一位康复师负责做理疗，上下午各一次，使用的东西叫什么我不知道，一种好像就是一排连起来的竹片，用大毛巾裹着，冒着热气，放在后背上热敷。另一种看起来有点儿像洗衣店的熨斗，康复师拿着它在我前胸后背游走，跟熨衣服的动作差不多。每次做完理疗，身上能感觉舒服一些。

还有一位康复师负责肺活量训练。他拿来一个小训练器，上面有并排三个塑料管道，每个管道里有一只塑料小球，旁边有一根软管跟三个管道联通。康复师先用自己手里那个做了一下示范动作，他深吸一口气，管子里的小球就升到了顶部，不吸气了，小球就掉下来。他让我跟着学，告诉我说"你用力吸气，就像抽西沙一样。"西沙是一种阿拉伯水烟，我知道该怎样吸，试了好几次，小球一动不动。

在埃及生活 10 年，没少听人说过，埃及的手术水平比较高，但手术后的护理却很差，感染率极高，这种说法准确与否，没有权威性定论，在埃及生活的中国人中一直有些争议，这回我从自己身上得到了验证。伊斯梅利亚医院在抢救时，给我的左腿做了紧急处理，使用的手法是柯式针固定，转院到艾布·福阿德后，医生给我做了第二次手术，改用内置钢板固定。但术后伤口出现严重感染，持续高烧不退，医生采取很多措施，仍无法控制感染。

众所周知，感染能致人死命，这是不容忽略的事实。几年前，我采访过埃及最具权威的考古专家扎西·哈瓦斯博士，他曾经向我介绍，早在 4500 多年以前，埃及人在建造胡夫大金字塔时，就能给受伤的劳工做接骨手术，也能做开颅手术，可他并没说手术的成功率和感染率是多少。近年来，一些西方考古专家认为，古埃及新王国时期第 18 代法老图特卡蒙，就是由于左腿骨折后感染而死亡。

图特卡蒙是古埃及新王国时期第 18 代法老，9 岁时登基做了帝王，在公元前 1333 到前 1324 年统治埃及，年仅 18 岁就英年早逝。虽然在世时并没有非凡的成就，但在去世之后，他的死因及身世充满神秘，至今仍有很多解不开的谜团。几年前，埃及考古学家为图特卡蒙做了计算机断层扫描，根据那次扫描，很多研究人员排除了他被暴力谋杀的可能，认为他就是由于左腿骨折受到感染而造成的死亡。

我的状况跟图特卡蒙是一样的，我跟主治医生纳赛尔开玩笑说："几千年前，你们的小法老图特卡蒙因左腿骨折感染而死亡，几千年后的今天，我可不想步他的后尘，希望你有办法战胜我的感染。"

又过了几天，还是不见效果，一次换药时儿子没有离开，就在旁边看着，过后他跟我说："妈妈，你的感染是挺严重的，伤口一点儿都没愈合，钢板都在外面露着呢。"

这么些天我一直躺着起不来，根本看不见自己的伤腿什么样，身上和腿上除了疼还是疼，没有其他感觉。面对感染，治疗无效，我心里十分焦急，但也不知该怎么办。

纳赛尔跟我说："照你目前的状况，我们考虑再给你做一次手术，把感染部位清除掉。"

"能保证这次术后不再感染吗？"我问。

纳赛尔回答说:"任何手术都存在一定风险。"

我又问:"那如果再次感染怎么办?"

"实在不行就只有截肢了。"纳赛尔这样回答。

我沉默了。儿子在旁边听着我俩交谈不明所以,过后我跟他讲了以上交谈内容,儿子非常担心地说:"妈妈,你不能再做手术了,第一,你现在还贫血呢,身体顶不住;第二,如果再次感染的话,我都不敢往下想会是什么样。"

犹豫了一阵子,又商量了一阵子,我跟纳赛尔医生说:"我不想做这个手术,还是保守治疗吧,等稳定下来我就回国。"

纳赛尔说:"我们尊重病人意见,那就保守治疗,等什么时候退烧了,炎症也相对控制一些,才可以让你上飞机。"

术后感染的确不好控制,纳赛尔医生想尽办法最终也没有解决这个问题,但总算让我的高烧退了。1月22日,事发26天,我终于度过了风险期,离开艾布·福阿德医院。

在艾布·福阿德医院这些天里,我没离开过自己的病床,感觉不到医院的整个环境和氛围,但我能感受到这里的医护人员和服务人员都有良好的素质,为病人服务耐心细致周到。

从治疗和检查方面说,无论是需要拍片子,照透视,还是抽血化验,医院相应的科室会有医生带着需要的仪器和用具到房间里做,这样对病人来说非常有利,不像国内那样,都是家属和护工带着病人去折腾。

从其他方面说,医院对病人的照料也可以说无微不至。病房宽敞整洁,沙发衣柜、电视等需要的东西一应俱全。病床宽大舒适,两侧最佳位置上各有一个遥控板,左右手都可以使用,床位可以根据自己需要调节成多种形状。

医院里不需要家属和护工陪床,一切需要都有护士和服务生帮助解决。吃饭喝水就像五星级饭店随意点餐一样,随叫随到,服务生会准时送到房间,之后会收走所有用具拿去清洗。

住院期间,我一直卧床,大小便不能自理,都是护士帮助解决,坐便器和清洁用品都不用自己准备,她们每次都是用纯净水和消毒棉垫擦拭清理,非常干净舒爽。床上只要有一点污渍,马上撤下来换掉。病号服是一次性的,衣柜里放着一大摞,一天换几次都可以,换下来扔掉就是了。我不喜欢一次性病号服，就穿自己的睡袍，医院里也不干涉，换下来的睡袍服务生拿去洗熨叠好，当天就送回来。

每当我情绪不好时，护士都会向医生报告，马上会有心理医生来做疏导，能缓解我心理上的焦虑。

出于礼貌和照顾病人的感受，医院里无论医生护士，还是其他服务人员，所有人在进入病房之前都会轻轻地敲门两下，得到允许后才进房间。进门后都会热情地问一声：亲爱的，你今天好些吗？然后才开始做事，而且无论做什么都轻手轻脚，唯恐打扰病人。做事之前，他们还会从门口墙壁上的挂盒里拿出一次性手套戴上，离开前摘下来扔到垃圾筐里。这样做是良好的卫生习惯，对病人和他们自己都是一种保护。

有时护士小姐还顺手从花篮里折下一枝红玫瑰，放在枕头边上，希望鲜花带给我好心情。所有这些都给我留下良好印象。

救护车呼啸着奔向机场，一副担架将我抬上飞机，环球优普国际紧急救援公司事先已跟埃及航空协调好，为我改造了飞机座舱，拆掉2排8个机座，挂上布帘，改装成一个小包间，环球优普还从总部派遣一名懂华语的新加坡医生护送。安顿好之后我感觉头疼欲裂，浑身发冷，身上盖了双层厚毛毯也无济于事，医生测量体温后一看，又开始发高烧了，赶紧给我服了退烧药和有利睡眠的药，让我安静下来好好睡一觉。

飞机起了，那一刻我心里有了新的期盼，希望回到国内能得到更好的治疗，尽快恢复健康，早日重返岗位。除了巴以问题之外，还有一个索马里海盗问题需要关注，这是我的下一步行动计划。殊不知这一想法在回到国内不久后被一击粉碎，理想很丰满，现实很骨感，此一去折戟沉沙，归来已是暮途，彻底终止了我的驻外生涯和战地生涯。

四进四出积水潭

2009年1月23日晚上，春节前夕抵达北京，救护车一路呼啸着驶进北京积水潭医院。

北京积水潭医院建立于1956年，是一所以骨科和烧伤科为重点的三级甲等综合性医院，医疗水平全国一流，有在岗人员2200余人，拥有工程院院士1名，专家级医师200多名，床位1000余张，据说年手术量 3 万多例，居全国首位。

45 年前，一对蒙古族小姐妹龙梅、玉荣，为保护公社的羊群，共同与暴风雪进行了顽强搏斗，用热血谱写了一曲英雄赞歌，她们的英雄事迹传播全国，被誉为"草原英雄小姐妹"，并被改编成电影，影响了一代人的成长。

当年，11 岁的龙梅和 9 岁的玉荣冻伤严重，就是经北京积水潭医院医务人员的成功救治而完全恢复健康的。

住进这所全国著名的医院，希望他们的精湛医术尽快在我身上显效，让我也能重新站立起来，早日重返工作岗位。

特需病区给我预留了阳光充足的一个包间，一进病房，呼啦一下子围上来一大群人，我的家人还有单位主管早已等候多时，都想第一时间看我一眼。回到祖国，回到家人身边，第一感觉是没有战乱，没有硝烟，没有恐怖袭击，我安全了。

经过一系列检查，主治医生吴新宝跟我谈了治疗方案说："梁老师，你的伤势太严重，需要做多次手术，治疗得分四个步骤完成，第一步控制炎症，第二步治疗外伤，第三步骨骼移植，第四步康复治疗。而且得等外伤痊愈到一定程度，才能接着做第三步骨骼移植。目前最主要的是控制炎症，你都患骨髓炎了，这个是有生命危险的。"

入院第二天，吴新宝主任主刀，给我做了第一次清创、钢板取出，外固定架固定术，之后手术一个接着一个。3 月 11 日做了第二次清创术；几天之后 3 月 16 日，又做了皮瓣转移术；由于皮瓣转移没有成活，16 日当天晚上又做了补充手术；4 月 11 日再次做皮瓣移植术；5 月 4 日做了植皮扩创术。

众所周知，手术会伤元气，3 个月之内，做了 8 次手术，包括在国外做的 2 次，对我的身体损伤程度可想而知。

首次手术主要是控制炎症，医生取出了我在国外做的内置钢板，改用外置钢架固定，据说这种做法受感染机率低，有利于伤口愈合，但这种治疗过程复杂又漫长，一般情况下，大约得小一年，如果情况特殊的话，得一年以上才能拆除，对于病人来说，需要有相当的耐心和忍耐力。

外置固定架看起来很恐怖，而且有一定的重量，用这个架子把整条腿从上到下固定起来，还有 4 根大钢钉穿过皮肉钉在骨头上，根本不能随意动弹，想想几千年前，耶稣受难被钉在十字架上，也不过如此。我妹妹到医院探视，初次看到这个固定架，一下子晕倒了，躺床上休息一个多小时才缓过劲儿来。

原以为回到国内就踏实了，能够很快恢复，没想到一个外固定架，把我打入低谷，难以想象带着这个架子要一年后才能拆除，这期间得受多少罪，这日子可怎么过。每天疼痛难忍，活动不便，寝食难安，大小便不能自理。我是个很有个性的人，宁可被毁灭也不愿意被打倒，这样受罪心理上非常排斥，整天看着这个大家伙发愁，很不甘心就这样下去。时间久了一些，我慢慢平静下来，要求自己挺住，既来之，则安之吧，必须用理智面对现实。

不知是我体质太差，还是其他什么原因，几次手术效果总是不理想，伤口愈合比预期想象缓慢许多，皮瓣移植部位大面积坏死，弄得医生们大伤脑筋。尤其烧伤科主任沈余明，成就感备受打击，每次查房时都无奈地摇着头说："你这个人真奇怪，和你一起做手术的，人家早都出院了。"

有一次儿子看我腿疼得直皱眉头，情绪低沉，想让我开心一下就调侃说："妈妈你都不知道，刚才我过来时，看见沈主任蹲在桌子底下哭呢，人家是全国烧伤治疗权威，让你给打击得都没信心了。下次咱再做手术，你让他们先抓阄，谁也别抱怨。"

我的几次手术，每次都做得非常到位。"非常到位"是吴新宝主任的原话，他从来不说"手术非常成功"，我很注意他的用词，积水潭医院高手众多，医生的医术水平高，这是众所周知的，但达不到预期效果，也许有其他原因，我心里起急，嘴上却说不出什么，因为我知道这些医生们都尽力了，看得出来他们都是尽职尽责的好医生。

为什么我的伤口总是感染，几次皮瓣移植后马上坏死，吴新宝主任曾经跟我探讨过原因"是不是你那几次在战区待的时间太长，他们使用的武器也许会对你身体有些影响。"

对此，没有确凿证据我不敢妄下结论，但我知道英国媒体曾经有过报道说，以色列在对黎巴嫩的打击中的确使用了贫铀弹。贫铀弹是大规模杀伤性武器，对人体危害极大，能使人体器官受到严重损伤，容易引发癌症、白血病、神经系统疾病、呼吸道感染、皮肤病、孕妇胎儿畸形、免疫功能下降等各种疾病。我曾经在黎以战区报道长达一个月，每天经受导弹空袭，很难说对身体没有影响。否则的话怎么解释我免疫力低下、感染、贫血、伤口不愈合这么多症状。

记得吴主任还说过一句话"经过化验，我们找到了两种感染菌，一种是我们认知的，另外一种不认知。"我想，他说的那种不认知也许跟我的战地经历有关，如果真是这样的话，那的确是不好解决。

"手术"二字不过是个常用的医学术语，但接受手术，而且是连续多次手术，又该是怎样的感受呢？在国外的几次抢救和手术，是在我无知觉状态下进行的，手术过程中没有任何印象和感觉。回国后的几次手术，也是在无知觉情况下进行的，主要的感知感受都在术前和术后。

每次手术前，病人和家属都要在手术通知书上签字，儿子觉得这是一种精神上的折磨。他说："拿着笔我手直哆嗦，看着哪条都挺可怕的。"

通知书上罗列着诸多有可能发生的意外情况，的确让人看了胆颤心惊，不好做出抉择，胆小点儿的真是不敢在上面签字。每次签字，儿子都特别慎重，仔细阅读通知书上每一项内容，即使签了字，他心里也不踏实。而我觉得任何手术都会有风险存在，没有哪个医生能保证自己有万全之策，是福不是祸，是祸怎么着也躲不掉，具体内容不看也罢。

每次进手术室，我表面上非常镇定，但实际上心里也有担心，不知会发生什么意外，是否能活着出来。积水潭有多少手术室我不知道，每次被护工和儿子推着送去手术，都看到手术区门外有很多人在等候。每当我去做手术时，儿子也是这样在这里长时间等待，也是提心吊胆，焦虑不安，直到我手术结束平安出来，他才能放心。

进入手术区后，大门一关，所有的声音都隔绝在门外，里面非常安静，几辆平车上躺着马上就要进入手术室的病人，你看我一眼我看他一眼的谁都不说话，我觉得这些等候手术的病人就像待宰的羔羊一样，无奈地躺在那里。

第一次被推进手术室，我曾四周打量一眼，感觉并不像影视剧里看到的那么宽敞、大气，也没什么神秘感，进去几次之后习以为常，也就不再四处打量了。

由于体质很弱，腿上还有个固定架，不能自主移动，都是几位护士过来把我从平车移到手术床上。退去所有衣服，赤裸裸的不着寸缕。每

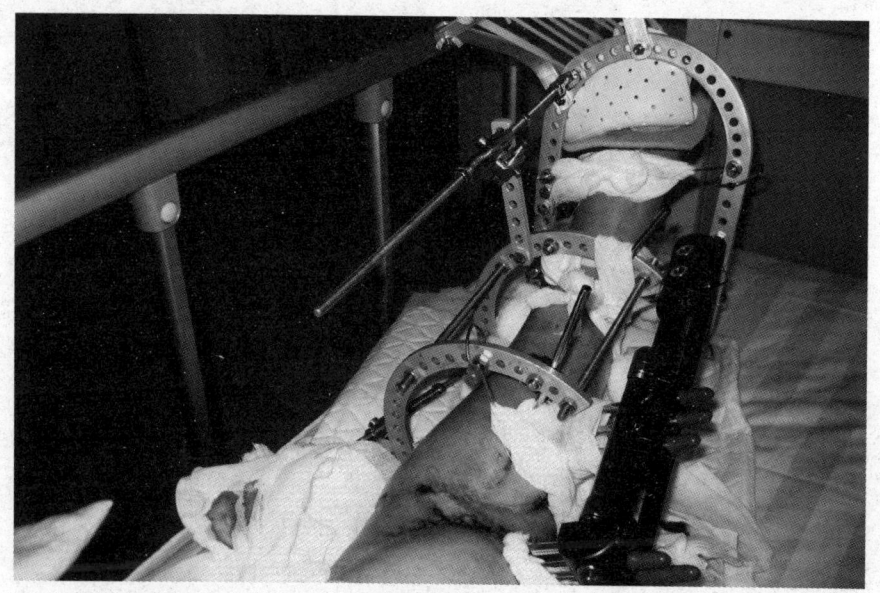

多次手术后的腿部状态

次我都会跟护士说："有点冷，麻烦你给我盖上点东西。"

护士总是说："盖什么盖，待会儿还得打腰椎麻醉呢。"

我心想"既然还得待会儿，现在盖上点儿不行吗？"但已经遭到拒绝，就不好再提要求了，只好像鸵鸟一样把头埋在自己的肘弯里，闭上眼睛。

护士们不停地忙碌着做术前准备。建立静脉通道对她们来说是一大难题，因为我的静脉血管非常细，而且弯曲多，身体也比较肥胖，不容易进针，不是找不到位置，就是穿透血管出血，有一次换了三个人，扎了十来针才告成功。

记得有位护士长绰号叫"石头"，据说无论给什么人扎针，从来没有失手过，但在我这里也是一连三次失败，那么打击人家，弄得我都不好意思了。我知道自己是个困难户，也体谅护士们的辛苦，所以，无论多疼我都一声不吭。

积水潭的主刀医生，个个忙得像陀螺，一台接一台赶场做手术，基本上是护士和麻醉师把准备工作做完后，医生才过来。可有一次我还没麻醉呢，完全处于清醒状态，几位医生就进来了，当时我就那么赤裸裸地侧身躺在手术台上，麻醉师正在准备做腰椎麻醉，这个时候进来就这么坦诚相见，让我非常尴尬，一时不知该怎样面对，人的尊严荡然无存。

医生们也许是司空见惯，早就习以为常，也许是不太在乎病人的感受，该干什么干什么，这时我只能埋着头闷不出声。过后想想，尴尬有什么用啊，就当自己就是一截木头吧，一旦躺在手术床上，生死存亡都由不得自己，还考虑什么尊严啊。

手术室的尴尬就那么几次，过后也就淡然了，谁没事总去做手术呢。平时查房也会遇到一些尴尬的事，也许是跟国外对比差距太大，所以我在最初阶段特别不适应，比如正在方便，或者正在擦澡、更衣时，会有医生护士推门就进，每回遇到这种情况，我心里都特别不舒服。有些事只要稍微注意一下，完全可以避免，比如像国外那样，进门之前先敲敲门，但咱们的医生护士查房时从来没有人会这样做。

医生跟病人接触时的态度跟国外相比也有距离，比如医生过来查房或换药时，基本上都没有先打个招呼问候一下，跟病人的交流很少，有的医生手脚麻利，换药包扎手法很轻，尽量减少病人疼痛，还能一边换药，一边闲聊几句，分散病人对疼痛的注意力；但有的医生面对病人却永远是一副严肃有余、冷若冰霜的面孔，进门换药上来掀开被子就动剪刀，对病人的心理冲击力太强，没有一点安全感。

对国内的做法我并不是全面否定，态度和蔼可亲的医生也大有人在，他们说话轻声细语面带微笑，能耐心地解释病人及家属的疑问，也能很快稳定病人的情绪，吴新宝主任就是这样的好医生，他不仅医术好，对待病人也特别能体谅，每次只要他来查房，我心里就比较踏实。特需病区的护士都很不错，个个年轻漂亮，说话轻声细语、和颜悦色，对待病人非常有耐心。

对于不习惯的事我从未抱怨，就是自己忍着，慢慢适应。"入乡随俗，适者生存"这句话千真万确，无论到了一个什么样的环境，必须主动去适应环境和周围的人，这样才能让自己过的轻松，如果不想主动去适应，那就是跟自己较劲，不舒服的就只有自己。

儿子曾经跟我说过"你在埃及那是一大堆医生护士围着你转，在积水潭是几个医生护士围着一大堆病人转，你到普通病房去看看就知道

可爱漂亮的积水潭医院护士

了，医生护士都忙成什么样，他们真没时间跟你敲门打招呼。"

我跟儿子说："放心吧，我也就说说而已，我对他们非常理解，慢慢地我会适应。"过了一段时间，我的感觉的确好多了。

有一次手术前儿子有些不放心，去找吴主任咨询几个问题，回来时跟我说："妈妈，我刚才去吴主任办公室，他累得歪在沙发上睡着了，这1天他连着做了7台手术，那么大的主任，就那么一个小房间特寒酸。积水潭的医生真不容易。"

积水潭的护士也很不容易，用我儿子的话说"你跟她问个事，她都没时间抬头看你一眼，手底下一边忙，一边回答你。全国的病人都往这跑，能不忙嘛。"

积水潭医院的病人实在多，翻床率非常高，一般情况下，病人术后输液几天没什么大问题就可以出院，我的情况算是比较特殊吧，一下子住了112天才出院，治疗告一段落。护士长说："梁老师，你是在我们特需住的时间最长的病人，我们可以给你过百天了。"

我苦笑着说："但凡有办法，谁愿意在医院住那么长啊。"

休养和后续治疗都很重要，吴新宝主任建议我找一家医疗条件较好的疗养院休养一段时间，至少半年以后，等身体调养差不多的时候，再回来继续做手术。央视领导让我住进了解放军305医院。结果仅仅3个月后，我又重返积水潭继续手术。

因左下肢深静脉血栓，9月2日在局部麻醉下，做了下腔静脉滤器植入术。9月9日，除去第一个外固定架。10月14日在联合麻醉下做了清创、折端修整、外固定架固定、胫骨截骨术。当时骨缺损约7.5cm。这次一住又是3个多月。之后还是到解放军305医院，一边疗养，一边做后续治疗和康复训练。

10个多月后，因膝关节僵硬、截骨端骨不愈合，为进一步诊治第三次入住积水潭医院。当时入院诊断是：1、胫骨平台骨折陈旧性（左，粉碎性，感染，截骨矫形术后），2、手术后皮肤瘢痕（右，大腿内侧；左小腿多处），3、踝关节强硬（左，跖屈内翻畸形），4、左膝关节强硬。

2010年11月1日，在全身麻醉下做了左胫骨近端骨折不愈合折端修整、取髂骨植骨、腓骨截骨、外固定架调整术，胫骨近端皮肤修整术，马蹄足外固定架矫形术。这次住院又是80多天。主治医生还是吴

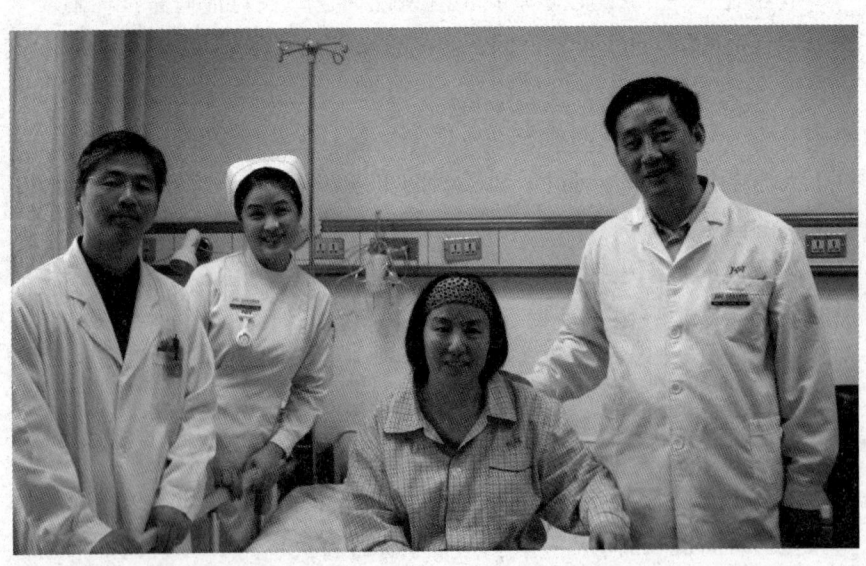

右边是我的主治医生吴新宝主任

新宝主任。

此后大约过了10个月，第四次住进积水潭，做了左踝关节融合手术。从2009年1月至2011年11月，三年内四进四出积水潭，总计住院时间10个月，手术9次，不包括清创、血栓滤器植入这样的小手术。

经历如此多手术，住院这么长时间，每每回想起来都是一场噩梦。尤其每次术后那种揪心的疼痛深深地刺激着神经，产生一种恐惧心理。有一个阶段，我特别害怕医生查房，只要看到几位医生进来，尤其看到他们的手里，或者衣兜里有剪刀、扳手那样的工具，就特别担心他们又要动我的伤口，只要稍微动一下，就是撕心裂肺般的疼痛。

相比其他医生而言，我最信赖吴新宝主任，他不仅医德医术好，而且对待病人特别耐心细致，很体谅病人的心态。我孩子几次到特需门诊找他，回来总说"吴主任真是好大夫，他对每个病人都特别好，病人闹不明白的他翻来覆去给人讲，从来都没把人三言两语给打发了。我在一边等着都不忍心打扰他。"

吴主任过来查房有时还能聊几句，我曾跟他说过，埃及的红海度假村值得一去，等我伤好了回去，请你到沙姆沙伊赫度假。非常遗憾的是我这个邀请看样子永远都不能兑现了。

害怕查房，更害怕去拍片子。特需病人拍片子不是在楼里，而是在楼外一个幽静的小四合院里。每次出去拍片子，经过电梯、走廊、门诊部等地方，尤其是一楼大门口周围，感觉异常恐怖，那么多人走着的、站着的、来来往往的，怎么看都觉得这不像医院，倒像是拥挤热闹的集市。

外面道路上车辆也很多，而且大多数不知道让行，通往四合院还要经过一座小桥，上桥下桥都很危险，每次护工推着我去拍片子，躺在平车上我总感觉危机四伏，非常紧张，唯恐有谁不小心碰到我的伤腿。我想这可能是经历过生死的人都更加珍惜生命，更担心受到再次伤害的一种心理。

无论是心理上的恐惧，还是伤口上的疼痛，都是对身心的折磨。曾经有一个阶段，我感觉自己快要崩溃了，以前我自认为承受能力很强，天底下没什么扛不住的事，可是在重度止疼药不管用、一天打了三次杜冷丁也不管用、照旧疼得死去活来时，我感觉自己真快扛不住了，恨不得从楼上跳下去算了，但我连这个能力都没有，只能咬着牙，一忍再忍，用手使劲地抓自己的头发，用拳头捶打墙壁。

更恐怖的疼痛是无麻药清创。有一天，吴新宝主任告诉我："梁老师，明天我们要给你做无麻药清创，不用去手术室，在病房做就可以了，你要有思想准备。"

一听不用去手术室，那就不是什么大手术呗，还要什么思想准备啊，我还挺高兴地回答说："不用去手术室好啊。"

吴主任说："别高兴太早，不打麻药挺疼的。"

"那我怎么忍啊？"我问。

他说："你准备一块干净毛巾咬在嘴里。"

"那好，没问题。"我说。本以为他是开玩笑，没料想竟然是动真格的。

第二天一早医生过来，身后跟着两名护士推着治疗车，上面放着手术包、消毒药水、棉签等用品。

手术开始，护士和护工过来按着我的胳膊和肩膀，医生一手拿着镊子，一手拿着剪刀，用镊子夹起一块腐肉，就用剪刀"咔嚓"一下剪下来，就这一下，一身的汗哗啦一下子湿透了全身，这是身体的自然反应，真是钻心地疼啊，几剪刀下去，我有点承受不住了，使劲喘着气说："停停停，先让我喘口气。"

医生停顿下来，我说："算我大意了，还以为吴主任跟我开玩笑呢，你们玩真的啊？干嘛不给我打麻药啊？"

医生说："这些日子连续做手术用麻药太多，对你身体有影响，这种清创小手术就不用麻药了。"

我说："那你们有没有给自己做这种手术试试啊，知不知道有多疼？"

医生听了我的话哭笑不得说："我没受过伤，没有体验过。"

这个手术一个半小时才告结束，医生累得满头大汗。每下一次剪刀，我都疼得浑身打颤，五脏六腑都像被撕裂一样，我真是深切体会到了，什么叫做生不如死。

除了疼痛之外，每次术后由于麻药造成的一系列反应也是难以承受。往往一连几天都是剧烈头痛、眩晕，还经常恶心、呕吐，胃口也极差，什么东西都不想吃；有时还伴有高烧，低血压；睡眠也相对困难，

期盼

经常难受得一连几天不能入睡；每天多次肌肉注射、大量静脉输液，也是一种折磨，有时一天的药量24小时输不完，血管变得又脆又硬，手臂长期红肿，有的护士连续几次都进不去针。

就这样，几次手术下来，元气大伤，身体更加虚弱，有人过来探视也打不起精神，睁开眼看一下就闭上，连说话的底气都没有，这种情况只有输血后才能稍微改善一下。

身体非常虚弱的时候，特别害怕噪音，有时身边有人说话，白天晚上冰箱不停的嗡嗡声，护工每天洗手洗脸然后"啪啪啪"的拍打声，还有整理塑料袋子的动静，无论声音多小对我都是一种刺激，心里特别闹得慌，浑身都不舒服，有一种说不出的难受的感觉从后背向肩膀，然后向全身蔓延。

我承认自己很能干，也很要强，但我不喜欢被人说成是女强人，我也有人性中柔弱的一面，也有坚持不下去，快要崩溃的时候。有一回，看着自己歪七扭八、简直就像烂苦瓜一样的腿，心里难受极了，真想拿个杯子照着墙上狠狠砸过去，特别想听到"哗啦"一声爆响，发泄一下心头之不快；还有一次，医生给我换药时疼得我实在难忍，一把抓过枕巾遮在脸上，使劲咬着牙，任眼泪肆意横流；还有几次夜深人静时，忍不住蒙着被子大肆流泪，暗自释放在人前不肯流露的痛苦和压力。

　　三年时间在人的一生中非常短暂，但在医院里度过三年却实在漫长。回国最初阶段，我还想着康复之后回到岗位继续工作，央视也给我保留着职位，保留着在开罗的租住房。但我的状况时过三年仍未有好转，央视对我返岗已没有任何指望，就给了我离任指令，退掉了在开罗的租住房。这时，我知道自己残废已成事实，再也无法重返岗位，心理上非常抗拒，犹如从高空坠落到深渊。

　　此前，我一直认为自己AQ（逆商）很高，遇到什么难题都能化解，但这件事对我的心理打击实在太大了。此前还一直抱有幻想，这下子幻想彻底破灭，再也没有什么希望，我的情绪一下子崩溃了。大家都知道，人的情绪好坏和免疫力高低是成正比的，情绪恶劣，免疫力紧跟着急剧下降，身体状况糟糕得一塌糊涂。而我又是个非常在意自己形象的人，即使陷于这种境遇，在人前我依然强颜欢笑，但背地里流过很多眼泪，心里的巨痛无以排解。

　　车祸之前，我的工作可以说如日中天，在央视驻外记者中，我经历的重大事件较多，发稿率、出镜率都很高，知名度也较高，甚至一些中央高层领导也很关注我在中东地区的新闻报道。中国驻埃及大使馆新闻处一位非常要好的朋友宫宇峰安慰我说："梁姐，这几年你大红大紫的也太火了，多少人羡慕你，嫉妒你啊，现在退一步想，上帝给你一次磨难也不算什么，我们都相信，你一定能挺过来。"

　　朋友给予我不少鼓励，自己也慢慢想开了，我想太阳都有下山的时候，何况是人呢。面对人生的大起大落，必定要增强信心，勇于面对现实，我一定要挺过来。

　　小小病床每天考验着我的耐力。我劝说自己一定要坚强，再坚强；忍耐，再忍耐；尽量保持乐观的心态，坚持以笑脸面对伤痛。这样做也是为了不让所有的家人和亲朋好友更伤心，不让他们看出我内心的焦虑。尤其是儿子、儿媳这两孩子，这些年发生这么多的事，他们已经承受的太多，我不忍再给他们增加负担，一味地咬牙硬撑，不肯在人前示弱。

难以承受的骨运输

在积水潭医院多次手术后，伤口和体力需要一定的时间恢复，为此，央视领导指示将我转到解放军 305 医院，一边休养，一边做后续治疗，为下一步手术做准备。在 305 医院我也是四进四出，住的时间比在积水潭医院更长，总起来有两年半以上。

解放军 305 医院过去是中央首长的保健医院，后来对公众开放，这里住的军人和军人家属较多。305 医院各方面条件都比较好，外部环境清净优雅，像个大花园一样，病房宽敞明亮，床位舒适，饮食清淡；作息制度严格；医院管理有序；医护人员具有军人素质，科里所有医生护士对待病人都极有耐心。

在 305 医院经历了几个非常艰难的阶段，其中做骨运输期间尤为痛苦，有伤痛，有心痛，身上还有一种说不清道不明的难受，需要用坚强的心智和毅力来对抗，假如稍微脆弱一点的话都有可能精神崩溃。管床医生战超每天给我治疗、换药、清理伤口特别认真仔细，一边工作一边聊上几

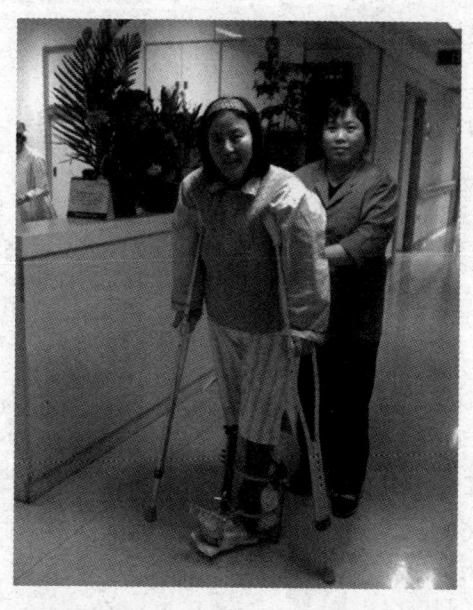

带着五公斤重的环形矫形架坚持锻炼

句，感觉他知识面挺广，在好多医疗业务之外的话题上都能聊得来。

2009年10月，在积水潭医院做的那次手术，医学术语上叫做"骨运输术"，也叫"骨延长术"，是由积水潭医院最有这方面经验的主任医生黄雷、吴新宝等人联合完成的，采用的是单边组合外固定架，比起原来常用的环形外固定架较为方便。医生说，这种办法从2001年7月份才开始用，单边外固定架安装比较容易，病人携带也比较方便。没做之前对此一无所知，通过医生的解释和在网上搜索一些资料之后，我对骨运输有了一点粗浅认识。

医生说，骨延长术是将位于骨缺损区近侧或远侧截断的一段骨块，在尽可能多地保护其骨膜的情况下，依靠缓慢的牵拉跨过骨缺损区运输至另一端，而同时在截骨部位通过骨痂牵拉的方式形成新骨。

以我的手术为例，可能说起来比较简单明了。我是左腿胫骨粉碎性开放骨折，此前做了多次手术，首先保住性命，然后控制炎症保住左腿，没有被截肢，接下来做了几次皮瓣移植，促进外伤口愈合，肌肉生长。这次做的"骨运输术"是把靠近膝盖一端的残骨锯掉7.5公分，再把脚踝处的骨头锯开，这样我的小腿骨就分成了3段，每段都用3根大钢针固定在外钢架上，中间1段是独立的腿骨，没有与两端连接。外钢架上有一个轨道，轨道两端是固定住的，中间部位有一个移动滑块，这个滑块上有3个钢针和螺丝连接在那块独立的腿骨上，我每6小时转动一次滑块前面的螺丝，每次逆时针转动90度，就这样，螺丝每天转动360度，滑块就会带动钢针和那块腿骨向上移动1毫米，逐步接近被锯掉的残端，延长过程4个月。几个月之后，就能长出新骨。

据说这种运骨术最早来源于前苏联，是由现在的独联体西伯利亚地区喀什干市的一个叫伊力扎诺夫的医生于五十年代开始研制的。他们的医生现在可做全身各位置的骨缺损：颅脑、脚、脊柱、包括髋关节。到了八十年代初，这种技术才传播到世界各地。吴新宝主任说，德国做这种手术也很有经验。

术后，我每天忙于为自己运骨，每6小时一次转动螺丝，每次90度，每天一共360度，半夜3点还得起来一次，这段时期唯一的感觉就是痛，难以忍受的疼痛，任何种类的止痛药都缓解不了。

那个时期，无论看书、聊天、看电视都分散不了对疼痛的注意力，心里的烦躁情绪有时会突然暴涨，有一次我疼得实在难忍，恨不得抓个东西把电视机给砸了，特别想听到屏幕爆碎的声音，就好像一定要破坏点什么才能释放一下。

儿媳妇看我整天这个样子就给我电脑上下载了一个植物打僵尸软件，她说："妈您没事打打这个试试，也许能转移注意力，现在好多年轻人都打僵尸发泄情绪。"

"好吧，那就试试。"结果还算不错，玩起来不比年轻人差，把那些各种各样的僵尸打得落花流水，的确分散了一些注意力。

住院期间曾经遇到一位比我小十来岁的男病人，看到我疼得呲牙裂嘴还坚持锻炼就说："大姐你真棒，太佩服你了。我也是做了这种骨延长手术，但我实在受不了那个罪，自己找大夫把固定架给拆了，结果严重感染，还得回来重新做手术。"

四个月后骨运输结束，开始练习负重行走，腿上的两个固定架重量有五公斤，上下床必须得护工帮着抬起来，然后慢慢放下，站稳后艰难地迈出第一步，每走一步都是钻心地疼，血液不能回流，走几步下来腿肿的像紫茄子，最多十分钟就得上床，平躺下来，把腿抬高放在气垫上，这样血液才能回流。过一阵子再次下床锻炼，每天反复多次。

这个期间，积水潭医院吴新宝主任来 305 看望我一次，他一进病房很高兴地说："梁老师，你这住的跟宾馆似的，条件真不错，这样我挺放心的。"

面向太阳，看到希望

连续多次手术，对身体的伤害非常大，后续问题一个个接踵而至，首当其冲是患肢静脉血栓，接下来是贫血、心脑供血不足、冠心症、严重骨质疏松、失眠、缺钾症等等，哪个问题都不好解决，只能一个个对症治疗，往往是这个问题还没解决好，下一个问题又来了，没完没了，就像有谁说过的"按下葫芦起了瓢"。对此，我曾问过管床医生战超："你跟我说实话，像我这种情况到底得多长时间才能恢复？"

战医生想了想回答说："要完全恢复成你之前那样大约得五年左右。"我听了"啊"地一声倒在床上，面对着天花板好一阵子发呆。小战医生

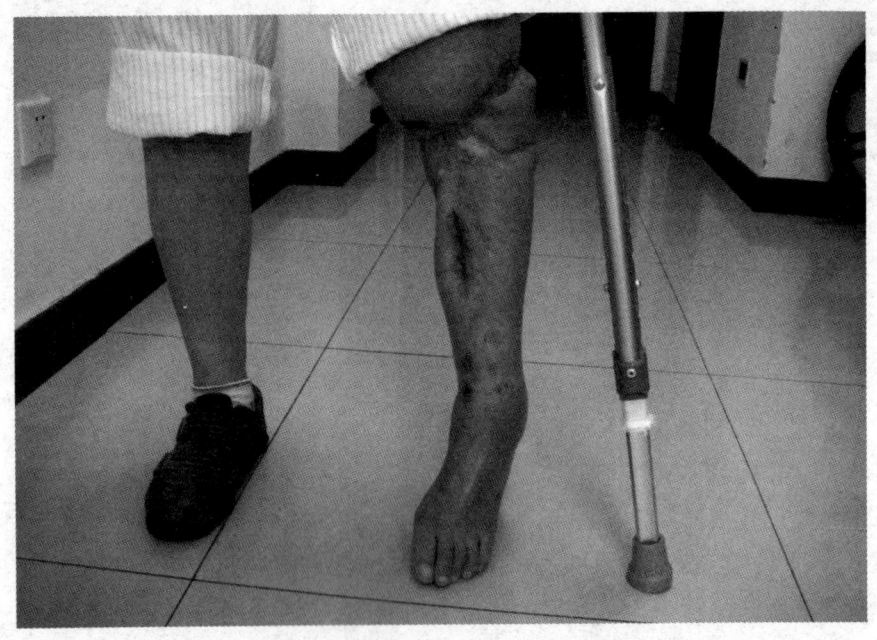

固定架拆除后的状态

对我骨质疏松的描述可不少，我的骨头在他眼里不堪一提，他曾说："你的骨头就像放了三天的干面包渣。"他说："千万别锻炼过量，你那骨质疏松得像块烂纸板，踩多了哗啦一下就碎了。"还有一次说："见过花墙吗？你这腿骨跟花墙差不多了，里面全是空心的。"小医生心眼特别好，天天累得个熊样，偶尔也会发个牢骚，但对待病人特别上心，只要看到我下床锻炼，总是提醒护工："好好扶着，千万别让她摔倒。"

驻外10年，我频繁地奔波于中东那些充满火药味的战区以及其他地震、空难、爆炸事件等天灾人祸现场，精力充沛，干劲十足。为此，有人称我是女强人，也有人叫我"中东铁娘子"。实际上我不过是好胜心和责任心强一些，有点耐力和抗压力，无论遇到什么事都自己扛着，少给别人添麻烦而已。

此外，也是因为机遇好，正赶上中东地区热点事件多，尽自己全力做了点事而已。事实上，我的体质原本很弱，加之长年工作在外，任务繁重，条件又十分艰苦，使我的生活像一张张满弦的弓，常年处于高度紧张状态，久而久之早已不堪重负。我曾非常担心自己，指不定哪天会倒下。因此，早想找个风平浪静的港湾停下来，好好歇息几日。

这下可好，医院成了港湾，总算从忙碌中停了下来，一住就是几年。想想自己平日里像年轻人一样活跃，走路有时比年轻人还快，干起活来更是泼辣生猛，干脆利落，什么事都不甘于人后，而如今却长期被困在床，寸步难行，这样的生活简直度日如年，真不知什么时候才能熬到头。

2011 年，在 305 医院做了几次固定架调整和拆除术，术后伤腿持续肿胀，各部位依旧剧烈疼痛，尤其脚背和脚踝部位疼痛加倍，伴随全身无力、头晕、头痛、耳鸣、恶心、呕吐、发烧各种症状，练习行走效果不如带着固定架稳当。

那个阶段睡眠状况尤其不好，每天晚上需要服用助眠药"思诺思"才能入睡，起初药效还行，过了些日子，连服两片药都不见效，后半夜经常有胸闷，持续头晕耳鸣，有一次，连续两天两夜一分钟都没有睡着，就那么干熬着，头晕得像阵阵海浪袭击，全身软绵绵的没有一点力气，眼睛也睁不开，每天都要吸氧才能缓解一些症状。

疼痛、失眠、焦虑以及身体上的诸多不适交织在一起，似乎形成了恶性循环，免疫力越来越差，过敏症状越来越多。我属于严重过敏性体质，受伤之前对一些药物、食物有过敏史，过去曾经三次因为药物过敏生命垂危而被急救，每次急救都是一两天后方能化险为夷。

食物方面我对一些蔬菜水果相当不耐受，吃了菠菜、韭菜、柿子、猕猴桃什么的不大一会儿就拉肚子；生葱、大蒜、青椒、洋葱、食醋等东西一点都不能沾，一不小心稍微吃一点，立刻就会气喘咳嗽痰多。小时候家里每次包韭菜或菠菜馅水饺，老爸总是提前给我吃两片土霉素防止拉肚子。

从 2011 年起，我对药物、食物、气体、用品、接触物等多方面过敏现象突然增多。越来越多的药物不能用了，特别奇怪的是有的药液头一天还在输着，没什么反应，第二天再用就不行了，用药范围减少，病情难以控制，弄得医生也挺头疼，战医生特别无奈地说过一句话"你的抗体很怪异"。

气味过敏防不胜防，隔壁病房在门口摆了一盆杜鹃花，我一出门就哮喘咳嗽，咳的胸腔火烧火燎地疼，夏天楼道里有人用花露水，我也哮喘咳嗽，对门卫生间里散发的洗涤用品味道也让我喘不上气，下楼透个风回来，不知闻了什么味，马上长出一身的红疹，输液三天都下不去。

食物过敏更是来势汹汹，一时间好像什么都不能吃了，平时很爱吃的零食花生瓜子土豆片、最普通的米饭炒菜、鸡蛋牛奶等等，几乎是吃什么吐什么。其他症状还有头晕、耳鸣、恶心、高烧，说来就来，事先毫无征兆。有个阶段几乎三天两头出状况，小战医生说："这些天你就别出房间了，把门窗都关上隔离吧。"

一天上午，一位年轻朋友张继光从内蒙回乡探亲路过北京，特意到医院看我，小伙子还给我带了好多内蒙特产羔羊肉，我俩挺高兴地说话聊天。突然间我浑身发抖，牙齿抖得咔咔响，我有点不好意思，可是根本控制不住，很快浑身的关节都在疼，呼吸也急促起来，小伙子赶紧跑去叫医生。

医生护士迅速跑来，采取紧急措施检查、输氧、测体温，拿出体温计一看，已经高烧41度，马上采用冰袋和酒精物理降温，然后配药输液。液体挂上不到5分钟，胃里一阵翻腾，等不及护士拿来垃圾筐，一下子吐在枕边和地上。医生护士忙活好一阵子才稳定下来。下午精神状态好一些，战医生过来问："你早上吃的什么？"

我说："吃了个鸡蛋，一碗粥。"

他又问："昨天吃的什么？有没有吃过这些天接触不多的东西？"

我想了想说："也没什么，就是喝了点莲藕汤，这个我有些日子没吃过了。"

战医生叹口气说："明天早上空腹再做个血检吧。"

三天之后，血检结果出来，医生护士们看了只有摇头苦笑，不知说什么才好。护士郭元元说："梁阿姨，我们也有人食物过敏，一般也就一两种，三四种的话就算多的了，你这可是几十种啊，从来没见过你这样的。"

小战医生说："没听说过谁不能吃黄瓜和西红柿，这些都是健康蔬菜，对别人有利的东西，对你来说却是毒药，你的抗体真是怪异，把好东西都排斥在外。"

药物方面，几乎所有的抗生素都不能用，2011年底做膝踝关节双融

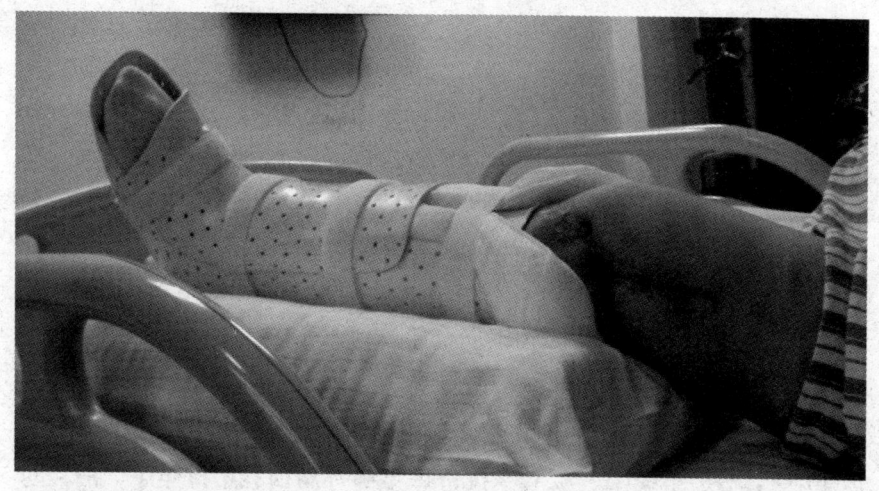

固定架拆除后做了第 12 次手术，这时住院已经三年多了

合手术时，只好用万古霉素，结果 5 个月之后再次做手术时，这个万古霉素也过敏不能用了。

食物方面除了之前就不能吃的东西以外，又增加了花生、瓜子、芝麻、鸡蛋、牛奶、鲟鱼、鳕鱼、大虾、鱼类混合物，猪肉、羊肉、兔肉、南瓜、土豆、番薯、西红柿、黄瓜、包菜、茄子、豆角、莲藕、洋葱头、青豆、荷兰豆，还有大米、荞面、香蕉、葡萄、苹果、坚果、烟草、食品添加剂等几十种东西。

其他方面还有杨树、柳树、槭树、蒲公英、粉尘、螨尘、装修物、化学用品、动物皮毛分泌物等等都能引起过敏。

儿媳妇看着我的检验报告说："吃大米都能严重过敏，那以后您吃什么呀？"

我说："胡萝卜、白菜、小油菜能吃，就吃这几样吧。水果里面橙子还行。"从那以后，我的蔬菜水果就只有这几种，及其单调乏味。这样吃了一段时间后，过敏现象倒是减少了，结果又贫血、营养不良了。小战医生说："你得增加营养啊。"可我拿什么增加啊。

比较幸运的是我在国外习惯的那些洋快餐，别人认为是垃圾食品的我都能吃，那阵子三天两头叫外卖，不是披萨饼，就是肯德基。此外，黄油、奶酪、面包、啤酒、巧克力，还有咖啡、红茶和蜂蜜这些都对我特别好，怎么吃都没问题。

医院里的日子不仅有痛苦，更多的是单调、枯燥、无聊与无奈，两三年过去，我已认识到自己伤病的严重程度，在心理上逐步接受了几年内无法康复的事实，对前景已不抱太多的希望和幻想。我知道不给自己太多的希望，也就没有太大的失望，每天都劝慰自己平静下来，咬着牙坚持治疗、坚持锻炼，坚持着"无论多久，总有一天我会重新站起来"的信念，度过一天又一天。现在回过头来看，简直不敢相信那些年、那些日子，自己是怎样一分一秒地熬过来的。

春去春来，科里老主任退役了，来了个年轻主任叫刘明，看样子不足 40 岁；小护士换了一拨又一拨，每年都有新面孔；过年了，病区里的医生护士比病人多；我还在医院里住着。

刘明上任，科里明显有变化，手术次数多起来，入住率跟着大有提高。刘主任那小伙子我挺赞赏，从他身上能看出我干活的影子，有责任，有能力，肯付出，就是一个工作狂。从几次查房过程中，感觉到他对我的患肢伤情极有兴趣，看着我的伤腿两眼冒精光，反复查看，仔细询问，大有一探究竟的执着。我心里琢磨着"我的手术对他经验积累一定有好处。"

果不其然，刘主任认真研究分析了我的状况，终于有一天，他跟我说："照你现在这种情况，要想以后走路好一点，建议你做个膝踝关节双融合手术。"

关于什么叫"关节融合术"，战超医生极其耐心地给我做了详细解释，我犹豫了好多天，下了决心把这条腿交给他，甘愿让他踏着我的白骨积累经验。有胆量说"好的骨科医生都是踏着无数病人的白骨成长的"这句话，就是非常坦诚的，这话一点都不错，我信。

2011 年 12 月 19 日，由刘明主任主刀，在全麻状态下做了膝踝关节双融合术，这是受伤以来第十三次大手术，膝部内固定，脚踝 3 根柯式针固定；同时治疗骨髓炎。术中失血过多，术后状况非常不好，体质特别虚弱，严重贫血，术后连续几天输血和人体白蛋白，输血后次日化验还是贫血。护士郭元元跟我说："小战医生老在办公室转磨子，净给你着急呢。"

刘主任每天查看伤口恢复情况，亲自换药，有一天伤口部位红肿很厉害，他用手一压，呼啦一下流出一大滩血，把床单和几块护理棉垫都湿透了，他也没戴手套，就那样用双手捧着，也不嫌弃，还跟我说："别害怕，不要紧的，这都是废血。"

过了圣诞节，又过了元旦，2012年到了。一月份伤口拆线，打上石膏固定，拆线一周内发了两次高烧，伴有恶心呕吐、头晕，直到春节前，身体和精神状况相当不好，无论白天黑夜，人整天昏昏沉沉地躺着，有人过来探视，说不上几句话就闭上眼睛无力睁开。小战医生说："就你这种情况，再也不能做手术了，再做的话你很有可能下不来手术台。"

其实我心里也有底，知道自己的身体状况真是再也承受不起大手术了，真希望这是最后一次。

刘主任跟我儿子建议说："你妈妈这样下去不行，把所有补品都停下，什么虫草啊西洋参的都别吃了，改用海参试试，每天一根，坚持一两个月。"

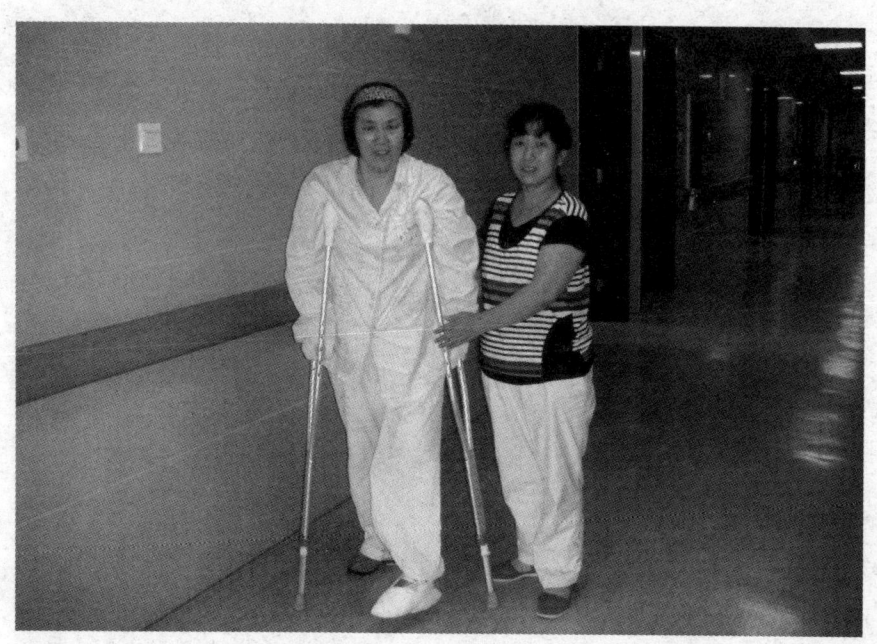

在护工郭红芳帮助下坚持锻炼

儿子特意找人从大连一下子买了10斤极品海参，每天一根开始吃起来，两个月之后，还真有了些效果，精气神都好多了。之后儿子一直给我提供极品海参，连续吃了几年，的确对增强体质、提高免疫力大有好处。

到了2012年2月14日，情人节那天，医生说我的伤腿可以沾水了，我一下子非常激动，终于可以告别每天躺在床上用盆水和毛巾擦澡的日子了。为了便于我使用，医院后勤把卫生间固定的管道淋浴花洒改成了软管，这样我可以取下来拿在手里，用起来方便多了，这是我受伤三年多以来首次痛快的全身沐浴，坐在花洒下，一边洗，一边哗哗地流泪，眼泪混合着流水一起从头冲到脚下。

这一天是我孙女小和和诞生的日子，儿媳妇生孩子这么大的事我都不能在身边陪着，心里异常难受。

术后两个月，我开始用双拐练习左脚触地行走，轻度给力，每次锻炼都是剧烈的疼痛。直到四个月后，患肢仍旧肿胀、疼痛、血运不好。不过这时候我的心态好多了。

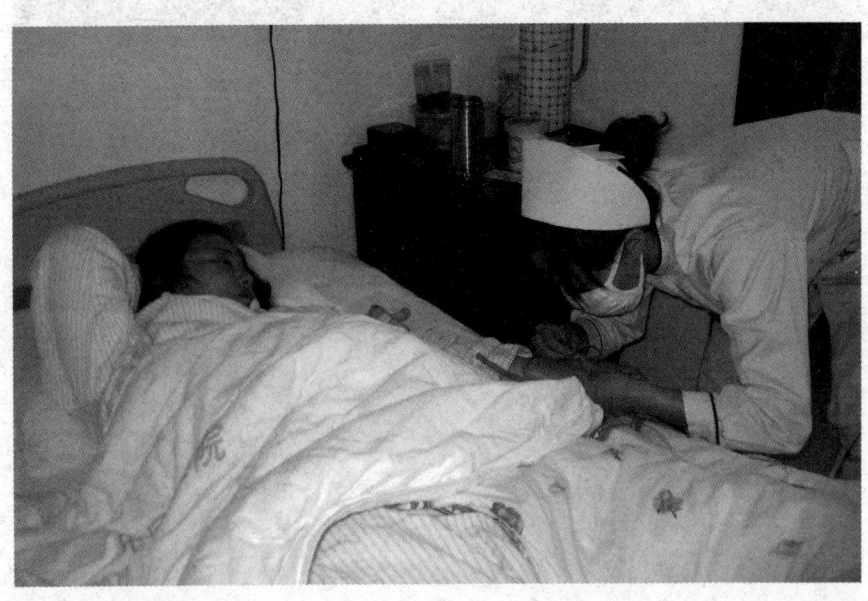

输液

相比很多人而言，我算是比较开朗乐观的人，做事比较理性，自控力也很强，即使情绪坏到极点，也能说服自己尽快恢复正常，重新鼓起勇气，勇敢地面对现实。我知道前面的路依旧很长，我需要不断地给自己加油，再加油。

有一天，无意中看向窗外，正好一缕阳光照在树叶上，光波淋漓好像在跳舞，一下子给了我好心情，感觉到生活还是美好的，顿时增添了好好活下去、战胜伤痛的勇气和力量。此后，我逐步振作起来，在治疗和锻炼之余，做一些力所能及的事，帮助护士开导病人，自己擦拭桌面整理床铺，我还做了几朵丝网花，插在脚踝用过的护具里，组成一件艺术品，摆在窗台上观赏，这件艺术品的名字叫"希望"。

每天清晨醒来，首先看一眼窗外的蓝天白云和那棵高大的白杨树，微风中树枝在轻轻摇曳，阳光撒在树叶上斑驳的光影，的确像一群小精灵在欢快地跳舞。上午护士查房后，我开始床上锻炼，活动头部、肩背、上肢、腰臀及右腿；午饭后打开电脑，浏览网页，写点儿博文，有

解放军 305 医院的小护士

时在开心网上转转，养些花草小动物，为自己和网友寻开心；下午练习坐床边和右腿金鸡独立，最初只能站立几十秒，取皮部位大面积长血泡，后来每天加大练习，血泡逐步消失了，每次能站立好几分钟；晚饭前，阳光适度，我在护工的帮助下坐上轮椅，到走廊尽头的窗下晒太阳；晚上时间基本用来看电视，边看边做勾脚、绷腿运动，练习腿部肌肉和脚趾，一天时间充分利用。

一位阿拉伯诗人曾说过"当你面向太阳的时候，你定会看到自己的希望。"是的，我看到了康复的希望。

每天还是服药、打针、输液，由于长期输液，造成血管脆弱，手背手腕上的血管处处都是进针留下的疤痕，留给护士的难度也越来越大，轮到谁值班给我输液都觉得头疼，有一天进针9次才把液输上。

碰上我这样的病人真是为难那些小护士了，无论多疼我都默默地忍着不说，从未埋怨过护士，还总是给予她们鼓励。有的护士进针几次不成功就没有信心了，需要换个人来，我就说："你要是放弃的话，永远过不了这一关，就当是拿我练手吧，我都不怕，你怕什么呀。"对于技术比较好的护士我也鼓励她们说："从我身上练出来，你们就天下无敌了。"

小护士们都非常可爱，也非常敬业，有一天魏文凤跟我说："梁阿姨，我们晚上睡觉前还讨论你的血管哪一条好用，哪一条不好用呢。"听了这话我心里挺感动的。

又过了几个月，身体状况大有好转，刘明主任建议说："你可以转到德尔康尼骨科医院去做康复了，那里有一个很不错的康复中心，对你比较适合。"

我说："好吧，你先帮我联系床位，联系好了我就过去。" 2012年5月我转到了德尔康尼骨科医院，开始康复训练。

行走在康复路上

北京德尔康尼骨科医院创建于2002年8月，是一家集医疗、教学、科研于一体的新型二级骨科专科医院，医院不大，建筑面积只有1.4万平方米，编制床位170张。但医院的专业技术力量比较雄厚，有一些名牌医院的大腕医生在这里挂牌兼职。

　　医院里的康复中心成立于 2005 年，拥有 800 多平方米面积，分运动治疗区和理疗区，是京城为数不多的一所康复中心，中心的理疗仪器和运动设备都是进口的。中心共有康复医师、治疗师、护士共计 18 人，其中包括 2 名台湾物理治疗专家。

　　我在德尔康尼的主管医生是个年轻小伙子李国钦，看起来跟 305 医院的战超医生差不多大，李瑞主任大约 40 来岁。这几年我在积水潭医院、解放军 305 医院和德尔康尼接触的这些医生和医师，他们工作态度都非常好，对待病人极其耐心负责任，病人绝大多数也都通情达理。

　　那几年，媒体上经常报道有关医患纠纷事件，对此我曾经有过恐惧和担心，但在我接触的医院和医生中，却从未见过医患纠纷的事发生。儿子曾经说过"你那是住的特需病房，医生护士都是精挑细选出来的，你去普通病房看看，肯定大不一样。"我想，区别一定会有，但不一定那么大。

　　在解放军 305 医院和德尔康尼，没有特需病房，只有单人间、双人

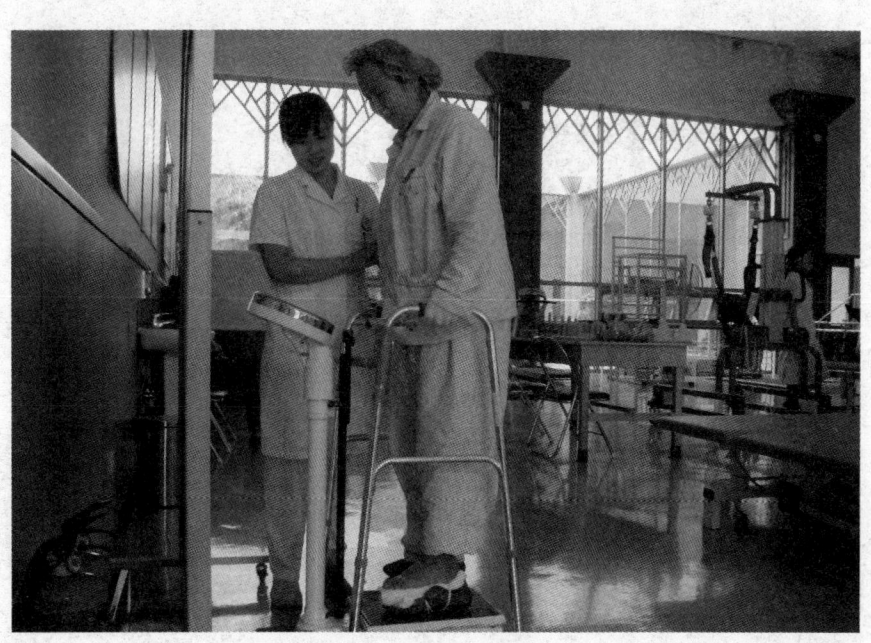

患肢吃重训练

间和三人间，差别不大，我在这两个医院都能感觉到医护人员对病人的确是一视同仁。在305医院时，我对门三人间有个病人特别能闹腾，一晚上能打几十次呼叫铃，甚至两三分钟叫一次，闹得其他病房都不得安生，其实她也没什么事，不过是伤口疼得难受而已，但医生护士自始至终对她非常耐心。隔壁有个老爷子大半夜的不睡觉，战超医生陪他聊天一个多小时，直到老人安静下来才离开。

德尔康尼不仅医护人员素质高，后勤服务也不错，餐厅主管经常到病房征求意见，还可以根据病人需要做特殊配餐。

住了一段时间，左脚踝内侧打钢钉的部位每天还有黄色渗出液，这个部位的钢钉已经拆除10个多月了，伤口迟迟不愈合，李瑞主任说必须要做手术解决，否则还会引起骨髓炎或者更大的麻烦。

听到"手术"二字，我心理上本能地抗拒，不是说好了来这里主要是做康复吗？之前在积水潭和解放军305医院，医生每回都说"这是最后一次手术了。"可每个"最后一次"之后，还是做了一次又一次，真不知哪次才是真正的"最后一次"。

李主任说："我能保证就这一次了。"

金维林夫妇出院时留影

经过慎重考虑，我想还是做了吧，三年多时间、十几次大手术都熬过来了，不能因为最后这点事因小失大。

第二天，护士拿来手术通知书，我看都没看就在上面签了字，之前签过那么多次，对这种通知书早已经麻木了。小护士好心好意地说："阿姨，您还是看看吧，了解一下具体内容。"

我说："姑娘，这种通知书我已经签过十几次了。"

家属签字一栏，我也签上了自己的名字，护士说不行，我说："没关系的，我孩子工作忙不在北京。我写了儿子的手机号，要是真有事的话你们可以找他。"

手术安排在周一上午，具体时间我没告诉儿子，实在是不想让他再一次为我担心了。离开病房前，我发了短信给他，让他下午有时间的话过来一趟，那时候我肯定能做完手术了。

小李医生和护士把我送到手术室，身边没有一个家人，没有任何医护人员以外的人陪伴，这是我刻意而为。手术室护士对此很不理解，问我："你家在北京吗？"

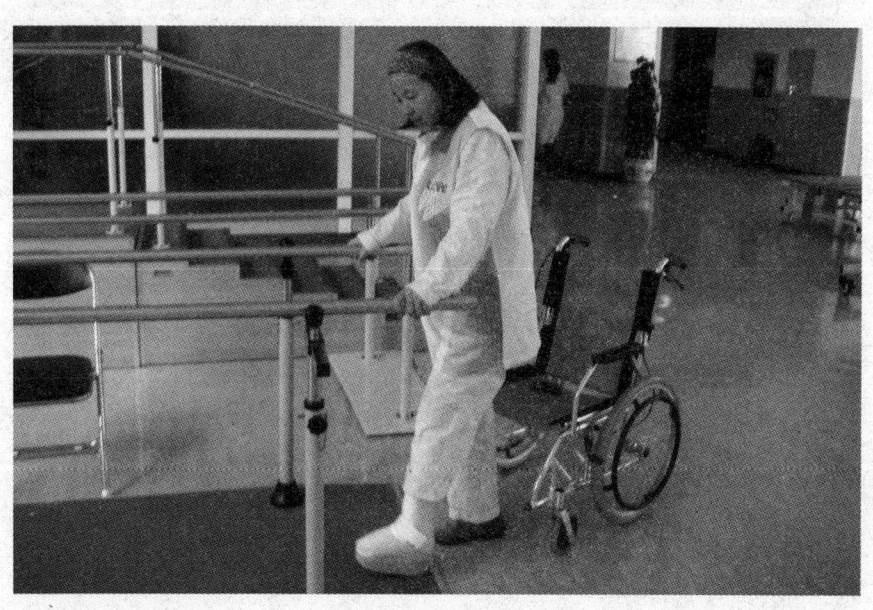

平衡杠行走训练

我说:"在啊。"

她问:"那怎么家里没来人?"

我说:"没什么必要啊。"

护士小声嘟囔一句:"还真没见过您这样的。"

当时我有两种心理,一种是假如我真的下不来手术台,就一个人静静地走完这最后一刻,不需要抢救,也不要看到周围有一堆亲人在哭泣悲伤;另一种心理是淡定,多少大风大浪都闯过来了,这样的小手术算不了什么,相信不会有问题。

然而,事情并不是我想的那么简单,问题还是有的,刚做完麻醉,感觉非常不好,勉强说了"我难受"三个字,张口吐出一滩黏液,麻醉师张金秋腾地一下跳起来,一边说:"别慌,有我呢。"一边做紧急处理。

手术由李瑞主任主刀,做了左踝跟骨清创和植骨术,术后他说:"原来以为这个位置没多大,实际上感染面积挺大的,里面几乎都空了,一共植入四包人造骨粒和骨条,大约有一个乒乓球那么大。"

术后当天晚上,麻醉师张金秋到病房看我时说:"像你今天这种情况,我们最担心的是因呕吐物阻塞而窒息,非常危险。现在感觉还好吧。"

我恭维说:"谢谢啦,能够化险为夷还得说你的技术好啊。"

用手摇车做肺功能训练

这是从腿上取出的钢钉

几天后开始康复训练，康复师郝晓翠根据我的具体情况，采用运动疗法、手法治疗和仪器理疗三种模式相结合方式为我量身定制了康复计划，并进行一对一指导。

第一次去康复大厅，感觉这里宽敞明亮，人气挺旺，治疗床和各种器械上几乎都是人。康复师、病人、还有家属，忙忙碌碌，说说笑笑，期间偶尔也穿插一两声哀嚎。手法治疗非常疼痛，耐力稍微差些的话会忍不住大喊大叫，但凡来到这里的人，几乎都有过共同的治疗经历，哭一声喊一喊也没什么，谁也不用笑话谁。

康复初期阶段，每天两次手法治疗，两种理疗，运动方面主要练习肌力，每日上下午各一次。术后一个月，开始做患肢吃重20公斤原地站立训练。一段时间后，逐步增加次数、时间和吃重公斤数。这期间虽然每次下垂和负重训练后，患肢依然严重肿胀，特别疼痛，但较之以前看到了进步，看到了希望，心情好了很多。

我在医院里做的手工作品，名为希望

　　做康复期间还认识了一些病友和家属，大家在一起挺融洽，病人之间能够相互鼓励，交流经验，一边聊天一边做康复，时间一晃就过去，日子过得比在那两个医院轻松一些。

　　下午和傍晚有时到外面晒会儿太阳。医院没有大院，楼前只有一条通道和一小片绿地，活动范围虽然不大，但对于骨伤病人来说也足够了。

　　有个五六岁的漂亮小姑娘几次出现在楼道和康复大厅，引起我的注意，把孩子叫进房间玩一会儿，聊聊天，一开始小姑娘有些腼腆话不多，问一句，答一句，不大会儿就放松了，告诉我她的名字叫金灿灿。在小灿灿的引荐下，我认识了她的爸爸妈妈：金维林和杨岱芝夫妇。

　　夫妇俩年纪不大，跟我儿子儿媳年龄差不多，都是地道的河南农村人，进京打工好几年了。不久前，两人骑着摩托车被一辆大货车撞倒，生命垂危，送到德尔康尼骨科医院抢救。医院里主治医生护士长等27名医护人员和2名护工为他俩争相献血，挽救了两人的生命，医院还为他们垫付了30多万元医疗费。这些医护人员令我非常敬佩。有这样的好医院，好医生，何来医患纠纷？

　　由于经济条件有限，金维林没有请护工帮忙，而是由他父亲和小灿灿两人照顾。老父亲在医院附近住一间廉价出租房，一日三餐给儿子儿媳做饭送饭，小灿灿就在病房里打地铺，那么小的孩子要照顾自己洗澡穿衣吃饭，还要照顾爸爸妈妈，每天帮妈妈洗脸、擦澡、倒便盆，爷爷忙不过来时，还会去茶水间用微波炉热饭。看着她忙碌的小小身影，我心里十分感叹，这孩子长大了，一定是个非常有能力的强人。

眼看着到了上学年龄，金维林托人买了一年级教材，抽空在病房教她一些课本上的知识。每天我输液时，灿灿都会过来陪着，靠在床边摸摸我的手，跟我说几句悄悄话。我也趁机给她讲故事，教她背几首古诗，这孩子非常聪明，学习兴趣很高。

接触中我发现，金维林和杨岱芝非常懂得知足感恩，积极配合医生治疗，认真做康复锻炼，从不喊疼叫苦，生命中的磨难没有将他们压垮，而是以豁达开朗、乐观向上的态度勇敢面对生活。这一家人是生活在基层的普通百姓，但他们身上展现的所有闪光点都是中华民族的优秀品质。

金秋十月，秋高气爽，我的康复训练进展不错，开始佩戴足托，进行平衡杠行走训练。吃重训练上下午各 10 分钟，吃重量达 60%，行走训练每天总量低于 1 小时。这时伤口还有渗出液，训练后患肢仍旧肿胀疼痛。伤口依然有渗出液，天天肿胀，抗生素用药还是过敏，最后这次手术时还能用的万古霉素，几个月后竟然也因过敏不能再用。

此后，继续采用几种理疗和各种运动疗法，原地站立吃重逐步从60% 上升到 70%；平衡杠行走训练每天 60 分钟。此外，每天晚上，我还在楼道用助行器行走训练，患肢疼痛和渗出液较多时就停下来。

2012 年 12 月底，假肢厂为我特制了增高矫形鞋，初期试穿时，患肢红肿，渗出液很多，一个月后基本上能适应了。

到了次年 3 月初春，患肢原地站立吃重达 80%。这个阶段身体各方面都有恢复，但还是有冠心症、严重骨质疏松、肺功能较差。根据这一情况，又增加了肺功能训练。

冬去春来，又是一年花开季，住德尔康尼一年多了，做康复有了明显进步，患肢疼痛、肿胀都有所缓解，表皮触摸痛也减轻，此前患肢就像裹着厚厚的皮革盔甲，有时很疼，有时感觉总是皱巴巴紧巴巴地非常难受，这几天脚趾和前脚掌能感觉到是自己的了，脚后跟部位感觉还差一些。行走和上下台阶训练一次能坚持半小时。这时候我感觉自己可以出院了，回去自己做康复训练也行。医生说："你的康复训练还没有达标，回去的话一定得坚持，否则会前功尽弃。"

2013年6月，我终于离开医院，也正式办理了退休手续。

从2008年12月28日出事开始抢救，至2013年6月23日出院，整整四年半时间是在医院里度过的，经历了旷日持久的治疗和康复过程，先后在国内外五家医院，一共做了外固定架固定、皮瓣转移、胫骨截骨、取髂骨植骨、马蹄足外固定架矫形等十四个大手术；此外还有下腔静脉滤器植入、无麻药清创等十几次小手术。

三次上固定架，在腿上总计停留840天，其中有很多天是两个固定架重叠使用，重量在5公斤以上。总计使用钢针和钢钉70多个。至今腿上还留有2块钢板和14根钢钉。治疗最终结果是患肢短了6厘米，膝踝关节完全丧失功能。

战争带给人类的只有灾难。归去来兮，我的战地报道生涯以生龙活虎、丰富多彩而开始，以左腿残疾而告终，人生走到这一步，看开了生老病死，看淡了功名利禄；一切功成名就的辉煌已成过去，夕阳西下的余生已近暮途；退休后的日子，我会更加珍惜和平，热爱生活，放平心态，放慢生活节奏，淡定从容地走好夕阳之路。

后记：有爱就会有希望

不是每个去了战地的人都能平安归来，不是每个遭遇车祸的人都能及时获救，幸运之神不会光顾所有的人。

在我遭遇车祸不久，埃及朋友阿迪尔告诉我，那个地点又连续发生了两起严重车祸，导致车毁人亡。

感谢命运让我遇到太多的好心人，是他们的博大爱心和竭尽全力的营救，把我从死亡边缘抢救回来，给了我新的生命。有爱就会有希望，在此我要向所有救助我的人、向长期以来一直关心我、爱护我、支持我的人，表示最诚挚的谢意。

首先感谢那天一同在车上的陆晔和严旭。当时两位年轻人面对突如其来的车祸，很快抑制住自己的恐慌，立刻给中国驻埃及大使馆、优普国际救援、新闻单位同行，以及附近医院打电话求助，并向主管部门领导汇报情况，与此同时，积极协调赶到现场的埃及人，实施现场救助，很快把我和郑磊抬出车外，为送医院急救赢得了宝贵时间。

还要感谢对我现场施救的那些不知姓名的埃及人。事后同事们了解到，当时一辆客运大巴紧跟在我们车后不远，巴士司机亲眼目睹了车祸经过，立即在出事第一时间停车救人。怎么就那么巧呢？那条通往边境的沙漠路平时车辆极少，更难见到行人的影子，那些人就像安拉特意派遣的救命使者，从天而降。埃及交通事故较多，当地人对交通事故施救积累了不少经验，他们一些人奋力救助伤员，另一些人急忙与交警、医院、急救站联系，很快一辆正在路上巡游执勤的救护车赶到了，火速将我送往附近的伊斯梅利亚医院，再次为抢救生命赢得时间。

再要感谢的是中国驻埃及大使武春华、公使参赞王克俭、新闻处主任宫宇峰、《今日中国》驻埃及首席记者贾鹏、中国埃及学专家李晓东教授、以及那些可亲可敬的中国志愿者教师、还有很多没有留下姓名的中国留学生等人，他们都为抢救我的生命做出自己的努力。尤其是宫宇峰、李晓东两位朋友，他们用自己的聪明才智快速沟通，迅速找到伊斯梅利亚医院副院长阿里，在阿里的紧急调动下，急救团队在救护车没有抵达前已经全部到位，并迅速做好抢救准备，又一次为挽救我的生命赢得宝贵时间。

感谢伊斯梅利亚医院主治医生和所有参与抢救的医护人员，以及埃及的义务献血者。感谢艾布·福阿德医院的医护人员，是他们把我从死亡线上奋力抢救回来，是他们给予我精心治疗和细心关爱，如果没有埃及人的精湛医术及大量热血，即使送医院再及时，也不一定有生还的奇迹。非常遗憾的是，那些天我处于完全昏迷状态，对所有这些恩人没有任何印象和记忆。埃及人有句名言"喝过尼罗河水的人都会再来"，但愿安拉赐给我机会，有朝一日重返埃及之时，我一定要去伊斯梅利亚医院和艾布·福阿德医院，好好感谢那些救助我的医护人员。

感谢所有关注我、关爱我的人，在艾布·福阿德那些天，所有熟悉我的中埃各界朋友蜂拥前往医院探望，表达关切之情。中国驻埃及大使武春华夫妇、使馆其他领导、各部门负责人及其他接触较多的好友，百忙中多次到医院探望；中国驻埃及各新闻界领导及同仁、部分驻埃及中资机构负责人、一些留学生以及华人华侨，也纷纷带着鲜花、礼品前来慰问；还有我的老师徐治国、付兰英以及许多华人朋友，他们给了我很多更直接的帮助，频繁送来合口的饭菜、新鲜果汁、蔬菜汁及各种营养品，鼓励我尽量多吃一口饭，多补充一点体力。危难之中，我最渴望有亲人在身边陪伴，见到前来探视的每一位同胞，都像见到自己的亲人一样暖心。大家给我的不仅是形式上的帮助，更是心灵上的抚慰，是同胞般的情谊和温暖，同时还给了我战胜伤痛的勇气和力量。我永远感谢这些身在异乡的祖国同胞。

还要感谢埃及各界很多当地朋友。他们从报纸上看到我出车祸的消息非常震惊，一批接一批前往医院探视，有的还是专程从外地赶来；有的一连几天守在病房外不肯离开；还有的人每天发短信表示问候；数天以后，埃及《华夫脱报》连续两天刊登副主编阿迪尔·萨巴利就我车祸一事撰写的长篇专题报道，为我鸣冤叫屈，抨击埃及交通管理方面的漏洞，呼吁埃及政府要高度重视外国记者的交通安全。

春节前夕回到北京，在国内得到更细心的照料和更多的温情与关爱。非常感谢有关部门领导对我的高度重视和关怀。广电总局副局长雷元亮代表全体总局领导专程前来探视，鼓励我好好养伤，尽快重返岗位；中宣部外宣局局长和部长秘书带来几位部长的亲切慰问；央视各位台长及部门领导、国际广播电台全体台长也先后来探望。台长赵化勇、副台长张长明还亲自与积水潭医院的主治医生长时间磋商治疗方案，希望尽一切力量保全我的左腿，非到万不得已，避免截肢。

在骨伤治疗方面，积水潭医院是权威，在国际上也享有盛名，对此，台领导抱有很大希望，我也积极配合治疗。感谢主治医生吴新宝、沈余明、于大夫等人，在前一阶段治疗中，他们尽了最大努力，采用多种治疗手段，终于保全了我的左腿。也感谢其他医护人员，为我提供了较好的服务。

还有很多好朋友，我对他们的感激之情更是无以言表，在这里我要对所有帮助我、关爱我的朋友们郑重地说一声"大恩不言谢！"我的所有熟人、朋友听说我出事都很吃惊，也很为我担心，特别是前几个月里，到医院探视的人像潮涌一样源源不断，没有一天空档。之后长达四年半时间里，探视者依旧络绎不绝。这些人中有我多年前的老师、老同学、老领导、老同事、老熟人、老朋友；也有我近年来在国内外结识的新领导、新同事、新朋友；还有些人是朋友的朋友或朋友的家人；此外，还有很多热情的网友和支持者。大家给我送来的不仅仅是鲜花、水果、营养品、亲自做的拿手饭菜，还有为我特制的病号服，更主要的是真挚的情谊和贴心的关爱。所有的一切令我感动万分。

在这里，还要感谢那些陪护我的护工。不知从哪一年起，医院里有了护工这一行业，护工们大多来自比较贫困的山区和农村，他们在医院工作没有正式编制，也极少经过专业训练，工作条件很艰苦，收入也不算高，但是，哪一家医院都不可缺少。她们不仅帮助病人洗漱、擦澡、翻身、捶背、清理大小便，还推着平车或轮椅带着病人楼上楼下各科去做检查，记得在很多年以前，所有这些事都是由护士来做，现在的医院里，这些都由护工代替了。

俗话说，河里无鱼市上看，进了积水潭医院才知道骨科、烧伤科的病人得有多少，而且相当数量都是重伤，对护工的需求量自然很大。积水潭医院大约有护工 400 多人，照样忙不过来。第一位照顾我的护工名叫王之彩，是个湖北人，有 6 年多的经验，干净利索，精明能干，她在大病房里一个人可以护理 4 个病人。一个月后换了位护工叫张慧琴，陕西人，也有好几年的护理经验，人长得白净漂亮，而且有文化，落落大方，化妆后不亚于电影明星，她对我护理十分细致周到，对前来探视我的家人、客人也都礼貌热情。还有一个叫马招弟的护工，身材瘦小，文化不高，但人很朴实、慈厚能干，在北京打拼了 14 年，收入还不错，在老家盖起了十几间房的四合院。她对我护理非常精心，就连做梦都担心我摔倒，除了一日三餐离开 4 小时左右，其余 20 小时与我在一起，白天照顾我吃喝拉撒、服药、检查、锻炼等一切事情，空闲时还喜欢拉家常，说她家里和村里的一些鸡毛蒜皮事，晚上用二尺宽的木板搭一张小床睡觉。在解放军 305 医院和德尔康尼用的护工也都很不错。在与护工的长期接触中，我觉得她们都挺不容易，所以经常会在应付的报酬之外，私下里多给几百块钱小费。

更要隆重感谢的是我最亲近的家人，我的儿子、儿媳，我的兄弟姐妹、以及他们的亲属。儿子杨烨对我操心最多，付出最多。回国初期，由于急火攻心又加上天天在病房陪伴我，他劳累过度患了肺炎，咳嗽发高烧，浑身无力，体重一下子掉了十几斤，但他为了我，死活不肯住院治疗，即使发烧戴着口罩，也要来我病房，哪怕站在远处看一眼也好放心。他工作忙出差较多，在外地时也每天打电话询问情况，只要一回到北京，立刻就来医院看我；儿媳刘红梅单位考勤纪律严格，而且经常加班工作，但无论多晚，无论冷天热天，她都匆忙赶到医院来看我。尤其后来怀孕期间，我担心她受累，而且路上交通也会有安全隐患，劝她少来医院，但她大着个肚子，仍旧风雨无阻每天过来，甚至在生孩子前两天还来陪我聊天。

我姐负担较重，自己身体不太好，还要照顾卧病在床的丈夫和老公公。她儿子媳妇平日工作太忙，经常加班加点，即使这样，不管我怎么阻拦，她还是常常过来探视，有时还带着她的孩子和亲家。

妹妹妹夫一家人口最多，夫妻俩开了一家"爱地老人颐养中心"，住着 100 多位老人，是个欢乐的大家庭，他们每天尽心尽力照顾着老人的饮食起居，忙得不亦乐乎，就这样，也是隔不了几天就跑来医院探视，有时还带着院里的老人和服务员。

弟弟一家居住很远交通不便，路上老塞车，来回一次需要几个小时，但他们也是常带儿子一起来医院，我弟特别会做饭，跑到郊区农民家购买鸽子和散养鸡，每周给我炖汤喝。弟妹家里亲戚多，她的姨妈表妹们早些年跟我就已像自家人一样，相互来往，住院这些年，更是不断带给我亲人般的温暖。

住院这几年，是我十几年来与家人相聚最多的日子，也是得到关爱最多的日子。家人的厚爱，亲友的关爱，所有身边人给予的关爱和关注，常常让我忘掉自身伤痛，沉浸于幸福的海洋。阿拉伯人有句名言"不要让生命的列车停靠在失望的车站，记得常带希望的车票。"

有爱就有希望，我的希望列车会满载幸福，勇往直前。

说起什么是幸福？这是人们喜欢探讨的一个永久性话题，相信每个人在不同时期对幸福有着不同的理解和体会。在经历过很多事情、尤其是几次大难以及本次车祸之后，我对人生和幸福有了更多的感悟。

其实，幸福和快乐并没有确切的定义，你赋予他什么内涵他就是什么。健康的生活是幸福；勤奋地工作是幸福；能够常和家人亲友团聚是更大的幸福。顺境时，天上掉个馅饼是幸福；逆境中，砸在头上的全是雹子，能给扛住了也算幸福；即使遭遇更大灾害，哪怕天塌地陷，肢体残缺，仍旧敢于笑着面对人生，好好生活，就是另一种幸福。

幸福藏匿于每个人身边，只要用心去发现，就会知道他无所不在。只要做到心中有爱，爱身边的人，爱身边的事，爱自己的生活，把生活中的每一天都当作最幸福的一天来过，就会感到无比幸福，永远开心快乐。

说得更简单、更直白一点就是："人只要活着，就是幸福"。